●밀으시라! 이끄시요! 화합의 선비 정신●

〈일편단심의 詩文〉

고려의 한림문학

金智勇 · 金美蘭 共著

개성 숭양서원(崧陽書院)

– 목 차 –

Ⅰ. 고려 수난기의 시문가의 사명

Ⅱ. 고려의 별곡체 시가

일러두기

1. 이 고려 때 한림문학은 고려조 수난기에 애국 · 애민의 일편단심의 시문을 보이려고 엮은 책이다.
2. 이 책은 별곡체 가사와 고려 한림들의 한시 · 문의 두 갈래로 나누어 엮는다.
3. 고려 때 별곡체 가사는 이미 어석(語釋)한 양주동 박사, 홍기문 교수, 박병채 교수의 연구 성과를 근간으로 하고 본고에서는 주제 중심의 재해석을 중점으로 삼았다.
4. 고려 때 한림들의 한시문은 「동문선(東文選)」을 저본으로 하되 1976년 민족문화추진회가 번역 발간한 「국역 동문선」을 표본으로 삼았다.
5. 그러나 민추의 번역은 주로 직역으로 풀이했으나 본고에서는 주로 의역으로 번안했다. 그것은 우리 선인들이 한문자를 빌려서 우리의 사상 감정을 둘러서 표현했기 때문이다.
6. 고려 한림들의 한시 · 문은 거의가 애국, 충군, 휼민의 문자 아닌 것이 없지만 여기서는 무작위로 다루기 편한 시 · 문만 다루었다.
7. 고려 때 한시 · 문 작가는 천백여 명을 거론하지만 이 책에서는 28 작가만 뽑아서 다루었다.
8. 번역 시 · 문에는 반드시 원문을 이어 실었다.
9. 후학을 위하여 시의 원문에는 반드시 독음을 적었다.
10. 시제나 문제도 되도록 풀어서 알기 쉽게 하였다.
11. 주는 ※표로 간주하거나 하단에 각주로 출전까지 표시했다.
12. 문장 부호들은 통례대로 따랐다.

I. 고려 수난기의 시문가의 사명

송도 박연폭포

이 시문선을 왜 엮는가

-고려시대 우국애민한림(憂國愛民翰林)들의 시문을 추려 엮는 뜻-

1. 일제 강점기의 시인들의 사명

1945년 8월 15일, 우리가 일본 제국의 침략의 기반(羈絆)과 그 질곡(桎梏)에서 벗어나 해방되자 문필가들은 일제히 암흑시대에서 시인들이 민족혼을 불러일으키며 국내외(주로 만주)에서 크게 기여한 숭고한 넋을 찬양했다.

그중에서도 지식인과 학생에게 크게 감명을 주었던 이가 있었으니 불문학자요, 평론가 이헌구(李軒求)※의 「시인의 사명」이라는 명문 논설이었다.

그는 논설에서

※ 이헌구(李軒求 , 1905~1983); 불문학자. 문학평론가. 함북 명천(明川)생, 호는 소천(宵泉), 일본 와세다(早稻田)대학 불문과 출신, 해외문학연구회 조직 활동 및 신흥문학연구회 등 조직(1929년) 활동하였고, 각 신문에 평론을 자주 발표.
광복 후에는 민중일보 사장 및 편집장, 공보처 차장, 문총대표 최고위원, 이화여대 문리과 대학장 등을 지내며 많은 논설을 발표했다. 시와 평론이 많아 평론집 「문화와 자유」 등이 있다.

"평화로운 시대에 있어서 시인의 존재는 가장 비싼 문화의 장식일 수도 있는 것이다.

그러나 그 시인이 처하여 있는 국가가 비운(悲運)에 빠지거나 통일을 잃거나 하는 때에 있어서,

시인은 그 비싼 문화의 장식에서 떠나, 혹은 예언자로, 또는 민족혼을 불러 일으키는 선구자적 지위에 놓일 수도 있는 것이다.

그러므로 정부도 군대도 가지지 못하고,

제정 러시아의 가혹한 탄압 아래 있던 폴란드인에게는,

시인의 존재가 오직 국민의 재생을 예언하며, 굴욕된 정신생활을 격려하는 크나큰 축도(祝禱)를 드리는 예언자로 생각되었으며,

아직도 통일된 국가를 가지지 못하고 이산(離散)되어 있는 이탈리아 사람들에게,

우리가, 과거 40년간 일본제국주의의 탄압 밑에서,

인류가 정당히 가질 수 있는 자유와, 의욕과, 사색과, 행동을 여지없이 박탈당하고 있던 중에서도,

오히려 우리의 시가(詩歌)는 문학의 다른 어느 부분에서보다도 훨씬 생기를 띠고 찬란하여, 예술의 아름다운 경지를 지켜 왔을 뿐 아니라,

우리 민족의 아름다운 언어를 풍요(豊饒)하게 하는, 높은 문화의 생산자이기도 하였었다.

그러나 제2차 세계대전이 일어나기 1, 2년 전부터,

저들은 민족문화 말살의 최악의 행동을 전개시키기에 사력을 다하여,

한국문화 전멸운동으로 나왔으니, 언론기관은 폐쇄당하고, 한글운동은 탄압되고, 드디어는 창씨제도라는 인류사에 없는 야만정책을 베풀어서까지 우리 민족의 문화를 없애 버리려 들었던 것

이었다.

이리하여 모든 시인의 붓은 꺾이어지고, 아니, 불타는 정의와 민족애의 시혼(詩魂)은

저들의 칼끝 아래서 저주받고 절단되어 버렸고,

오직 일부의 반동적인 문학만이,

불가항력이라기보다 착각된 의식전도로 민족적 불행의 사실을 연출함에 그치고 말았다.

그러나 8월 15일에 이르기까지의 약 5년간의 혼란기와 반동기에 있어서, 시인들은 오로지 침묵함으로써 웅변 이상으로 우리의 시가와 민족의 정신을 지켜 온 영광의 전사였다.

이제, 우리의 모든 감정과 지혜와 심혼은 해방되었다.

폐쇄되었던 시의 전당의 철비는 일격에 깨뜨려지고 말았다.

우리의 말이 홍수처럼 밀려 나오고, 우리의 감상이 조수처럼 부풀어 오르는 자리에서, 시인의 가슴은 미어지는 듯 터지는 듯한 흥분 속에 휩싸여졌다.

그리하여 저들이 우리에게 준 지옥의 낙형(烙刑)에서 소생(蘇生)하였다. 선정이라고 가르치던 억압(抑壓)에서 미덕으로 꾸미어 내던 약탈(掠奪)에서, 굴욕을 충절이라고 깨우치려 들던 그 모욕(侮辱)에서 벗어나,

이제 우리들은 아름답지 못한 과거를 불살라 버리고, 우리 혈관 속으로 흘러든, 그 불순한 피의 원소를 모조리 씻어 낸 다음,

우리의 심경에 일점의 흐림도 없이, 재생하는 조국의 광복만을 비추어 볼 것이 아닌가?

폴란드의 모든 시인처럼, 단테나 베르하렌과 같이 우리의 진정한 시혼으로 하여금 해방의 역사 위에 빛나는 시의 기념탑을 세워야 하고,

유일한 예언자나 신령처럼 숭앙되어야 할 이 땅의 시인들이 아닌가?

시인아! 이제 너는 불사의 민족혼(民族魂)을 불러일으킬

선구자(先驅者)의 위치에 놓여있다."

라고 외쳐서 교과서에까지 실렸었다.

그때 우리는

「"살아 살 곳 없고, 죽어 누울 곳 없는 민족!" 또는

「"문전옥답은 왜놈 척식회사(拓殖會社)에 빼앗기고, 똑똑한 자식은 감옥소 귀신이 되었구나!"

「"빼앗긴 들에도 봄은 오는가! 들을 빼앗겼지 넋이야 빼앗겼나!"

「"어서 노 저어라 이 배야 가자! 온 길이 천리요, 갈 길은 만리다! 땅을 버렸지 넋이야 버렸나!"

「"내가 바라는 손님은 고달픈 몸으로 청포를 입고 온다고 했으니…"

이러한 절규와 시귀들은 우리가 함께 겪으며 동감했던 쓰라린 마음이어서 한층 더 뼈아프게 공감했었다.

* * * *

2. 고려 수난기의 한림들의 사명

그러나 우리 민족의 역사에는 이 보다 더 험하고 비극적 수난이 있었으나 오래된 일이라 후손들이 이를 잘 모르니 안타까운 일이다.

그것은 우리 교육에 "국사교육"이 부실해서 생긴 일이요, 이런 교육은 망국적 역사를 반성할 줄 모르는 민족이 저지르는 행태이다.

※ 어느 민족이나 국가로도 국어와 국사(역사) 교육은 필수적이요, 우선순위의 교과목인데 우리 남한의 멍청한 교육 위정자들은 이를 망각하고 있었다.

우리가 과거사 중에서 국사를 몰라 그런 비극을 되풀이 당하는 일이 한두 번이 아니지만 필자는 이런 고려 때의 비극과 그 양상을 보면서 고려의 한림들이 우국 · 애민하던 충정을 시문(詩文)으로써 캐내어보려 하는데 고려 때 우리 조상들이 겪었던 참상을 먼저 살펴보아야 하겠다.

그것은 융성했던 고려 왕조가 비극의 나락으로 전락하던 모습부터 보아야 할 것이니, 다스리는 임금이 부실하자 북방의 글안(契丹)의 침입으로(993년) 시작하여 몽고의 수차에 걸친 침입, 국토 점거 등, 수세기를 거쳐 오면서 국토는 짓밟히고, 수도 서울은 두 번씩이나 피난가고, 풍속은 되놈화 되고 백성은 박탈당해 굶주림에 떨었고 이런 비극과 지옥이 다시 없었으니 몽고(蒙古=元)의 침입 형태만 보더라도 그때의 참상을 짐작할 수 있다.

사학가 이홍직(李弘稙;1909~1970)※ 박사는 몽고의 침략을 "원(元)의 침입"이라 지칭하고, "고려 고종 때 7차에 걸쳐서 우리나라에 쳐들어온 원의 침략"에 대하여 다음과 같이 서술하고 있다.

"고려는 최씨가 무단정치를 행하고 있는 동안 중앙아시아 대륙에서는 티무진(鐵木眞=Timudjin)이라는 영웅이 나와 몽고족을 1206년(희종 2)에는 징기스칸(成吉思汗)으로 군림하였다. 그는 세계를 정복할 목적으로 동서양 각국을 공격, 세계 최대의 제국을

※ 이홍직(李弘稙, 1909~1970) ; 사학 교수. 서울 태생, 호는 남운(南雲), 도쿄(東京)제국대학사학과 출신, 「국조보감(國朝寶鑑)」 편집을 맡았고 일제 말엽에 국립박물관 부관장, 연희전문(연세대) 사학 교수, 문화재위원, 국립박물관장. 그리고 논문 다수와 「국사대사전」 편저의 업적이 크다.

건설한 다음, 남하하여 금나라를 공격하니 금은 내부적인 분열을 일으켰다. 그들 글안족인 금나라 유민의 일부분은 대요국(大遼國)을 세우고 여진족을 화합, 재기의 기회를 노렸으나 다시 원에 쫓기어 1217년(고종 4)에는 마침내 고려의 국경을 넘어서게 되었다. 이에 원은 동진(東眞)과 동맹, 이를 소탕하기 위하여 고려에 들어오자 고려도 군사를 동원하여 그들과 협력, 강동성(江東城)에서 글안을 무찔렀다. 원은 이를 계기로 고려에 큰 은혜라도 베푼 듯이 고려와 협약을 맺고 해마다 과중한 세공을 요구하는 한편, 원의 사신은 고려에 들어와 오만한 행동을 자행, 고려는 차츰 그들을 적대시하게 되었다. 이러한 사례 하에서 마침 1225년(고종 12) 1월, 원의 사신 저고여(著古與)가 국경지대에서 살해된 사건이 발생하였다. 원은 이를 고려의 소행이라 하고, 고려는 국경을 넘어서 금나라 사람에게 피살된 것이라 주장하여 양국 간의 관계는 점차 험악하여지고 마침내는 국교단절에까지 이르러 원은 고려에 대한 침략을 계획하였다.

[제1차 침입] 징기스칸의 대를 이은 오고다이(Ogotai, 窩闊台-太宗)는 1231년(고종 18) 장군 살례탑(撒禮塔)에게 별군(別軍)을 주어 침입에 착수, 8월에 압록강을 넘어 의주(義州)·철주(鐵州) 등을 함락하고 계속 남하하였다. 고려군은 이를 맞아 구주(龜州)·자주(慈州)·서경(西京) 등에서 크게 무찔렀으나 대체로 전세가 불리하게 되었다. 드디어 원나라 군사가 개경(開京)을 포위하여, 고종은 할 수 없이 살례탑이 보낸 권항사(勸降使)를 만나고 왕족 회안공 정(淮安公 侹)을 적진에 보내어 강화를 맺게 하였다. 그 결과 싸움은 일단 중지되고 원은 이듬해 1월 군대를 철수하였는데 원나라 사료에는 이때 전국에 다루가치(達魯花赤) 72명을 두었다고 전하나 〈고려사〉에는 전혀 이런 기록이 없다.

[제2차 침입] 고려는 비록 원과 강화를 하였으나 이는 고려의 본의가 아니었고, 또 앞으로 원의 태도 여하를 몰라 당시의 집권자인 최이(崔怡)는 재추회의(宰樞會議)를 열고 강화천도(江華遷都)를 결정, 1232년(고종 19) 6월에 수도를 강도(江都-江華島)로 옮기고 장기항전(長期抗戰)의 각오를 굳게 하였다. 이는 원에 대하여 적의(敵意)를 보인 것이므로 살례탑은 7개월 만에 다시 대군을 이끌고 침입, 서경의 반적(叛賊) 홍복원(洪福源)을 앞세워 개경을 함락하고 남경(南京-서울)을 공격한 다음 한강을 넘어 남쪽을 공략(攻略)하였다. 그러나 해전(海戰)에 약한 원은 강도를 치지 못하고 사신을 보내어 항복을 권고하였으나 응하지 않으므로 다시 남하하여 처인성(處仁城-龍仁)을 공격하다가 살례탑은 고려의 김윤후(金允候)에게 화살을 맞고 전사하였다. 대장을 잃은 원은 사기를 잃고 철수하였는데 이때 고려는 부인사(符仁寺) 소장의 〈고려대장경〉 초조판(初彫板)이 불타 없어졌다. 한편 원의 철수에 기세를 올린 최이는 북계병마사(北界兵馬使) 민희(閔曦)에게 가병(家兵) 3천을 주어 앞서 반역한 홍복원을 토벌, 가족을 사로잡고 북부 제주현(諸州縣)의 대부분을 회복하였다.

[제3차 침입] 1235년(고종 22) 원은 남송(南宋)을 공격하는 길에 따로 당올태(唐兀台)에게 대군을 주어 다시 고려를 치게 하였다. 원은 개주(介州-介川)·온수(溫水-溫陽)·죽주(竹州-竹山)·대흥(大興-禮山) 등지에서 큰 타격을 받으면서도 4년간에 걸쳐 전국 각지를 휩쓸었다. 유명한 황룡사9층탑(皇龍寺九層塔)도 이때에 파괴된 것이다. 이같이 원은 육지에서는 화를 입혔으나 강도만은 침공치 못하니 조정은 강도에 웅거하여 방위에 힘쓰는 한편 부처의 힘을 빌어 난을 피하고자 〈대장경〉의 재조(再彫)를 시작하였다. 그런데 강도에서는 백성에게 미치는 피해를 우려하여 1238년

(고종 25) 겨울 김보정(金寶鼎) 등을 적진에 보내어 강화를 제의, 원은 왕의 입조(入朝)를 조건으로 이듬해 봄에 철수를 시작하였다. 철수 후 고려는 약속을 이행치 않다가 원의 독촉으로 입조의 불가능함을 말하고 왕족 신안공 전(新安公 佺)을 왕제(王弟)라 칭하여 대신 원에 보내고 1241년(고종 28)에는 신안공의 종형(從兄) 영녕공 준(永寧公 綧)을 왕자로 가장시켜 몽고에 인질로 보냈다.

[제4차 침입] 태종의 대를 이어 귀유(貴由-定宗)가 즉위하자 원은 고려의 입조와 출륙(出陸)을 조건으로 아모간(阿母侃)에게 군사를 주어 고려를 치게 하였다. 그런데 이때 원은 정종이 죽고 후계자 문제로 분규가 생겨 한때 철군하였으나 헌종(憲宗)이 즉위하게 되자 1251년(고종38) 야굴(也窟 · 也古)을 시켜 고려에 대거 침입하였다. 이에 고려는 전쟁을 각오하고 강도를 굳게 지키니 원은 이를 함락치 못하고 동주(東州-鐵原) · 춘주(春州-春川) · 양근(楊根-楊州) · 양주(襄州-襄陽) 등을 공격한 다음 충주성(忠州城)에 이르렀다. 이때 돌연 야굴은 병을 이유로 귀국하였는데 도중 개정에서 고려의 철수 요구를 받았는데 그는 어느 정도 타협적인 태도를 취하였다. 이에 고종은 강도를 나와 승천부(昇天府)에서 야굴의 사신과 회견하였으며, 한편 충주성 싸움도 70여일에 걸친 치열한 공방전 끝에 원이 불리하게 되어 드디어 철수하기 시작하였다. 그러나 북부지방에 있던 원의 군대는 철수를 주저하고 있다가 고려 왕자 안경공 창(安慶公 淐)을 원에 보내어 항복을 표시함으로써 완전히 철병하였다.

[제5차 침입] 그러나 헌종은 왕자의 입조만으로 만족치 않고 국왕의 출륙과 입조를 요구하면서 1254년(고종 41) 7월 차라대(車羅大-札刺兒帶)를 정동원수(征東元帥)로 삼아 대군을 이끌고 침입케 하였다. 그는 전국 각처를 휩쓸고 계속 남하하여 충주성과

상주산성(尙州山城)을 공격하였으나 실패했다. 이때 차라대는 돌연 헌종의 명으로 군을 돌이켰는데 이번에 고려가 받은 피해는 어느 때보다도 가장 심하여 〈고려사〉에도 포로가 20만 6천 8백여 명, 살상자는 부지기수라고 하였다.

[제6차 침입] 이듬해 원은 또다시 차라대를 대장으로 인질로 갔던 영녕공과 홍복원을 대동하여 대거 침입, 갑곶대안(甲串對岸)에 집결하여 강도에 돌입할 기세를 보였다. 그러나 마침 전해원에 갔던 김수강(金守剛)이 헌종을 설득시키는데 성공하여 원은 고려에서 철수하였다.

[제7차 침입] 그러나 이는 일시적인 대책에 불과하였으며 더욱이 1257년(고종44)에는 해마다 원에 보내던 세공을 정지하게 되자 원은 또 차라대에게 군사를 주어 고려를 침략케 하였다. 그간 정부는 재차 김수강을 철병 교섭의 사신으로 몽고에 파견, 헌종을 알현케 하여 그 허락을 얻으니 출륙과 친조를 조건으로 원은 일단 군대를 북으로 후퇴시키고 고려의 태도와 동정을 살피고 있었다.

[고려의 굴복] 이처럼 7차에 걸친 원의 침입은 육지의 백성을 도탄에 빠뜨리고 막대한 인명 · 재산 · 문화재의 피해를 입힌 채 원은 고려왕의 입조 · 출륙을 요구하고 고려는 원의 철수를 우선적으로 요구하는 등 교섭이 잘 진행되지 않다가 1258년(고종 45) 최씨 정권의 마지막 집권자인 최의(崔竩)가 김준(金俊)에게 피살되자 정세는 돌변하여 원에 대한 강화의 기운이 생기게 되었다. 이리하여 1259년(고종 46) 3월 박희실(朴希實) 등을 사신으로 보내어 차라대와 회견, 왕의 출륙과 입조를 약속하고 태자 전(倎) 등 40여 명을 원에 보내고 강도의 성을 헐게 하여 고려의 강화 태도에 확증을 보이니 28년 간의 싸움 끝에 드디어 고려는 굴복하였

다. 동년 6월 고종이 죽고 태자가 귀국, 왕위에 올라 원종(元宗)이 되었는데 그는 원에 태자를 다시 인질로 보내어 성의를 표시하였으나 강화에서 나오지는 않았다. 그 후 강도에서는 무신 간의 알력이 생겨 한때 왕이 폐위되었으나 다시 복위, 원의 초청을 받고 연경(燕京)에 들어갔다가 1270년(원종 11)에 귀국하여 개경에 환도하니 이로부터 고려는 완전히 원의 지배하에 들어갔다. 이는 강화에 천도한지 39년 만의 일이다.

[영향] 고려는 강화의 작은 섬을 안전지대로 삼아 근40년간 질풍 같은 원의 대군을 맞아 항전하는 동안 상하 모든 사람은 민족의식과 애국심이 극히 왕성하였는데 삼별초(三別抄)의 난을 일으킨 무사들의 항거 정신은 그 대표적인 것이었으며, 특히 부처의 힘을 빌고자 15년간에 걸쳐 〈팔만대장경〉을 완성한 사실은 우리 역사상 가장 특출한 업적의 하나가 되었다. 그러나 그동안 국내 각지는 적의 침략을 당하여 국토는 황폐하여지고 민족의 고난은 이루 말할 수 없었다. 문화재는 소실되고 정치적으로는 원의 간섭을 받아 충렬왕 이후 공민왕까지는 부마국(駙馬國-사위 나라)으로 되어 자주성을 잃고 변태적인 왕조가 되었으며 모든 정치 기구는 개편되고 서북면에는 쌍성총관부(雙城摠管府)·동녕부(東寧府) 등이 설치되어 국토의 변질을 가져왔다. 한편 여·몽 연합군의 일본 정벌과 왕실의 내분·심왕당(瀋王黨)의 대두 등은 고려 쇠퇴의 중요한 원인을 만들었다. 문화적으로도 몽고지배하의 80여 년간은 문물교환·인물교환이 잦아 이른바 몽고풍(蒙古風)의 유행을 보게 하여 고려인의 생활양식에 많은 변화를 일으켰다. 그러나 동·서문화의 교류에 힘쓴 원의 영향을 받아 천문·수학·역법(曆法)·예술·목화·화약·정주학(程朱學) 등이 전래되어 고려 문화에 큰 공헌을 하였다.”

라고 기술하여 그때 고려의 비극과 그 참상을 짐작케 하는데 이런 역사를 우리 후손이 모르고 있으니 답답한 일이다. 여기에 중대한 사실(史實)을 더 붙여야 할 기막힌 일은 충렬왕(忠烈王; 재위 1275~1308)의 작태이니 그는 몽고에서 살았고, 몽고 공주와 결혼하고 몽고풍 편발과 옷차림으로 고려왕으로 군림하고는 매일 같이 계집을 바꿔 끼면서 주연으로 나날을 보내던 한심한 역사가 있다. 그래서 이 「고려시대 우국애민 한림의 시문」을 엮는다.

Ⅱ. 고려의 별곡체 시가

「부석사 무량수전 석가여래 좌상」 (경북 영주)

1. 우리의 시가는 별곡가사로부터 시작

우리 민족 역사상 고려시대 만큼 한시문(漢詩文)이 융성, 난숙한 때도 없었을 것이니, 그것은 중화(中華)의 당(唐) 송(宋)대 한문화(漢文化)가 밀물처럼 흘러들어 왔기 때문이요, 중국에서도 그 시기엔 당송팔대가(唐宋八大家)[1] 등의 시문이 절정을 이루던 분위기였으므로 더욱 빛을 발했던 문화의 절정기였으리라.

우리의 고려시대에 있어서는 특히 한림학사계층들의 정치적, 문화적 활동이 두드러졌으니 이른바 3대 문벌의 칭호를 받던 최충(崔沖;984~1068)과 그 일가들의 정치세력 및 문학 활동, 그리고 이자겸(李資謙;?~1126)의 전횡과 그 일가, 후손들의 문학창작 및 김부식(金富軾;1075~1151)의 정치활동과 그 일가 및 후손들의 문학창작은 그 어느 시대보다도 특출하게 빛났다.[2]

여기서 고려의 한림학사계층이란 개념은 제도상의 한림학사를 말함이 아니고 학자요, 문인을 말하며 그들은 거개가 시문과 유학을 깊이 공부하고 과거에 오른 재사들로서 시문의 깊이는 물론 정치와 제민(濟民)에도 일가견이 있는 일편단심으로 애국 · 애민하던 선비들을 말한다.

그러나 중국에서까지 소문났던 그들 한림들의 한시문도 글안(契丹)의 잦은 침입과 정중부(鄭仲夫)의 난으로 시작된 무인전횡(武人

---

1) 당송팔대가 ; 당나라 때의 퇴지(退之) 한유(韓愈;768~824)와 자후(子厚) 유종원(柳宗元) 그리고 송나라의 영숙(永叔) 구양수(歐陽修;1007~1072)와 명윤(明允) 소순(蘇洵;1008~1065), 자첨(子瞻) 소식(蘇軾;1036~1101), 자유(子由) 소철(蘇轍;139~1112), 자고(子固) 증공(曾鞏;1019~1083), 개보(介甫) 왕안석(王安石)의 8인이니 이들은 또한 정치가이기도 하였다.

2) 석학 김태준(金台俊)은 그의 「朝鮮漢文學史」에서 고려시대에서 한문학이 융성된 중에서도 "삼대문벌(三大門閥 崔, 李, 金)"의 한시문이 크게 빛났다고 하였다.

專橫)시대가 오랫동안 계속되다가 고종(高宗 ; 재위 1213~1259) 때에 이르러서는 글안과 몽고의 침입이 극심한 중에 한때는 몽고족 원(元)의 침입 천하가 지속되면서 수도는 강화도로 피란 가는 사태까지 벌어진 와중에 문인들은 위축되어 산야에 흩어진 속에서도 오히려 화합의 정념으로 한림학사들은 시문창작에 극성스러웠고 별곡체 가곡을 읊어댔다. 별곡체란 결국 중국의 한문 시가(詩歌)에 대하여 운(韻)이나 조(調)가 없이 된 우리나라의 독특한 시가를 이르던 말이다.

여기서 한림제가들의 고품격과 화합의 한시문에 관한 기술은 뒤로 돌리고, 먼저 별곡체 시가문학에 대하여 밝히고 가야 하겠다.

(1) 별곡체(別曲體) 시가 문학이란?

별곡체는 중국 가곡(歌曲)에 대한 우리 민족 전통적이며 고유한 노래를 말해준다.

신라 때 향가(鄕歌)를 비롯하여 사뇌가(詞腦歌)가 별곡체요, 고려시대의 경기체가(景幾體歌)로 불리어지던 시가들이 별곡체이다.

신라 향가를 별곡체로 인식하고 불러 온 역사는 유구하다.

1287년(충렬왕 13)에 저술한 「제왕운기(帝王韻記)」[3]에서 이승휴(李承休 ; 1224~1300)는

"(신라시조 혁거세는, 나온 곳이 인간세상 아니므로 알이 있어 하늘에서 내려와 크기는 박 만하고 붉은 실로 매었더라. 통 속에서 나서 자라 박씨라고 성이 되니 신라 사람, 박을 박이라 불렀구나, 이 어찌 하늘이 열어준 것 아니랴.

3) 「제왕운기」도 상하 2권 중 상권은 중국의 역사적 제왕〔반고(盤古)로부터 금(金)까지〕 사적을 노래한 책이다.

한나라 선종오봉(漢宣帝五鳳) 원년 갑자(B.C. 57)에 진한(辰韓)이 개국하여 경계 정하니, 풍속은 순후하고 아름다워 나라는 평화롭고, 어진 임금, 어진 신하 서로 이어 다스리니 복희씨 옛 세상에 무엇을 더하리오. 조야 모두 공경화목 거짓이 없구나.

남녀는 희희낙락 길은 가려 걸어가고 먹을꺼리 아끼잖고, 문을 닫지 않는구나. 꽃 핀 아침 달 뜬 저녁 손잡고 노는 모습 별곡가사 마음대로 지어서 읊는구나. 혹은 계림 혹은 금궤로 하늘에 감응되며 석씨, 김씨 서로가 이어 바뀌었다.)”

(新羅始祖赫居世 所出不是人間系 有卵降自蒼蒼來 其大如瓢紅縷繫 箇中長生因姓朴 此豈非爲天所啓 漢宣五鳳元甲子 開國辰韓定疆界 風淳俗美都局平 聖君賢糧臨相繼 羲皇上世何以加 朝野肅穆無欺弊 士女熙熙分路行 行不齋量門不閉 花朝月夕携手遊 別曲歌詞隨意製 或感鷄林或金櫝 昔氏金氏相承遞)

여기서 별곡가사는 사뇌격(詞腦格)인 향가(鄕歌)를 말함이요, 저 중국 당가(唐歌)에 대한 우리의 노래가 향가(鄕歌), 즉 “시골노래”요, 그것은 격조로 보아 “우리말로 불리어진 노래” 곧 한문자의 뜻인 훈(訓)과 음(音)을 빌려서 우리 노래조라는 시골격(詞腦格 또는 詩腦格 또는 思內格)으로 부른 노래라는 것이니, 다시 말하면 중국(唐)을 문화적인 본향(本鄕)으로 인식했던 당시로는 우리나라 문물을 시골(鄕)의 문화요, 시가로 인식하고 말한 것이니, 이때 우리의 언어와 정서로 부른 노래가 별곡(別曲)이었던 것이다.

따라서 “향가” “사뇌격” “별곡체”는 모두 같은 우리의 시가라는 의미요, 그 용어가 다른 것은 그 성격상 경우가 다르기 때문이었다.

또 한 가지 덧붙일 사실은 이승휴가 찬송한 “풍속은 순후하고 아름다워 나라 안은 평안하고(風淳俗美都局平)”의 때(時點)인즉 신라 4대 유리니사금(儒理尼叱今;儒理尼師今) 5년(A.D. 28)으로 이때 "두솔가(兜率歌)"를 지어 불렀다 했는데, 이것은 신라의 '가악의 시초' 라고 했으니 이 "두솔가"란 무슨 노래였던가.

이 해에 민속이 환강했고, 이때 '한가위 가배(嘉俳) 풍속이 시작된 이 시점의 '두솔가' 는 무슨 뜻의 최초의 시가였을까의 규명은 매우 중대하다.

불교에서는 '두솔' 이 두솔천(兜率天)을 이르는 말이지만 이때 신라에는 불교가 아직 전래되기 5세기나 아득한 옛적이니 분명 불교적 관념이나 명칭은 아니고 보면 '두솔가' 란 의미심장한 숙어이다.

일언이폐지하고 필자는 "두솔가(兜率歌)"란 "두레 노래"를 말한다고 단정하고자 한다.

신라 초기에 있어서 두레 노래는 농민들이 둘러서서 부른 노래와 춤이었다는 사실은 「위지 동이전」[4]에 상세히 전하거니와 이는 우리 겨레의 고대부터 부르던 두레 노래로서 현금도 전해지는 농촌의 '두레' 조직의 원형이다.

이병도(李丙燾) 박사 등은 「한국사 고대편」에서 '두레' 에 대하여 여러 가지 의미로 기술했지만(3.삼한의 사회상 p.299) 신라 유리왕 때의 "두레 노래(兜率歌)"에 대하여는 착안하지 못했다.

이승휴가 기술한 "별곡가사"란 신라 초기 4대왕 유리니사금 때에 천하태평하고 민속이 환강할 때 농부들은 저 중국 고대의 격양가(擊壤歌)처럼 두레 노래를 부르며 춤췄고, 부녀자들은 길쌈을 마치고는 음식을 차려 먹으며 춤추고 노래한 풍속이 이때의 역사이다.

---

4) 「위지(魏志) 동이전(東夷傳)」에는 "5월에 씨를 뿌리고 , 또 10월에 농사일이 끝나면 국중대회를 열고 노래와 춤을 추는데 수십 인이 구기상수(俱起相隨), 답지저앙(踏地低昻), 수족상응(手足相應)하더라" 했는데, 이는 우리들 상고시대의 "두레 노래"였다.

따라서 두레 노래는 애초에는 농부들이 즐거워 부르며 춤춘 유희였으나 차츰 변화 발전되고, 제도화되어 농촌의 작업을 능률화하는 수단으로서 두레가 되었으니 이에 농악이 따르고 규범이 생긴 것이다.

처음의 두레 노래는 농민들이 우리말로 불렀기 때문에 별곡이요, 그 가사(歌詞)는 즉흥적으로 때와 경우에 따라 노래했기 때문에 "별곡가사 마음대로 지어 부른다."(別曲歌詞隨意製)고 했다.

그런데 여럿이 노래 부르는 절차와 합창 양식은 처음에 말솜씨 좋은 사람이 즉흥적으로 사설(辭說)하면 여럿이 후렴귀를 합창하는 양식인데, 지금의 "상여노래〔만가(挽歌)〕"나 "강강수월래"도 "두레 노래"의 경우와 같으니, 고대에 있어서는 "귀지가〔龜旨歌; 일명 영신가(迎神歌)〕"나 "해가사(海歌詞)"[5]가 그러했다.

우리의 고대인들은 "무리의 입은 쇠도 녹인다"(衆口鑠金)라고 믿고 있었기 때문에 「해가사」나 「귀지가」를 중창(衆唱)하여 원하는 소망을 이루고 있었으니, 신라 때 "별곡가사"가 바로 이런 종류의 향가였다. 그리고 그 노래의 격조는 사골격(詞腦格 또는 思內格)이요, 즉 당나라 가곡에 대한 시골 노래(鄕歌)요, 그래서 별곡체 가사인 것이다.

우리 시가의 별곡체에 대하여 최초로 논급한 이는 가람 이병기(李秉岐;1891~1968) 선생이다. 그는 「국문학전사」에서

> "이 별곡체는 「한림별곡」을 그 효시(嚆矢)로 잡을 수 있으며, 종래의 민요의 '넘기고 받는 소리'를 모방하여 각 연을 일경(一景)으로 읊은 것이다. 즉 시문(詩文), 서적(書籍), 명필(名筆), 명

5) 영신가(迎神歌)나 해가사(海歌詞)는 '두레 노래'와는 다르지만 중구삭금(衆口鑠金)의 가악이라는 점에서 고대 민요적 성격을 띠고 있으므로 별곡체의 개념 속에 넣었다.

주(名酒), 명화(名花), 음악(音樂), 누각(樓閣), 추천(鞦韆) 등을 노래한 것인데, 그 뒤 유관(儒冠)들이 이를 이어받아 이런 체의 노래를 지어서 무슨 연회나 제향(祭享)에서 불렀으니, 이는 의식의 희악(戲樂)이었던 것이다. 또 이 기원을 중국의 시가 형태에서 찾는 견해도 있으나 별곡이나 별곡체나 다 같아 순연히 우리 민요의 한 형태를 모태로 하여 발생한 것이다."(방점은 필자가 표시한 것)하여 대체로 수용할 만한 견해이지만 이 문제는 「한림별곡」을 정확히 해석해야 올바른 해답이 나올 것이다.

가람 이병기 선생의 별곡체에 관한 기술은 우리 국문학사상 고려가요를 이해하는데 중요한 비중을 차지하고 있으므로 그 견해를 장황한대로 더 옮겨 보인다.

가람선생은 "별곡(別曲)과 별곡체(別曲體)의 등단(登壇)"을 설명하되

"(1) 곡(曲) · 별곡(別曲) · 별곡체(別曲體)의 의의(意義)

전절(前節)에서 본 바와 같이 시조형(時調形)이 여조(麗朝) 중엽(中葉)에 이르러 하나의 시형(詩形)으로 완성된 후, 그 말엽에 이르러서는 제법 성장하여 우리말을 제대로 무르익게 아로새겼다. 그런데 이 시조(時調)와는 별도로 또 하나의 시형(詩形)이 여조(麗朝)에 들어와 이루어졌으니 별곡(別曲)과 별곡체(別曲體)가 곧 그것이다. 「제왕운기(帝王韻記)」 신라조(新羅) 조(條)에,

士女熙熙分別行 行不賚糧門不閉

花朝月夕携手遊 別曲歌詞隨意製

라 하여 별곡(別曲)이란 명칭이 보이는 바, 이는 신라(新羅) 때부터 이런 별곡(別曲)이 있던 것이 아니라, 「제왕운기(帝王韻記)」를 쓰던 당시에 성행하던 별곡(別曲)의 명칭을 신라(新羅) 때까지 치켜 올린 것으로 보는 편이 마땅할 것이다. 왜냐하면 신라(新羅) 때에는 별곡(別曲)이란 명칭이 문헌상(文獻上)에 전혀 나타나지 않는 까닭이다.

그러면 이 별곡(別曲)이란 명칭은 어떤 의의(意義)로 해석하여야 할 것인가. 「고려사(高麗史)」 지(志) 속악조(俗樂條)에는 서경(西京) · 대동강(大同江)이라는 악곡명(樂曲名)이 보이는 바, 「동국문헌비고(東國文獻備考)」 악고(樂考) 속악부(俗樂部) 기자조선악(箕子朝鮮樂) 조(條)에는 서경곡(西京曲) · 대동강곡(大同江曲)이라는 곡명이 보인다.

그리고 「악장가사(樂章歌詞)」에는 서경별곡(西京別曲)이라는 전(全) 십사절(十四節)인 사(詞)가 전하고 있다. 그런데 이 서경별곡(西京別曲)을 좀 자세히 분석하여 보면, 그 제1절에서 제8절까지는 서경별곡(西京別曲)에 해당하고, 제9절에서 제14절까지는 대동강별곡(大同江別曲)이라 이를 만한 것이다. 「고려사(高麗史)」 권71 악지(樂志) 및 「문헌비고(文獻備考)」에는,

西京 『西京古朝鮮 卽箕子所封之地 其民習於禮讓 知尊君親上之義 作此歌 言仁恩充暢 以及草木 雖折敗之柳 亦有生意也.』

大同江『周武王 封殷太師箕子于朝鮮 施八條之教 以興禮俗 朝野無事 人民懽悅 以大同江比黃河 永明嶺比嵩山 頌禱其君 此入高麗以後所作也.』

『서경곡(西京曲)은 기자(箕子)의 백성이 예양(禮讓)을 익혀 임금을 높이고 왕(王)을 찬(讚)하는 뜻으로, 이 노래를 지어 그 인은(仁恩)이 넘쳐 초목에도 미쳐 비록 꺾인 버들이라도 산 뜻이 있다.』

『대동강곡(大同江曲)은 기자(箕子)가 팔조(八條)의 교(敎)를 베풀어 예속(禮俗)을 일으키며 조야(朝野)가 편안하고 인민이 기뻐하여 대동강(大同江)을 황하(黃河)에 비(比)하고 영명령(永明嶺)을 숭산(嵩山)에 비(比)하여 그 임금을 축송하는 노래라 하니, 이는 여조(麗朝)에 든 이후의 소작(所作)이라.』

하였다. 그런데 현재 「악장가사(樂章歌詞)」에 전하는 서경별곡(西京別曲)은 그 내용이 이와는 전혀 다르다. 그리고 근조(近朝) 성종십팔년(成宗十八年) 왕(王)의 교지(敎旨)에,

『宗廟之樂 如保太平定大業則善矣 其餘俗樂 如西京別曲 男女相悅之詞 甚不可也.』

『종묘(宗廟)의 악(樂)에 보태평(保太平) 정대업(定大業)과 같은 것은 좋으나, 그 나머지 속악(俗樂)에 서경별곡(西京別曲)과 같은 것은 남녀가 서로 즐겨하는 말이니 심(甚)히 불가하다.』

함을 보면, 이는 현재 전하는 서경별곡(西京別曲)임이 틀림없고, 서경곡(西京曲)과 대동강곡(大同江曲)은 따로 있었던 것을 알 수 있다.

여기서 우리는 별곡(別曲)의 어의(語義)를 알 수 있다. 우리가 얼핏 생각하기에도, 「별곡(別曲)」은 원래 있었던 어떤 곡(曲)과는 달리 따로 만들어진 곡(曲)의 별칭(別稱)이라는 생각이 든다. 그러나 이런 생각만으로는 단언하기 어렵고, 적어도 그 증거를 얻어야

할 것이다.

그런데 「세종실록(世宗實錄)」 권 제146에는 「만전춘곡(滿殿春曲)」이라는 곡목이 보이고, 또 악장가사(樂章歌詞)에는 「만전춘별사(滿殿春別詞)」라는 곡목이 있어, 전자(前者)의 그것과 구별함에 「별사(別詞)」라 적혀 있음을 본다. 이는 곧 원래 있던 「만전춘곡(滿殿春曲)」과는 엄연히 구분되는 다른 노래로서의 「만전춘별사(滿殿春別詞)」를 뜻함이라고 볼 수 있을 것이다. 요컨대는 별곡(別曲)이란 명칭은 이리하여 형성되었고, 따라서 그 최초의 의의(意義)는 원래 있던 원곡(原曲)에 대립하는 별곡(別曲)이란 뜻이었을 것이다.

그러나 그 후 별곡(別曲)이란 명칭은 반드시 그런 의미로서만 쓰이지 않게 되고, 그저 「노래」의 한 명칭으로 무슨 별곡(別曲)이니 하여 여조(麗朝) 이래 많이 사용하게 되었다.

> 紅牧丹 白牧丹 丁紅牧丹 紅芍藥 白芍藥 丁紅芍藥 御柳玉梅 黃紫薔薇 芷芝冬栢 위 間發ㅅ景 긔엇더ᄒᆞ니잇고 合竹桃花 고온두분 合竹桃花 고온두분 위 相暎ㅅ景 긔엇더ᄒᆞ니잇고

이것은 한림별곡(翰林別曲) 중의 한 장(章)이다. 여기 「위……景 긔엇더ᄒᆞ니잇고」를 한자(漢字)로 「경기여하(景幾如何)」로 적기도 하였다. 이런 것을 보고 어떤 이는 이런 노래를 경기체가(景幾體歌)라고 하였으나 이는 부당하다고 본다. 그 이유로는 첫째 「위……景 긔엇더ᄒᆞ니잇고」의 「위……景」과 「긔엇더ᄒᆞ니잇고」는 각각 한 귀절(句節)로서 반드시 그 사이를 띄어야 할 것이고, 둘째로 이 체(體)로 된 노래라도 유림가(儒林歌)와 같은 노래는 「위……景 긔엇더ᄒᆞ니잇고」하는 어귀(語句)를 전연 쓰지도 않았기 때문이다.

이런 체(體)의 노래는 여조(麗朝) 고종(高宗) 때 제유(諸儒)의 소작(所作)이던 한림별곡(翰林別曲)으로 시작하여 근조(近朝) 선조(宣祖) 때 권호문(權好文)의 독락칠곡(獨樂七曲)까지 350여 년을 계승되어 온 것으로, 그 원형이든 변형이든 다른 별곡(別曲)과는 상이한 독특한 한 체(體), 즉 한림별곡체(翰林別曲體)의 체(體)로 되어 있다. 그리고 다른 별곡(別曲)이란 청산별곡(靑山別曲)·서경별곡(西京別曲)과 같은 한 민요체(民謠體)였다. 따라서 우리는 청산별곡(靑山別曲), 서경별곡(西京別曲)과 같은 민요체(民謠體)로 된 것을 그저 「별곡(別曲)」이라 부른다면, 이 한림곡체(翰林曲體)는 「별곡체(別曲體)」라고 부르는 것이 마땅하다고 본다.

물론 이 별곡체(別曲體)는 한림별곡(翰林別曲)을 그 창시(創始)로 잡을 수 있으나, 이도 종래의 민요(民謠)의 「넘기고 받는 소리」를 의방(依倣)하여 각 장을 일경(一景)으로 노래한 것이었다. 즉 시문(詩文)·서적(書籍)·명필(名筆)·명주(名酒)·명화(名花)·음악(音樂)·누각(樓閣)·추천(鞦韆) 등의 경취(景趣)를 노래하며 놀던 것이었다. 그 뒤 유관(儒冠)들이 서로 이를 계승하여 이런 체(體)의 노래를 지어서, 무슨 연회(宴會)나 제향(祭享)에서 이를 부르기도 하였으니 이는 한 의식(儀式)의 희악(戱樂)이었던 것이다.

(2) 별곡(別曲)의 발전(發展)

서경별곡(西京別曲)이나 청산별곡(靑山別曲)과 같은 「별곡(別曲)」의 형태는 전술(前述)한 「별곡체(別曲體)」와는 달리 일종의 민요로서 전승되어 근조(近朝)에 까지 이어왔다. 따라서 비록 별곡(別曲)은 우리말로 된 것이요, 별곡체(別曲體)는 한문체(漢文體)로 지었다 할지라도, 그 기원(起源)은 꼭 같이 민요의 한 형태에서 파생되었기 때문에, 이 둘은 한 형태의 시가군(詩歌群)이요, 결코 별

개의 것이라고는 볼 수 없을 것이다. 그리고 혹은 이 별곡체(別曲體)의 기원(起源)을 중국(中國)의 시가(詩歌) 형태에서 찾고자 하는 이도 있는 듯하나, 위에서 말한 바와 같이, 별곡(別曲)이나 별곡체(別曲體)는 순연(純然)한 우리 민요의 한 형태에서 그 모태(母胎)를 찾을 수 있는 이상 그런 설(說)은 공연한 부회(附會)라 아니할 수 없을 것이다.

그런데 이 별곡(別曲)의 현전(現傳)하는 것으로는 앞서 든 서경별곡(西京別曲)〔좀더 엄정히 말하면 서경별곡(西京別曲)과 대동강별곡(大同江別曲)과의 합친 것〕 및 청산별곡(靑山別曲) 이외에 「악장가사(樂章歌詞)」·「악학궤범(樂學軌範)」 그리고 근자에 발견된 「시용향악보(時用鄕樂譜)」 등에 그 어법으로 또는 내용으로 보아 고려시대(高麗時代)의 제작으로 추측되는 작품들이 얼마간 전하여지고 있다. 즉 정석가(鄭石歌)·유구곡(維鳩曲)·귀호곡(歸乎曲;가시리) 상저가(相杵歌)·이상곡(履霜曲)·쌍화점(雙花店) 등이 그것이고, 이밖에 정과정곡(鄭瓜亭曲)·동동(動動)·처용가(處容歌) 등도 비록 그 형태는 다르나 고려시대(高麗時代)에 제작된 노래로 알려져 오고 있다. 그 중 정과정곡(鄭瓜亭曲)은 의종(毅宗) 때 폐신(嬖臣) 정서(鄭叙)가 지은 것이고, 쌍화점(雙花店)은 충렬왕(忠烈王) 때에 제작된 것으로 추측된다. 그리고 유구곡(維鳩曲)은 예종(睿宗) 때에 지었다는 벌곡조(伐谷鳥)의 그것이 아닌가 하며, 귀호곡(歸乎曲;가시리)은 「고려사(高麗史)」 악지(樂志)에 전하는 예성강곡(禮成江曲)의 전편(前編)으로 추측된다. 또 상저가(相杵歌)는 그 고박(古朴)한 품(品)으로나 자연스런 경지가 방불(彷佛)히 백결선생(百結先生)의 대악(碓樂)을 연상케 하는 바 있다.

이같은 고려(高麗)의 별곡문학(別曲文學)은 비록 오늘날 유전(遺傳)하는 자료가 양적으로 보아 요요(寥寥)한 감이 없지 않으나, 자연과 인사(人事)를 정교하게 그려내었고, 희비애락(喜悲哀樂)을 진지(眞摯) 박소(樸素)하게 읊어낸 그 수법이며, 제도를 깊이 음상(吟賞)하는 기쁨과 자랑이 예사가 아닌 것을 또한 기꺼하지 않을 수 없다. 이 어찌 고려문학(高麗文學)이 쇠퇴하였으며 국문학(國文學)이 고려 일대에 위축(萎縮)하였다 할 것인가?"

라고 논술하고는 〈참고〉라 하여 「서경별곡(西京別曲)」, 「한림별곡(翰林別曲)」, 「유구곡(維鳩曲)」, 「상저가(相杵歌)」 가사 전편을 수록했었다.

그러나 부분적으로 필자와는 다른 견해도 있으니 이 별곡형태의 원형부터 거슬러 올라가 고찰함이 옳겠다.

고대 중국 문헌인 제(齊;周의 太公望封侯國)의 위수(魏收)가 완성해 바친 「위서(魏書)」의 '동이전(東夷傳)'에 의하면 우리나라 상고시대 부족국가들의 세시풍속에 대하여 자세히 소개하고 있는데 이를 전부 믿지 못한다 하더라도 농경사회로 발전해 내려오던 고대사회의 필연적인 발전과정이므로 참작, 수용하는 것이 마땅하니 그 기록을 들어 보이면 다음과 같다.

"부여는 은나라로 치고 정월이면, 하늘에 제사 지내는 나라 안 큰 모임을 열었는데 이때 연일 먹고 마시며, 노래 부르며 춤을 췄는데… 길가에는 밤낮없이 노소가 한데 섞여 종일토록 노랫소리가 끊이지 않았다."

(夫餘 以殷正月祭天 國中大會 連日飮酒歌舞…行道晝夜無老幼皆歌 通日聲不絕) 했고,

"고구려에서는 거처하는 곳 좌우에 큰집을 세우고 귀신에게 제사 지내는데, 시월에 하늘에 제 지내고 국중대회 이름을 동맹이라 했고…"
(高句麗 於居所左右 立大屋祭鬼神 以十月祭天 國中大會名曰東盟…)

"예에서는 늘 시월에 하늘에 제사 지내며, 주야로 먹고 마시며 노래와 춤을 췄으니 그 이름이 무천인데, 또 범에게도 귀신처럼 제사했다."
(濊 常用十月節祭天 晝夜飮酒歌舞 名之儛天 又祭虎以爲神)

"마한은 늘 오월 달 씨 뿌리고 나면 귀신에 제 지내는데, 모여서 먹고 마시고, 노래하고 춤추는데 밤낮으로 쉬지 않고 그 춤은 수십 명이 모여서서 앉았다 섰다 하는 동작과 땅을 밟는 무도와 수족을 맞춰 추는 춤이 서로 맞춰지고 맞추는 곡조가 있었는데 마치 택무와 비슷했다. 10월에 농사의 공로가 끝나면 또다시 되풀이 했다… 국읍에서 한사람의 천신을 세웠다…."
(馬韓 常以五月下種訖 祭鬼神 群聚歌舞飮酒 晝夜無休 其舞數十人 俱起相隨 蹈地低昂 手足相應 節湊有以鐸舞 十月農功畢 亦復如之… 國邑各立一人主祭天神…)

"진한은 그 풍속이 노래하고 춤추며 음주를 좋아했는데 현악기가 있어 그 소리가 축과 비슷한데 역시 음곡이 있더라."
(辰韓 俗喜歌舞飮酒 有瑟其形似筑 彈之亦有音曲)

라고 전하고 있는데,

이상 이 위서(魏書)를 통하여 알아내고자 하는 것은 고대 농경사회이면 으레 것 베풀어지던 제정일치(祭政一致)의 양상이 아니라, 그때 으레히 수반됐던 가(歌)와 무(舞)의 습속이다.

여기서 백제와 신라로 이어지는 그 전대 농경부족국가인 마한과 진한의 가무(歌舞)는 곧 농경부족의 필수불가결의 노래와 춤이며 이는 하늘에 대한 축도와 감사이면서 한편 노동의 고역을 덜어 보려는 인간의 예지였으니 바로 "두레 노래"와 직결된다. 그러므로 신라 초기에 불려졌다는 '두솔가(兜率歌)' 곧 「두레가」나 백제 유민들이 부르고 있는 "강강수월래"나 경상도 지방에서 불리고 있는 "캐지나 칭칭나네" 등은 그 노랫말은 시대에 따라 달라지기 쉽지만 원형(原型)만은 유구하며 그 원의(原義)도 전통적이니 곧 "두레가"의 원형이요, 이때 쓰인 가사는 우리만의 언어인 "별곡체"라는 것이다.

그러므로 거듭 말하면, 신라 향가(鄕歌)도 "사뇌격(詞惱格)" 또는 "시뇌격(詩惱格)"인 "시골격"(당의 노래에 대한) 노래요, 그리고 그것은 "별곡체"로 불려진 노래라는 것이다.

별곡이란 어휘가 신라 때 문헌에 안 보인다고 그런 개념마저 없었던 것은 아닐진대, 우리는 여기서 고려 때 「한림별곡」 등으로 등단하기 시작한 별곡체 시가를 유의해야 한다.

따라서 필자는 그 시범 격으로 「한림별곡」, 「청산별곡」, 「서경별곡」, 「동동(動動)」 그리고 「정읍사(井邑詞)」, 「정과정(鄭瓜亭=三眞勺)」, 「처용가(處容歌)」, 「가시리」, 「정석가(鄭石歌)」, 「만전춘(滿殿春)별사」, 「쌍화점(雙花店)」, 「이상곡(履霜曲)」 등을 재해석하여 보이겠다.

(2) 별곡체 가요와 전해준 문헌

고려 때의 별곡체 시가는 「서경별곡(西京別曲)」, 「청산별곡(靑山別曲)」, 「한림별곡(翰林別曲)」, 「관동별곡(關東別曲)」, 「죽계별곡(竹溪別曲)」, 「정과정(鄭瓜亭;삼진작)」, 「정읍사(井邑詞)」, 「처용가(處容歌)」, 「만전춘별사(滿殿春別詞)」, 「동동(動動)」, 「가시리」 등 20여 편을 '악학궤범'과 '속악가사' 및 '시용향악보' 등에 전해지고 있는데 그 중 「청산별곡」만은 관련 기사나 작자가 명시되지 않고 나머지에 대하여는 고려 때의 별곡임을 분명하게 전하니,

즉 「서경별곡」에 대하여는 이제현(李齊賢;1287~1367)이 그의 「익재난고(益齋亂藁)」의 제4 '소악부'에다 「서경별곡」의 제2장인

> "구스리아즐가, 구스리바회예디신둘, 위두어렁셩 두어렁셩다링디리.
> 긴히뚠아즐가, 긴힛뚠그츠리잇가, 나는 위두어렁셩 두어렁셩다링디리.
> 즈믄히를 아즐가, 즈믄히를 외오곰녀신둘 위두어렁셩 두어렁셩 다링디리.
> 신(信)잇둔 아즐가 신(信)잇둔 그츠리잇가 나는 위두어렁셩 두어렁셩 다링디리."(俗樂歌詞 上)

을 한역하되,

> "끈 달린 구슬이 바위에 떨어져 부셔진들
> 구슬 끈이야 끊어질소냐
> 임과 내가 천년이나 떨어져 산들
> 일편단심이야 어찌 변하랴!"

> (縱然岩石落珠璣 纓縷固應無斷時
> 與郎千載相離別 一點丹心何改移)

라 한 기록과 「성종실록」 권315, 19년 4월 조에서

"전하께서 말씀하시기를, 종묘제악인 보태평(保太平)이나 정대업(定大業) 같은 음악은 대단히 좋은 가곡이지만 그밖의 악, 이를테면 '서경별곡' 같은 악은 남녀가 서로 좋아하는 말들이니, 대단히 마땅치 않은 곡보로서 고치지 않을 수 없으므로 곡조에 맞춰서 말을 따로 만들면 어떨까! 하셨다."라는 기사로 보아 고려 말기에 유행되던 별곡들이 분명하나 「청산별곡」에 대한 기록은 아직 보이지 않는다. 그 밖의 「한림별곡」이나 「관동별곡」이나 「죽계별곡」은 그래도 고려 고종(1192~1259) 때의 한림제유와 고려 때 안축(安軸;1287~1348)이란 작자가 전해져서 그 별곡가사의 진상을 짚어볼 수가 있다.

문제는 「청산별곡」인데, 필자는 「속악가사」 상에서 이 별곡가사를 채취해서 분석하고 있는데(대부분의 고려가요 연구가들은 「악장가사」에 전하는 가사로 연구하고 있다)

이 가사집에는 종묘영녕전(宗廟永寧殿)의 제악인 영신(迎神)을 위시한 26종의 '속악가사'와 가사(歌詞)로 여민락(與民樂), 보허자(步虛子), 감군은(感君恩), 유림가(儒林歌), 신도가(新都歌), 풍입송(風入松), 야심사(夜深詞), 어부가(漁父歌), 화산별곡(華山別曲), 연형제곡(宴兄弟曲), 상대별곡(霜臺別曲), 능엄찬(楞嚴讚), 영산회상(靈山會相) 등 조선왕조를 찬양한 가사와 고려가요의 가사로는 정석가(鄭石歌), 청산별곡(靑山別曲), 서경별곡(西京別曲), 사모곡(思母曲), 쌍화점(雙花店), 이상곡(履霜曲), 가시리, 한림별곡(翰林別曲), 처용가(處容歌), 만전춘(滿殿春)별사(別詞) 등 고려가요의 가사 11편〔동동(動動)과 정과정(鄭瓜亭=三眞勺)과 정읍사

* 위의 밑줄 친 3작품은 고려 때의 가사인듯 하나 미상이다.

(井邑詞)는 악학궤범에 전하니 빠져 있는 것으로 추정된다.〕의 가사가 수록되고,

다음 제3부 순서에서는 아악가사(雅樂歌詞)라 하여(속악가사의 명칭과는 어울리지 않게)

○ 풍운뇌우(風雲雷雨)의 축문가사 전폐(奠幣) 등 5편
○ 사직(社稷)의 축문가사 전폐 등 4편
○ 선농(先農)의 축문가사 전폐 등 4편
○ 선잠(先蠶)의 축문가사 천폐 등 3편
○ 우사전폐(雩祀奠幣) 축문가사 초헌구망(初獻勾芒) 등 7편
○ 문선왕전폐(文宣王奠幣)의 고축 홀기문(笏記文)의 초헌정위(初獻正位) 등 8편

등의 아악가사가 함께 수록되어 있으니, 이는 앞뒤가 안 맞는 가사집의 내용이라 하겠지만,

그리고 아악가사 뒤쪽에는 조선조 초기의 가사인 납씨가(納氏歌)와 정동방곡(靖東方曲) 두 편이 수록되어 있었다.

이 「속악가사집 상」을 이처럼 상세히 기록하는 것은 이 가사집이 국내에는 없고 일본 교도대학도서관 가아이분꼬(河合文庫)에 소장된 책을 필자가 1962년에 마이크로필름에 촬영해다가 영인 소개한(국어국문학 36호, 37, 38 합호) 유일본이기 때문이다.

국내에 전하는 악장가사(樂章歌詞) 사본 유일본 한 책에는 고려가사와 조선초기의 가사가 24편이 전한다.

※「한국도서해제(韓國圖書解題)」 고려대학교 민족문화연구소 간(1971)에서는 「악장가사」와 속악가사를 잘못 해제하고 있다.

2. 일편단심의 미학인 고려별곡가사[1]

(1) 충군(忠君) 애민(愛民) 정신

우리 겨레는 태초인 단군 성조 때부터 홍익인간(弘益人間)하는 일이 치자(治者)의 이념으로 시작되고, 백성은 임금(곧 나라)을 충성으로 섬기는(事君以忠) 것을 최대의 의무로 신념하여 온 민족이기에 신라 때 향가(鄕歌)라고 부르던 별곡가사를 비롯하여 고려 때의 별곡체 가사들이 거의가 나라 위한 일편단심의 노래이자 거룩한 나라사랑의 시가로 전해온다.

「악학궤범」(임진전판)[2]과 「속악가사」[3]에는 이와 같은 귀중 가사들이 15,6편이나 상재(上梓)되어 전해주는데 그 노래의 가사들의 공통된 주제는 모두가 일편담심의 미학(美學)이었다.

(2) 불변의 원리

세상이 너무도 많이 바뀌었다고 한다. 사실 요즈음 젊은 세대들이 생각하는 것이나 다루는 기구들을 보면, 엄청나게 달라진 모습에 놀라지 않을 수가 없다. 당장 원고 한 장 쓰는 일만 해도 만년

---

1) 이 일편단심의 미학은 필자가 '나라사랑' 특집호인 105집(2003년)에 발표했던 논문을 개고해서 쓰는 글이다.
2) 「악학궤범」 임진 전 판본은 국내에는 정본이 없고, 필자가 참고하는 책은 일본 나고야(名古屋)에 있는 호사분꼬(蓬左文庫) 소장본을 복사해다가 펴낸 책이다.
3) 「속악가사」; 이 속악가사 상은 일본 교도대학도서관 내 '가아이분꼬'(河合文庫)에 소장되어 있는 도활자(陶活字) 본을 촬영해 온 문헌이다.

필 세대와 컴퓨터 세대가 그 표기하는 수단만 다른 것이 아니라, 생각하는 방식과 생활하는 양식이나 규범마저 달라져 가고 있다.

그러나 새삼 놀랄 일은 아니다. 사회란 항상 변화하면서 발전하는 것이 정칙이요, 끊임없이 긍정[正]과 부정[反]이 갈등되다가 종단에는 현실 부정의 새 규범[合]이 정착되는 순서로 전진하는 것이 역사이기 때문이다. 그래서 흔히 과거와 현재와 미래가 공존한다고들 이르는 것이다.

그러나 천만년을 두고 변하지 않는 것이 인류 역사뿐만 아니라 자연 현상에는 얼마든지 있는 것이니, 자연의 섭리는 논외로 하고라도 인류가 창조적 존재라고 사유할 때는 물론이거니와 진화적 동물이라고 단정해도 불변의 법칙은 엄존한다.

과거와 현재, 그리고 미래를 관통하고 있는 사회의 불변성 현상을 좁은 의미로 전통이라 하지만 개별적 민족권에 매이지 않고, 공통적으로 불변하는 원리들은 정치, 경제나 사회, 문화 등에 한두 가지가 아니니, 변화만 찬미하는 세대에게 불변의 섭리들은 시행착오를 미리 막는 온고지신이 될 것이다.

(3) 공동 운명체로서 '나라'의 의미

불변의 양상은 이루 헤아릴 수 없지만, 가장 근원적인 현상으로 공동 운명체를 생각하지 않을 수 없다. 강한 포식 동물 앞에서 약육 동물들은 무리지어 살아야 종족을 보전할 수 있는 것이 자연의 섭리이다.

국제화니 세계화니 아무리 휘저어대도 부모가 있고(혈통), 말을 해야 하고(모국어), 제 터전에선(국토) 먹거리를 찾아(생활) 사는

데는 우리 겨레가 한데 뭉쳐 살지 않고는 어느 침탈자의 창 · 칼이나 살상무기, 심지어는 문화 침략에 언제 당해서 사라질지 모른다.

내가 살아남기 위해 예나 지금이나 절대적 필요 불가결한 공동운명체가 나라요, 조국이다. 이는 민족주의니 국제주의니 하여 편가를 여지없이 기본 생존권 문제이다.

(4) 일편단심의 미학

고전 문학이라 하여 몇천 년을 두고 겨레가 다 함께 읊조리며 칭송해 온 불멸의 전승 문학이 있다. 그것을 찬양하는 까닭은 시가인 경우 '진실'을 읊조리고 지극한 사랑을 노래했기 때문이다. 만고불역의 진리 앞에서는 만인이 승복, 찬미하고, 일편단심 가시지 않는 사랑의 정념에는 남녀노소 없이 가슴을 저미는 것이니, 그중에도 나라와 겨레를 변함없이 사랑하는 마음과 행위를 으뜸으로 찬미해 왔다.

"이 땅을 버리고 어디로 가리라 할까… 임금답게, 신하답게, 백성은 백성답게 한다면 나라는 태평하리라."〈신라 향가 (安民歌)〉

"랑이여! 그릴 마음에 나가는 그 길에… 밤잠 올 줄 있으랴."〈신라 향가(竹旨郎歌)〉

위의 노래는 신라 때부터 명작으로 전하는 시가 중 몇 귀절이지만, 나라사랑과 나라 위한 거룩한 이를 사모하는 붉은 마음이기에 두고두고 찬미하는 것이다.

"바삭바삭한 마른 모래 언덕에 구운밤 닷 되를 심고서 그 밤이 싹이 나거든 그때야 유덕(有德)하신 임을 여읠 것이다." 고려별곡

체가인 〈정석가(鄭石歌)〉

"구슬이 바위에 지신들 끈이야 끊어지리오, 천년을 헤어져 살아간들 신(信)이야 바뀌겠는가." 〈서경별곡(西京別曲) · 정석가(鄭石歌)〉

이러한 고려 때 시가의 은유는 우리 겨레의 굳은 절개를 맹세하는 전통적 모티브로 면면히 이어지고 있다.

"동해물과 백두산이 마르고 닳도록"이라고 외치는 애국가도 그 주제가 같은 맥락의 "굳은 맹세"이지만, 고금을 통하여 일관하게 흐르는 주제는 '나라 위한 일편단심' 이었다.

우리가 조석으로 부르고 대학 입학까지 12년간 귀에 못이 박히도록 부르고 들었지만 마음 기울여 부르지 않았으니 애국가는 공염불처럼 되었다.(대학 입시 면접 때 애국가 주제를 말하는 학생이 거의 없었다)

조선조에 들어서도 사랑의 다짐이나 절개를 이야기한 명작은 헤아릴 수 없이 많지만, 그 모든 작품에 흐르는 생명은 천지가 개벽돼도 변하지 않는 것이 '일편단심' 이요, 그 붉은 마음에서도 '우리의 공동체를 위한 사랑', 즉 '애국심' 을 으뜸으로 여겼다.

그리하여 그 나라사랑의 정성과 방법은 영구히 변하지 않고 있는 것이다.

(5) 신라 통일의 정신적 바탕

신라 통일에 대하여 우리 국민 대부분이 신라가 당나라의 소정방이 이끄는 군사를 끌어들여 백제를 함락하고 고구려를 평정하여 성취한 말하자면, 외세의 힘을 빌어 이룬 통일이라고 잘못 인식하고 있는데, 이는 중 · 고교 교과서가 그런 오해의 소지가 있겠금 서술했기 때문인데, 《삼국사기》나 《삼국유사》는 당시의 사정을 분명하게 기술하고 있으니, 중국은 수나라 양제 때부터 당나라 고종에 이르기까지 거의 1세기를 두고 고구려, 신라, 백제의 3국을 병탐하려고 대군의 병력으로 침탈하며 외교로 압박하여 왔다.

마침내 당 고종은 전략적으로는 신라를 이용하여 백제, 고구려를 무너뜨린 뒤 신라를 삼키려는 속셈이었으니, 이를 간파한 신라도 조야가 이에 맞서려는 굳은 결심이 있었다. 신라 중대의 임금은 거의가 그러했지만, 무열왕과 문무왕은 궁궐에 앉아 있을 틈이 없이 싸움에 진두지휘하며 창과 칼을 휘둘렀고, 병사는 임전무퇴로 결전하였으며, 승려들은 날개달린 듯이 당나라로 오가며 정보를 수집해다가 수시로 알렸고, 백성은 결사 항전하는 등 그 모아진 애국정신이 바탕이 되어 서해를 가득 메운 당나라 20만 대군까지 물리치고 통일 성업을 이루어 낼 수 있었던 것이다.

우리들의 삼국시대의 역사적 사실은 《삼국사기》나 《삼국유사》를 믿어야지, 건방지게 제가 언제 신라 때에 살았다고 횡설수설 멋대로 억측하는 통에 국민은 국사에 어두워졌다.

(6) 거룩한 에피소드(Episode)

《삼국사기》에는 신라통일의 저력이 되는 한 가지 실례를 에피소드로 기록했으니, 활촉 만드는 일개 기술자의 이야기가 특기되어 있다.

노사(弩師), 즉 쇠뇌 활촉 만드는 구진천(仇珍川)은 하급 말단의 직책이었는데, 당나라 고종이 데려다가 활촉과 화살을 만들라 명하였다. 이때(문무왕 9년) 신라는 기근이 들어 가뜩이나 오랜 전쟁에 쇠약해진 형편에 백성은 더욱 곤궁한 와중이라 당나라로 불려간 구진천은 개인이나 가족으로는 여간한 행운아가 아니었는데, 당나라 황제가 화살을 만들라 하니 선뜻 만들지 않고 질질 끌려가 겨우 30보밖에 안 나가게 만들었다. 황제는 노발대발 화내며 물었다.

"너의 신라에서는 화살이 천 보를 날지 않느냐 이놈!"

구진천은 핑계댔다.

"아마도 재료가 좋지 않아 그런가 봅니다."

그래서 당나라 황제는 거금을 들여가며 위력을 동원하여 화살 자재를 신라로부터 구해서 다시 구진천더러 화살을 만들라고 명하였다. 그래서 다시 만든 화살은 또한 60보밖에 나가지 않았다. 당 고종은 화가 치밀어 올라 어찌된 연유냐고 물으니, 구진천은

"신도 또한 그 자세한 연유는 모르겠으나, 아마도 자재가 바다를 건너오는 동안 습기가 들어 그런가 생각됩니다."라고 하자, 당제는 구진천이 고의로 만들지 않는 것으로 짐작하고 몇 번 중죄를 준다고 겁을 주었으나, 끝끝내 그 기능을 펴내지 아니하였다고 기록하고 있다.

당나라 권세가 하늘에 닿아 신라의 사죄사도 옥에 가두고, 파진찬 양도(良圖)도 옥에서 죽는 판국에 일개 화살공인 구진천의 나라 위한 자기 희생정신은 신라 국민의 한 가지 사례에 불과하거니와, 그래서 신라는 통일 위업을 성취할 수 있었다.

이러한 영원불멸이자 불변의 민족적 저력이 발휘되던 사례는 고려 500년에도, 조선조 500년의 역사에서도, 그리고 조국 광복을 위한 독립운동 항쟁에서도 수없이 볼 수 있었던 애국정신이었다.

아무리 기계가 발달하고 경제적으로 풍요로워졌다 하더라도 '애국하는' 공동체 정신이 없는 민족이나 집단은 허망한 무리일

뿐이요, 그런 군중을 다스리는 사람이 국민을 속이고, 백성이 또한 정직하지 못하면 그 사회는 난장판이 되는 것이다. 그래서 예부터

"덕으로 인도하고 예로써 다스리면, 백성은 잘 따르며 거짓을 부끄럽게 생각한다.(道之以政 齊之以刑 民免而無恥 道之以德 齊之以禮 有恥且格; 논어 위정)"라는 만고에 변하지 않는 위정자의 도덕률을 말한 것이다.

우리가 살아 나갈 변하지 않을 계율은 정직이요, 지켜야 할 미덕은 일편단심인 것이다.

(7) 유전(遺傳)되어 오는 고려의 별곡가사

고려 때의 별곡가사를 전해주는 문헌은 「악학궤범」과 「속악가사」(상)과 「시용향악보(時用鄕樂譜)」인데 「악학궤범」(임진 전 판본)에는 "동동(動動 일명 䡬䡬)"과 "처용가(處容歌)" 및 "삼진작(三眞勺;일명 鄭瓜亭)" 가사 전문(全文)이 전하고, 「속악가사」(상)에는 고려의 속악 별곡체 가사 대부분이 도활자본(陶活字本)으로 전하고 있는데 그 주요 가사명을 열거하여 보면,

① 정석가(鄭石歌) ② 청산별곡(靑山別曲) ③ 서경별곡(西京別曲)
④ 사모곡(思母曲) ⑤ 쌍화점(雙花店) ⑥ 이상곡(履霜曲)
⑦ 가시리(歸乎曲) ⑧ 한림별곡(翰林別曲) ⑨ 처용가(處容歌)
⑩ 어부가(漁父歌) ⑪ 만전춘별사(滿殿春別詞)와 그밖에 연대미상의 불가(佛歌) 두 편인 능엄찬(楞嚴讚)과 영산회상(靈山會相)이 수록되었고, 그 외는 조선 초기의 찬가(讚歌)인 여민락(與民樂)

등 12편의 가사가 수록되어 연군(戀君), 애국(愛國), 정의사회(正義社會)를 찬송하는 가사로 일관되어 있다.

또 조선조 명종 이전에 꾸며진 책으로 추정되는 「시용향악보(時用鄕樂譜)」에는 곡보(曲譜) 밑에 고려 때 별곡가사 제1분절씩을 엮어 놓은 것으로서 「사모곡(思母曲)」, 「서경별곡(西京別曲)」, 「쌍화곡(雙花曲)」, 「나례가(儺禮歌)」, 「정석가(鄭石歌)」, 「청산별곡(靑山別曲)」, 「유구곡(維鳩曲)」, 「귀호곡(歸乎曲;가시리)」, 「상저가(相杵歌)」, 「잡처용(雜處容)」 등이 보이는데 이 문헌은 16정간보(十六井間譜)로 작성된 악보인데 매강(每綱)을 4행으로 칸을 질러, 제1행은 5음약보(五音略譜), 제2행은 장고법(杖鼓法), 제3행에는 박법(拍法), 제4행에는 가사 한 절씩만 달아 적었으므로 2절 이하는 없는 가사책이다.

이 「시용향악보」에서는 고려 별곡체 가사 일부분씩과 조선조 초기의 가곡들을 수록하고 있어서 옛 국악연구와 민속 및 어문연구에 귀중한 자료서가 되고 있다.(1954년, 연세대학교 동방연구소에서 영인본으로 간행한 일이 있었다)

(8) 고려 때 별곡체 가사, 그 주제와 해석

지금까지 고려 별곡체 고려가사는 '속요(俗謠)' 라는 견해로 고려가요 또는 고려가사 등 명칭과 그 범주에서 해석하되 양주동(梁柱東) 박사는 「여요전주(麗謠箋註)」로써 주해했고, 홍기문(洪起文) 교수는 「고가요집」으로 '향가' 와 고려가요 즉 더 정확히 말해서 '리두가요' 와 '정음가요' 및 '한자가요' 로 분류해서 해석했으며, 그밖에 박병채(朴炳采) 교수는 「고려가요(高麗歌謠)의 어석연구(語釋硏究)」로써 다 같이 문법적 기능을 바탕으로 어석연구(語釋硏究)를 위주로 하다 보니 주제 파악에는 간단명료한 해답을 얻기가 어려웠던 것도 사실이다. 그 뒤 다른 연구가들도 거의 대부분 어석연구에 치우친 경향이 많았다.

본고에서는 고려 별곡체 가사는 모두 같은 범주에 묶고, 어석연구는 기성 연구 성과에 의거하고, 주로 주제를 중심하여 재해석하고자 한다.

여기서 고려 별곡체 가사로 취급하는 작품의 범위는 「악학궤범」과 「속악가사」에 수록된 작품 모두를 대상으로 하되 다만 '청산별곡' 만은 고려 때의 별곡체 가사라는 기사는 없으나 그러나 '청산별곡' 은 전형적인 고려 때 한림들의 별곡체 가사임이 여러모로 간주됨으로 이의(異議)없이 함께 다루며, 또 '어부가(漁父歌)' 와 두 편의 불가(佛歌)도 관련 기사는 없지만 가사의 주제로 보아 고려 때의 가사가 분명하다고 단정되어서 함께 다루는 것이다.(그러나 해석에서는 다루지 않았다.)

3. 고려 별곡체 가사와 그 재해석

(1) 한림별곡(翰林別曲)

이제「한림별곡」에 대한 풀이를 종래의 해석과는 달리 여러 고증 문헌을 상고하면서 재해석하려 한다. 퇴계(退溪)가 잘못 시평(詩評)하였기 때문에 후학 한문학자들이 분별없이 모방, 답습하여 고교 교과서에서도 잘못 기술되고 있다.

〈고려 때 별곡체 시가의 연(聯)과 분절(分節)의 문제〉

연(聯)의 개념은 한시(漢詩)의 율시(律詩)에서 기련(起聯), 즉 기(起), 승(承), 전(轉), 결(結)에서 1,2귀(句)를 뜻했고, 승귀는 함련(頷聯)의 3,4귀, 경련(頸聯)은 5,6귀, 미련(尾聯)은 7,8귀를 각각 뜻하는 말에서 유래되었으니 우리의 별곡체 시가와는 합치되지 않는 용어이다. 우리 민족이 한시로 공부하고 시험을 보고할 때는 별로 깊은 생각 없이 한문시가에서 연으로 분류했겠으나, 별곡체가 한문가곡에 대한 우리의 가곡이란 개념으로 파악됨으로 그 별곡의 노래가 여러 절(節)로 구성되었을 경우에는 의당 분절(分節)로 구분함이 마땅하다.

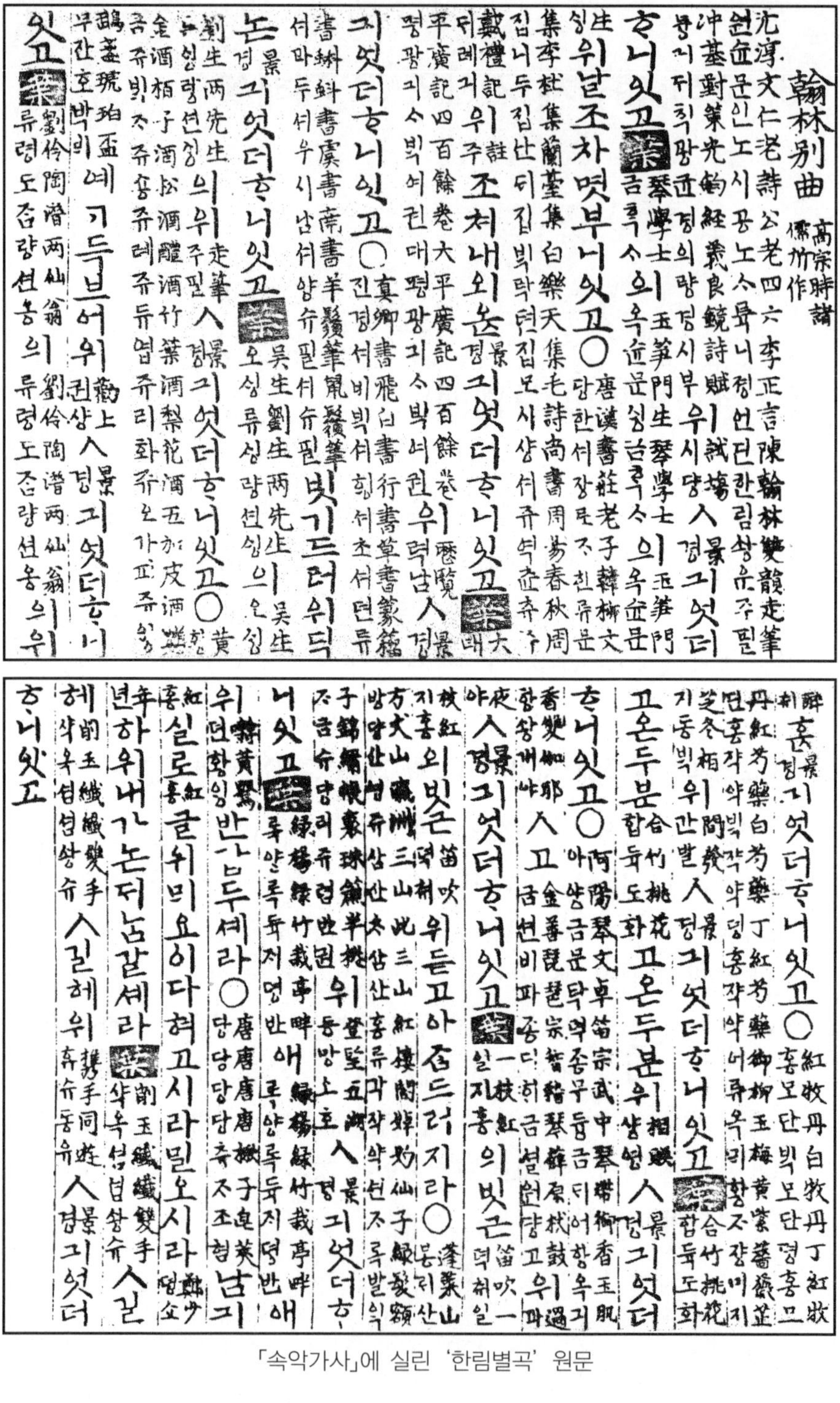

翰林別曲 高宗時諸儒所作

元淳文 仁老詩 公老四六 李正言 陳翰林 雙韻走筆 冲基對策 光鈞經義 良鏡詩賦 위 試場ㅅ景 긔 엇더ᄒᆞ니잇고 葉 琴學士의 玉笋門生 琴學士의 玉笋門生 위 날조차 몃부니잇고

唐漢書 莊老子 韓柳文集 李杜集 蘭臺集 白樂天集 毛詩 尙書 周易 春秋 周戴禮記 위 註조차 내외옷 景 긔 엇더ᄒᆞ니잇고 葉 大平廣記 四百餘卷 大平廣記 四百餘卷 위 歷覽ㅅ景 긔 엇더ᄒᆞ니잇고

眞卿書 飛白書 行書 草書 篆籒書 蝌蚪書 虞書 南書 羊鬚筆 鼠鬚筆 빗기 드러 위 딕논 景 긔 엇더ᄒᆞ니잇고 葉 吳生劉生 兩先生의 吳生劉生 兩先生의 위 走筆ㅅ景 긔 엇더ᄒᆞ니잇고

黃金酒 柏子酒 松酒 醴酒 竹葉酒 梨花酒 五加皮酒 鸚鵡盞 琥珀盃예 ᄀᆞ득 브어 위 勸上ㅅ景 긔 엇더ᄒᆞ니잇고 葉 劉伶陶潛 兩仙翁의 劉伶陶潛 兩仙翁의 위 醉혼 景 긔 엇더ᄒᆞ니잇고

紅牡丹 白牡丹 丁紅牡丹 紅芍藥 白芍藥 丁紅芍藥 御柳玉梅 黃紫薔薇 芷芝冬柏 위 間發ㅅ景 긔 엇더ᄒᆞ니잇고 葉 合竹桃花 고온 두 분 合竹桃花 고온 두 분 위 相暎ㅅ景 긔 엇더ᄒᆞ니잇고

阿陽琴 文卓笛 宗武中琴 帶御香 玉肌香 雙伽耶ㅅ고 金善琵琶 宗智嵇琴 薛原杖鼓 위 過夜ㅅ景 긔 엇더ᄒᆞ니잇고 葉 一枝紅의 빗근 笛吹 一枝紅의 빗근 笛吹 위 듣고아 ᄌᆞᆷ드러지라

蓬萊山 方丈山 瀛洲三山 此三山 紅樓閣 婥妁仙子 綠髮額子 錦繡帳裏 珠簾半捲 위 登望五湖ㅅ景 긔 엇더ᄒᆞ니잇고 葉 綠楊綠竹 栽亭畔애 綠楊綠竹 栽亭畔애 위 囀黃鶯 반갑두세라

唐唐唐 唐楸子 皂莢남긔 紅실로 紅글위 ᄆᆡ요이다 혀고시라 밀오시라 鄭少年하 위 내 가논 ᄃᆡ 남 갈셰라 葉 削玉纖纖 雙手ㅅ길헤 削玉纖纖 雙手ㅅ길헤 위 携手同遊ㅅ景 긔 엇더ᄒᆞ니잇고

「속악가사」에 실린 '한림별곡' 원문

제1분절 〈시문의 한림 명가〉

"유원순은 문장에 뛰어났고 이인로는 시를 잘 지었네.
이공로는 사륙변려체 문장가요,
정언 이규보와 한림 진화는 즉석에서 시 지어 운 맞춰 멋졌고,
유중기는 책문을 잘 짓고, 민관균은 경서해석을 잘했다네.
김양경은 시와 부를 잘 지었으니
멋졌구나! 그 글 짓는 과거시험장 정경이 얼마나 훌륭했던가!
금의 학사의 귀한 제자
금의 스승의 재능 있는 문하생이 장했구나!
나를 위시해서 얼마나 많았던가."

※ 여기서 감탄사 '위'를 고려사 악지에서는 '偉'로 표기했으니, 분명 '장하다' 또는 '훌륭하다' 또는 '뛰어나다'의 감탄사로 간주되며 (葉)은 고려가요나 조선초 시가에서 후렴귀 감탄사에 쓰였다.

■ 등장 한림의 약력

유원순(俞元淳, 일명 升旦 ; 1168~1232) 고려 문인. 본관은 인동(仁同). 명종 때 문과급제, 벼슬은 참지정사(參知政事), 시호는 문안(文安).

이인로(李仁老 ; 1152~1220) 학자요, 문인. 자는 미수(眉叟), 호는 쌍명재(雙明齋), 본관은 인주(仁州=仁川). 정중부(鄭仲夫)난 때 중이 되었다가 명종 때 환속하여 문과에 급제, 벼슬은 비서감 우간의 대부, 해좌칠현(海左七賢)의 한 사람. 저서로 「은대집」, 「쌍명재집」, 「파한집」.

이공로(李公老 ; ?~1224) 문신. 자는 거화(去華), 본관은 단산(丹山). 명종 때 문과 급제, 벼슬은 대사성 등 변려체 문장의 대가.

이규보(李奎報 ; 1168~1241) 문신, 문인. 초명을 인저(仁氐), 자는 춘경(春卿), 호는 백운거사(白雲居士), 지헌(止軒), 삼혹호(三酷好), 본관은 여흥(驪興). 명종 때 사마시와 문과 급제, 벼슬은 '금자광록대부수태보 문하시랑 평장사 수문전 대학사 감수국사 판례부사 한림원사 태자대보'로 치사, 시호는 문순(文恂). 저서로 동국이상국집(東國李相國集), 백운소설(白雲小說), 국선생전(麴先生傳) 외 시집 다수.

진화(陳澕 ; ? ~ ?) 문장가. 1200년 문과 급제. 호는 매호(梅湖), 본관은 여양(驪陽). 벼슬은 우사간 지제고(右司諫 知制誥)로 지공주사(知公州事)를 지냄. 이규보와 함께 시로 이름을 떨쳤다.

유충기(劉沖基 ; 冲基 ? ~ ?) 문신, 문인. 1190년 문과 급제. 벼슬은 국자감 대사성(國子監 大司成)에 이르렀고, 대책문을 잘 지었다.

민광균(閔光鈞 ; ? ~ ?) 고려 고종 때의 학자. 경서 강의에 뛰어났다.

김양경(金良鏡=仁鏡 ; 1168~1235) 문신. 명종 때 문과 급제. 벼슬은 중서시랑 평장사(中書侍郎 平章事)까지 오르고, 문무가 겸한 인물. 본관은 경주(慶州), 시(詩)와 부(賦)를 잘 지었다.

금의(琴儀 ; 1153~1230) 문신, 학자. 초명은 극의(克儀), 자는 절

지(節之), 본관은 봉화(奉化). 벼슬은 수태보 문하시랑 동중서문하 평장사 판리부사(守太保 門下侍郎 同中書門下平章事 判吏部事)를 지냈고, 「한림별곡」에서는 금학사(琴學士)로써 여러 한림 시문장을 가르친 스승으로 찬양되고 있다. 시호는 영렬(英烈).

제2분절 〈동양의 명서 경(經), 사(史), 자(子), 집(集)〉

"당서(唐書), 한서(漢書), 장자(莊子), 노자(老子), 한유(韓愈) 문집, 유종원(柳宗元) 문집, 이백(李白)과 두보(杜甫), 반고(班固)의 난대집(蘭臺集), 백낙천(白樂天) 문집, 시경(詩經;毛詩)과 서경(書經;尙書), 주역(周易)과 춘추서(春秋書), 대대례(大戴禮;禮記)와 소대례(小戴禮) 등 문헌 서적을

멋졌구나! 주를 달아가며 내가 외우는 그 모습이 얼마나 좋았던가!

태평광기(太平廣記;중국 고대 설화집) 400권을 태평광기 400권의 전설과 이문기사를

멋졌구나! 읽어 내려가는 그 정경이 얼마나 좋았던가!"

※「태평광기」는 중국 송(宋)나라 이방(李昉) 등이 어명으로 한(漢)에서 오대(五代)까지의 전설과 야사 등을 기록한 책. 실은 500권임.

이상의 문적(文籍)들은 고려와 조선조에서는 선비들의 필수도서로 읽었고, 더욱 과거시험을 준비하는 서생들은 달달 외어야 했다.

제3분절 〈고려 때 명필과 이름난 붓〉

안진경(顔眞卿)의 글씨체와

채옹(蔡邕)의 글씨 모양인 비백서(飛白書),

반흘림체(行書)와 흘림체(草書) 글씨,

전자체인 전주서(篆籒書)와 올챙이모양 글씨인 과두서〔蝌蚪書; 중국 황제(黃帝)때 창힐(蒼頡)이 시작한 글씨체〕,

우서(虞書)와 남서(南書) 글씨체〔그러나 고려사 악지(樂志)에서는 "우세남서(虞世南書)"로 표기되어 있으니, 우세남(虞世南)은 중국 당(唐)나라 때 명필이다.〕

양 수염 멋진 붓(羊鬚筆)과 쥐 수염 소문난 붓(鼠鬚筆)을〔중국 고대 명필가인 장지(張芝)와 종요(鍾繇)나 왕희지(王羲之)가 썼다는 붓들이다〕 한 손으로 비스듬히 쥐고서 (먹물을) 찍는 그 모습이 얼마나 멋졌던가!

명필이던 오생(吳生)과 유생(劉生)의 두 선생의 붓을 달리며 글씨 쓰던 그 정경이 얼마나 멋졌던가!

제4분절 〈고려 때 명주(銘酒)와 명품 술잔〉

황금주(黃金酒; ?)와 백자주(柏子酒; 잣술. 정초에 감기 피한다고 마시는 술) 또는 귀밝이술,

송주(松酒; 솔잎 또는 송화로 빚는 술)와

예주(醴酒; 단술. 주정도가 없는 술),

죽엽주(竹葉酒; 대 잎 삶은 물로 빚은 술. 중풍이나 열병에 치료제로 마심)와

이화주(梨花酒; 배꽃을 넣어 담근 술. 일명 백운향 또는 배꽃 필

때 담근 술)와

오가피주(五加皮酒 ; 오가피 술. 중국산으로 빛이 붉고 향기가 좋은 술)를

앵무잔(鸚鵡盞 ; 남해에서 나는 조개껍질로 만든 술잔으로 모양이 앵무새처럼 생겼다 하여 붙인 이름)

호박배(琥珀盃 ; 호박 보석으로 만든 술잔)에다 가득히 부어서 권해 올리는 그 광경이 얼마나 정겨웁던가!

저 중국 주선 유령(劉伶)과 도잠(陶潛)의 취하던 모습은 얼마나 멋지던가!

이 분절에서는 고려 때 명주(銘酒)와 명품 술잔을 소개했을 뿐, 술 먹고 방탕하게 놀자는 모습은 조금도 안 보이는데 이퇴계는 잘못 알고 혹평했었다.

제5분절 〈고려 때 사람들이 즐겨 찾던 화훼(花卉)와 꽃핀 모습〉

홍모란(紅牧丹 ; 붉은빛 모란꽃)과

백모란(白牧丹 ; 흰빛 모란꽃)과

정홍모란(丁紅牧丹 ; 진홍빛 모란꽃)과

홍작약(紅芍藥 ; 붉은 작약꽃)과 백작약(白芍藥 ; 흰빛 작약꽃)과

정홍작약(丁紅芍藥 ; 진홍 작약꽃) 그리고

어류옥매(御柳玉梅 ; 앵두의 한 종류이며, 고려사 악지에는 어류(御榴)라고 썼으니 석류꽃 종류)와

황자장미(黃紫薔薇 ; 누런색과 붉은 장미)와

지지동백(芷芝冬栢 ; 향기 나는 동백꽃)이 앞서거니 뒤서거니 사이 두고 피는 그 정경 얼마나 화려턴가!

합죽도화(合竹桃花 ; 합죽은 대나무조각을 합쳐 만든 죽제품이요, 도화는 복숭아꽃이지만 다음 귀의 고운 두 분을 생각할 때, 인물의 "고운 두 분"과 분재(盆栽)한 고운 두 분(盆)을 생각하게 된다.)

여기서는 미상불 분재한 분죽(盆竹)과 또한 복숭아나무를 분에 심은 분도화(盆桃花)의 두 분(盆)이자, 두 사람을 뜻하는 두 분도 되게 동음이의어로 쓴듯하다.

상영(相映)∧경(景)은 ; 마주 놓은 두 분재 화훼가 서로 비춰주는 모습을 노래했다.

그래서 "서로 비추는 정경은 얼마나 아취가 있는가!"라고 화훼장을 마감했으니 고려 한림들의 고아한 모습을 보는 듯하다.

제6분절 〈고려 때의 악기와 예능인〉

아양금(阿陽琴 ; 아양이 타는 거문고)과

문탁적(文卓笛 ; 문탁이 부는 피리)과

종무중금(宗武中琴 ; 고려사악지에서는 종무중금(宗武中笒)으로 썼으니, 여기의 거문고(琴)는 젓대(笛)를 의미하는 것으로, 당시 종무라는 악공은 가로 부는 피리의 명수였던 모양이다)에

대어향(帶御香)과 옥기향(玉肌香)이 연주하는 쌍 가야금과

금선(金善)이 켜는 비파(琵琶)와

종지(宗智)가 켜는 해금(嵇琴)과

설원(薛原)이 치는 장고(杖鼓)가

너무 멋져서 밤새워 듣던 그 정경이 어떠하던가!

일지홍(一枝紅)이 가로잡고 불던 피리 소리!

일지홍이 빗기 잡고 불던 피리 소리를
아아! 듣고서야 잠들고 싶고나.

제7분절 〈명산과 유명 정자〉

봉래산(蓬萊山)과 방장산(方丈山) 그리고 영주산(瀛州山)의 저 유명한 삼신산(三神山 ; 중국 고대 전설에 "동쪽바다 속에 봉래산, 방장산, 영주의 삼신산이 있다"고 하였다)에 선녀가 사는 홍루각(紅樓閣)과 작약선자(婥約仙子) 미녀 다락에 푸른빛 검은 머리 이마의 여인, 비단 장막에 앉아 구슬발을랑 반만 걷어 올리고,
아아! 높은데서 오호(五湖)를 바라보는 그 정취가 어떠하던가.(오호는 중국의 다섯 이름난 호수이지만, 여기서는 누각에서 내려다보이는 강과 호수들을 말함)
푸른 버들 푸른 대숲(綠楊綠竹)이 우거진 정자 곁에서 이리저리 날아들며 지저귀는 꾀꼬리도
아아! 반갑기도 반가와라!

제8분절 〈총결장으로 추천(秋千)을 통한 화합의 노래〉

이 8분절은 「한림별곡」의 총결론 장으로 주제의 장이기도 하며, 종래의 오류를 바로잡기 위하여 문헌적 고증을 먼저 덧붙인다.

당당당(唐唐唐) 당추자(唐楸子)와
조협(皀莢)나무에 붉은 실 줄로 붉은 그네를 매오리다.

당기시오! 밀으시오! 정(鄭少年)아!
아아! 내가 가는 곳까지
남이 갈세라.

깎고 닦은 구슬처럼 예쁜 두 손길에
예쁘고 고운 두 손길로
아아! 손 맞잡고 함께 노는
그 정경이 어떠하던가!
(정말 멋졌더라)

이 한림별곡의 총 결론장인 제8분절 장에서는 추천놀이를 통한 화합과 밀고 이끄는 협심상조를 은근히 표상하고 있는 끝장으로 종래의 관점이나 해석과 전연 달라야 한다.

우선 여기의 '홍글위'는 홍실로 매놓은 그네로 종래 우리가 생각하고 보아 온 그네가 아니고 당(唐)글위다. 즉 당나라의 문물풍속을 말하고 있다.

우리가 그네를 추천(鞦韆)이라 부르고 쓰지만, 추천의 원말은 추천(秋千)이고, 당(唐)나라 때 추천은 천추(千秋)였으니 「천추」란 황제의 천추만세를 웨치는 말이요, 한림별곡에서는 그러한 "놀이"가 홍실로 추천가(鞦韆架)에 매어 드리운 "홍글위"였다.

즉 중국문헌 「고금예술도」(古今藝術圖 ; 古今圖書集成 博物彙編 47 藝術典)에서는 추천은 중국 궁중놀이(宮中戲)라며 다음과 같이 기록하고 있다.

> "추천은 북방의 산융(山戎;중국 하북성 북방족)의 놀이로 다리가 날렵해지도록 단련운동하던 것에서 유래했다.(秋千北方山戎戲 以習輕趫)"

라 하고 다시 「개원유사(開元遺事)」의 말을 인용하여

> "천보(天寶;당나라 현종의 연호, 즉 742~755) 때 궁중에서 한식절이 되면 추천을 세워 드리우고 궁중 비빈배들로 하여금 추천놀이를 시켰는데 이것으로써 제왕의 천추만세를 웨치며 안락하는 반선놀이(反僊戱;반 신선놀이)로 삼았는데, 이로 인해서 도성의 사민(士民)들도 반 신선놀이라고 불렀다."
>
> (開元遺事云 天寶宮中 至寒食節 競豎秋千 令宮嬪輩 以爲晏樂 帝呼爲 半遷之戱 都下士民因而呼之)

이 같은 당나라 때 추천놀이가 고려에 전해진 것이니 신라 중대(中代)부터 우리 민족은 당나라 문화를 숭상 모방해 왔으므로 문물제도의 명칭이나 내용도 당나라의 것들을 모방했거나 당나라 산(產)이라고 표시하는 것이, 마치 우리가 한때 미제(美製)라고 이름 붙이면 좋은 물품이듯, 당옷(唐衣), 당모시, 당사향, 당가지(고추), 당피리, 당책(唐册) 등의 이름과 물품은 지금도 쓰여지고 있는 당 문화의 흔적이다.

"딩그네"는 "땅에 기둥을 세우고 맨 그네"(한글학회 큰사전)라고 했으니, 당추천(唐秋千)의 추천가(鞦韆架)를 두고 풀이한 말뜻이겠지만, 아무튼 한림별곡에서 읊은 당추자(唐楸子)와 조협(皂莢)나무에 매어 드리운 홍실 그네는 당나라 풍속의 그네를 두고 하는 말이 분명하니 이 8분절 기귀(起句)인

"당당당(唐唐唐) 당츄ᄌᆞ(唐楸子) 조협(皂莢) 남긔"로 시작한 것부터가 3,3,4조의 장단을 맞추는 의미도 있겠으나 "당당당"은 즐거운 음조(音調)이자 당(唐)나라 문물제도를 표방하려는 의도도 깔려있다고 보아야 할 것이다.

여기서 유의해야 할 점은, 당추자(唐楸子) 나무와 우리나라 '가

래나무' 혹은 '호도나무'의 차이점인데 우리나라 학자들이 '한림별곡' 주해에서 대부분이 이 대목을 호도나무 또는 가래나무로 풀이했는데 이 나무들은 높이가 3~4m 밖에 안 되며,

호도의 시배지(始培地)인 충남 광덕사(廣德寺)에는 고목다지(古木多枝)의 5~6m 높이의 호두나무도 있기는 하나 추천가(鞦韆架)를 세우거나 가지에 그네를 매기는 어렵다.

그런데 중국 당추자(唐楸子)나무는 높이가 7m가 넘는 교목(喬木)으로 추천가를 세워 그네를 매기에도 적당하며, 또 중국의 조협(皂莢)나무도 높이가 3~4장(丈)이 넘는다고 하니, 여기서 추천가를 세우고 매는 홍실 그네는 당나라 풍의 그네로 풀이되어야 할 것이다.

그러므로 당당당은 신나는 장단을 맞추는 감탄사인 동시에 3,3,4조의 형식미를 갖추어 주는 귀절인 동시에 당나라 풍의 그네를 읊겠다는 서곡이기도 한, 말하자면 조화와 화합을 암시하는 기(起) 귀가 된다.

그러므로 당추자(唐楸子)와 조협(皂莢)나무에 홍실 그네를 매어서 밀고 당기는 곧 뒤에서는 밀고, 앞에서는 당기는 화합과 상부상조하는 그네를 뛰자는 것이다.

이때의 '조협나무'도 추천대를 세우는데 짝 맞는 중국의 조협나무, 즉 키가 3~4장(丈;3,40척) 높이의 그네 틀에 매달아 놓은 홍실 그네로 그들은 앞에서 당기시오, 뒤에서 밀어달라는 추천을 하면서 임금의 천추만세를 외쳤으니 당시의 고려 때 정황으로 보아

앞선 어른은 후진들에게

"밀으시라!"로 당부하고 후배들은

"당기시오" 즉 "이끄시오"로 그 어려운 고려조의 정국 곧 무신들의 무분별한 집권과 글안(契丹)과 몽고(蒙古;元)의 침입으로 쑥

밭처럼 황폐화 된 고려왕조를 구하려는 고려 한림 곧 문신들의 호소가 바로 「한림별곡」의 주제이다.

이 종장에서 또 하나 유의할 곳은 "혀고시라, 밀오시라 정소년(鄭少年)아!"
라는 대목이니, 왜 하필 정소년인가라고 의문을 가질 것이나

여기의 정소년은 고려 때 시쳇말로 유행되던 미소년(美少年)의 대명사였음을 규지하게 된다. 즉 시경 국풍(國風)의 제7장

「유녀동거(有女同車)」장에 "有女同車 顔如舜華 將翺將翔 佩玉瓊琚 彼美孟姜 洵美且都"라는 귀절은 다음의 「산유부소(山有扶蘇)」의 "山有扶蘇 隰有荷華 不見子都 乃見狂且"라는 시귀와 함께 미녀가 있는 곳엔 으레히 따라붙는 미소년 자도(子都)요, 이는 정(鄭)나라 미소년이다. 그래서 정소년은 고려 때 그네 풍속을 엿볼 수 있는 또 하나의 풍속도가 된다.

※ 고려 선비들은 과거시험준비로 시경 등 3경 정도는 초학에서 달달 외웠을 것이다.

그네는 우리나라 고대로부터의 풍속놀이로서 우리 민속에서도 단오절을 즐기는 남녀의 화합과 정분을 노래한 놀이었다.

■ 우리의 그네 놀이

우리의 풍속에서 그네 놀이는 고려 때부터 주로 단오절에 각 지방에서 성행하여 그 명칭도 다양하고 지방마다 문헌마다 달랐으니 '글위' '굴위' '그릐' '그리' '근듸' '근의' '그네' 그리고 한자어로는 '추천(秋千)' 혹은 '추천(鞦韆)' 등으로 여러 가지이어서 민속학자나 사학자들은 각각 색다른 '그네'의 유래별로 설명한다.

그네에 관한 세시풍속기(歲時風俗記) 등 문헌의 기록도 다양하니 대충 열거하면,

중국「송사(宋史)」에는 고려 현종 때 중국에 사신으로 갔던 곽원(郭元)의 말을 빌려 "고려에는 단옷날에 추천놀이를 한다."고 한 기록이 있어서, 고려 중엽에는 이미 단옷날의 그네뛰기가 민간에 널리 행하여졌음을 알 수 있다. 그러나 그네뛰기의 역사는 훨씬 더 오랜 것으로 추측된다. 그네뛰기 풍속이 우리나라 문헌에 최초로 보이기는「고려사」열전 최충헌전(崔忠獻傳)에 "단오절에 충헌이 그네뛰기를 백정동궁(柏井洞宮)에 베풀고, 문무 4품 이상을 초청하여 연회를 사흘 동안 하였다."는 기록이다.

또한「고려사」열전 최이전(崔怡傳)에는 "5월에…관원들을 초청하여 연회할 때에 채붕(彩棚)을 매어 산같이 만들고 수를 놓은 장막과 깁 휘장을 둘러치고 그 가운데는 그네를 매어 무늬 놓은 비단과 채색 꽃으로 꾸몄다."고 하였다.

또 같은 책 신우전(辛禑傳)에는 "우왕이 거리를 순행하고 드디어 수창궁(壽昌宮)으로 가서 임치(林樴) 등과 같이 그네뛰기를 하였다."고 하니, 고려시대에 그네뛰기가 호화스럽게 성행되었음을 알 수 있다.

또한「한림별곡」제8장은 그네 놀이를 주제로 삼고 있어 주목되거니와 이규보(李奎報)의「동국이상국집」에도 단옷날과 한식날의 그네뛰기에 대한 시가 한 수씩 있어서, 그네가 조정과 민간에 걸쳐 널리 성행되었음을 알 수가 있다.

또 조선시대에도 그네뛰기는 민간에서 더욱 성행하였다.「경도잡지(京都雜誌)」를 비롯하여 조선 후기의 여러 세시기에는 한결같이 "항간에서 그네뛰기를 많이 한다."고 기록되어 있다.

예컨대,「열양세시기(洌陽歲時記)」단오조에는 "남녀로서 연소

한 자들이 그네뛰기를 하는데, 서울이나 시골이나 다 같지만 평안도지방이 더욱 심하여 고운 옷과 좋은 음식으로 서로 모여 즐기는 것이 설날과 대략 같다."고 기록되어 있다.

그네뛰기가 단오에 전국적으로 성행한 놀이이며, 특히 북쪽에서 더욱 성행했다는 사실을 알 수 있다. 예외적으로 제주도는 8월 추석에 그네뛰기를 했다는 기록이 「동국세시기」에 보인다.

그네 놀이에는 한 사람이 뛰는 '외 그네뛰기'와 두 사람이 함께 마주서서 뛰는 '쌍 그네뛰기'가 있다. 자세는 앉거나 서며, 그네를 뛸 때는 몸이 잘 날도록 앞뒤로 몸을 움직여 구르면서 뛴다.

처음에 시작할 때 한 번은 다른 사람이 그네를 밀어준다. 높이 올라가기를 겨루지 않고 단순한 오락으로 그네 놀이를 즐길 때는 서로 밀어주고 타기를 번갈아 한다. 이와 같은 그네 놀이와 연관된 각 지역의 그네 노래가 다양하게 전한다.

> 달성 땅 심어진 남게
> 늘어진 가지에 군디 줄 매자
> 임이 뛰면 내가 밀고
> 내가 뛰면 임이 민다
> 임아 임아 줄 잡지 마라
> 줄 떨어지면 정 떨어진다.(경북 달성)

그네뛰기는 대개 4월 초파일 전후부터 5월 단오 무렵까지 많이 뛴다. 계절적으로 이 무렵은 한창 신록이 우거지고 날씨 또한 청명할 때이다.

이러한 5월의 푸름 속에서 창공을 박차고 하늘 높이 나는 여인의 모습은 마치 제비가 나는 것 같기도 하고, 또한 선녀의 놀음같이 보이기도 한다. 다음과 같은 민요에도 그네 뛰는 여인의 모습이 적절히 묘사되어 있다.

오월이라 단옷날은 천중가절 이아니냐
수양청청 버들숲에 꾀꼬리는 노래하네
후여넝출 버들가지 저가지를 툭툭치자
후여넝출 버들가지 청실홍실 그네매고
임과나와 올려뛰니 떨어질까 염려로다
한번굴러 앞이솟고 두번굴러 뒤가솟아
허공중층 높이뜨니 청산녹수 얼른얼른
어찌보면 훨씬멀고 얼른보면 가까운듯
올라갔다 내려온양 신선선녀 하강일세
난초같은 고운머리 금박댕기 너울너울
외씨같은 두발길로 반공중에 노니누나
요문갑사 다홍치마 자락들어 꽃을매고
초록적삼 반호장에 자색고름 너울너울

그네는 재미로 즐기기도 하지만 높이뛰기를 겨루는 경기의 근본 취지는 다리를 날렵하게 단련시키는 경교(輕趫), 즉 체련단련의 목적과 아울러 밀고 당기는 화합과 서로 돕는다는 정신이 깔려 있어서 「한림별곡」의 천추만세의 취지와 "밀고, 이끄는" 화합의 주제를 이해해야 한다.

(2) 청산별곡(靑山別曲)

1. 해제

일본 교도대학(京都大學)도서관의 가아이분꼬(河合文庫)에는 「속악가사(俗樂歌詞)」 상이 소장되어 있는데, 그 속에는 조선시대 다른 가사들과 함께 고려가요의 가사로 13편이 수록되고 있으니 열거하여 보면,

「정석가(鄭石歌)」, 「청산별곡(靑山別曲)」, 「서경별곡(西京別曲)」, 「사모곡(思母曲)」, 「쌍화점(雙花店)」, 「이상곡(履霜曲)」, 「가시리」, 「한림별곡(翰林別曲)」, 「처용가(處容歌)」, 「어부가(漁父歌)」, 「만전춘별사(滿殿春別詞)」.

그리고 연대가 미상인 「능엄찬(楞嚴讚)」과 「영산회상(靈山會相)」 등 불가(佛歌) 2편이 수록 인쇄되어 전한다.

국내 장서각에 전하는 「악장가사(樂章歌詞)」와는 표기문자상 약간의 차이가 있고, 「악장가사」는 필사본이고, 「속악가사」는 도활자본이다.

대부분의 고려 때 별곡체들은 고려의 시가라는 관련 기록이 있지만 「청산별곡」과 「어부가」 및 불가 2편에 대하여는 고려 때 작품이라는 기록은 없지만 그 시가의 형식과 내용으로 보아 고려가요의 가사라고 보아 잘못이 없겠다.

다만 「시용향악보(時用鄕樂譜)」에는 곡조와 함께 제1편의 가사가 배열되어 향악으로 불렀던 별곡임을 알 수 있다.

특히 「청산별곡」에 대하여는 「한림별곡」과 함께 고려 유림들이

비극적 고려의 사회적 현실에서 초연해 보려는 안간힘이 엿보인다.

「청산별곡」은 두 가지 관점에서 재해석 되어야 하니, 하나는 정중부(鄭仲夫)의 난(亂;1170, 고려 의종 24)이라는 어처구니 없는 변란으로 고려 왕조가 허물어지던 일인데, 애초 정중부는 고려 의종 때 해주의 군적에 올라 있다가 상경하여 그 힘이 세다 하여 임금의 견룡대정(牽龍隊正)이 되었는데, 이 무렵 김부식(金富軾)이 권세가 드높을 때 그의 맏아들 김돈중(金敦中; ?~1170)이 내시(內侍)로 있으면서 촛불로 정중부의 수염을 그슬어 태운 일로 하여 정중부는 돈중을 묶어놓고 욕을 보였으므로 김부식이 정중부를 고문하려 하였더니, 당시 의종이 이를 만류해서 고문은 피했으나 이 앙심이 깊어 있다가 의종이 1170년(의종 24)에 화평재(和平齋)에 행차하여 문신들과만 시주(詩酒)를 즐길 때 호종한 무신들은 춥고 배가 고파 참을 수가 없는 지경이 되니, 당시 상장군 정중부와 견룡행수산원(牽龍行首散員) 이의방(李義方), 이고(李高) 등이 반란을 일으켜 문신들을 대량으로 쳐 죽이고 왕과 왕자를 폐위시켜 거제(巨濟)와 진도(珍島)로 유배 보내고는 왕의 동생을 임금으로 즉 명종을 옹립한 사건이니 이때 김부식의 두 아들은 맞아 죽은 것으로 보인다.

김부식의 두 아들 돈중(敦中; ?~1170)과 돈시(敦時; ?~1170)의 시에서는 그때의 급박했던 분위기를 돈중은 시 3편, 돈시는 시 2편을 써 남겼고, 손자인 군수(君綏; ?~?)가 겨우 생명을 부지하고 있다가 1195년에 직한림원을 거쳐 1210년에 시랑(侍郎)이 되어 겨우 가계를 이었다.[1]

---

1) 김지용의 「金富軾 一家의 詩文考察」 退溪學研究 제18집, 2004년 퇴계학연구소 간행.

여기서 유독 김부식 일가의 시문을 특필하는 이유는 '정중부의 난' 때 그 동기를 제공한 사람이 김돈중이고, 따라서 폭동 때의 분위기를 김부식 두 아들의 경우가 가장 절박했으므로 1170년에 모두 맞아 죽은 것으로 보이기 때문이다.

이같이 '정중부의 난'은 고려조를 어처구니없이 비극의 도가니로 몰아 넣었기 때문에 고려의 한림들이 청산에 들려고 한 것으로 보인다. 그것은 고려의 그때 한림들이 당위적(當爲的)으로 여겼던 처세관이었다.

권력가인 김부식의 '관란사루(觀瀾寺樓)'시나,[2] 이인로의 '화귀거래사(和歸去來辭)'나 이색의 '산중사(山中辭)', 이규보의 여러 부(賦)나 고려 때 강좌칠현(江左七賢)의 시들도 모두 벼슬을 버리고 자연으로 돌아갈 일을 가장 큰 목표로 삼고 있었다.

"창랑수(滄浪水)가 맑듯 세상이 깨끗하면, 갓끈을 씻어 벼슬을 하고 창랑수가 흐리듯 세상이 혼탁하면 발을 씻고 숨어버리겠다."는 인생관은 저 중국의 굴원(屈原)만의 공리적(功利的) 인생관이 아니고, 동양인 공통의 사고방식이었으니 「청산별곡」도 그 예외는 아닐 것이다.

둘째로 「청산별곡」을 올바르게 이해하려면 고려 때, 고사(高士)들의 청산관(靑山觀)을 알고 이해하는 일이 필수적인데, 조선조의 문사(文士)들은 일부 은둔 인사를 제외하고는 청산이나 물은 탄상의 대상이요, 시문의 제재는 되었지만 그 속에 들어 물아일체(物我一體)의 경지까지는 몰입되지 못했다.

고려 때의 저명한 한림학사 중에는 청산과 깊은 골짝이 자신의 생활의 일부이자 자신의 삶 그 자체로 인식하면서 살았고, 그러한 관조(觀照)로 시가를 읊은 경우가 많았다.

---

2) 김지용 저 「뇌천 김부식과 그의 시문」 p.83, 2002년 명문당 간행.

고려 고종 때의 원감국사(圓鑑國師)[3]는 속명이 위원개(魏元凱)로 고종 32년(1244)에 문과 장원급제한 뒤 10여 년간 관직생활하다가 출가 입산한 고승인데 그가 읊은 청산몰입의 시를 보면, 「청산별곡」의 모티프(Motif)나 그 주제(Thema)를 가늠할 수가 있다.

원감국사의 가송 중

'한중자경(閑中自慶)' 즉 '산중에 파묻히니 얼마나 좋은가!' 에서

날마다 보는 산인데 그래도 모자라고
무시로 듣는 물소리인데 싫지가 않구나.
자연의 귀와 눈은 모두가 맑고 산뜻
그 소리 그 빛 속에 나는 덕 닦네.

(日日看山猶不足 時時聽水聽無厭
自然耳目皆淸快 聲色中間好養恬)

라고 읊고 있으며, 또

'한중우서(閑中偶書)' 즉 '한가하니 더 좋아' 에서는

절집은 천봉 깊은 속에 숨어서
본래부터 그윽하고 깊은 곳이라.
문 열면 모두가 산 빛이요
문 닫으면 또한 시냇물소리뿐

---

3) 원감국사(圓鑑國師) ; 고려 고종 때의 고승(1226~1292) 장흥 출신. 속성명은 위원개(魏元凱). 처음 법명은 법환(法桓) 나중에 충지(沖止)로 바꿈. 고종 때 문과에 장원급제 후 관직생활 10년 후 28세 때 원오국사(圓悟國師)에 출가 입산 후 수선사(修禪寺)의 법주가 되고, 원(元)나라 세조의 초청으로 빈주(賓主) 대접도 받았다. 저서로 「원감집(圓鑑集)」이 있고 가송(歌頌) 329편 등을 남겼다.

골짜기 울창하니 개인날도 어둡고
다락이 높아서 밤에 저절로 밝구나.
대바람은 책상머리에서 일고
솔잎에 맺힌 이슬 처마 끝에 떨어지네.

(寺在千峯裏 幽深未易名
開窓便山色 閉戶亦溪聲
谷密晴猶暗 樓高夜自明
竹風生几席 松露滴簷楹)

라고 청산 속의 한중낙(閑中樂)에 몰입했고, 더더욱 원감국사의 「산중낙(山中樂)」이란 가송(歌頌)은 「청산별곡」을 방불케 하는 작품이니 옮겨보면,

「산중낙(山中樂)」 즉 '산속에서 사는 재미'

산속에서 사는 재미 내 분수라네
하느님을 부모같이[4] 황금 숲은 깊고 울창
좁은 돌길 소나무 밑으로 시냇물 졸졸
바위 밑 샘물은 봄에 왔다 가을엔 가는구나.

인적이 끊긴 곳이라
속세의 먼지 한 점 끼어 있으리.
밥 한 주발, 채소 한 소반
시장기 나면 먹으면 된다네.

고단하면 자고 물 한 오지병, 차 한 솥
목마르면 가져다 끓이면 된다네!

---

4) 양천(養天) ; 천도교에서는 양천주(養天主)를 하느님을 부모와 같이 섬겨 그의 뜻대로 하는 일이라 하였다.

대지팡이 한 개, 방석 한 장이면
걸으며 참선, 앉아도 참선

산속에서 사는 재미 참말 멋지네.
세상의 시비와 애락은 모두 다 고기 잡는 통발 같은 것
산중에서 사는 재미는 값이 없다네.
벼슬도 돈도 바라지 않고
산이 좋아 맞추어 살 뿐이지 꺼릴 것 없어
바랄 건 단 하나
한세상 터놓고 평생토록 사는 일뿐.

(山中樂適自適兮 養天金林深洞密石徑細 松下溪兮 巖下泉 春來秋去人跡絕 紅塵一點 終無緣飯一盂 蔬一盤 飢則食兮 困則眠 水一缾 茶一銚 渴則提來手自煎 一竹杖 一蒲團 行亦禪兮 坐亦禪 山中此樂眞有味 是非哀樂盡志筌 山中此樂諒無價 不願駕鶴又腰錢 適自適無管束 但願 一生放曠終天年 大德元年丁酉十月廿日)(1237년 10월 20일?)

이 가송은 원감국사가 출가 입산한 뒤 그의 산중생활, 즉 산중에서 물아일체(物我一體)의 처지와 심경을 읊은 송가인데, 본래 가송은 부처님의 공덕을 찬송하는 시가이지만, 여기 「원감집」에는 국사의 산중생활을 읊은 시가 대부분이며 특히 당시의 고사(高士)나 한림(翰林)들과 교환(交歡)한 작품이 많다. 그래서 더욱 「청산별곡」을 방불케 한다.

또 한 사람 고려 공민왕 때의 왕사(王師)였던 나옹화상(懶翁和尙)[5]의 청산몰입경(靑山沒入境)을 볼 수 있으니 그는

5) 나옹화상(懶翁和尙 ; 1262~1342, 1320~1376 ?) 고려 공민왕 때의 왕사(王師 ; 임금을 가르친 스승)였다가 화상이 되어 「가송집(歌頌集)」을 냈다. 법명은 혜근(惠勤), 가송집에는 송(頌), 게(偈), 찬(讚) 등 300여 편이 수록되고 있다.

"산에서 사네."(山居)라는 가송에서 8수 중 3수는

소나무 밑 창밖은 종일토록 고요하고
돌구유에 고인 물은 찰찰 흘러 맑구나.
다리 휘인 솥에서도 먹는 맛은 넉넉해
그 어찌 명예나 이해로 영예를 구하리.

흰 구름 쌓인 속에 오막 집 세 칸
앉고 눕고 불경 닦기에는 제격일세.
돌 틈 물은 졸졸졸 반야경을 읊조리고
맑은 바람 달빛 속에 몸 한 번 서늘하네!

깊은 산속 종일토록 찾는 사람 하나 없고
띠 집 암자 혼자 앉아 세상일 모두 잊네.
석 자 높이 사립문은 절반쯤 닫아 놓고
지치면 잘 것이요, 고프면 먹는 일 제멋대로세.

松窓盡日無盡鬧 石槽常平野水清
折脚鐺中滋味足 豈求名利豈求榮

白雲堆裏屋三間 坐臥經行得自閑
磵水冷冷談般若 淸風和月遍身寒

深山竟日無人到 獨生茅菴万事休
三尺柴扉推半掩 困眠飢食任逍遙

그 다음은 나옹화상(懶翁和尙) 혜근(惠勤)의 산중송(山中頌)으로 진수(眞髓)는 그의 선시(禪詩) 2수이니, 이는 널리 알려진 명귀이다.

다시 들어보면,

청산은 나더러 말 없이 살라 하고
창공은 나더러 티 없이 살라 하네.
사랑도 부질없고 미워도 하지 말고
물처럼 바람처럼 제멍대로 살라 하네.

청산은 나더러 말 없이 살라 하고
창공은 나더러 티 없이 살라 하네.
노염도 부질없고 아까움도 없는 채로
물처럼 바람처럼 제멍대로 살라 하네.

(靑山兮要我 以無語 蒼空兮要我 以無垢
聊無愛而 無憎兮 如水如風 而終我

靑山兮要我 以無語 蒼空兮要我 以無垢
聊無怒而 無惜兮 如水如風 而終我

이 선시 두 수는 고려의 문사(文士)들이 청산 속에 몰입된 경지를 넘어 청산의 한 부분처럼 용해되어 있는 양상처럼 형상화 된 작품이며「청산별곡」을 이해하는데 암시적 선시가 될 것이다.

유준영(兪俊英) 교수는 공저인「권력과 은둔」에서

"고려에서는 의종 24년(1170)에 무신정변이 일어나 그 후 한 세기 동안 무신정권이 지속되었다. 이때 살아남은 문인들이 세상을 피해 숨었다. 그중에는 세태를 비판하면서 산수나 찾아 즐기며 고결한 문학을 한다고 표방하면서 사실은 사회로 진출할 수 있는 길이 열리지 않는다고 한탄했다. 그런 사람 일곱이 중국의 죽림칠현을 본떠 죽림고회(竹林高會;강좌칠현, 필자 주)를 열

었다.” (p.66)

라고 지적한 것도 같은 맥락의 견해이다.

이상과 같은 관점에서 「청산별곡」을 다시 해석해 보인다.

먼저 「속악가사 상(俗樂歌詞 上 ; 일본 교도대학 가아이분꼬(河合文庫)의 소장본)」으로 원문을 보이고 주석하려고 한다.

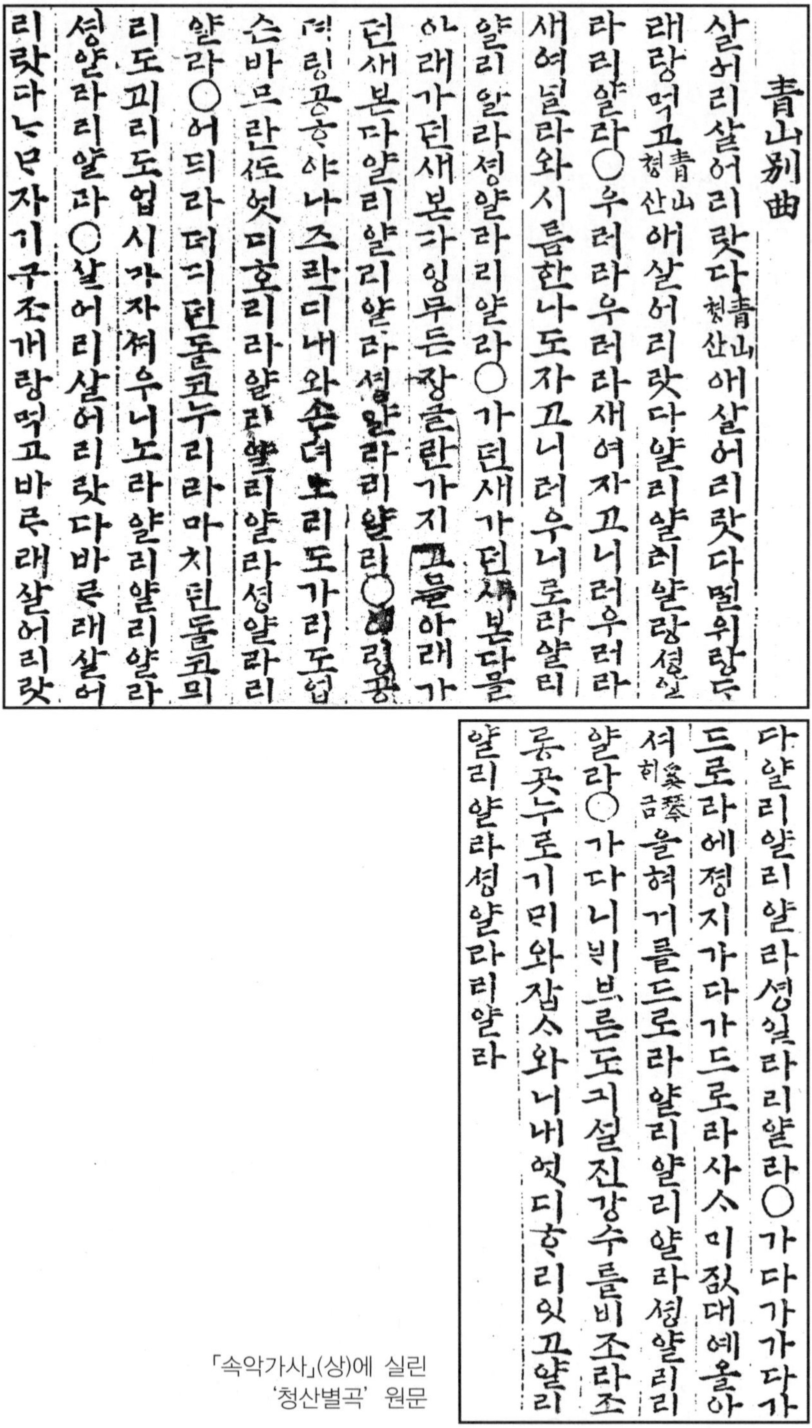

青山別曲

살어리살어리랏다青山(쳥산)애살어리랏다멀위랑ᄃᆞ
래랑먹고青山(쳥산)애살어리랏다얄리얄리얄랑셩얄
라리얄라○우러라우러라새여자고니러우러라
새여널라와시름한나도자고니러우니로라얄리
얄리얄라셩얄라리얄라○가던새가던새본다믈
아래가던새본다잉무든장글란가지고믈아래가
던새본다얄리얄리얄라셩얄라리얄라○이링공
뎌링공ᄒᆞ야나즈란디내와손뎌오리도가리도업
슨바므란ᄯᅩ엇디호리라얄리얄리얄라셩얄라리
얄라○어듸라더디던돌코누리라마치던돌코믜
리도괴리도업시마자셔우니노라얄리얄리얄라
셩얄라리얄라○살어리살어리랏다바ᄅᆞ래살어
리랏다ᄂᆞᄆᆞ자기구조개랑먹고바ᄅᆞ래살어리랏
다얄리얄리얄라셩얄라리얄라○가다가가다가
드로라에졍지가다가드로라사ᄉᆞ미짒대예올아
셔奚琴(ᄒᆡ금)을혀거를드로라얄리얄리얄라셩얄라리
얄라○가다니ᄇᆡ브른도긔설진강수를비조라조
롱곳누로기ᄆᆡ와잡ᄉᆞ와니내엇디ᄒᆞ리잇고얄리
얄리얄라셩얄라리얄라

「속악가사」(상)에 실린
'청산별곡' 원문

2. 주해

이 별곡체 청산별곡은 고려 때의 노래라는 문헌상 기록은 없지만(전술) 그 사상이나 형식상 다른 별곡들과 같은 유형이므로 고려의 시가로 확신하고 새로운 관점으로 주석하는바 과거 제가들의 견해와 다른 점은 고려 때 일반 민간인이 부른 현실 도피적 시가가 아니고, 정중부(鄭仲夫)의 난리를 피하여 산속으로 숨어서 초연한 자세로 세상을 걱정하던 고려의 상류계급(한림학사)이 읊은 노래라는 점이다.

이 별곡은 전편 8분절, 매 분절은 4귀, 매 귀의 음수율은 3, 3, 2귀로 형성되고, 전편을 두 세팅(setting)으로 구성하되 앞 5분절은 청산에 들고, 뒤 3분절은 바다로 가서 사는 노래이다.

지금도 애국가를 1절, 2절로 나누어 부르고 있다. 고려 때 별곡들은 대부분 8분절로 구성되어 있으니, 이는 아마 주역의 팔괘나 불교의 팔관(八關)을 모방한 8분절이 되지 않았나 여겨진다.

제1분절

살리로다 살리로다 청산들어 살리로다
머루랑 다래랑 먹으며 청산에서 살리로다
얄리 얄리 얄랑셩 얄라리 얄라(피리의 의성음)

1) 살어리는 문법상으로 미래 희망형
양주동[6] 박사는 '사러리' 라고 풀이했고

6) 양주동(梁柱東 ; 1903~1977) ; 국문학 박사, 동국대학 교수, 「조선고가연구」, 「여요전주」, 「국학연구논고」, 「고가연구」 등 저술이 많음. '청산별곡' 주석은 「여요전주」 p.304~

홍기문[7] 교수는 '살어나 보리'로 풀었다.

2) 머루랑 다래랑 먹는다는 속뜻은
세속의 곡식은 안 먹으리라는 뜻.

3) 얄리 얄리 얄랑셩…은 피리의 의성음이니, 고려의 별곡들에서 '동동'은 북 치는 소리의 의성음, '정읍사'의 "아으 다롱디리'는 감탄사 뒤의 현악기 아쟁 7현금의 의성음 '서경별곡'의 '두어렁셩 두어렁셩 다롱디리'는 가야금의 의성음 등 다양하다. 어떤 해석자들은 현악기의 의성음으로 보고 있으나 청산별곡에는 피리가 조화롭고 현악기는 의성도 맞지 않고 분위기에도 맞지 않는다. 조선조 초기의 「유림가(儒林歌)」에서는 "궁차궁차"라고 악기 합주의 의성을 따서 후렴귀로 하였고, 한하운(韓何雲)은 그의 시 '보리피리'에서 '피--ㄹ 닐리리'라고 읊었다.

홍기문 교수는 조선조 초기의 '의미 없는 음절의 결합', 근세의 「아리랑」과 비교적 유사하다고 풀이했다.

제2분절

울어라 울어라 새여! 자고 일어(밤낮으로) 울어라 새여!
너보다 시름 많은 나도 자고 일어(무시로) 울며 살아가는구나!
얄리얄리 얄랑셩 얄라리 얄라

1) 여기 '울어라'는 감탄의 표시요, 명령형으로는 분위기에 맞지 않는다. 그 이유는 이 노래가 현실을 초탈(超脫)한 자연 몰입문사의 노래로 간주되기 때문이다.

---

7) 홍기문(洪起文;1903~1992) ; 국문학자. 김일성대학 교수. 「향가해석」과 「고가요집」 등 저술이 많음. 「청산별곡」의 주석은 「고가요집」 p.298~

2) 새는 번뇌의 표상으로 나라는 존재는 세속을 초탈하려는 청산에 든 화자(話者).

제3분절

가는 새 가는 새 보는구나 물아래 가는 새 보는구나!
이끼 낀 연장을랑 가지고 물아래로 가는 새 보는구나!
(후렴귀)

1) 가던 새는 감탄격으로 보는 것이 타당함으로 '가는 새'로 풀이했고,
물아래는 세속을 상징하는 말로 새긴다.
그것은 이 별곡의 모티브(motive)가 정중부의 난과 몽고의 침탈과 유관하기 때문이요, 청산별곡은 세속적이요 탐욕적인 난동자들의 세계에서 벗어나 불교적인 의미의 해탈(解脫)을 원하는 노래로 보는 까닭이다.
2) 여기 '물아래'에 대해서 홍기문 교수는
"단지 밑바닥의 뜻이 아니요, 하류의 뜻이라는 점에 대해서 주의를 요한다."고 의미심장하게 보고 있다. 그러므로 "이끼가 끼도록 쓰지 않던 농기구를 들고서 울고 다니는 새를 바라본다."로 풀이 된다고 하였다.

제4분절

이러쿵 저러쿵하면서
낮을랑 지내왔건만
올 이도 갈 이도 없는 밤엘랑
또 어찌 하려나!

(후렴)

1) 원문 '이링공 뎌링공' 에 대하여 양주동 박사는
"이리고 저리고에 첨미소 「ㆁ」이 첨부된 것"이라 하고, 특히 여기에 첨가한 「ㆁ」은 "성조의 유려(流麗)를 위한 것"이라 했고, "「고」 밑에 「ㆁ」을 붙여 말하는 습속이 상류 연장자의 어투에 관용되었음을 본다."며 맹사성(孟思誠)의 「공당문답(公堂問答)」하던 예를 들었다.
홍기문 교수도 "이러고란 말에 「ㆁ」 발음을 첨가한 것"이라 하고는 "현대어에서 「이래서」를 「이렁성」이라고 하는 것과 동일한 현상"이라고 했다.
「한글큰사전」에서는 "이런 모양인 듯"으로 풀이했다.
2) 원문 '디내와 손뎌' 에 대하여
양주동 박사는 "지내다의 양보 뜻의 조사로 구성은 ᄼ의 아어형 소와 감탄조사 ㄴ뎌의 합성"이라 하였고, 홍기문 교수는 "현대어의 지내다에 토 셩뎡과 유사하다"고 하였다.
3) 'ㅅ도 엇디 호리라' 에 대하여 양주동 박사는 "또 차라리 지내왔다손 치드라도"의 뜻인 줄 알 것이라 했고, 홍기문 교수는 호리라를 의문으로 쓰이는 직설 토라고 풀이했다.
4) 청산 속에 사노라면 고요 적적한 긴 밤은 참기 어려운 고역이리니 아직 적응되지 못한 은둔객에게는 힘든 생활일 것이라, 특히 고려 고종 때의 한림들은 어려웠을 것이다.

제5분절

어디에다 던지던 돌인가
그 뉘가 맞으라고 던지던 돌인가

미울 사람도 고울 사람도 없는데
맞아서 울며 사누나!
(후렴귀)

1) 본문 '어듸라'는 처소격 '어디에다'로 풀고, '믜리도 괴리도'는 미래형 '미울 사람, 고울 사람'으로 풀었다.
2) 양주동 박사는 '어듸'는 방위격 '어디'로 '믜리' '괴리'는 다만 인칭대명사 '미워할 이', '고와할 이'로 풀이했고, 홍기문 교수는 '어듸라'는 현대에의 '어디'와 같다고 했고 '라'는 현대어의 '엇디라'와 같다고 했으며 '믜리'는 '미워하는 사람'으로 해석했다.
3) 여기 '맞아서 운다'함은 "난리로 인해 본의 아니게 엉뚱한 피해를 입었다"는 말이니, 몽고의 침입(고종 4;1217)보다 정중부의 난(의종 24;1170)에서 당했다는 의미가 짙다.
몽고의 침입은 국가적인 환난이요, 정중부의 반란은 무인(武人)들에 의한 문인들의 행패로 생긴 일이기 때문이다.

제6분절

살리로다 살리로다 바닷가에 가서 살리로다.
나문재, 구조개랑 먹고 바닷가서 살리로다.
(후렴)

1) "ᄂᆞᄆᆞ자기"는 해초류인 나문재요.
2) "구조개"는 굴과 조개 종류를 뜻하는 복합어.
3) 이 말들도 곡식을랑 안 먹는다는 뜻.
한림들이 은둔하는 곳은 산과 물이라고 했으니, 저 초(楚)

나라 굴원(屈原;屈平)은 멱라수(汨羅水)에 가 살면서 어부사(漁父辭)를 지어 유명하다.
이 분절은 해변에 가서 은둔생활 하겠다는 한림문사들의 뜻을 표현한 대목이다.

제7분절

가다가 가다가 듣는구나.
예정한 곳 가다가 듣는구나.
무대에 올라서 사슴 탈로 해금을 켜는 것을 듣는구나.
(후렴)

1) 원문 에정지에 대하여 양주동 박사를 비롯한 여러 해석가들은 '정지 곧 부엌'을 의미하며 이때 '에'는 미상이라 하고, 홍기문 교수는 불교용어인 정주(淨住)가 변한 말이 아닐까 하고 의문을 제기 했지만 청산별곡에서 해변가를 부엌이나 불교의 정주(淨住)를 생각하는 것은 합당치 않다. 이 대목은 말 그대로 예정지(豫定地)로 새기는 것이 타당하고 옳을 것이다.
2) "사ᄉᆞ미 짒대예 올아셔 ᄒᆡ금(奚琴)을 혀거를 드로라"의 대목은 대부분 해석 학자들은 '사슴이 배 돛대에 올라가 해금을 켠다'는 해학적인 표현으로 해석하지만, 우리 민족은 일찍부터 가면극(假面劇)을 전통적으로 해왔고, 그중에서도 산대(山臺)놀이는 중국사신을 맞을 때 으레히 상연되었다. 특히 '강릉관노(江陵官奴) 탈놀이'는 이 청산별곡의 7분절 대목과 유관해 보인다.
3) 또 한 가지 문제는 '사슴 탈' 문제이니 같은 농본국가라

해도 중국의 동물 의인 양상과 우리와 다르니 중국에는 사슴이 많지만 우리나라는 사슴보다는 소나 말이 많은데 하필이면 사슴일까?
이는 우리 조상의 내면에 「시경」의 영향이 컸기 때문이 아닌가 여겨진다. 「시경」 소아(小雅)편 녹명지습(鹿鳴之什)장에는 '녹명(鹿鳴)' 이라는 소목이 있다.

제8분절

가더니 배 불룩한 독에
살진 강한 술을 빚는구나.
조롱박 누룩이 매워서(독해서)
나를 붙잡으니 얼마나 좋으뇨.
(후렴)

1) 원문 '가다니' 는 가다의 현재 진행으로 양주동 박사는 '가더니' 의 고형(古形)이라 했고, 홍기문 교수는 '가다란 말 아래에 다니란 토를 붙인 것' 이라 했지만 우리 국어에 '가더니 오더니' 란 용어 밑에 어미를 붙인 말이 있다.
2) '살진 강수를 비조라' 는 살진 즉 독한 술을 빚는 누룩 '살지다' 는 술의 경우 숙성이 잘된 누룩 술은 주정 도수가 높다.
3) '잡ᄉᆞ와니' 를 홍기문 교수는 '잡숬다(먹다)' 로 풀었으나 양주동 박사는 붙잡다(만류하다)로 해석했는데 그에 따른다.
4) 다만 끝 귀인 '내엇디 ᄒᆞ리 잇고' 를 '낸들 어찌 하리요' 로 맺었는데 이 마지막 결론 격인 대목인 결사(結辭)는 "얼마나 좋은가!" 로 맺어야 「청산별곡」의 주제에 합당하다.

(3) 서경별곡(西京別曲)

고려 때 별곡체 가요로 일편단심의 굳은 신의의 노래 아닌 것이 없지만, 이 서경별곡이나 만전춘별사처럼 맹서가 굳은 노래도 드물다.

이 서경별곡에 대하여는 「익제난고(益齋亂藁)」 소악부(小樂府)에 서경별곡 구스리(玉)장을 한역한 것도 있고, 성종 때에는 남녀상열지사라고 불가하다는 말도 있었지만 정심(精深)히 살펴보면, 남녀가 서로 좋아하는 양식으로 표상(表象)된 굳은 신의의 노래이며, 고려 때 별곡체 가사는 정서(鄭敍;1151~1170)의 '정과정(鄭瓜亭)'을 위시하여 거의가 남녀상열가처럼 표상된 연군가(戀君歌)였다.

더 구체적인 사례는, 조선조 중기의 정철(鄭澈)이 쓴 「사미인곡(思美人曲)」이다. 따라서 서경별곡도 그 범주 안에서 해석되어야 할 것이다.

해석에 앞서 관련 기록들은 이미 밝혀졌으니 생략하고 다만 그 율조는 때론 3.3조 때론 3.3.3조 후렴귀는 현악기의 의성으로 4.4.4조이며, 때로는 4.3.5조로 노래했다.

여기서 악기의 의성은 '두어렁셩 두어렁셩 다링디리'인데 이는 우리나라 고유의 현악기인 가야금(12현) 혹은 거문고(6현)의 의음이다.

위에서도 언급한 바와 같이 고려 때 및 조선전기의 별곡체 노래들은 반드시 악기의 의성음을 후렴귀로 노래했으니, 이는 두레 노래가 발전 변화된 노래 양식이니 「동동」은 북소리(둥둥다라락), 「청산별곡」은 피리의 의성(얄리 얄리 얄랑셩 얄라리 얄라)이고 「정읍사」의 '어강됴리 다롱디리'는 해금(깡깡이)의 의성음으로 파악되니 대개 그 노래의 가자(歌者)의 입장과 처지에 따라 악기가 달라짐으로 그 의성도 다를 수밖에 없다. 특히 주목되는 악기의 의음으로는 조선조 초기의 '궁차궁차' 의 의성이다.

「유림가(儒林歌)」에서는

"5백 년이 도라 긔수ㅅ므리 몱가 셩쥬 듕흥ᄒᆞ시니 빅곡이 풍듕ᄒᆞ샷다 [葉] 아궁챠악(我窮且樂)아, 궁챠궁챠악아"라고 그 후렴귀 감탄사를 악기의 의음으로 흥을 돋우었으니 조선조에 들어서 악기는 돌(磬), 쇠(鐵), 대(竹), 현(絃), 고(鼓)의 종합악기로 지금의 교향악단처럼 연주했으므로 그 악기의 의음이 '궁차궁차' 가 되었던 것이다. 그러므로 색향으로 소문났던 고려 때의 평양은 다른 악기보다 여자들이 튕기기 알맞은 현악기인 가야금이나 거문고가 애용되었고 그래서 그 여음은 현악기의 의성음이다.(이 일은 필자가 해방 전후 5~6년간 평양에서 겪은 일이기도 하다.)

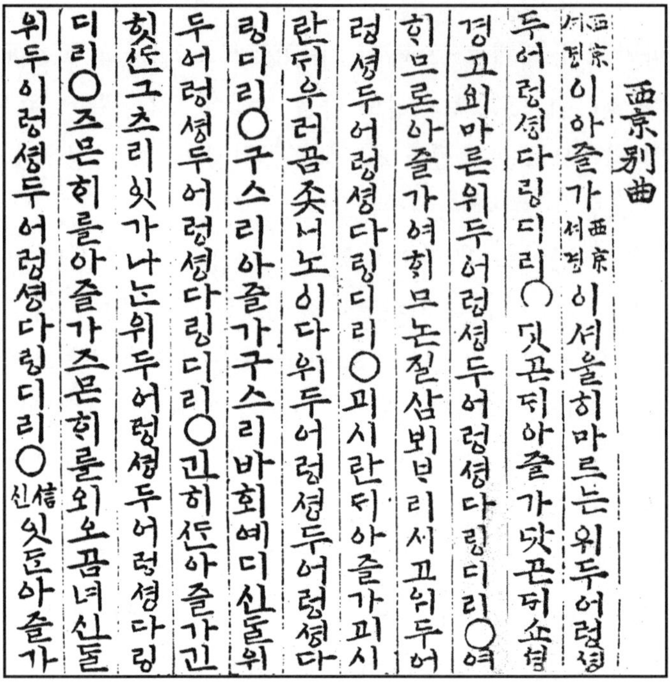

西京別曲

西京셔경이 아즐가 西京셔경이 셔울히 마르는 위 두어렁셩 두어렁셩 다링디리 닷곤ᄃᆡ 아즐가 닷곤ᄃᆡ 쇼셩경 고ᄋᆡ마른 위 두어렁셩 두어렁셩 다링디리 여ᄒᆡ므론 아즐가 여ᄒᆡ므론 질삼뵈 ᄇᆞ리시고 위 두어렁셩 두어렁셩 다링디리 괴시란ᄃᆡ 아즐가 괴시란ᄃᆡ 우러곰 좃니노이다 위 두어렁셩 두어렁셩 다링디리 구스리 아즐가 구스리 바회예 디신ᄃᆞᆯ 위 두어렁셩 두어렁셩 다링디리 긴힛ᄃᆞᆫ 아즐가 긴힛ᄃᆞᆫ 그츠리잇가 나ᄂᆞᆫ 위 두어렁셩 두어렁셩 다링디리 즈믄ᄒᆡ를 아즐가 즈믄ᄒᆡ를 외오곰 녀신ᄃᆞᆯ 위 두어렁셩 두어렁셩 다링디리 信신잇ᄃᆞᆫ 아즐가

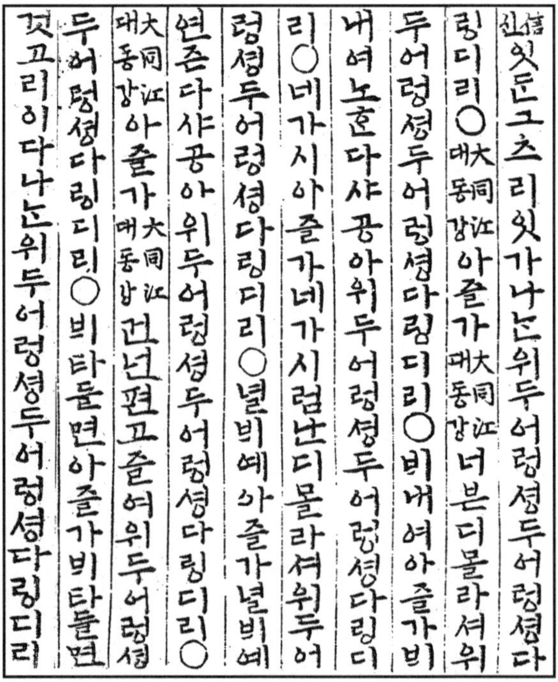

信신잇ᄃᆞᆫ 그츠리잇가 나ᄂᆞᆫ 위 두어렁셩 두어렁셩 다링디리 大同江대동강 아즐가 大同江대동강 너븐디 몰라셔 위 두어렁셩 두어렁셩 다링디리 ᄇᆡ내여 아즐가 ᄇᆡ내여 노ᄒᆞᆫ다 샤공아 위 두어렁셩 두어렁셩 다링디리 네가시 아즐가 네가시 럼난디 몰라셔 위 두어렁셩 두어렁셩 다링디리 녈ᄇᆡ예 아즐가 녈ᄇᆡ예 연즌다 샤공아 위 두어렁셩 두어렁셩 다링디리 大同江대동강 아즐가 大同江대동강 건넌편 고즐여 위 두어렁셩 두어렁셩 다링디리 ᄇᆡ타들면 아즐가 ᄇᆡ타들면 것고리이다 나ᄂᆞᆫ 위 두어렁셩 두어렁셩 다링디리

「속악가사」(상)에 전하는 「서경별곡」

해석

서경이 아득할까(서경을 아득히 잊을까!)※
서경이 서울이지만
위 두어렁성 두어렁성 다링디리(가야금 의성)
새로 닦은 곳 송경도 고와하지만
위 두어렁성 두어렁성 다링디리(가야금소리)
이별한다면(송경으로 가는 임) 길쌈하던 베를 버리고라도(후렴)
사랑하는 임을 울면서 따라 가렵니다.

구슬이 아득할까(구슬을 잊을까!)
구슬이 바위에 떨어져 깨어진들(후렴)
끈이야 끊어지리오? 아! 나는야!(감탄 여음)
천 년을 떨어져 살아간들
믿는 마음이야 달라지리요? 아! 나는야!(후렴)

대동강이 아득할까(잊을까?)(후렴)
대동강이 넓은 줄 몰라서(후렴)
배를 내어 아득할까
배를 띄워(임 실어) 보냈느냐 사공아!(후렴)
네 각씨가 넘나들 줄(외도할 줄) 몰라서
가는 배에 얹어서 보냈느냐? 사공아!
대동강 건너편 꽃을 아!
배타고 간다면 꺾을 것이다.
즉 다른 여인을 만날 것이다.

※ 1) 서경별곡 해석에서 가장 중요한 키포인트는 서경(西京)이 아즐가 하는 '아즐가' 문제이니, 양주동 박사는 "악음에 맞추기 위한 사설 '아즐가' 「나는」 「위 두어렁셩 다링디리」"라고 '악음에 맞추는 사설'로 보았고,
홍기문 교수는 "아닐까"라는 부인부사(否認副詞)로 보았다. 그러나 '아닐까'로는 노래의 내용과 관련되지 못하며 양주동 박사가 '악음에 맞추기 위해 사설'이라 하면서도 사설의 뜻은 밝히지 않았다. 감탄사든 사설이든 내포하고 있는 뜻은 있어야 하니 그래서 필자는 "잊을까?"를 표상하는 '아득할까' 즉 '아득하고 감감하다'는 뜻으로 풀이했다. '아즐아즐하다' 즉 아찔하다는 용례가 많다. 서북지방 사투리에 '아슴푸레하다'는 오래된 일이라 기억에 가물가물하다는 뜻으로 '잊을락 말락'의 뜻으로 쓴다. 더구나 '서경'은 아득한 옛날 동명왕(東明王) 때의 도읍지였다.

2) 서경별곡의 핵심 주제는 '신(信) 잇ᄃᆞᆫ 그츠리잇가?'에 있는 것이니 조선조 유가들이 '남녀상열지사(男女相悅之詞)'로 취급함에도 불구하고 필자는 일편단심(一片丹心)의 노래라고 역설했고('일편단심의 미학' 2003년 나라사랑 105집) 지금도 고려가요들은 나라를 표상하는 임금에 대한 일편단심의 맹세를 남녀의 애정에 빙자하여 노래한 것이라고 주장한다.

3) '네 가시 럼난디 몰라셔'는 더 주석할 필요없이 '네 각씨(처) 넘나들 줄 몰라서'로 표기하면 되는 것이니, 이는 일종의 파라독스이다.

(4) 동동(動動 ; 일명 鼕鼕)

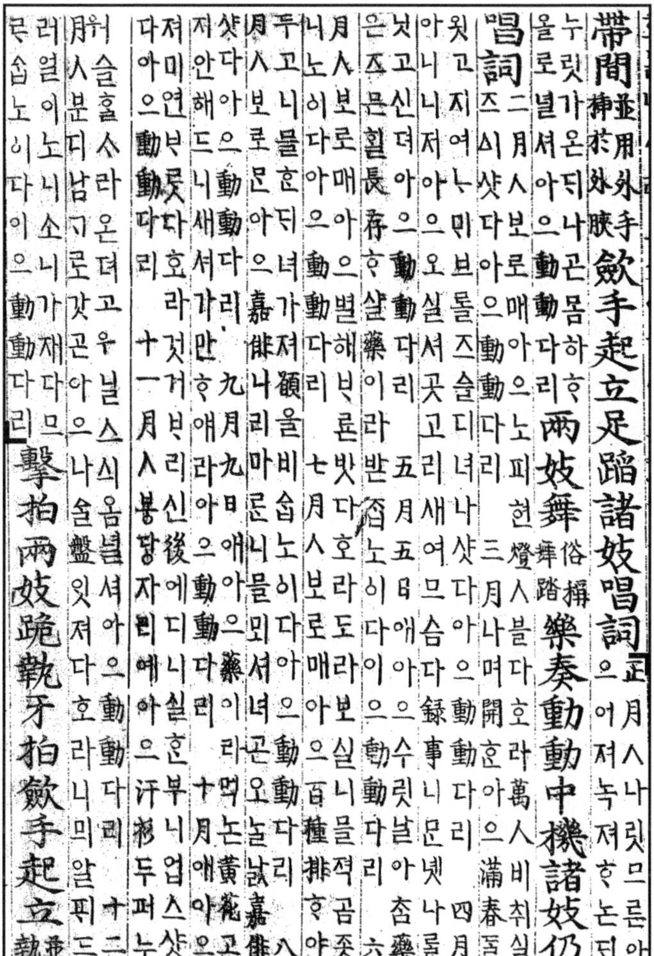
帶閒 並用外手 挿於外腰 斂手起立足蹈諸妓唱詞

正月ㅅ나릿므른 아으 어져 녹져 ᄒᆞ논ᄃᆡ 누릿 가온ᄃᆡ 나곤 몸하 ᄒᆞ올로 녈셔 아으 動動다리

兩妓舞 俗稱拜踏 樂奏動動中機諸妓仍唱詞

二月ㅅ 보로매 아으 노피 현 燈ㅅ블 다호라 萬人 비취실 즈ᅀᅵ샷다 아으 動動다리

三月 나며 開ᄒᆞᆫ 아으 滿春 ᄃᆞᆯ욋고지여 ᄂᆞ미 브롤 즈ᅀᅳᆯ 디녀 나샷다 아으 動動다리

四月 아니 니저 아으 오실서 곳고리새여 므슴다 錄事니믄 녯 나ᄅᆞᆯ 닛고신뎌 아으 動動다리

五月 五日애 아으 수릿날 아ᄎᆞᆷ 藥은 즈믄 ᄒᆞᆯ 長存ᄒᆞ샬 藥이라 받ᄌᆞᆸ노이다 아으 動動다리

六月ㅅ 보로매 아으 별해 ᄇᆞ룐 빗 다호라 도라보실 니믈 적곰 좃니노이다 아으 動動다리

七月ㅅ 보로매 아으 百種 排ᄒᆞ야 두고 니믈 ᄒᆞᆫᄃᆡ 녀가져 願을 비ᅀᆞᆸ노이다 아으 動動다리

八月ㅅ 보로ᄆᆞᆫ 아으 嘉俳 나리마ᄅᆞᆫ 니믈 뫼셔 녀곤 오ᄂᆞᆯ낤 嘉俳샷다 아으 動動다리

九月 九日애 아으 藥이라 먹논 黃花 고지 안해 드니 새셔 가만ᄒᆞ얘라 아으 動動다리

十月애 아으 져미연 ᄇᆞᄅᆞᆺ 다호라 것거 ᄇᆞ리신 後에 디니실 ᄒᆞᆫ 부니 업스샷다 아으 動動다리

十一月ㅅ 봉당 자리예 아으 汗衫 두퍼 누워 슬ᄒᆞᆯᄉᆞ라온뎌 고우닐 스싀옴 녈셔 아으 動動다리

十二月ㅅ 분디남ᄀᆞ로 갓곤 아으 나ᄋᆞᆯ 盤잇 져다호라 니믜 알ᄑᆡ 드러 얼이노니 소니 가재다 므ᄅᆞᆸ노이다 아으 動動다리

擊拍 兩妓跪執牙拍斂手起立 執並

일본 봉좌 문고본 「악학궤범(樂學軌範)」(임진전판본)의 권5에 동동만기(動動慢機)에서 가창한 동동 가사

「동동」 노래는 달거리 양식으로 서곡 외에 열두 달을 노래한 송도(頌禱)의 노래이며 동동무(動動舞)의 가사로 「악학궤범」에 전하는 선어(仙語)이다.

그리고 이는 임과 함께 살자는 일편단심의 노래이다.

〈서장〉

덕일랑(모르게) 뒤에서 쌓아 받잡고,
복이야(보는) 앞에서 손 모아 받잡지!
덕이여! 복이여! 일컫는 것을 드리러 오시옵소서!
북소리 울려라 아! 둥둥다라락!

〈정월장〉

정월 달 흘러내리는 물은 아아!
얼며 녹으며(붙으며, 떨어지며) 흐르건만,
세상에 태어난 이 몸을랑 홀로(외롭게) 살아가누나.
아! 둥둥다라락!

〈이월장〉

이월의 보름밤에 뜬 달은
높게 켜 놓은 등불 같구나
만백성을(환하게) 비추실 모습이시구나.
아아! 둥둥다라락!

〈삼월장〉

삼월 되면서 피어난 아!
만춘 달 욋 꽃이여!
남들이 부러워할 모습을 지니고 나셨구나.
아아! 둥둥다라락!

※ 초춘은 음력 1월 중춘은 2월이다.

〈사월장〉

사월을 안 잊고서 아아!
오시는구나. 꾀꼬리 새여!
무슨 일로 우리 녹사(綠事)님은
옛 나를 잊고 계신가?
아아! 둥둥다라락!

※ 여기의 녹사(綠事)는 고려 때의 7품관 벼슬을 지칭하는 뜻이 아니고, 임에게 붙인 존칭대명사로 썼다.

〈오월장〉

오월 오일에 아! 단옷날 아침 약은
천년토록 장수할 약이라고
바쳐 드립니다.
아아! 둥둥다라락!

※ 단옷날 아침 약은 「동국세시기」에는 익모초(益母草) 잎을 따서 다린 약이라 했다.

〈유월장〉

유월 보름 유두날에
아아! 물가 벼랑에 버려진
빗과 같은 신세 같구나!
(나를) 돌아보실 님을
저으기 따르려 합니다.
아아! 둥둥다라락!

※ 신라 때부터 유두날에 여인들이 동류(東流)물에 얼게 빗으로 머리 감는 풍습이 있었다.

〈칠월장〉

칠월 보름 백중(百中)날에
아아! 백 가지 곡식으로(음식) 차려 놓고
임과 함께 살고자 소원을 비옵니다.
아아! 둥둥다라락!

※ 7월은 초추라 햇곡식이 나오므로 추수하여 조상께 천신(薦新)하는 풍속이 있었다.

〈팔월장〉

팔월 보름은 아아!
한가위 날이지만
님을 모시고 살아야
오늘날 가위다운 한가위라네.

아아! 둥둥다라락!

※ 우리 풍속에 한가위가 돌아오면 "더도 말고, 덜도 말고 한가위만 같아라!"라고 칭송했다.

〈구월장〉

구월 구일에 아아!
약이라고 먹는
누런 국화꽃이 안으로 들어오니
세사(歲事)가 풍등(豐登)하구나.
아아! 둥둥다라락!

※ 1) 구월구일 중구(重九)절에 국화주 담아 먹는 풍속이 있었다.

2) '새셔 가만ㅎ얘라'에 대한 견해가 구구하나, 필자는 '새셔'는 '세사(歲事)'의 와어(訛語)로 간주하고 '가만'은 순우리말인 풍등(豐登)을 말하며, 일부 해석가의 '세서(歲序)'는 아무리 검토해 보아도 이 노래의 뜻과는 맞지 않는다. 「태평어람(太平御覽)」에서는 세사(歲事)는 농사(農事)라고 했고, 「농가월령가」 9월령에서는 "한가을 흔할적에 길손도 청해 먹소"라고 읊었다.

〈시월장〉

시월에 아아!
저미어 놓은 보리수나무 같구나.
꺾어버리신 그 뒤로는

지녀야 할 한 분이 없으시구나.
아아! 둥둥다라락!

※ 1) 'ᄇᆞᄅᆞᆺ'을 양주동 박사는 보롯, 즉 보로쇠의 옛 철자 형태로 보았다.
2) 꺾어버리신 그 뒤로 그 분이 없다 함은 남녀관계를 의인화 한 것이다.

〈십일월장〉

십일월의 봉당 자리에
아아! (엷은) 속적삼을 덮고 누웠으니
서러움이 더한 처지여!
고운사람, 외로이 살아감이여!
아아! 둥둥다라락!

※ 사랑하는 사람끼리 외롭게 살아가는 아픈 심정의 노래이다.

〈십이월장〉

십이월의 분디나무[山椒]로 깎은
아아! 차려 올린 요리상에 젓가락 같구나!
님 앞에 들어가 어울리려는데
손님이(덥썩) 가져다가 뭅니다 그려
아아! 둥둥다라락!

※ 이는 애증의 해악이다.

(5) 정읍사(井邑詞)

〈관련기사〉

정읍(井邑)은 전주(全州)에 딸린 현(縣)으로 현의 한 사람이 행상을 나갔다가 오래도록 돌아오지 않으므로 그 아내가 산석(山石)에 올라가서 멀리 바라보면서 그 지아비가 밤길에 험한 변이나 당하지 않을까 하는 걱정을 흙탕물에 더럽히는 것에 빙자하여 노래했는데, 후세사람들이 '망부석'이라는 산석을 세웠다고 하였다.(고려사 악지 삼국속악조)

(井邑全州屬縣 縣人爲行商久不至 其妻登山石以望之 恐其夫夜行犯害 托泥水之汚 以歌之 世傳有登岾望夫石云)

또 조선 성종과 중종 때 엮은「여지승람(輿地勝覽)」권34 정읍현 고적록(古蹟錄)에서는 다시

"망부석은 현의 북쪽 10리에 있는데 현의 한 사람이 행상을 갔다가 오래도록 돌아오지 않으므로 그 처가 산석에 올라서 바라보며 그 남편이 밤에 다니다가 범해를 당하지 않을까 걱정하는 마음을 흙탕물에 더럽힐 것을 염려하는 마음으로 빙자하여 이 노래를 지어 불렀는데 그 곡조 이름을 '정읍'이라 하고 후세토록 망부석에 오른 돌탑을 세웠는데 지금도 발자취가 남아 있다."(원문 생략)고 전하고 있다. 그러면 이 가사는 어디에 기록되어 전하는가?「악학궤범」권5 시용향악정재도의(時用鄕樂呈才圖儀)장에 "동동(動動)"에 이어 "제기창정읍사(諸妓唱井邑詞)"라 하고는

"前腔 ᄃᆞᆯ하 노피곰 도ᄃᆞ샤 어긔야 머리곰 비취오시라 어긔야
어강됴리
小葉 아으다롱디리
後腔 全져재 녀러신고요 어긔야 즌ᄃᆡ를 드ᄃᆡ욜 셰라 어긔야

어강 됴리
過篇 어느이다 노코시라
金善調 어긔야 내가논ᄃᆡ 졈그롤셰라 어긔야 어강됴리
小葉 아으다롱디리”

로 끝나는 가사로서

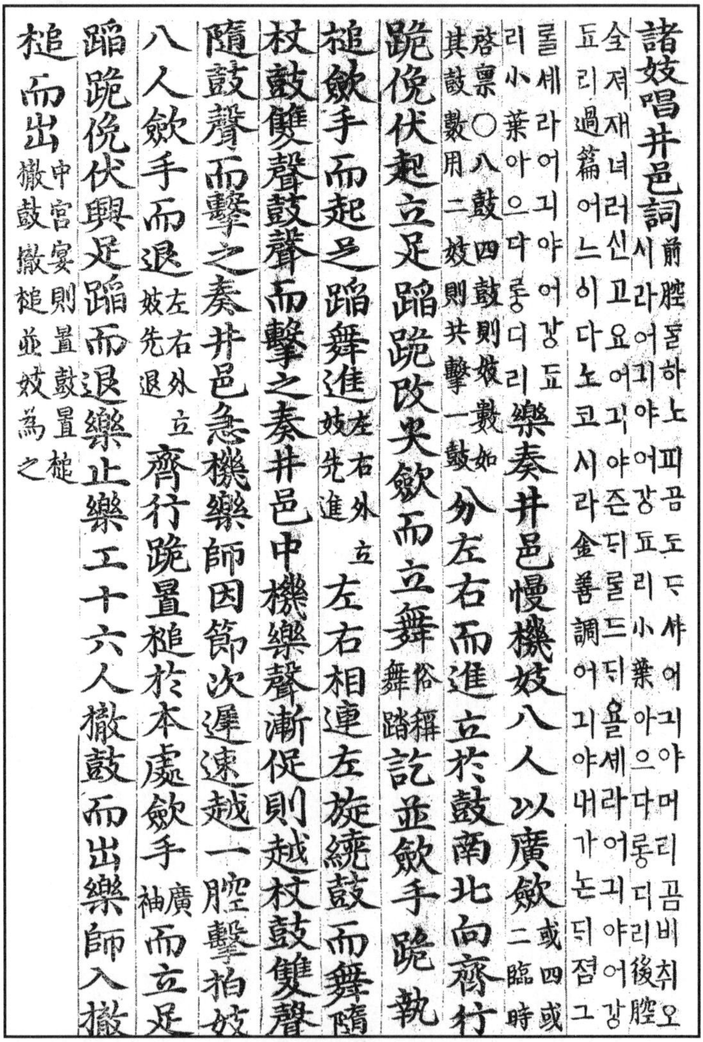

諸妓唱井邑詞 前腔 ᄃᆞᆯ하 노피곰 도ᄃᆞ샤 어긔야 머리곰 비취오시라 어긔야 어강됴리 小葉 아으 다롱디리 後腔 全 져재 녀러신고요 어긔야 즌ᄃᆡ를 드ᄃᆡ욜셰라 어긔야 어강됴리 過篇 어느이다 노코시라 金善調 어긔야 내가논ᄃᆡ 졈그롤셰라 어긔야 어강됴리 小葉 아으 다롱디리 樂奏井邑慢機妓八人以廣斂 或四或二臨時 啓稟○八鼓四鼓則妓一數如其鼓數用二妓則共擊一鼓 分左右而進立於鼓南北向齊行跪俛伏起立足蹈跪[illegible][illegible]斂而立舞 俗稱舞踏 訖並斂手跪執槌斂手而起足蹈舞進 左右外立妓先進 左右相連左旋繞鼓而舞隨杖鼓雙聲鼓聲而擊之奏井邑中機樂聲漸促則越杖鼓雙聲隨鼓聲而擊之奏井邑急機樂師因節次遲速越一腔擊拍妓八人斂手而退 左右外立妓先退 齊行跪置槌於本處斂手 廣袖 而立足蹈跪俛伏興足蹈而退樂止樂工十六人撤鼓而出樂師入撤槌而出 中宮宴則置鼓置槌撤鼓撤槌並妓爲之

「악학궤범」 권 4

이상의 정읍사는 여러 기생들이 장고에 맞춰서 창한 가사인데, 이 노래가사의 해석에 앞서 가사 앞에 있는 창법 등 설명을 먼저 풀이하면 ;

○ 전강(前腔), 후강(後腔) ; 가창하는 순서를 설명하되 전강은 앞 노래, 즉 전창(前唱) 또는 전곡(前曲)을 의미했고, 후강은 뒤 노래 즉 후창 또는 후곡을 뜻했다. 여기에 과편(過篇)이 또 있었는데 글자 뜻 그대로 "다음으로 넘긴다."는 가창법인 듯하다.

엽(葉)은 '닢'을 말하며 노래의 소절(小節)을 뜻한다. 대엽(大葉;한 닢), 이엽(二葉;두 닢), 삼엽(三葉;세 닢) 등으로 구별하여 썼는데 노래의 속도에 따라 구분하였다.

그러나 「한림별곡」에서는 후렴귀인 감탄사에 엽이라 표시했고, 조선시대 가곡(歌曲)에서는 우조(羽調), 대엽(大葉) 또는 계면(界面), 2수대엽 등으로 구분했다.

그리하여 '닢' 즉 엽은 빠른 곡조를 삭대엽(數大葉), 느린 곡조를 만대엽(慢大葉) 등으로 그 창의 느리고 잦음을 구분했다.

이제 '정읍사'를 주제 중심으로 풀이하면

"달이여! 높이 좀[8] 돋우시어, 멀리 좀 비추어 주려므나.
어여차(감탄사) 어강됴리(牙箏의 의성음)[9]
아으 다롱디리(아쟁의 의성음)
전주(全州) 장터[10]를 두루 다녀신지요? 어여차

---

8) 위의 풀이에서 "곰"을 "좀" 즉 부사로 풀이한 것은 '곰'이 '좀'으로 변화되었다고 보기 때문이다.

9) '어강됴리'는 아쟁(牙箏)이란 7현금의 의성음으로 보는 까닭은 고려 때 별곡체 가사들의 감탄사격 여음은 거의 모두가 악기의 의성으로 편성되었기 때문인데 「청산별곡」은 피리의 의성이요, 「동동」은 북소리요, 「서경별곡」은 거문고의 여음으로 간주한다.

10) 全져재 ; 이를 전주(全州)의 장터로 해석하는 까닭은 전을 유독 한자 全으로 표기했기 때문이다.

진창을 밟을세라(걱정이요)
어여차 어강됴리(아쟁의 의성음)
어디에다 놓고 계신가(짐 풀어 놓았는가?)
어여차 내가 가는 곳※이 저믈까 두렵구나
어여차 어강됴리 아아 다롱디리"

※ 여기 내 가는 데는 1인칭, 나인 동시에 지아비를 동시에 지칭하는 것으로 풀이된다.

(6) 삼진작(三眞勺) ; 정과정(鄭瓜亭)

이 별곡가사는 고려 때의 유일하게 작자가 확실한 가사로 「악학궤범」 권5에 기창가사(妓唱歌詞)로 전하는 고려의 별곡가사로서,

"1. 전강(前腔) ; 내 님믈 그리ᅀᆞ와 우니다니
2. 중강(中腔) ; 山 졉동새 난 이슷ᄒᆞ요이다
3. 후강(後腔) ; 아니시며 거츠르신돌 아으
4. 부엽(附葉) ; 벼기더시니 뉘러시니잇가
5. 이엽(二葉) ; 過도 허믈도 千萬업소이다
6. 삼엽(三葉) ; ᄆᆞᆯ힛 마리신뎌
7. 사엽(四葉) ; ᄉᆞᆯ읏븐뎌 아으
8. 부엽(附葉) ; 니미 나ᄅᆞᆯ ᄒᆞ마 니ᄌᆞ시니잇가
9. 오엽(五葉) ; 아소 님하 도람 드르샤 괴오쇼셔"

로 기사되어 전한다.

1. 해설

먼저 삼진작(三眞勺)에 대한 「악학궤범」의 의미는 고려 때 별곡체 가사를 조선 초에 이르러 궁중에서 향악(鄕樂)으로 연주할 때 곡조의 속도를 표시하던 악보인데, 삼진작(三眞勺)은 빠른 곡조의 3단계로 빠른 순서로 1, 2, 3단계가 있다는 것이다. 따라서 3진작은 빠른 곡조 중에서도 3단계의 빠른 곡조로 된 악보이니, 이는 다시 전강(前腔), 후강(後腔)으로 구분하며, 목청의 속 소리의 전후순서를 말한 듯하다.(전편 「정읍사」항 참조)

而舞樂漸數則奏鳳凰吟急機連奏三眞勺妓唱其歌 前腔내님믈그
리ᅀᆞ와우니다니中腔山졉동새난이슷ᄒᆞ요이다後腔아니
시며거츠르신ᄃᆞᆯ아으附葉殘月曉星이아ᄅᆞ시리이다大葉
넉시라도님은ᄒᆞᆫᄃᆡ녀져라아으附葉벼기더시니뉘러시니
잇가二葉過도허믈도千萬업소이다三葉ᄆᆞᆯ힛마리신뎌四
葉ᄉᆞᆯ읏븐뎌아으附葉니미나ᄅᆞᆯᄒᆞ마니ᄌᆞ시
니잇가五葉아소님하도람드르샤괴오쇼셔 黃者仍立而舞
青紅黑白者舞退齊行而舞 左右手皆兩度或一度 黃者舞退青白者舞
進舞退紅黑者舞進舞退訖五者齊行而舞樂奏井邑急機妓
唱其歌 歌見上舞鼓呈才儀 五者變舞 井邑舞 仍奏北殿急機妓唱其歌 前腔
山河千里壯애宮殿에五雲高ㅣ로다나中腔輝輝瑞日은明
螭陛어늘冉冉香烟은繞袞袍ㅣ로다나ᄂᆞᆫ後腔積德百年에
興礼樂ᄒᆞ시니垂衣一代煥文章이로다附葉雍熙至治여邁
虞唐이로다大葉慶雲深處에仰重瞳ᄒᆞ니나ᄂᆞᆫ一曲南薰에
解慍風이로다나附葉鳳凰이來舞ᄒᆞ니九成中이로다二葉
大有年ᄒᆞ니禾稼ㅣ與雲連이로다三葉紅腐之粟이오貫朽
錢이로다四葉陰陽이順軌ᄒᆞ야雨露均ᄒᆞ니附葉萬家烟火
ㅣ여大平民이로다五葉撫五辰ᄒᆞ시니聖壽無疆ᄒᆞ샤千萬
春이쇼셔 五者舞出 懽塲舞 女妓樂師樂工以次而出樂止又至後度

「악학궤범(樂學軌範)」(임진전판본) 소재분

2. 주제와 해석

이 노래의 주제나 노래 뜻은 관련 기록이 있으므로 이견이 없을 것이니 새삼 정리하여 보면,

"내가 임금을 그리며 울고 사는 것, (마치) 산 접동새와 비슷합니다.
아닌 말로 허망하게 우기던(모함하던) 사람이 누구입니까?
(나는) 잘못도 허물도 천만 번 없습니다.
말을 마소서(거짓말) 거짓 참소를 마소서
서글픈 지고 아아!
임금께서 나를 설마 벌써 잊으셨습니까.
아아! 그러지 마시고 마음 돌리어
고와하소서!"로 풀이 된다.

이는 당시 정서(鄭敍)가 모함 당해 동래(東萊)로 귀양 가 있으면서 고려 의종(毅宗;1147~1171)이 다시 부른다는 약속이 늦어지기에 부른 노래다.

정서(鄭敍 ; ?~?)는 인종비(仁宗妃)의 제부로 음보(蔭補)로써 내시낭중(內侍郎中)이 되었다가 1151년(의종 5년)에 아첨 잘하던 신하인 정함(鄭諴)과 김존중(金存中)의 참소를 받고 동래로 귀양 가 있다가 1170년(명종 즉위 때) 풀려나서 다시 기용되었다.

정서의 매부인 최유청(崔惟淸;1095~1174)은 함께 연루되어 동래에 유폐되어 가서 있으면서 「9월 9일 정서기에게 화답한 시」(九日和鄭書記)에서 "십생이란 말직에도 마음만은 호연하네"(十生襟抱更超然) 하다고 읊었다.

(7) 처용가(處容歌)

1. 해제

처용가는 벽사진경(辟邪進慶)의 노래 가사로 「악학궤범」(임진전 판본) 권5 시용향악도의(時用鄕樂圖儀)에 가사 전편과, 그리고 「속악가사(俗樂歌詞)」에 가사 전편이 전한다.

이 두 문헌의 가사에서는 표기상 약간의 차이를 보이고 있는데 「악학궤범」에서는 창법과 구절의 엽(葉) 구실을 일일이 명시했으니 다음과 같다.

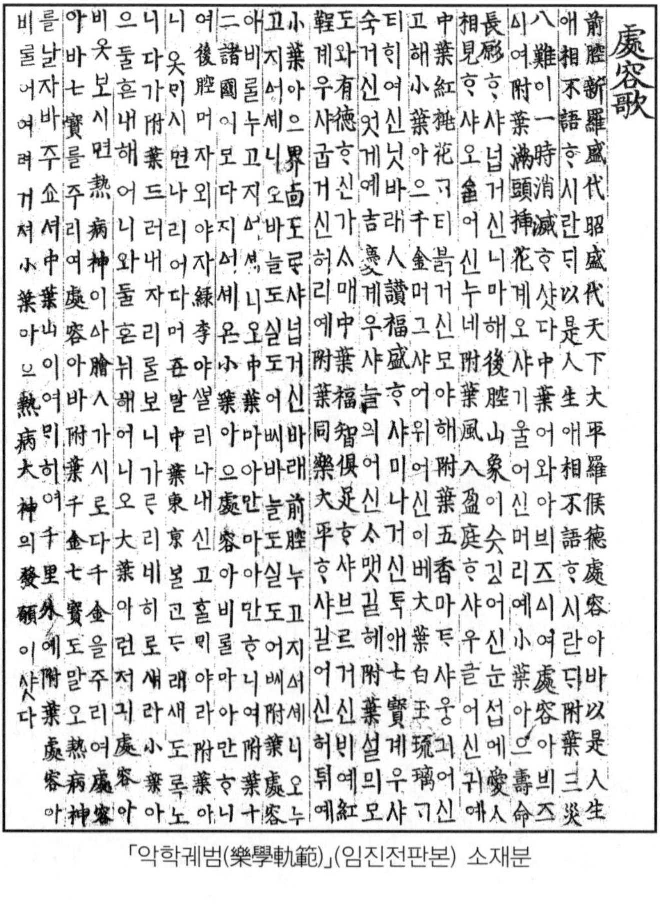

「악학궤범(樂學軌範)」(임진전판본) 소재분

◆ **처용가 가사(악학궤범에 실린 가사)**

(前腔) 新羅聖代 昭聖代
天下大平 羅侯德
處容아바
以是人生애 相(常)不語ᄒᆞ시란ᄃᆡ
以是人生애 相(常)不語ᄒᆞ시란ᄃᆡ
(附葉) 三災八難이 一時消滅ᄒᆞ샷다

(中葉) 어와 아븨즈이[ᅀᅵ]여 處容아븨 즈이[ᅀᅵ]여
(附葉) 滿頭揷花 계오(우)샤 기울어신 머리예
(小葉) 아으 壽命長願(遠)ᄒᆞ샤 넙거신 니마해
(後腔) 山象이슷 깅[긼]어신 눈닙(섭)에
愛人相見ᄒᆞ샤 오ᄋᆞᆯ(ᄋᆞᆯ)어신 눈네
(附葉) 風入盈庭ᄒᆞ샤 우글어신 귀예
(中葉) 紅桃花ᄀᆞ티 븕거신 모야해
(附葉) 五香 마ᄐᆞ샤 웅긔어신 고해
(小葉) 아으 千金 머그샤 어위어신 이베
(大葉) 白玉琉璃ᄀᆞ티 희여(어)신 닛바래
人讚福盛ᄒᆞ샤 미나거신 톡애(ᄐᆞ개)
七寶 계우샤 숙거신 엇게예
吉慶 계우샤 늘의어신 ᄉᆞ맷길헤
(附葉) 설믜(미) 모도와 有德ᄒᆞ신 가ᄉᆞ매
(中葉) 福智俱足ᄒᆞ샤 브르거신 ᄇᆡ예
紅鞓 계우샤 굽거신 히(허)리예
(附葉) 同樂大平ᄒᆞ샤 길이(어)신 허튀예

(小葉) 아으 界面 도ᄅᆞ샤 넙거신 바래

(前腔) 누고 지어(이)[ᄉᆡ] 셰니오 누고 지어[ᄉᆡ] 셰니오
바늘(롤)도 실도 어ᄡᅵ(업시) 바늘(롤)도 실도 어ᄡᅵ(업시)
(附葉) 處容아비롤(를) 누고 지어[ᄉᆡ] 세니오
(中葉) 마아만 마아만ᄒᆞ니여
(附葉) 十二諸國이 모다 지어[ᄉᆡ] 셰온(욘)
(小葉) 아으 處容아비롤(를) 마아만ᄒᆞ니여

(後腔) 머자 외야자 綠李야(여)
셜(셜)리나 내 신(싨)고흘(흘) 미야(여)라
(附葉) 아니옷 미시면 나리어다 머즌말
(中葉) 東京 불곤(근)ᄃᆞ래 새도록 노니다가
(附葉) 드러 내자리롤(를) 보니 가ᄅᆞ리 네히로 섀라
(小葉) 아으 둘흔 내해어니와 둘흔 뉘해어니오
(大葉) 이런저긔 處容아비옷 보시면
熱病神(大神)이아[ᅀᅡ] 膾ㅅ가시로다
千金을 주리여 處容아바
七寶를 주리여 處容아바
(附葉) 千金 七寶도 말(마)오
熱病神를(을) 날자바 주쇼셔
(中葉) 山이여 미히여 千里外예
(附葉) 處容아비롤(를) 어여려(녀)거져
(小葉) 아으 熱病大神의 發願이샷다

※ ( ) 안은 樂章歌詞와의 對校, [ ] 안은 蓬左文庫本 樂學軌範과의 對校.

그러나 「속악가사」에서는 다음과 같이 가사와 신라 때 처용(處容)의 전설을 부기했다.

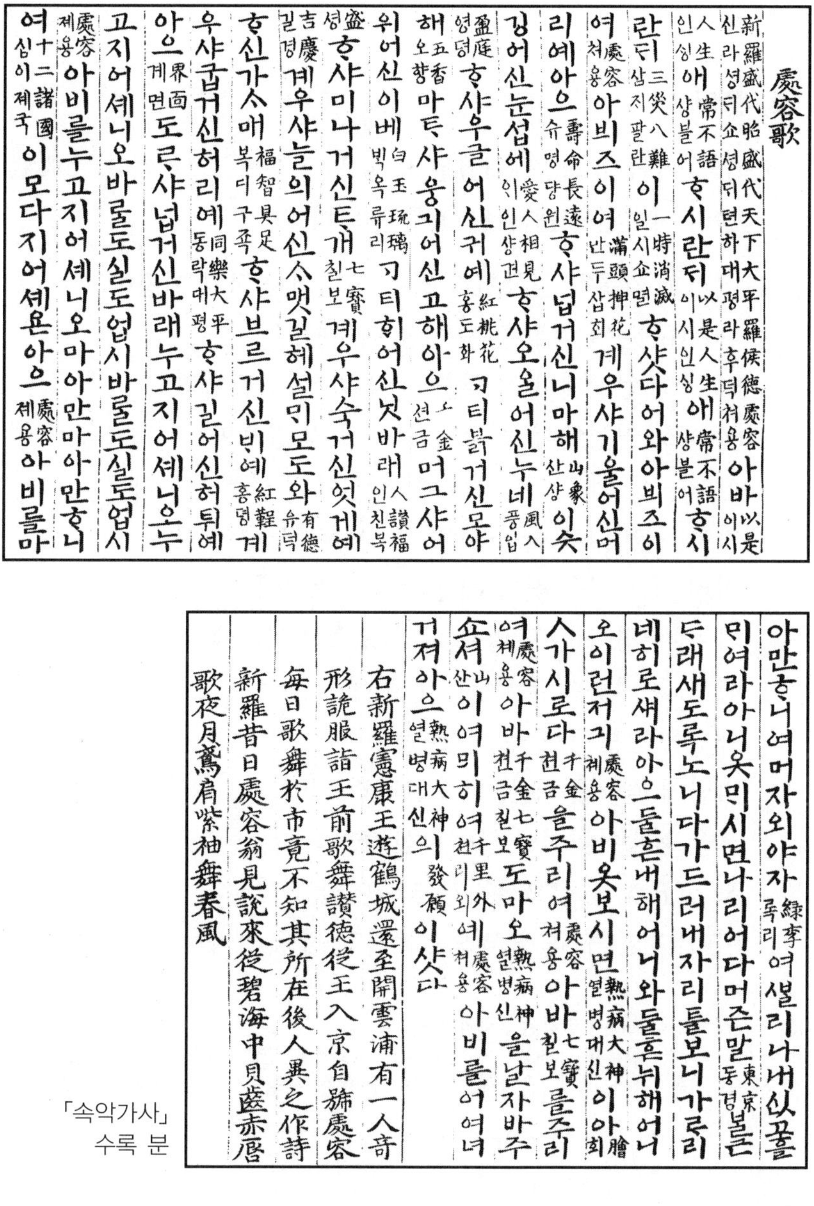

處容歌

新羅盛代(신라셩ᄃᆡ) 昭盛代(쇼셩ᄃᆡ) 天下大平(텬하대평) 羅候德(라후덕) 處容(쳐용)아바 以是(이시)
人生(인ᄉᆡᆼ)애 常不語(샹블어)ᄒᆞ시란ᄃᆡ 以是人生(이시인ᄉᆡᆼ)애 常不語(샹블어)ᄒᆞ시
란ᄃᆡ 三災八難(삼지팔란)이 一時消滅(일시쇼멸)ᄒᆞ샷다 어와 아븨즈이
여 處容(쳐용)아븨즈이여 滿頭揷花(만두삽화) 계우샤 기울어신머
리예 아으 壽命長遠(슈명댱원)ᄒᆞ샤 넙거신 니마해 山象(산샹) 이슷
깅어신 눈섭에 愛人相見(ᄋᆡ인샹견)ᄒᆞ샤 오ᄋᆞᆯ어신 누네 風入(풍입)
盈庭(영뎡)ᄒᆞ샤 우글어신 귀예 紅桃花(홍도화) ᄀᆞ티 븕거신 모야
해 五香(오향) 마ᄐᆞ샤 웅긔어신 고해 아으 千金(쳔금) 머그샤 어
위어신 이베 白玉琉璃(ᄇᆡᆨ옥류리) ᄀᆞ티 ᄒᆡ여신 닛바래 人讚福(인찬복)
盛(셩)ᄒᆞ샤 미나거신 ᄐᆞᆨ개 七寶(칠보) 계우샤 숙거신 엇게예
吉慶(길경) 계우샤 늘의어신 ᄉᆞ맷길헤 설믜 모도와 有德(유덕)
ᄒᆞ신 가ᄉᆞ매 福智具足(복디구족)ᄒᆞ샤 브르거신 ᄇᆡ예 紅鞓(홍뎡) 계
우샤 굽거신 허리예 同樂大平(동락대평)ᄒᆞ샤 길어신 허튀예
아으 界面(계면) 도ᄅᆞ샤 넙거신 바래 누고 지어 셰니오 누
고 지어 셰니오 바ᄅᆞᆯ도 실도 업시 바ᄅᆞᆯ도 실도 업시
處容(쳐용)아비를 누고 지어 셰니오 마아만 마아만ᄒᆞ니
여 十二諸國(십이제국)이 모다 지어 셰온 아으 處容(쳐용)아비를 마
아만ᄒᆞ니여 머자 외야자 綠李(록리)여 섈리 나 내 신고ᄒᆞᆯ
ᄆᆡ여라 아니옷 ᄆᆡ시면 나리어다 머즌말 東京(동경) ᄇᆞᆯᄀᆞᆫ
ᄃᆞ래 새도록 노니다가 드러 내 자리ᄅᆞᆯ 보니 가ᄅᆞ리
네히로새라 아으 둘흔 내해어니와 둘흔 뉘해어니
오 이런 저긔 處容(쳐용)아비옷 보시면 熱病大神(열병대신)이아 膾(회)
ᄉᆞ가시로다 千金(쳔금)을 주리여 處容(쳐용)아바 七寶(칠보)를 주리
여 處容(쳐용)아바 千金七寶(쳔금칠보)도 마오 熱病神(열병신)을 날 자바 주
쇼셔 山(산)이여 ᄆᆡ히여 千里外(쳔리외)예 處容(쳐용)아비를 어여녀
거져 아으 熱病大神(열병대신)의 發願(발원)이샷다

右新羅憲康王遊鶴城還至開雲浦有一人奇
形詭服詣王前歌舞讚德從王入京自號處容
每日歌舞於市竟不知其所在後人異之作詩
新羅昔日處容翁見說來從碧海中貝齒赤脣
歌夜月鳶肩紫袖舞春風

「속악가사」 수록 분

이 벽사진경의 처용가도 벽사는 악귀나 역신을 쫓는다는 의미요, 진경은 덕이며, 복이며, 나으라(進) 온다는 뜻이니, 곧 임을 위해 (곧 나라를 위해) 복과 덕을 비는 일편단심의 간절한 염원이라 할 것이다.

2. 풀이

※ 이 풀이에서 고증(考證)은 박병채 교수의 「고려가요(高麗歌謠)의 어석연구(語釋研究)」를 취한다.

"신라의 거룩한 임금천하 밝은 성대에 천하가 태평하고,
나후(羅侯)의 덕성 있는 처용 아비여!
이 세상 인생에서 늘 말씀 아니 하실 것 같으면
이 세상 인생에서 늘 말씀 안하실 것 같으면,
삼재(三災)와 팔난(八難)[11]이 일시에 소멸 하는구나!
아아! 아비의 모습이여! 처용 아비의 모습이여!
머리 가득 꽃을 꽂아 기울어지신 머리에
아아! 수명이 길고 멀 관상의 넓으신 이마에
산 모습 비슷한 무성하신 눈썹에
애인을 만난 듯 동글해진 눈매에
바람이 뜰 가득 찬듯한 오그라진 귀에
붉은 복숭아꽃처럼 붉어지신 뺨에
오향(五香)을 맡으셨는지 웅글어진 코에
아아! 천금(千金)을 먹으셨는지 넓적한 입에

11) 삼재팔난 ; 불교에서 말하는 3재와 8난.
3재는 화재(火災), 수재(水災), 풍재(風災) 또는 전쟁, 질병, 기근.
8난은 지옥, 아귀, 축생, 울단월, 장수천, 농맹아, 세지변총, 불전불후(불교대사 전 참조)

백옥유리(白玉琉璃)같이 하야신 잇발에
남을 칭찬한 복이 넘쳐서 밀려나간 턱에
칠보(七寶)가 무거워 숙여진 어깨에
길경(吉慶)이 넘쳐서 늘어지신 소맷길에
설믜(지혜) 모여져서 덕성스러운 가슴에
복과 지혜가 갖추어 넉넉해서 불룩한 배에
홍패 띠(紅鞓)가 무거웠는지 꾸부러진 허리에
태평한 세상 함께 즐길 모습인지 길쭉한 궁둥이[12)]에
계면조[13)] 춤을 추며 돌던 넓적한 발바닥에

누가 만들어 세웠는가
누구가 말 들어 세웠는고
바늘도 실도 없이
바늘도 실도 없이
쳐용(處容) 아비를 누가 만들어 세웠는가?

주 ※ 마아만 마아만 ᄒᆞ니여!
　　십이제국(十二諸國)이 모다 지어 셰온;

이 대목을 지금까지 주석 학자들은 모두 "마아만"을 "많기만 한 사람들"이라고 주석했으나, 이는 적합한 해석이 못 된다. "마아만"을 "많기만 한"으로 해석하면, 그 다음의 "ᄒᆞ니여"와 전혀 뜻이 맞지 않는다. 즉 "ᄒᆞ니여"의 "ᄒᆞ"는 형용사 "많은"이요, "니여"는 대명사 "이" 밑에 감탄사 "여!"가 붙은 말이

12) 허튀 ; 허튀의 정확한 부위는 궁둥이
13) 계면조(界面調) ; 악조 이름, 곧 애원 초창한 악곡.

다. 고려 때 별곡체 가사에는 군소리나 뜻없는 말은 쓰지 않았다. 따라서 이 대목은 다음과 같이 풀이 하려고 한다.

"마하(摩訶;maHa)만 마하만한 이들이여! 〔마하(maHa)는 大, 多, 勝의 뜻〕"

"십이제국(十二諸國)도 여기서는 아미타(阿彌陀)의 십이광불(十二光佛)을 말한다."(불교 법전 참조)

십이제국이 모두 지어 세운 아아(놀라워라)
졔용 아비를, 마하만한 사람들이여!
머루야! 오얏아! 록리(綠李)여!
(여기 록리는 머루와 오얏의 반복어)
빨리 나와 내 신코를 매어라.
(신코는 짚신 코이니 신들매 매고 달릴 때 잡아 맨다)
아니 곧 매시면(우물쭈물 하다가는)
내립다 험한 말로(당시로는 금기어(禁忌語)란 뜻)

"동경(東京) 밝은 달에 새도록 놀며 돌다가
들어와 내 자리를 보니 가랑이가 넷이로구나.
아아! 둘은 내 것이어니와 둘은 뉘 것이뇨.
이럴 때 쳐용(處容) 아비가 곧 보시면
열병대신(熱病大神)이야! 횟(膾)가시이구나!"

(여기 열병대신은 인간 태초의 9병을 말하는 듯…(불교대사전). 굳이 불교의 열병대신을 들어 말한 속뜻은 이 처용가는 처음부터 불교의 일식신(日蝕神)인 '라후(羅侯;羅睺羅〈RaHuLa〉)'를 찬양하면서 시작했기 때문이다.)

"천금(千金)을 주리까, 쳐용 아비야
칠보(七寶)를 주리까, 쳐용 아비야
천금칠보(千金七寶)도 말고
열병신(熱病神)을 나에게 잡아다 주소서
산(山)이여! 들이여!
천리밖(千里外)에 있는 쳐용(處容) 아비를 피하여 (도망)하려는 아아!
열병대신(熱病大神)의 원하는 바이로다"

처용가(處容歌)는 여기서 끝나지만 「속악가사(俗樂歌詞)」에서는 이 노래의 유래를 다음처럼 붙여 썼다.

오른쪽은 신라 헌강왕이 학성에 행차했다가 돌아오는 길인 개운포에 이르렀을 때, 한 기이하고 이상스럽게 생긴 자가 이상한 차림으로 헌강왕 앞에서 덕을 찬양하며 춤을 추니, 왕이 서울 장안으로 데리고 왔으니 그는 자기가 처용이라 하며, 매일 노래와 춤으로 지새는데 그가 어디에 있는지 알 수 없었다. 뒷사람들이 이를 이상하게 생각하며 시를 지었으니

"신라 옛적 처용 노인, 벽해 속에서 나와서
임금님 따라서 서울에 왔어라!
잇발은 조개처럼 하얗고 입술은 붉었다.
달밤에 노래하니 어깨는 솔개처럼 솟았고
붉은 소매는 봄바람에 나부꼈다."

라고 붙여 써 놓았다.

이 대목은 신라 49대 헌강왕(憲康王;875~886) 때의 처용설화와 처용가에 대한 관련 기사이다.

(8) 가시리 ; 일명 귀호곡(歸乎曲)

1. 해제

고려의 별곡체 가사로 유일하게 한글로만 전해지는 이 가사를 「시용향악보」에서는 「귀호곡(歸乎曲)」이라고 하여 제1절만 전한다.

「고려가사」라는 기록은 없지만 고려 때 남녀의 이별의 정감을 읊은 노래로 고려 때 송(宋)나라 사신 서긍(徐兢)이 고려의 풍정을 보고 기술한 「고려도경」에서

"남녀의 이합이 무상 하더라"(男女離合無常)란 기록을 방불케 하는 3.3.2조의 노래 가사다.

우리 민족 애환(哀歡)의 극치로 전해오는 이 「가시리」 4분절 가사는 고려 때 여인들이 겪은 인고(忍苦)의 참모습이며 그러면서 일편단심의 거룩함이었다.

따로 주석이나 사족(蛇足)이 필요 없는 천연스럽고, 천의무봉(天衣無縫)의 숭고한 노래이다. 우리 민요 "아리랑"도 이같은 정서의 유구한 흐름 속에서 전해진 듯하다.

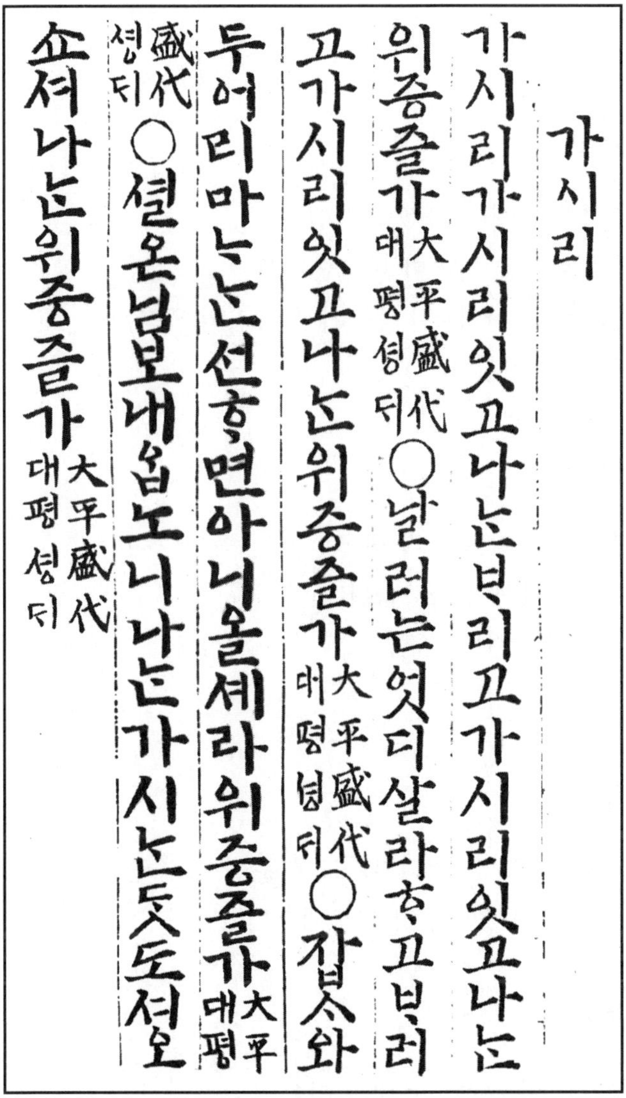
가시리

가시리가시리잇고나ᄂᆞᆫ ᄇᆞ리고가시리잇고나ᄂᆞᆫ
위증즐가大平盛代(대평셩ᄃᆡ)○날러는엇디살라ᄒᆞ고ᄇᆞ리
고가시리잇고나ᄂᆞᆫ위증즐가大平盛代(대평셩ᄃᆡ)○잡ᄉᆞ와
두어리마ᄂᆞᄂᆞᆫ선ᄒᆞ면아니올셰라위증즐가大平(대평)
盛代(셩ᄃᆡ)○셜온님보내ᄋᆞᆸ노니나ᄂᆞᆫ가시ᄂᆞᆫᄃᆞᆺ도셔오
쇼셔나ᄂᆞᆫ위증즐가大平盛代(대평셩ᄃᆡ)

「속악가사」에서

2. 해석

제1분절

"가셔야 가셔야 하겠습니까!
나를 버리고 가셔야 하겠습니까!
나는야!(감탄사) 위 증즐가(현악기의 의음)[14]
태평성대이건만"

제2분절

"나더러는 어찌 살라 하고
버리고 가셔야 하겠습니까!
나는 위(감탄사) 증즐가(악기의 의성음)
태평성대이건만"

제3분절

"붙잡아 두려고 하려다가도 서운케 생각하고
안 오면 어쩔까 두려워 보내오니"(감탄사, 후렴귀)

제4분절

"서러운 임을 떠나보내는 것은
가시는 듯 돌아오시라는 소원입니다.(이하 략)

---

14) 고려가사의 후렴귀는 거의가 악기의 의성음이니 「동동(動動)」은 북소리의 의음이라면 「가시리」의 "증즐가"는 현악기(가야금 또는 거문고)의 의음으로 구성되어 있다.

(9) 정석가(鄭石歌)

1. 해제

고려 때 유행어인 미소년(美少年) 정돌이와 쇠악기(징;鉦)와 돌악기(경;磬)를 두드리며 노래하던 풍습의 복합어요, 유행어인 정돌의 노래이다.

고려 별곡체 가사는 일편단심의 다짐이 깊지 않은 가사는 없지만, 이 "정돌의 노래"처럼 요지부동의 맹세는 가장 으뜸이라 할 것이다.

이 노래는 두 가지 상념(想念)을 한 가지 주제로 묶어서 노래했으니, 그 하나는 「시경」 '정풍(鄭風)'의 미소년(美少年) 흠모가요, 또 하나는 그 미소년과의 언약이 영구불변하라는 불가항력(不可抗力)의 사례를 들어 다짐하는 가사이다.

「시경」 '국풍(國風)' 제7장 정풍(鄭風) 21편의 시는 거의 모두가 남녀상열(男女相悅)의 노래이며 '자도(子都)'를 비롯한 미소년을 주제로 유행가처럼 노래 불렀던 고려의 세시풍속이었다.

시경(詩經)과 서경(書經)쯤은 주(註)를 좇아가며 외었던 당시 선비사회에서 정풍(鄭風)은 유행가처럼 불렀던 것으로 짐작된다.

따라서 당시 유행가처럼 불리었던 "정돌의 노래"는 다음처럼 풀이된다.

鄭石歌

딩아돌하當今(당금)에계샹이다딩아돌하當今(당금)에계샹
이다先王聖代(션왕셩ᄃᆡ)예노니ᄋᆞ와지이다○삭삭기셰몰
애별헤나ᄂᆞᆫ삭삭기셰몰애별헤나ᄂᆞᆫ구은밤닷되
를심고이다○그바미우미도다삭나거시아그바
미우미도다삭나거시아有德(유덕)ᄒᆞ신님믈여ᄒᆡᄋᆞ와
지이다○玉(옥)으로蓮(련)ㅅ고즐사교이다玉(옥)으로蓮(련)ㅅ
고즐사교이다바회우회接柱(졉듀)ᄒᆞ요이다○그고지
三同(삼동)이퓌거시아그고지三同(삼동)이퓌거시아有德(유덕)ᄒᆞ
신님여ᄒᆡᄋᆞ와지이다○므쇠로텰릭을ᄆᆞᆯ아나ᄂᆞᆫ
므쇠로텰릭을ᄆᆞᆯ아나ᄂᆞᆫ鐵絲(텰ᄉᆞ)로주롬바고이다○
그오시다헐어시아그오시다헐어시아有德(유덕)ᄒᆞ신
님여히ᄋᆞ와지이다○므쇠로한쇼를디여다가므
쇠로한쇼를디여다가鐵樹山(텰슈산)애노호이다○그쇠
鐵草(텰초)를머거아그쇠鐵草(텰초)를머거아有德(유덕)ᄒᆞ신님여

ᄒᆡᄋᆞ와지이다○구스리바회예디신ᄃᆞᆯ구스리바
회예디신ᄃᆞᆯ긴힛ᄯᆞᆫ그츠리잇가○즈믄ᄒᆡᄅᆞᆯ외오
곰녀신ᄃᆞᆯ즈믄ᄒᆡᄅᆞᆯ외오곰녀신ᄃᆞᆯ信(신)잇ᄃᆞᆫ그츠리
잇가

「속악가사」 上에서

2. 풀이

"징(鉦)이여! 돌(磬)이여! 정(鄭)소년아!
지금 세상에 있어 주려므나!(되풀이)
선왕(先王)[15]이 성덕 베풀며 다스리던
거룩한 시대에 놀며 살고 싶고나.(이상은 서곡)"

제1분절

"바삭바삭 마른 모래벌에 나는(감탄사)
바삭바삭 마른 모래벌에 나는(감탄사)
구운밤 다섯 되를 심을련다.
그 밤이(구운밤) 움이 돋아 싹이 나거든(반복)
덕 있는 임(사랑하는 사람)과 헤어져도 되겠습니다."[16]

제2분절

"옥으로 연꽃을 새기려 한다(반복)
그리고는 바위에다 접붙이려 한다(그런 뒤에)
그 꽃이 삼동(三同)[17]에 꽃핀 뒤에야
덕 있는 사랑하는 임과 헤어져도 되겠습니다."

---

15) 선왕(先王) ; 선왕은 전대의 통치 잘한 임금이며 특정한 왕의 지칭이 아니다. 선성왕(先聖王). 〈周易〉
16) 우리 겨레의 다짐하는 말버릇에 불가항력을 내세워 다짐하는 말버릇이 있으니 "시렁속 삶은 닭이 꼬꼬하고 울 때야 만난다." 등의 말투가 있다.
17) 삼동(三同) ; 여기 삼동은 삼동(三冬)의 오기이다. 여기서는 엄동설한(嚴冬雪寒)의 삼동을 말하려는 것이다.

제3분절

"무쇠로 철익(天翼, 綴翼=몽고어)을 마르어서(반복)
철사로 주름 박아서 만든 옷이
다 헐었을 때야(비로소)
유덕하신 임과 헤어져도 되겠습니다."

제4분절

"무쇠로 황소를 지어다가(주물 해다가)(반복)
철수산(鐵樹山)[18]에 놓아 먹여서
그 소가 철수를 먹는다면야
유덕하신 임과 헤어져도 되오리다."

제5분절

"구슬이 바위에 떨어져 부서진들
끈이야 끊기겠습니까?
천년을 두고 떨어져 살아간들
믿는 마음이야 그치겠습니까?"

이 5분절의 굳은 다짐은 「서경별곡」에서도 다짐했던 구슬이 장이지만 이는 비단 이 두 별곡체 가사의 주제뿐만 아니고 소위 고려가사로 전승되는 전체 별곡가사의 주제인 일편단심의 다짐인 것이다.

18) 철수산(鐵樹山) ; 쇠로 만든 상상의 산으로 쇠풀이 우거진 산.

(10) 만전춘별사(滿殿春別詞)

1. 해제

별곡을 뜻하는 만전춘의 "별사"[19]는 고려의 별곡가사 중에서도 가장 애절하고 가슴이 아린 정한을 읊은 가사이다.

혹자는 이 노래가 "유녀(遊女)의 희학적(戱謔的)인 애정노래"[20]라고 했지만 그것은 고려의 역사를 모르고 하는 평설이다.

이 「만전춘본사」(本詞)[21]는 노래 속에 명시되어 있는 대로

"도화(桃花)ᄂᆞᆫ 시름업서 소춘풍(笑春風)하ᄂᆞ다"

이지만 별사의 간절한 소망은 "넉시라도 님을 ᄒᆞᆫᄃᆡ 녀닛 경(景) 너기다니…벼기더시니 뉘러시니잇가"에 이어 "아소 님하 원ᄃᆡ

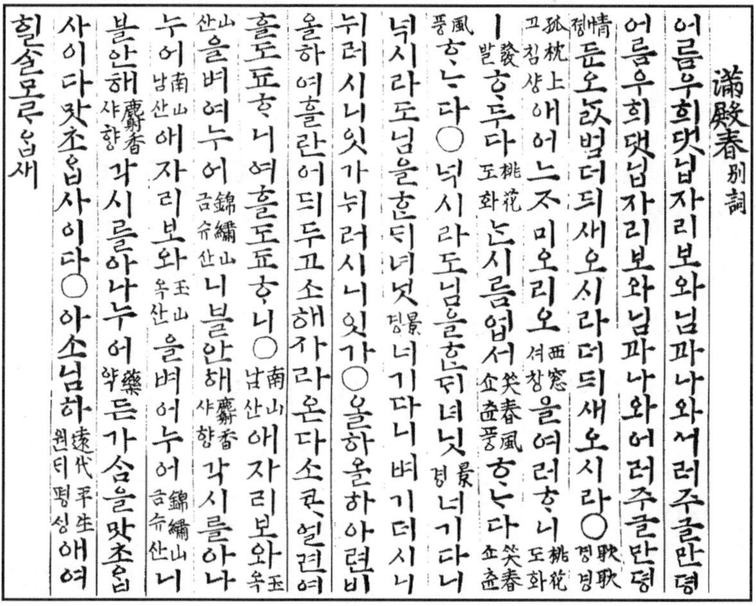
滿殿春 別詞
어름우희댓닙자리보와님과나와어러주글만뎡
어름우희댓닙자리보와님과나와어러주글만뎡
情(졍)둔오ᄂᆞᆳ범더듸새오시라더듸새오시라 ○ 耿耿(경경)
孤枕上(고침샹)애어느ᄌᆞ미오리오 西窓(셔창)을여러ᄒᆞ니 桃花(도화)
ㅣ 發(발)ᄒᆞ두다 桃花(도화)ᄂᆞᆫ시름업서 笑春風(쇼츈풍)ᄒᆞᄂᆞ다 笑春(쇼츈)
風(풍)ᄒᆞᄂᆞ다 ○ 넉시라도님을ᄒᆞᆫᄃᆡ녀닛 景(경)너기다니
넉시라도님을ᄒᆞᆫᄃᆡ녀닛 景(경)너기다니벼기더시니
뉘러시니잇가뉘러시니잇가 ○ 올하올하아련비
올하여흘란어듸두고소해자라온다소콘얼면여
흘도됴ᄒᆞ니여흘도됴ᄒᆞ니 ○ 南山(남산)애자리보와 玉(옥)
山(산)을벼여누어 錦繡山(금슈산)니블안해 麝香(샤향)각시를아나
누어 南山(남산)애자리보와 玉山(옥산)을벼여누어 錦繡山(금슈산)니
블안해 麝香(샤향)각시를아나누어 藥(약)든가슴을맛초ᄋᆞᆸ
사이다맛초ᄋᆞᆸ사이다 ○ 아소님하 遠代平生(원ᄃᆡ평성)애여
힐ᄉᆞᆯ모ᄅᆞᄋᆞᆸ새

「속악가사」 上에서

19) 별사(別詞) ; 고려의 별곡체 가사의 별곡의 의미로 간주한다.
20) 유녀(遊女)의 해학적 노래 ; 양주동 박사와 박병채 교수의 평설이다. 그러나 김사엽 박사 등은 남녀의 열렬한 사랑을 노래한 시라고 했다.
21) 만전춘 본사(本詞) ; 별사에 대한 대구(對句)로 가상하고 붙여 본 사념(思念).

평싱(遠代平生)애 여힐술모르읍새"라는 소망이 이 별사(별곡)의 애원(哀願)이다.

이 아련한 노래를 부르던 시기는 확실한 기록은 없지만 노래의 내용과 형식 등을 보아 고려 중기에 침략 당해 암흑하고 비참했을 때의 노래로서 「쌍화점」 노래도 같은 처지에서 읊어진 노래로 여겨진다.

고려조 고종(高宗;1192~1259)을 전후한 한 세기는 그야말로 비극과 신음의 세월이었으니 글안(契丹)의 침입을 시작으로 몽고(蒙古) 침탈의 한 세기와 거기에다 어처구니없는 정중부(鄭仲夫)의 난으로 시작된 무인정치 전횡세월을 겪으면서 고려의 여인(女人)들은 어디 가서 기댈 데가 없었다.

※ 붙임 ; 고려의 이곡(李穀;1298~1351)이 원제(元帝)에게 "동녀구색(童女求索)을 그만 파(破)하여 달라는 진정서를 보면 그때의 비극이 어떠했는지를 짐작하고도 남을 것이니 그 글 속에는

"一遇使臣(원의 토색사신) 國中騷然 雖雞犬不得寧焉…如此者歲再焉或一焉 間世焉 其數多者至四五十 旣在其選 則父母宗族相聚哭泣 日夜聲不絕 及送于國門 牽衣頓仆 欄道呼號 悲痛憤懣有泣血喪明者 如此之類 不可殫記…"[22]

라는 대목도 있어서 그 비참 상을 보는 듯하다.

2. 풀이

이 별사(별곡)는 '소춘풍' 하는 본사 노래가 있다고 가상하고 부른 노래이다.

---

22) 이 기록은 고려의 이곡(李穀, 1298~1351)이 원(元)나라 황제에게 올린 진정서 중 한 부분이다.

제1분절

"얼음 위에다 대 잎으로 자리를 깔고
임과 나와 얼어 죽을망정(반복)
정 둔 오늘 밤을랑
더디게 새려므나! 다디게 새려므나!"

제2분절

"근심걱정으로 잠 못 자는 외로운 베개 위에서
어느 잠이 오겠는가!
서창을 열어보니 복사꽃이 피는구나.
복숭아꽃은 시름이 없으니 봄바람에 웃는구나!
봄바람에 웃는구나!
넋이라도 임과 함께 살아가자고,
마음으로라도 임과 함께 살아가자고,
우기던 사람이 누구였나요? 누구였나요?"

제3분절

"오리야! 오리야! 애처러운 비오리[23]야!
여울은 어디 두고 소(沼)에서 자러 오느냐?
소마저 곧 얼면 여울[24]도 좋으니라.(여울도 좋으니라)"

---

23) 여기의 비오리는 원앙새처럼 항상 암수가 함께 물에서 사는 오리로 우리 정서 속에서 부부 동반하는 징표로 삼는다.
24) 여울은 항상 출렁거려서 얼지 않지만 소는 잔잔하여 잘 언다. 고려 여인은 정월달 나릿물처럼 항상 얼다 녹다 하는 남녀이합이 부러웠다.

제4분절

"남산에다 잠자리 보고서 옥산을 베개 삼아
금수산 이불 안에다 사향향기 나는 각시를 안고 누워(반복)
서향이 가득 든 가슴을 맞추고 싶고나! 맞추어 보고 싶고나!
아아! 님이여! 영원히 평생토록
헤어질 줄 모르고 살아가고자 하노라!"

(11) 쌍화점(雙花店) ; 일명 상화점(霜花店) 또는 삼장(三藏) 혹은 사룡(蛇龍)

1. 해제

〈호떡집 휘휘(回回) 아비 타령〉

이 역시 어디에다 몸 붙일 데가 없던 고려의 미천한 여성들이 해학적으로 몸부림치며 남의 땅에 와서 행패 부리던 호떡집 지아비와 허울만 고려왕이던 충렬왕(고려 25대)의 넋 빠진 행태에 식상한 고려인들의 체념을 풍자하는 타령(打令=打詠)으로 간주된다.

왜 타령인가? 이 노래의 여음(餘音)이 아쟁(牙箏)과 장고(杖鼓)의 의성(擬聲)으로 여겨지는

"더러 둥셩 다리러디러 다리러디러 다로러거디러 다로러…긔자리예 나도 자라 가리라 위위! 다로러거디러 다로러 긔잔ᄃᆡᄀᆞ티 덦거츠니 업다"

하는 표기들은 "위위"하는 겁주는 감탄사와 덧걸친 일 없다(섭쓸린일 없다)로 해명한다.

일부 주석가들은 "유녀(遊女)의 희학적(戱謔的)인 애정노래"라고 평론하지만 그것은 잘못이다.

우리 선인(先人)들은 그런 불필요한 글은 남기지 않는다. 특히 고려 때 시 · 문가들은 우국(憂國) 경세(警世)의 시문을 위주로 썼으니 고려 때의 별곡체 가사인 고려가요를 수집 편찬한 인물로 추정되는 박준(朴浚;조선 중종 때)도 그런 안목으로 이 가곡들을 수집 인간(印刊)한 것이요, 여기까지(朴浚) 전해준 전수인(傳授人)들도 한결같이 우국애민의 정신적 유전자(遺傳者)이기에 가능했을 것이다.

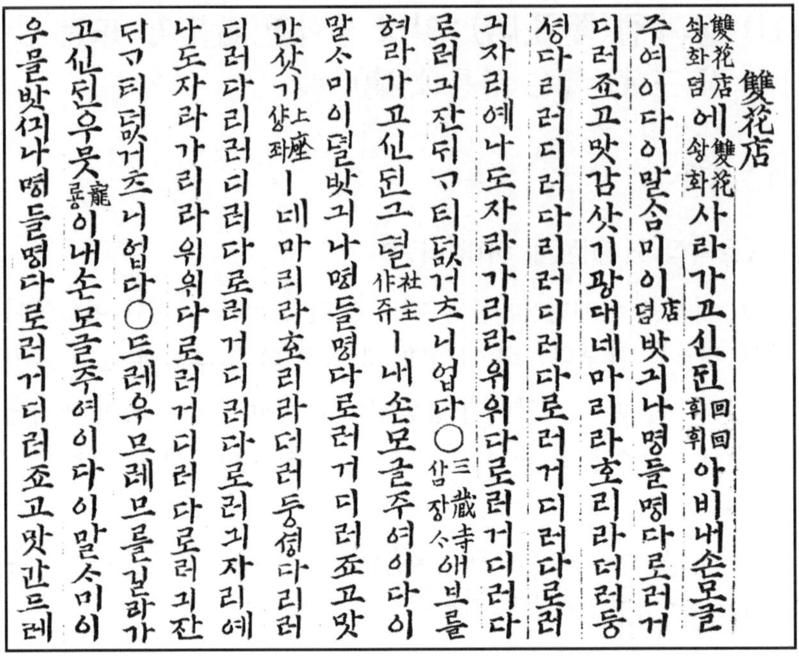

雙花店

雙花店(솽화뎜)에雙花(솽화)사라가고신딘回回(휘휘)아비내손모ᄀᆞᆯ
주여이다이말ᄉᆞᆷ미이店(뎜)밧긔나명들명다로러거
디러죠고맛감삿기광대네마리라호리라더러둥
셩다리러디러다리러디러다로러거디러다로러
긔자리예나도자라가리라위위다로러거디러다
로러긔잔ᄃᆡᄀᆞ티덦거ᄎᆞ니업다○三藏寺(삼장ᄉᆞ)애블를
혀라가고신딘그뎔社主(샤쥬)ㅣ내손모ᄀᆞᆯ주여이다이
말ᄉᆞ미이뎔밧긔나명들명다로러거디러죠고맛
간삿기上座(샹좌)ㅣ네마리라호리라더러둥셩다리러
디러다리러디러다로러거디러다로러긔자리예
나도자라가리라위위다로러거디러다로러긔잔
ᄃᆡᄀᆞ티덦거ᄎᆞ니업다○드레우므레므를길라가
고신딘우믓龍(룡)이내손모ᄀᆞᆯ주여이다이말ᄉᆞ미이
우믈밧긔나명들명다로러거디러죠고맛간드레

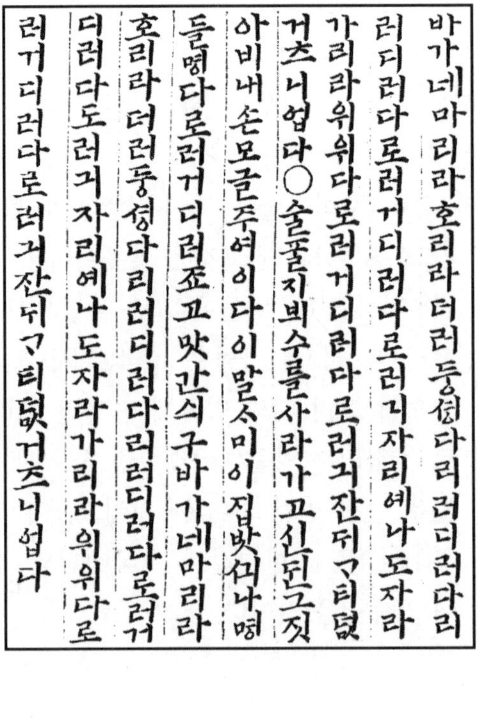

바가네마리라호리라더러둥셩다리러디러다리
러디러다로러거디러다로러긔자리예나도자라
가리라위위다로러거디러다로러긔잔ᄃᆡᄀᆞ티덦
거ᄎᆞ니업다○술ᄑᆞᆯ지븨수를사라가고신딘그짓
아비내손모ᄀᆞᆯ주여이다이말ᄉᆞ미이집밧긔나명
들명다로러거디러죠고맛간싀구바가네마리라
호리라더러둥셩다리러디러다리러디러다로러거
디러다로러긔자리예나도자라가리라위위다로
러거디러다로러긔잔ᄃᆡᄀᆞ티덦거ᄎᆞ니업다

「속악가사」 上에서

일부 주석학자들은(홍기문 교수 등) 이 노래들(「만전춘별사」와 「쌍화점」)을 아예 빼고 고려 가사를 주석한 것은 그만큼 함부로 다룰 수 없기 때문인데 이 쌍화점 가사를 바르게 이해하려면, 남의 땅에 와서 호떡 장사를 하는 원(元)나라 휘휘아비의 행패와, 허울만 고려 임금인 충렬왕의 호색 상을 알아야 하겠고, 아울러 쌍화점 노래에 구사된 악기의 여음, 즉 아쟁(牙箏)과 장고(杖鼓)의 의성(擬聲)으로 추정되는 "더러둥셩 다리러디러 다리러디러 다로러 거디러 다로러" 등의 의음(擬音)의 뜻을 알아야 이 「쌍화점」의 주제를 파악하게 될 것이다.

우선 이 가사와 관련 문헌인 고려사 악지2에 의하면, 삼장(三藏)과 사룡(蛇龍)의 한역가인 "三藏寺裏點燈去 有社主兮執吾手 倘此言兮出寺外 謂上座兮是汝語"와 "有蛇舍龍尾聞過 太山岑 萬人各一語 斟酌在兩心"이라는 기사와 더불어 "이 두 노래는 충렬왕 때 지은 것으로 왕은 늘 여러 계집들을 친압하며 잔치 베풀기를 즐겨서 간신 오기(吳祈), 김원상(金元祥), 내료(內僚)인 석천보(石天補), 천경(天卿) 등과 성색과 잔치로 세월 보내다 보니 악기와 장인(丈人)들이 부족하여 간신들을 각도에 보내서 관기(官妓)와 자색이 있는 기예 여자를 뽑아오며, 또 성중에 있는 관비나 여자 무당으로 노래 잘하는 자를 궁중에 붙잡아 두고 옷은 비단으로 입히고 마상재 놀이를 하는 등 따로 한 무리를 만들고는 남장 광대라 부르며 이 노래를 부르게 하며 무리지어 밤낮으로 문란함이 그지 없으니 군신의 예의가 아닐 뿐더러 국고의 낭비가 너무 많으니 이 일들을 다 기록하기 어렵다."(원문 생략)

라고 「삼장(三藏)」과 「사룡(蛇龍)」에 대하여 기록하고 있는데, 그러면 충렬왈은 어떤 위인이던가?

이 「쌍화점」 타령은 충렬왕을 똑바로 알아야 노래 뜻이 밝혀진다.

고려사 세가(世家)에서는 모두 5권에 걸쳐 충렬왕의 왕업을 기록했는데 요약하면,

고려 25대 왕으로 1236~1308(재위 1274~1308) 이름은 거(昛), 고려 원종(元宗;24대)의 아들로 원나라에 가서 몽고의 공주와 혼인하고 몽고풍 편발(辮髮)을 하고, 몽고 풍속 옷 차림으로 귀국, 허수아비 왕으로 군림하니 1260(24세) 때 벌써 원비(元妃)가 여럿이었다.

재위 중 주로 가무를 즐기며 몽고풍의 습속을 들여와서 백성은 유민으로 전락했다. 그는 말년에 노망으로 암우(暗愚) 속에서 생을 마쳤다.

「쌍화점」 타령은 이러한 한심한 모습을 빙자한 노래이고 유녀의 음사(淫詞)가 아니다.

2. 쌍화점 해석

이 노래는 악기의 의성으로 인정되는
"더러둥셩 다리러디러 다리러디러 다로러 거디러 다로러"를 빼면 다음과 같이 풀이 된다.

① 쌍화점(雙花店)에 쌍화 사러 가고 나니
휘휘아비가 내 손목을 쥐더라!
이 말씀이 이 점 밖에 나며 들며(하거든)
조그만 새끼 광대야 네 말(퍼뜨린)이라고 하겠다.
그 자리에 나도 자러 가리라. 위위!…
그 잔 곳에 함께 덧걸친 일이 없다.(더불어 뒤섞인 일이 없다.)

② 삼장사(三藏寺)에 불을 켜려고 가고 나니
그 절 사주(社主)가 내 손목을 쥐더라.
그 말씀이 이 절 밖으로 나며 들며(하거든)
조그만 새끼 상좌(上座)야 네가 퍼뜨린 말이라고 하겠다.
그 자리에 나도 자러 가리라. 위위!…
그 잔 곳에 함께 덧걸친 일이 없다.

③ 드레 우물에 물을 길러 가고 나니
우물용이 내 손목을 쥐더라.
이 말씀이 이 우물 밖으로 나며 들며(하거든)
조그만 드레박아 네가 소문 낸 말이라고 하리라.
그 자리에 나도 자러 가리라. 위위!…
그 잔 곳에 함께 덧걸친 일이 없다.

④ 술 파는 집에 술 사러 가고 나니
그 집 아비가 내 손목을 쥐더라.
이 소문이 이 집 밖으로 나며 들며(하거든)
조그만 시구 박(술 국자)아, 네가 퍼뜨린 말이라 하리라.
그 자리에 나도 자러 가리라. 위위!…
그 잔 곳에 함께 덧걸친 일이 없다.

이때의 고려는 외세(外勢)인 원(元)나라에게 침범 점령 당해서 왕도(王都)는 또 한 번 강화도로 피난 가고 나라 안은 온통 몽고풍이 되었으니 백성은 도탄에 빠지고, 여기 등장하는 호떡집(쌍화점), 삼장사 사주(社主), 우물용, 술파는 집 등이 모두 몽고사람이 점거했고, 이러한 수난기가 오래 되다 보니 우리의 풍속도 바뀌어서 혼인(婚姻) 풍속도 몽고풍으로 바뀌어 왔다.

(12) 이상곡(履霜曲)

1. 해제

이 노래도 남녀해로(男女偕老)를 애원하는 고려 때 여성의 일편단심의 노랫가락이다.

그러나 이 노래 속에는 옛날부터 전해지는 중국의 악부(樂府)인 「이상조(履霜操)」와 중국 고대 불교의 계율(戒律)인 「이상지계(履霜之戒)」의 속뜻이 깔려 있다.

※ 「이상조」 악부는 계모의 시샘에 들판에 버려져서리, 눈에 얼어 죽은 어린 혼을 달래는 악곡이요, 「이상지계」는 서리가 내리면 머지않아 얼음이 얼겠다는 전조지계(前兆之戒)이다.

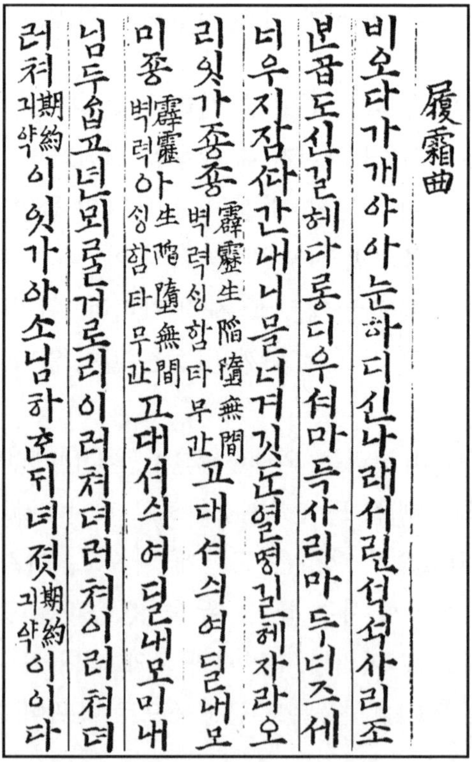

「속악가사」 上에서

2. 풀이

"비 오다가 개이더니
아! 눈이 내리신 날에
서리어 있는 수풀 길 좁고 구불구불 도는 길에서
다롱디우셔〈성조음으로 악기(아쟁)의 의성〉
마득사리 마득너즈세 너우지〈불교적 진언(眞言)으로 보이는 해학적 의성; 양주동 박사〉
잠 따 간(잠 못 자도록 그리워하게 하는)
내 님을 생각해서라도 그 따위 '열명(十明)' 길
곧 불교의 십분노명왕(十忿怒明王)의 무서운 길에
자려고 오리오. 종종치는 벼락,
아! 무간지옥(無間地獄)
곧 죽어질 이내 몸이, 종종 벼락아
곧 죽어질 이내 몸이, 나의 임을 두고서
다른 길을 걸으리오.(임과 함께 살리로다)
이리하고자! 저리하고자! 하는 기약이든가요?
아! 임아! 한 곳에서 살아가고자 하는
기약(약속)이었습니다."

이 노래도 임과 함께 살고 싶어하는 굳은 맹서의 가사이다.

※ 이 외 「사모곡」, 「어부사(漁父辭)」 등 해석은 생략함.

Ⅲ. 고려 한림제가의 우국애민하던 일편단심의 한시 · 문

「관촉사 미륵보살 상」 (충남 논산군 은진면)

■ **최충**(崔沖; 984~1068)

최충은 최문의 큰 어른으로, 호는 성재(惺齋) 또는 월포(月圃), 방회재(放晦齋)로 1005년 잡과에 장원급제하고 벼슬은 두루 거쳐서 문하시랑평장사(門下侍郎平章事)까지 지내다가 퇴관 후로는 후진양성에 힘쓰면서 12공도의 하나인 문헌공도(文憲公徒)를 열었고, 후에 해동공자란 칭호를 받은 한림학자이다. 동문선에는 그 작품 기(記)까지 세 편이 전한다. 여기서는 시만 옮겨 적는다.

최충의 시는 온화하고 상념 깊은 정관(靜觀)의 시 세계였고, 높은 관직임에도 한가로운 생활을 즐겼다.

절구 (7언절귀)

달빛은 마당 가득 그을음 없는 촛불이요
산 빛은 방에 들어 불청객답구나.
거기에다 송현탄보(松絃彈譜)[1]까지 더했으니
단지 진중히 여겨 사람에게 전치 말 일이로다.

絕句 (절구)

滿庭月色無煙燭 (만정월색무연촉)
入座山光不速賓 (입좌산광불속빈)
更有松絃彈譜外 (갱유송현탄보외)
只堪珍重未傳人 (지감진중미전인)

손님에게 보이다 (7언율시)

수각의 서늘한 난간도 내겐 괴로움이니
서류 더미 속에서 세월만 흐르누나.
붉은 앵두 붉은 죽순은 제철이 지나려는데
빨강 무궁화 붉은 석류는 모양도 곱구나.

오랜 병치레로 손을 맞아 술 못 마시고
성질이 게으른지라 꾀꼬리 울음 듣고 잠들곤 하누나.
좋은 아침 건강한 날이 다시 오기 어려우니
꽃필 때나 서둘러 취선이 되어 보련다.

---

1) 송현탄보(松絃彈譜) ; 솔숲 바람소리를 거문고 타는 악보에 의성화 한 말.

示座客 (시좌객)

水閣風欞苦見招 (수각풍령고견초)
簿書叢裏度流年 (부서총리도유년)
朱櫻紫笋時將過 (주앵자순시장과)
紅槿丹榴態亦姸 (홍근단류태역연)

病久却嫌邀客飮 (병구각혐요객음)
性慵偏喜聽鶯眠 (성용편희청앵면)
良辰健日終難再 (양진건일종난재)
急趁花開作醉仙 (급진화개작취선)

■ **박인량**(朴寅亮 ; ?~1096)

고려 문신, 학자. 자는 대천(代天), 호는 소화(小華), 본관은 평산(平山=平州), 시호는 문열(文烈)이며 문종(文宗;1047~1083) 때 문과 급제 이후 임금 5대를 섬기는 동안 벼슬은 우복야참지정사(右僕耶參知政事)를 지냈고, 문장이 우아하여 중국에 보내는 모든 문서를 담당했고, 저술에 고금록(古今錄) 10권과 수이전(殊異傳)이 있어 유명하다.

「동문선」에는 시 2편과 문으로 애책(哀册) 2편과 표장(表狀) 두 편이 전한다.

여기서는 절귀 2수와 애책(哀册) 1편만 번역 감상한다.

문왕(文王) 애책(哀冊)[1]

생각건대, 원풍(元豊) 5년 세차계해(歲次癸亥;1082) 7월 갑진(甲辰) 18일 신유(辛酉)에 문종인효대왕(文宗仁孝大王; 고려 제11대왕 재위 37년)이 임금 침실[大內]에서 병환으로 돌아가셨다. 8월 11일 갑신(甲申)에 성 동쪽 경릉(景陵)에다 장사례를 올리고 신주 모시는 빈전(殯殿)에 모시고 새벽에 조상 모신 뜰에서 예를 받든다.

구슬처럼 맑은 이슬이 울음 우니 천지[二儀][2]는 모두 슬픈 빛이요, 가을바람이 부르짖으니 만물의 슬픈 소리로다.

의식을 베풀고 영구차는 떠나려 한다.

효자사왕(孝子嗣王)[3]은 삼조(三朝)[4]의 정사를 중단하고, 부모상의 애통[5]을 당하였다.

저 신선(神仙)스러웠던 정호(鼎湖)[6]의 행차에는 머물수 어렵겠으나, 임금의 용좌(龍座)인 부의(斧扆)[7] 앞 아침 거룩하신 어진(御眞) 모습은 생존해 계신 듯 엄숙하고 무섭게 느껴지노라.

---

1) 애책(哀冊) ; 돌아가신 임금에 대한 군주의 칙서(勅書). 이 칙서는 임금이 손수 쓰는 것이 원칙이나 신하 문신들이 대신 써 올리기도 하고, 때로는 문체 양식의 하나로 문장가들이 작품으로 쓰는 경우가 많았다.

2) 이의(二儀=兩儀) ; 하늘과 땅.

3) 효자사왕(孝子嗣王) ; 효자는 부모를 잘 모시는 아들이라는 말이지만, 또 상중(喪中)이나 제사 때 아들이 자기를 일컫는 말로 쓰인다. 여기서는 후자의 경우.

4) 삼조(三朝) ; 천자(天子)나 왕(王)이 백성 다스릴 때 내조(內朝), 치조(治朝), 연조(燕朝)의 삼조가 있으니, 곧 조회(朝會), 정사(政事), 연사(燕事;잔치)를 말한다.

5) 부모상의 애통 ; 원문의 백용정우(百踊丁憂)를 뜻하며, 정우는 부모상, 백용은 슬퍼서 백 번이나 날뛰며 슬퍼하는 일. 그래서 「예기(禮記)」에서는 벽용(僻踊)해야 한다고 했으니 곧 애지절야(哀之節也)라 했다.〈禮記, 檀弓 下〉

6) 정호(鼎湖) ; 옛날 중국 황제(黃帝)가 구리로 솥을 만들어 용을 타고 승천했다는 곳.〈史記〉

7) 부의(斧扆) ; 임금의 옥좌 뒤에 펴 놓은 병풍. 이아(爾雅)라는 중국 사전에 "부의는 천자의 등 뒤에 있는 병풍(天子之席背屛)"이라 했다.

슬프고 슬픈 마음으로 노제전(路祭奠)[8]을 올리며, 간절하고 간곡하게 어버이를 받들어 모시노라.

큰 공덕을 서술하라 명하여 책문(册文)으로 길이 빛내고자 하니 그 사(詞)에 다음과 같이 적는다.

"군자의 나라가 솥 발[9]처럼 셋이 있었으니 바다 동쪽[海東]에 나라 터전을 잡았다. 대를 이어 임금을 세우니 모두 천생 지혜롭고 총명하였다.

묘시(卯時)에 난 동자[10]들은 세상을 밝게 빛냈고, 해의 아들 고주몽(高朱蒙)은 백가(百家)를 거느렸다.

삼씨(三氏)[11]는 영웅 되었고, 우리의 신성하신 태조(太祖-王建)께서 천명을 받아 여러 방국을 통합하고 광영이 겹치고, 경사로움이 합치면서 왕손들이 이어져 흥성했다.

큰 왕업은 길이 번성하고, 어질고 효도로움은 열리어 이루어졌다.

엄격하고 밝은 정사는 높다랗게 덕망이 솟았고, 빛날 손 그 문화는 찬연하였다.

신묘한 지혜는 번개처럼 결단하고, 아름다운 예지는 노을처럼 펴졌다.

은(殷)나라의 수레이며, 주(周)나라의 면류관[12]이요, 순(舜)임금의 태양이요, 요(堯)임금의 구름[13]이었다.

---

8) 노제전(路祭奠) ; 원문의 견전(遣奠)은 집 앞이나 길에서 지내는 노제. 노전(路奠)이라고도 한다.
9) 솥 발(鼎足) ; 다리가 셋이니, 여기서는 신라, 고구려, 백제의 3국이 정립(鼎立)했다는 뜻.
10) 묘시(卯時)에 난 동자 ; 원문의 묘동혁세(卯童赫世)는 '알에서 난 박혁거세(朴赫居世)'가 아니고 신라의 시조들이 탄생한 신화는 모두 새벽[卯時]에 태어난 아기들이었기 때문이다.
11) 삼씨(三氏) ; 여기서 3씨는 박(朴), 석(昔) 김(金)의 3성을 말함.
12) 원문의 은로(殷輅), 주면(周冕)은 은나라 천자의 수레와 주나라 천자의 면류관(冕旒冠).
13) 순(舜)임금… ; 동양의 최고 이상사회였던 요순(堯舜)시대. 이때는 통치자가 없어서 자유롭고 풍족하다고 했다.

음악은 소(韶)와 작(勺)[14]을 고루었고, 도(道)는 오전(五典)과 삼분(三墳)[15]을 꿰뚫었다.

사람 보는 눈은 밝았고, 오랑캐는 감화하였으며 좌임(左衽) 옷깃[16]은 의관으로 바꾸고, 서루(西樓)에는 책(冊)을 바치고, 겸손함을 존중하여 빛나게 하였다.

불러서 일깨움이 격식에 알맞고, 임금이 내린 글월은 정녕스럽다. 중국과 사신 길은 이어져 끊이지 않았고, 밝은 이름은 훤히 빛났다.

문물은 향그럽고 융성함이 상국(중국)에 견줄만하여 소중화(小中華)라고 불렀다. 조상의 공덕, 종묘사직의 덕성이 나라 영광의 빛이 되어 38년간 융성[17]했다. 할 수 있지 않는가!

아아! 애통하도다! 벼랑에서 당(唐)나라 연호를 부르짖었고,[18] 숭산(嵩山)에서는 한(漢)나라 무제(武帝)가 외쳤던 만세소리[19]를 길상으로 여겼으나 한조정이 그릇되어 남면(南面)[20]하던 왕좌를 헌신짝 버리듯 버리고, 오랑캐 이불을 뒤집어쓰고 머리를 북쪽으

---

14) 소(韶)와 작(勺) ; 소는 옛 순(舜)임금의 풍류이고, 작은 주공(周公)이 지었다는 악장(樂章).〈詩經 周頌〉

15) 오전(五典)과 삼분(三墳) ; 오전은 인륜 도덕의 다섯 가지, 즉 부의(父義), 모자(母慈), 형우(兄友), 제공(弟恭), 자효(子孝). 그러나 두 설이 있다. 삼분은 옛 복희(伏羲), 신농(神農), 황제(黃帝) 때의 책이름인데 큰 도[大道]를 적은 책이라 함. 삼분오전(三墳五典) 책이라 함.〈左氏傳〉

16) 좌임(左衽) 옷깃 ; 오랑캐 풍속은 옷고름을 왼쪽으로 돌려 맨다. 그래서 되의 풍속을 말함.(참고;우리는 옷고름을 오른쪽으로 돌려 매었다.)

17) 38년간 융성 ; 고려 문종인효대왕(文宗仁孝大王)의 재위(1047~1084)는 어림잡아 38년간이었다.

18) 당(唐)나라 연호를 부르짖다 ; 신라 통일전쟁 때 나당연합군(羅唐聯合軍)이 신라에 와서 득세를 부릴 때의 상황을 말하는 듯하다.

19) 숭산(嵩山)의…만세소리 ; 숭산은 중국 하남성(河南省)에 있는 5악(嶽)의 하나나로, 옛 한무제(漢武帝)가 이 산에 올랐을 때 어디선가 만세삼창이 울렸다는 「숭호(嵩呼)」의 고사가 있다.〈漢書〉

20) 남면(南面) ; 임금이 앉은 방향. 곧 임금 자리.〈論語 雍也〉

로 돌리니[21] 참으로 석화(石火)의 빛[22] 이요, 물거품이 잠깐인 것 같았다.

아아! 슬프다! 눈물은 비 오듯 궁중 대액 위에 뿌리고, 곡성은 사대부 사이에서 우레처럼 울렸다.

위가 비고 허탈함이여! 하늘이 없음 같구나!

아래는 비고 삭막함이여! 사람 없는 세상 같구나!

영궁(靈宮)[23]은 깊은 밤이요, 비단 영좌(靈座)[24]에는 붉은 먼지로다.

아아! 슬프다!

애절한 피리 소리와 명복을 비는 구슬픈 목탁소리여!

새벽달을 원망하듯 하누나!

신전(神殿)의 장막과 영실(靈室)의 포장이여!

가을 풀 섶으로 들어가는 듯 하누나!

용언(龍堰)의 새 대궐[25]에 살아보지도 못하시고, 영원히 여산(驪山)의 무덤길[26]로 떠나셨다.

예는 삼헌(三獻)[27]을 마치었고, 신께선 구우(九虞)[28]에 편안 하시리!

---

21) 머리를 북쪽으로… ; 신라 마지막 왕 경순왕(敬順王)이 도탄에 빠진 백성을 구하려고 왕관을 버리고 고려 왕건에게 왕위를 넘겼던 사실. 〈三國史記〉

22) 석화(石火)의 빛 ; 돌과 돌이 부딪쳐 번쩍이는 순간적인 빛.

23) 영궁(靈宮) ; 원문의 현궁(玄宮)이니, 돌아가신 임금의 빈소(殯所) 또는 임금이 도닦는 궁실.

24) 영좌(靈座) ; 원문의 금궤(錦几)이니, 임금의 위패(位牌)를 모신 곳.

25) 용언(龍堰)의 새 대궐 ; 이 마디는 고려 문종 다음 왕인 순종(順宗)이 1083년 7월에서 동년 10월까지 불과 2~3개월 밖에 재위하지 못했기 때문에 하는 말이다.

26) 여산의 무덤길 ; 여산(驪山)은 중국 섬서성(陝西省)에 있는 산 이름인데 이곳에 진시황(秦始皇)의 무덤이 있어서 북망산처럼 부르고 있다.

27) 삼헌(三獻) ; 여기서는 종묘 제례에서 왕이 술을 세 번 올리는 예법을 말함. 초헌(初獻), 아헌(亞獻), 종헌(終獻)이라고도 한다.

28) 구우(九虞) ; 천자(天子)의 영혼을 달래는 아홉 번의 헌작. 임금은 선왕의 빈소에서 아홉 번 술잔을 올려서 영혼을 위로한다.

아아! 슬프다!

세상에 밝은 철인(哲人)도 시들어 이울어지지 않는 사람이 없고, 성인(聖人)도 죽지 않는 이가 없구나!

그 옛날 유황(劉皇)은 헛되이 영지를 캐어먹었고,[29] 헌제(軒帝)는 공연히 칼과 신을 남겼다.[30]

오직 꽃답게 빛난 자취는 묻혀지지 않으며, 청사에 밝게 비치어 영원히 남아 빛난다.

바라건대, 일월과 함께 밝게 드리워져 종손(宗孫)과 지손(支孫)이 복되게 하소서!

아아! 슬픈지고!"

文王哀册 (문왕애책)

惟元豊五年歲次癸亥七月甲辰十八日辛酉 文宗仁孝大王 寢疾崩于大內 八月十一日甲申 葬于城東景陵禮也 殯殿向晨 祖庭奉禮 玉露泣而 二儀慘色 金風號而 萬寓悲聲 物像斯陳 靈車欲逝 孝子嗣王 三朝輟問 百踊丁憂 鼎湖之仙馭難留 斧扆之宸威如在 哀哀遣奠 懇懇奉先 命綴鴻芬 永光鳳册 其詞曰 有君子國 鼎足海東 代立君后 天生睿聰 卯童赫世 日子朱蒙 百家而濟 三氏曰雄 迄我神聖 應天符命 一統群邦 重光疊慶 龍孫嗣興 鴻業長盛 仁孝紹圖 嚴明莅政 巍乎厥德 煥乎其文 神機電斷 睿藻霞分 殷輅周冕 舜日堯雲 樂均韶勺 道貫典墳 哲於知人 威以化狄 左衽易冠 西樓獻册 謙尊而光 招諭斯格 帝札丁寧 使華絡繹 聲名烜赫 文物芬葩 比盛上國 稱小中華 祖功宗德 榮國光家 三十八載

29) 유황(劉皇)… ; 한(漢)나라 고조 유방(劉邦)이 오래 살려고 영지버섯[芝朮]을 캐어 먹었다는 것.

30) 헌제(軒帝)… ; 중국 고대 황제(黃帝)인 헌헌씨(軒軒氏)의 고사.

不曰盛邪 嗚呼哀哉 崖吼唐年 嵩呼漢壽 萬歲之祥 一朝而否 脫屣南面 夷衾北首 石火之光 漚珠不久 嗚呼哀哉 涕雨洒于壺掖 哭雷殷于簪紳 上寥廓兮如無天 下索漠兮似無人 玄宮辱夜 錦几紅塵 嗚呼哀哉 酸笳悲鐸兮怨曉月 神帳靈帷兮入秋蕪 未居龍堰之新闕 永傃驪山之幽途 禮終三獻 神安九虞 嗚呼哀哉 哲無不萎 聖無不死 劉皇虛採於芝朮 軒帝空遺於劒履 唯芳躅兮不埋 耀靑篇兮溢美 期日月之俱懸 福本支而增熾 嗚呼哀哉.

1. 송나라 사신 길에 사주 귀산사[1]를 지나며 (7언율시)

험한 바위 괴석들이 겹 쌓여 산이 되었지만
산 위에는 연못이 있어 물이 사방으로 둘렀네.
탑 그림자 강물에 거꾸로 비치어 물결에 어른거리고
풍경소리는 달빛을 흔들면서 구름 속으로 떨어지누나!

문 앞에 나그네 탄 배에는 큰 물결이 빠르고
대숲 밑에서 중들은 바둑 두느라 대낮이 한가롭다.
사신 길 몸이라서 떠나기 아까워서
시 한 수 써 놓고서 또 오마 기약하네!

使宋過泗州龜山寺 (사송과사주귀산사)

巉巖怪石疊成山 (참암괴석첩성산)
上有蓮坊水四環 (상유연방수사환)
塔影倒江翻浪底 (탑영도강번랑저)
磬聲搖月落雲間 (경성요월낙운간)

門前客棹洪濤疾 (문전객도홍도질)
竹下僧碁白日閑 (죽하승기백일한)
一奉皇華堪惜別 (일봉황화감석별)
更留詩句約重攀 (갱유시구약중반)

---

1) 귀산사(龜山寺) ; 중국 사주(泗州)에 있는 유명 사찰로 학문과 고찰로 유명하다. 사주는 중국 강소성(江蘇省)에 있다. 박인량은 1080년에 송(宋)나라로 사신 가서 크게 문명을 떨친 일이 있었다.

2. 오자서 사당[2])을 지나며 (7언율시)

동문에 눈 빼서 걸어둔 채 분통 아직 안 가셔
천고로 내리는 푸른 강물은 물살을 일으키며 흘러라.
지금 사람들 옛 어진 이 뜻을 알지 못하니[3])
단지 조수 머리가 몇 자나 높던가 물을 뿐!

伍子胥廟 (오자서묘)

掛眼東門憤未消 (괘안동문분미소)
碧江千古起波濤 (벽강천고기파도)
今人不識前賢志 (금인불식전현지)
但問潮頭幾尺高 (단문조두기척고)

---

2) 오자서묘 ; 오자서(伍子胥)는 이름이 오원(伍員), 자가 자서(子胥)로 전국춘추시대 월(越)나라 사람이었는데, 월(越)이 오(吳)에게 패하자 오(吳)나라로 망명가서 오(吳)를 도왔다. 그러나 오왕(吳王) 부차(夫差)는 월왕(越王) 구천(句踐)에게 복수 당하기 직전 오자서의 충언을 무시하고 오히려 모함소리에 현혹되어 오자서를 사형시키려 했다. 저 유명한 와신상담(臥薪嘗膽)의 고사는 이때 나온 숙어이다.

3) 지금 사람 옛 어진 이 뜻 몰라 ; 오자서(伍子胥)가 오왕(吳王) 부차(夫差)에게 온갖 충언을 다 아뢰었지만 부차(夫差)는 비(嚭)라는 간신의 꼬임에 빠져 자서(子胥)를 사형시키려 했다. 이때 자서는 분통이 터져서 말하기를 "내가 죽으면 눈알을 빼어서 성 동문에 걸어두라. 오(吳)나라 부차(夫差)가 월(越)나라 구천(句踐)에게 멸망하는 꼴을 보리라" 하였다. 그런데 자서(子胥)가 죽기 전에 월왕(越王)은 오왕(吳王)을 쳐서 멸망시키니 오왕은 부끄러워 주머니를 뒤집어쓰고 물에 빠져 죽었고, 자서는 부차에게 미인계로 보냈던 서시(西施)를 데리고 유람을 떠났다는 사화(史話)가 있다.

■ 김부식 (金富軾 ; 1075~1151) 〔문종 29년(1075)~의종 5년(1151)〕

김부식의 자는 입지(立之), 호는 뇌천(雷川), 시호가 문열공으로 고려의 큰 문신이요, 대학자요, 문학가임 널리 알려진 바이다. 또한 『삼국사기』를 저술한 사학자임도 주지의 사실이다.

근년 들어 김부식에 대한 연구가 활발하게 진행된 가운데, 2001년에 『金富軾과 三國史記』가 발간되었 2002년에는 『雷川 金富軾과 그의 詩文』이 발간되면서 김부식에 대한 폭 넓은 인물 연구와 시문에 대한 복원 찰이 이루어졌다. 이 책은 문열공의 부(賦) 2편, 시(詩) 33편, 사륙변려문 각체 70편, 도합 105편의 시문을 발 하였고, 이를 연구, 고찰하면서 김부식의 연보와 함께 문집으로 복원 · 영인한 것이다.

따라서 김부식에 대한 연보는 전게 저술이 상세하기에 여기서는 생략하고 다만 『동경잡기(東京雜記)』에 수 된 사항만을 소개하고자 한다. 또한 그의 시문도 너무 방대하기에 각체 몇 편만을 소개하고자 한다.

"김부식은 숙종 때 등과하고 한림원직(翰林院直)이 되었다가 우사간(右司諫)을 거치는 등 요직을 지냈다. 런 가운데 인종이 즉위하면서 국구(國舅)인 이자겸(李資謙)이 권세를 부리며 군신의 예를 바로 하고, 사사로 는 부자유친의 도리를 다하는 법, 즉 공의(公義)와 사은(私恩)의 한계를 분명히 해야 한다는 글을 올렸다. 이 임금이 옳다고 하니 이자겸도 물러섰다. 묘청(妙淸), 조광(趙匡) 등이 서경에서 반란을 일으키자 김부식은 원 (元帥)가 되어 서도(西都)를 평정했다. 수충정난 정국공신(輸忠定難 靖國功臣)과 검교태보 수태위문하시중(檢 太保 守太尉門下侍中) 판상서이부사(判尚書吏部事) 감수국사(監修國史) 상주국(上柱國) 겸 태자태보(太子太 가 되었다. 이후 의종이 즉위하자 낙랑군개국후(樂浪郡開國侯)에 봉해지면서 식읍(食邑) 1천 석을 받다가 77 로 졸하니 문열(文烈)이라고 시호를 내렸다. 서긍(徐兢)이 찬한 『고려도경(高麗圖經)』에서는 "사람됨이 몸이 만하고, 몸집이 크고(豊貌碩體), 얼굴이 검고, 눈이 부리부리하며, 문장으로 세상에 이름났다."고 적고 있다. 나라 사신 노윤적(路允迪)이 왔을 때 김부식이 관반(館伴)이 되어 있었는데 그 일행 중 서긍(徐兢)이 있어 함 사귀어 보니 문열공이 '글 잘 짓고 고금에 박통함'을 알게 되었다. 서긍이 책을 지어 그 세가와 형상까지 그 서 본국에 가져갔더니 황제가 감탄하여 도판에 올려 간행하라고 하여 책을 간행하게 되었는데, 이에 중국천 가 모두 알게 되었다. 훗날 문열공이 사신 갔을 때 송나라 군신들이 모두 예로서 접대하였다고 한다. 문집 20 이 있다."(『동경잡기(東京雜記)』 권2, 人物)

문장은 지금 전하지 않고 다만 『보한집』, 『동인지문』, 『동문선』 등에 시 · 문이 205여 편이 전한다.

정도전(鄭道傳)은 『삼봉집(三峰集)』, 『도은문집서(陶隱文集序)』에서 "우리나라는 비록 바다 밖에 있었으나 대로 중국의 풍속을 사모하여 문학하는 선비가 전후로 끊이지 않았다. 고구려에는 을지문덕, 신라에는 최치원 본조에 들어와서는 시중 김부식, 학사 이규보 같은 이들이 우뚝한 존재였고…"라고 언급하였다.

『파한집(破閑集)』에는 김부식이 서예에도 특출하였다고 쓰여 있다.

문열공 김부식의 시 · 문은 그 분량이 방대할뿐더러 졸저 『雷川 金富軾과 그의 詩文』에서 상세하게 고찰했으 므로 본고에서는 시문 각체를 고루 보이는 뜻에서 부(賦) 1편, 시(詩) 38편, 장(狀) 1편, 표문(表文) 2편, 명문(銘 文) 1편, 찬(贊) 1편, 기문(記文) 1편, 건의문[議] 1편을 보이고자 한다. 문열공의 표문과 기문 및 건의문인 의(議) 는 명문이자 역사적 문장이 되는 글이므로 긴 문장이지만 고찰하는 바이요, 고려 때 문체 즉 문장 종류(style)가 다양하므로 김부식 대목에서 그 문장 스타일의 편모를 보이고자 한다.

(1) 김부식의 부(賦)

벙어리 닭

어느덧 해가 저물어 낮이 짧고 밤이 길어 괴로워라,

등 없이 글 읽지 못하랴마는 병드니 억지로 할 수 없어 밤새껏 뒤척이며 잠못 이루어 온갖 걱정이 창자 속에 감돈다.

닭의 홰가 근처에 놓여 있으니 조금만 있으면 날개쳐 한바탕 올리라 생각하며, 잠옷 그대로 가만히 일어나 앉아 창틈으로 바깥 새벽 빛을 내다보다가 얼떨결에 문 열고 밖에 나가 바라보니, 별들이 가물가물 서쪽으로 기울어져 있다.

아이놈을 불러일으켜서 닭이 죽었느냐 살았느냐 물어보았다. "잡아서 제사상에 놓지 않았고, 살쾡이에게 물려간 것 본 적 없는데, 왜 머리를 숙이고 눈을 감고 입을 다물고 소리 없는가." 옛 시경에는 네 울음에 군자(君子)를 생각해 비바람에도 그치지 않음을 감탄 했는데, 이제 울어야 할 때에 울지 않으니, 이 어찌 천리(天理)를 어김이 아니겠는가.

개가 도적을 알고도 안 짖으며 고양이가 쥐를 보고도 쫓지 않는 것같이, 제 구실 못하기는 매일반이니 잡아버려도 마땅하다마는, 다만 옛 성인의 가르치심에 "죽이지 않는 것이 어질다." 하였으니, 네가 생각해서 고마움을 알거들랑, 부디 회개하여 새로워져라.

啞鷄賦 (아계부)

歲崢嶸而向暮, 苦晝短而夜長, 豈無燈以讀書, 病不能以自强, 但展轉以不寐, 百慮縈于寸腸, 想鷄塒之在邇, 早晚鼓翼以一鳴, 擁寢衣而幽坐, 見參隙之微明, 遽出戶以迎望, 惚昴澹其西傾, 呼童子而令起, 乃問鷄之死生, 旣不羞於俎豆, 恐見害於貍猩, 何低頭而瞑目, 竟緘口而無聲, 國風思其君子, 嘆風雨而不已, 今可鳴而反嘿, 豈不違其天理, 與夫狗知盜而不吠, 猫見鼠而不追, 校不才之一揆, 雖屠之而亦宜, 惟聖人之敎誡, 以不殺而爲仁, 倘有心而知感, 可悔過而自新.

(2) 김부식의 시(詩)

1. 비단궁궐 엮누나 (5언고시)

요임금 뜰 섬돌은 낮아서 석 자지만
천년토록 그 덕이 남아 전하고
진시황 장성은 만리나 되건만
두 대만에 나라는 망해버렸다.

예와 지금 본보기 청사 속에서
옳거니 그 이치를 봄 직하건만
수양제는 그 어찌 생각 못하고
운하 파고 궁궐 꾸며 백성 힘 말렸는가.

結綺宮 (결기궁)

堯階三尺卑 (요계삼척비)
千載餘其德 (천재여기덕)
秦城萬里長 (진성만리장)
二世失其國 (이세실기국)

古今靑史中 (고금청사중)
可以爲觀式 (가이위관식)
隋皇何不思 (수황하불사)
土木竭人力 (토목갈인력)

2. 감로사에서 혜원에게 차운함 (5언율시)

세속사람 이르지 못하는 곳인데
올라보니 마음이 맑아지누나.
산 모양은 가을 되니 더욱더 좋고
강 빛은 밤이 되어 오히려 길어라.

강언덕 멀어서 산대추 잎인양 희고
다락이 높아서 바람불어 서늘하다.
반공에 뜬 밝은 달 좋을시고
가람 깊은 방을 훤히 밝히네.

甘露寺次惠遠韻 (감로사차혜원운)

俗客不到處 (속객부도처)
登臨意思淸 (등임의사청)
山形秋更好 (산형추갱호)
江色夜猶長 (강색야유장)

岸遠疑楙皓 (안원의연호)
樓高散吹凉 (루고산취량)
半天明月好 (반천명월호)
幽室照輝光 (유실조휘광)

3. 정월 대보름 밤 (7언율시)

성 안 궁궐 깊고 엄해 물시계 더디 가고
등불산 불단나무 어울려져 휘황구나.
춤추는 비단치마 봄바람에 팔랑팔랑
새벽달은 금빛처럼 서늘하게 비추인다.

옥좌는 높은 곳에 휘장 덮어 으리하고
궁중화로는 대궐 중앙에 마주 놓였네.
임금님 근엄하셔 성색을 삼가시니
무대 위 교방제자 화장복식 자랑마라.

燈夕 (등석)

城闕深嚴更漏長 (성궐심엄갱누장)
燈山火樹粲交光 (등산화수찬교광)
綺羅縹緲春風細 (기라표묘춘풍세)
金碧鮮明曉月涼 (금벽선명효월량)

華蓋正高天北極 (화개정고천북극)
玉爐相對殿中央 (옥노상대전중앙)
君王恭默疏聲色 (군왕공묵소성색)
弟子休誇百寶粧 (제자휴과백보장)

4. 양재역에 붙여서 (7언율시)

만리 강남 가신 임 안 돌아오고
이중에 수심이야 오죽하리오.
문밖에는 낙엽지고 서리 왔는데
창밖에선 가을 산에 석양 비추네.

가난한 아전은 뱀처럼 사람 피하고
빈 집엔 주인 없고 여우 이리 뿐
포성※의 옛일일랑 묻는 이 없고
어부와 나무꾼만 내 생각 흔드네.

題良梓驛 (제양재역)

萬里江南人未歸 (만리강남인미귀)
此中愁緖足堪悲 (차중수서족감비)
門前枯草秋霜後 (문전고초추상후)
窓外寒山夕照時 (창외한산석조시)

貧吏畏人如虺蜴 (빈리외인여훼척)
虛堂無主有狐狸 (허당무주유호리)
褒城古事無人問 (포성고사무인문)
唯有漁樵動所思 (유유어초동소사)

※ 포성은 중국 제나라 때 지명. 유왕의 애비 포사(褒姒)의 출생지.

5. 현화사에서 어제시에 화답하다 (7언율시)

양성의 전위마가 갑자기 높이 올라
가는 구름 속에서 하늘을 휘어잡듯
임금 행차 소리가 먼 골까지 꽉 차있네.
근위병의 창 끝은 찬 연기에 번득인다.

기화 요초 펄럭이며 경연 앞에 떨어지고
감로의 향기는 수연에 떠오르네.
어제시에 화답코자 다투어 붓 놀리는
신하들의 재주 기품 당나라 현인 같네.

玄和寺奉和御製 (현화사봉화어제)

襄城前馬忽超然 (양성전마홀초연)
行遇孤雲一握天 (행우고운일악천)
警蹕聲高盈遠壑 (경필성고영원학)
羽林兵梢裂寒煙 (우림병초열한연)

奇花墮艶繙經座 (기화타염번경좌)
甘露浮香上壽筵 (감로부향상수연)
酬奉文章爭落筆 (수봉문장쟁낙필)
侍臣才氣似唐賢 (시신재기사당현)

6. 송나라 명주의 호심사 모수의 운을 맞춰서 (7언율시)

강산이 겹쳐지니 그 끝을 모를레라
다시 지은 층루는 반공에 솟았구나.
처마 끝에 푸릇푸릇 은하수 다가오고
뜰 앞에선 넓고 넓은 바닷물이 출렁이네.
올망졸망 인가 밖에 일엽편주 외로운 새
망망한 대기 속에 성긴 비에 지는 햇빛
뭇 사람과 함께 즐길 성인 말씀 생각더니
대왕 바람 일으켜서 임께 풍간 그 언제리.

宋明州湖心寺次毛守韻 (송명주호심사차모수운)

江山重複望難窮 (강산중복망난궁)
更構層樓在半空 (갱구층루재반공)
簷外蒼蒼河漢逼 (담외창창하한핍)
階前浩浩海潮通 (계전호호해조통)
片帆孤鳥千家外 (편범고조천가외)
疏雨斜陽一氣中 (소우사양일기중)
想與衆心同所樂 (상여중심동소악)
騷人誰諷大王風 (소인수풍대왕풍)

7. 송나라에서 돌아오는 길에 서장 비서의 "바다 가운데서 산을 바라보는 시"에 화답하다' (7언율시)

천년 만에 돌아 왔던 정영위(丁令威)가 우습구나
바람 타고 수일이면 배가 멀리 바닷속에 나오는데
해신도 일찍이 바다 기후 예측 못해
잠 못 들어 궁궐 꿈을 쉬 깸을 한하누나.

물결에 달이 비쳐 파도는 은가루요
섬마다 구름 비켜 푸른 눈썹 그린 듯
군평이 어젯밤에 별보고 점 쳤으면
은하 속에 객성이 침범함을 알았으리.

自宋回次和書狀秘書海中望山 (자송회차화서장비서해중망산)

千載歸來却咲丁 (천재귀래각소정)
雲帆數日出冥冥 (운범수일출명명)
早知海若觀難測 (조지해약관난측)
方恨天門夢易醒 (방한천문몽역성)

月注波濤銀瀉白 (월주파도은사백)
雲橫島嶼黛凝靑 (운횡도서대응청)
君平昨夜占星象 (군평작야점성상)
應怪河間有客星 (응과하간유객성)

8. 부사가 매잠에서 느낀 일에 화답하다 (7언율시)

중국 땅 끝난 곳에 바닷물이 넓고 큰데
백 척 돛을 펼쳐 달고 고향으로 가고 있네.
하늘은 넓어서 파도는 해와 달을 띄어 놓고
비온 뒤라 구름 안개 산 등에 피어나네.

황혼에 물거품 출렁거려 가슴 놀래고
한여름 짙은 안개에 얼굴이 서늘해라.
임금께 돌어가서 복명할 일 기쁘나
송나라서 겪은 일은 아직도 즐겁구나.

和副使梅岑有感 (화부사매잠유감)

中華地盡水茫茫 (중화지진수망망)
百尺張帆指故鄕 (백척장범지고향)
天闊波濤浮日月 (천활파도부일월)
雨餘雲霧襯巒岡 (우여운무친만강)

黃昏沸沫驚心白 (황혼비말경심백)
朱夏濃陰着面凉 (주하농음착면량)
雖喜王庭行復命 (수희왕정행복명)
猶思帝所樂洋洋 (유사제소악양양)

9. 서도 구제궁에서 조회하고 영명사에서 쉬다 (7언율시)

이궁 조회 물러나와 좋은 경치 구경하니
온갖 형상이 두 눈 앞에 몰려든다.
구름가에 줄진 산들 겹겹이 머리 들고
성 밑에 시원한 강 출렁이며 흘러가네.

버드나무 으슥한 곳 술 파는 뉘 집인가
달 밝은데 낚싯배는 어느곳에 떠 있는가.
옛날의 두목 시인 한가하길 원했었지
지금의 이내 몸은 부자유를 꺼린다네.

西都九悌宮朝退休于永明寺 (서도구제궁조퇴휴우영명사)

朝退離宮得勝游 (조퇴이궁득승유)
無窮物象赴雙眸 (무궁물상부쌍모)
雲邊列岫重重出 (운변열수중중출)
城下寒江漫漫流 (성하한강만만류)

柳暗誰家沽酒店 (유암수가고주점)
月明何處釣魚舟 (월명하처조어주)
牧之曾願爲閑客 (목지증원위한객)
今我猶嫌不自由 (금아유혐부자유)

10. 서정 때 군막에서 느낌 있어 (7언율시)

관서 땅에 머무르니 마음은 답답한데
어느덧 봄바람은 꽃 흩고 녹음 짙네.
지친 나그네 옷 털며 강가에서 말이 없고
행인은 바쁜 걸음으로 벌판 속을 걷는다.

꾀꼬리 우는 골짝에서 새벽 꿈은 고향인데
한 조각 붉은 마음은 궁궐의 누대에 있어라.
현산의 타루비(墮淚碑)야 내 감히 바라랴만
이따금 시를 읊어 맺힌 가슴 푸노라.

征西軍幕有感 (정서군막유감)

山西留滯思悒悒 (산서유체사음음)
不覺東風散老陰 (불각동풍산노음)
倦客拂衣江岸靜 (권객불의강안정)
行人催渡野洲深 (행인최도야주심)

鶯溪里巷三更夢 (앵계리항삼경몽)
鳳闕樓臺一片心 (봉궐누대일편심)
峴首風流吾敢望 (현수풍류오감망)
閑吟時復遣幽襟 (한음시복견유금)

11. 군막에서 읊다 (7언율시)

조정에서 군사 쓰기 좋아 한다 누가 말하뇨
신하가 승냥이로 변한 때문 아닌가.
온갖 생각에 마음은 늘 빙벽처럼 차고 쓰고
시름에 가슴 끓어 머리털은 흰 서릿발

새벽자리 첫 닭 울어 조적(祖逖)처럼 바쁘고
대낮 창가서 이 잡으니 혜강(嵇康)보다 게으르다.
임금님의 영단은 당헌종보다 뛰어나시니
그까짓 시속배들의 악양자(樂洋子) 비방쯤이야.

軍幕偶吟 (군막우음)

誰道朝廷好用兵 (수도조정호용병)
只因臣妾變豺狼 (지인신첩변시랑)
心緣思慮恒氷蘗 (심연사려항빙벽)
髮爲憂煎盡雪霜 (발위우전진설상)

曉枕聞鷄忙似祖 (효침문계망사조)
午窓捫蝨懶於康 (오창문슬나어강)
君王英斷超唐憲 (군왕영단초당헌)
遮莫時人謗樂羊 (차막시인방악양)

12. 관란사루에서 (7언율시)

유월의 속세에는 더위가 한창인데
강가 절 누각엔 맑은 바람 불어오네.
산 모양 물빛은 예나 지금 다름 없고
세태와 인정은 세월따라 달라졌네.

거룻배 혼자서 거울 같은 물에 가고
해오라비 짝을 지어 그림 같이 걷는구나.
아아! 못참을건 재갈 물린 세상사
대머리 늙은 나를 놓아주지 않누나.

觀瀾寺樓 (관란사루)

六月人間暑氣融 (유월인간서기융)
江樓終日足淸風 (강루종일족청풍)
山容水色無今古 (산용수색무금고)
俗態人情有異同 (속태인정유이동)

舴艋獨行明鏡裏 (책맹독행명경리)
鷺鷥雙去畵圖中 (노사쌍거화도중)
堪嗟世事如銜勒 (감차세사여함륵)
不放衰遲一禿翁 (불방쇠지일독옹)

13. 도솔원루에 올라서 (7언율시)

세속이 구구하여 한가롭지 못하건만
중선루에 올라서 혼자 얼굴 펴보네.
길은 지세따라 높았다 낮았다
사람은 궁궐다리를 자유롭게 오가네.

비온 뒤에 봄 경치는 나무들을 단장하고
아침 날씨 맑은 기운 강산을 휩싸주네.
들밭의 늙은 농부 피하지 말아주오
이 나도 속세 묻혀 세간에서 살려네.

兜率院樓 (도솔원루)

末俗區區不自閑 (말속구구부자한)
仲宣樓上獨開顔 (중선루상독개안)
路隨地勢相高下 (노수지세상고하)
人向宮橋自往還 (인향궁교지왕환)

雨後春容粧樹木 (우후춘용장수목)
朝來爽氣襲江山 (조래상기습강산)
野田農叟不須避 (야전농수부수피)
我欲和光混世間 (아욕화광혼세간)

14. 추밀 최관[1] 잔치에 다녀와서 사례하다 (7언율시)

동도 주인의 인정에 경하하며 고마우니
무늬 말은 여기저기, 푸른 가마 몰렸어라.
예의가 엄중하니 손의 거동 질서있고
정의가 깊어서 벗들 노래 주고 받네.

술통 연신 기울여서 봄은 더욱 따스하고
춤추는 기생 소매 눈보다도 가벼웠네.
대머리 나를 유곤 하는 뜻이 더욱 정중했고
삼경이 넘도록 담소는 종용했다.

謝崔樞密灌宴集 (사최추밀관연집)

爲嘉東道主人情 (위가동도주인정)
文馬翩翩翠盖傾 (문마편편취개경)
禮重賓儀瞻秩秩 (예중빈의첨질질)
義深朋舊賦嚶嚶 (의심붕구부앵앵)

酒尊屢倒春添暖 (주존루도춘첨난)
舞袖初廻雪比輕 (무수초회설비경)
獨感留髡意尤重 (독감유곤의우중)
從容談咲到三更 (종용담소도삼경)

1) 추밀(樞密) 최관(崔灌; ?~1152) ; 고려 문신이 집에서 베푼 잔치.

15. 새 집을 짓고 나서 (7언율시)

먼지 때를 쓸어 내고 별당 집을 지으니
벌써, 늦게나마 깃에 드는 흥미가 진진하구나.
산 듯한 창과 난간이 가난에 또한 좋고
쓸모 잃은 서적들은 늙어서도 못잊겠네.

꽃은 가랑비를 머금고 봄 그늘에 희미하고
산은 성긴 안개 띠고 새벽 기운 서늘하다.
늙어가니 술마시기 한 방울도 겁나지만
손님 오면 이따금 다시 술잔 든다네.

葺新堂後有感 (즙신당후유감)

掃開塵垢作虛堂 (소개진구작허당)
已覺栖遲興味長 (이각서지흥미장)
蕭洒軒窓貧亦好 (소주헌창빈역호)
蹉跎書史老難忘 (차타서사노난망)

花含細雨春陰薄 (화함세우춘음박)
山帶疎煙曉氣凉 (산대소연효기량)
老去酒觴怯涓滴 (노거주상겁연적)
客來時復更携觴 (객래시복갱휴상)

16. 국화를 대하고 보니 (7언율시)

늦가을 철 온갖 풀은 모두다 죽었는데
마당 앞 감국화가 서리 밀고 피어났네.
풍상에 마지 못해 점점 져서 엷어가도
다정한 벌 나비는 오히려 감도누나.

두목지는 술병 들고 취미정에 올랐단다.
도잠은 창망하게 흰옷 사자 기다렸지.
옛사람 생각하며 세 번 탄식[2] 하는 사이
밝은 달은 느닷없이 황금 술잔 비추누나.

對菊有感 (대국유감)

季秋之月百草死 (계추지월백초사)
庭前甘菊凌霜開 (정전감국능상개)
無奈風霜漸飄薄 (무나풍상점표박)
多情蜂蝶猶徘徊 (다정봉접유배회)

杜牧登臨翠微上 (두목등임취미상)
陶潛悵望白衣來 (도잠창망백의래)
我思古人空三嘆 (아사고인공삼탄)
明月忽照黃金罍 (명월홀조황금뢰)

---

2) 세 번 탄식 ; 국화를 사랑했던 두목지(杜牧之)와 도잠(陶潛)과 자기(김부식).

17. 유릉[3] 만사 (7언율시)

바로 어제 임금께서 숲 정자에 노니실 때
백관들은 부럽게 면루관을 보았더니
누가 알았으리 더벅머리 고황 속에 들어간 꿈[4]으로
만백성 음악 끊고 근심에 잠길줄을

용의 수레 아득히 가신 길이 어디멘고
어등은 가물가물 능묘는 고요쿠나.
혼백 수레 성서 길을 비어서 돌아오니
구름 가린 산을 보며 피눈물 흐르네.

裕陵挽詞 (유릉만사) －睿宗(예종)－

昨日林亭玉輦遊 (작일임정옥연유)
百官咫尺望珠旒 (백관지척망주류)
誰知豎入膏盲夢 (수지수입고맹몽)
便使民纏遏密憂 (편사민전알밀우)

龍馭渺茫仙路秘 (용어묘망선로비)
魚燈明滅壽宮幽 (어등명멸수궁유)
素輿空返城西路 (소려공반성서로)
目斷雲山血淚流 (목단운산혈루류)

---

3) 유릉(裕陵) ; 고려 16대 예종(睿宗 ; 재위 1105~1122)의 묘호.
4) 고황 속에 든 꿈 ; 진(晋)나라 경공(景公)이 병들어 죽을 때의 고사.

18. 경화왕후 만사 -예종의 왕비- (7언율시)

펄럭이며 붉은 명정 궁궐 담에 세웠으니
신첩들이 호곡하며 눈물에 치마 젖네.
주문왕의 태사처럼 덕으로 가도 서고
장강비도 아들 없어 나라가 근심했네.

용의 상여 가는 길에 구름 연기 참담하고
말갈기 인산 봉분 수목들도 처량해라.
슬프다! 신선된 종적을 어디가서 물어볼꼬
황천에도 상천에도 모두 망망하여라.

敬和王后挽詞 (경화왕후만사) -睿宗(예종)의 왕비-

翩翩丹旐立宮墻 (편편단조입궁장)
臣妾哀號淚滿裳 (신첩애호루만상)
大姒嗣音家道正 (대사사음가도정)
莊姜無子國人傷 (장강무자국인상)

龍輴啓路雲煙慘 (용순계로운연참)
馬鬣因山樹木蒼 (마렵인산수목창)
惆悵仙蹤何處問 (추창선종하처문)
黃泉碧落兩茫茫 (황천벽락양망망)

19. 참정 김순[5]을 곡하노라 (7언율시)

오로지 노력으로 재상까지 이르렀다
장한 기운 늠름하여 감당할 이 없었네.
동녘 싸움 선봉 서서 범의 굴을 더듬었고
서쪽 평정 밤중 길에 양장 험로 나갔었네.

임금께서 일 시킬 땐 늘 앞자리 앉았었고
손님으로 즐기실 땐 마냥 뒷자리였었지.
벼슬 놓고 강호에서 배타고 놀잔 다짐
가련하다 그 계획 헛되고 말았구나!

哭金參政純 (곡김참정순)

獨將功業到巖廊 (독장공업도암랑)
壯氣憑凌莫敢當 (장기빙능막감당)
東戰先登探虎穴 (동전선등탐호혈)
西征半夜出羊腸 (서정반야출양장)

君王訪事常前席 (군왕방사상전석)
賓客追懽每後堂 (빈객추환매후당)
長說乞身縱煙棹 (장설걸신종연도)
可憐此計落空亡 (가란차계락공망)

---

5) 김순(金純 ; ?~1197) ; 고려 때 문신. 시호는 원평(元平).

20. 학사 권적[6]을 곡함 (7언율시)

글과 검으로 그때 중국 변경에 갔었지
황제가 친히 영광된 급제를 주었었네.
붓 놀림 빠르기를 그 누가 따르리
술상 맞으면 따로 정이 넘쳤네.

홀홀히 떠나가니 뜬 인생 크던 꿈 놀라
표연히 높은 기개 자연으로 돌아갔네.
끊어진 거문고줄 아교로도 못 이으리
눈물 흘려 슬픔 읊어 늙은 벗은 곡하네.

哭權學士適 (곡권학사적)

書劍當年入汴京 (서검당년입변경)
玉皇親賜好科名 (옥황친사호과명)
揮毫敏捷渾無類 (휘호민첩혼무류)
對酒(字缺)別有情 (대주자결별유정)

忽忽浮生驚大夢 (홀홀부생경대몽)
飄飄逸氣返元精 (표표일기반원정)
斷絃難得鸞膠續 (단현난득난고속)
含淚悲吟老友生 (함루비음노우생)

6) 권적(權適 ; 1094~1146) ; 고려 학자. 벼슬은 검교태자태보(檢校太子太保).

21. 나주군수 이 선생이 김낭중 연에게 보낸 시에 화답하다[7] (7언배율)

요사이 조정에는 별 소문 없던 터에
이공의 성가가 혼자서 뛰어나네.
벼슬 놓고 세상 돌며 세속인정 깨달았고
여러 해 학문 닦아 참된 도를 알았다네.

희고 맑은 가슴속엔 고검이 서렸는 듯
늠름한 풍도 절개 서릿대 빼어난 듯
구름 사이 나는 날개 빗겨 솟아 천길이요
조정의 벼슬 자리 관원 칠인에 섞이었네.

나라 은혜 못 갚아 뼈를 갈까 기약커늘
내 몸 하나 편안차고 임금비위 맞추리까.
엄하기가 여름 해로 간신의론 꺾었고
가볍기는 추호처럼 나라에 몸바쳤네.

권문 거실 겁에 질려 괜히 눈만 흘길뿐
연약 서민 감격하여 충절을 세우려네.
나라의 잘못된 일 한마디로 부셨으니
크게 쓰일 그 인물은 사직의 보배로다.

대궐 속에 입시 때만 누가 그를 말하나
몸을 뒤쳐 목민관 땐 번화민을 만들었네.

---

7) 나주(羅州) 태수(太守) 이 선생이 낭중(郎中) 김연(金緣)이 고려 인종(仁宗) 때 송(宋) 나라에 사신 갔던 고려의 한림에게 보낸 시에 화답하는 시이다.

공 없으면 벼슬자리 차라리 물러나고
의 아니면 많은 재물 가난만 못하였네.

적삼 잠방이 피곤한 백성에겐 참으로 요행
상소문 쓸 일 말고 누구에게 가슴 열까.
임금 심정 벗어나면 다른 일 맡지 않아
문신상 돌조각에 누가 먼지 묻혔나.

和羅倅李先生寄金郎中緣 (화나졸이선생기김낭중연)

今日朝廷寂異聞 (금일조정적이문)
李公聲價獨超倫 (이공성가독초륜)
倦遊平昔諳時態 (권유평석암시태)
力學多年識道眞 (역학다년식도진)

皎皎胸襟蟠古劍 (교교흉금반고검)
凌凌風節拔霜筠 (능릉풍절발상균)
雲間羽翮橫千丈 (운간우핵횡천장)
天上官班接七人 (천상관반접칠인)

未報國恩期粉骨 (미보국은기분골)
敢將私計避嬰鱗 (감장사계피영린)
嚴如夏日摧姦議 (엄여하일최간의)
輕却秋毫許國身 (경각추호허국신)

巨室縮藏空睥睨 (거실축장공비예)
懦夫感激立忠純 (나부감격입충순)

一言已破邦家弊 (일언이파방가폐)
大用方宜社稷珍 (대용방의사직진)

誰謂便辭青瑣闥 (수위변사청쇄달)
飜然出牧綿城民 (번연출목면성민)
無功在位寧爲退 (무공재위녕위퇴)
不義多財豈似貧 (불의다재기사빈)

襦袴疲氓誠小幸 (유고피맹성소행)
毫餘事與誰陣牋 (호여사여수진전)
宸心委任維無外 (신심위임유무외)
文石何人蹈後塵 (문석하인도후진)

22. 대흥사에서 소쩍새 우는 소리 듣고 (5언절귀)

세속 손님 잠들어 꿈 이미 끊겼는데
소쩍새는 오히려 목메어 우는구나.
세상에는 새소리 잘 아는 공야장[8]이 없으니
뉘가 알리오 마음속에 맺혀있는 그 사연을

大興寺聞子規 (대흥사문자규)

俗客夢已斷 (속객몽이단)
子規啼尙咽 (자규제상열)
世無公冶長 (세무공야장)
誰知心所結 (수지심소결)

8) 공야장(公冶長) ; 중국 춘추시대에 새소리 잘 알았다는 인물.

23. 동궁의 봄 시첩에다 씀 (5언절귀)

새벽빛은 누각 모서리에 밝아지고
봄바람은 불어서 버들가지 끝을 흔드네.
첫 닭은 울어서 사람에게 새벽을 알리니
동궁 침전 문앞엔 벌써 사람 오가네.

東宮春帖子 (동궁춘첩자)

曙色明樓角 (서색명루각)
春風着柳梢 (춘풍착유초)
鷄人初報曉 (계인초보효)
已向寢門朝 (이향침문조)

24. 내전의 봄 시첩에 쓰다 (7언절귀)

눈 흔적 아직도 궁중 구름다리에 남아있고
햇살은 궁궐 오봉루에 올랐어라.
때를 알리는 보력서는 주나라 태사 때 제도요
임금님 만수를 비는 술잔은 한나라 제후들 의식이네.

內殿春帖子 (내전춘첩자)

雪垠猶在三雲陛 (설은유재삼운폐)
日脚初昇五鳳樓 (일각초승오봉루)
寶曆授時周太史 (보력수시주태사)
玉扈稱壽漢諸侯 (옥호칭수한제후)

25. 송나라 명주 호심사에서 서장관의 운을 받아 (7언절귀)

고을 성남 기슭에 물은 끝없고
굽은 길 부교가 막혔다간 뚫리네.
이 몸이 어찌하면 구속을 벗어나서
일엽편주로 강바람 타고 훨훨 날꼬.

宋明州湖心寺次書狀官韻 (송명주호심사차서장관운)

郡城南畔水無窮 (군성남반수무궁)
曲徑浮橋關復通 (곡경부교관복통)
安得此身謝拘檢 (안득차신사구검)
扁舟容颺一江風 (편주용양일강풍)

26. 안화사에서 재를 올리며 (7언절귀)

가을 깊어 뜰앞 나무 그림자 져 어득하고
밤은 고요해 돌 위에서 샘소리 높아라.
자다가 일어나니 비온듯 싸늘하고
예전에 갈대밭 속 고깃배서 묵던 생각

安和寺致齋 (안화사치재)

窮秋影密庭前樹 (궁추영밀정전수)
靜夜聲高石上泉 (정야성고석상천)
睡起凄然如有雨 (수기처연여유우)
憶曾蘆葦宿漁船 (억증노위숙어선)

27. 술 깨어 생각하니 (7언절귀)

하늘 맑고 구름 날으니 더위도 한물가고
작은 난간에 바람 맑고 석양 비추네.
늘그막의 생계가 이만하면 될 것이니
주선 유령[9]이 좁은 자리 넓다함을 이제 알겠다.

酒醒有感 (주성유감)

天淨雲飛暑向殘 (천정운비서향잔)
淸風落日小欄干 (청풍낙일소난간)
老來生計皆知足 (노래생계개지족)
方信劉伶席幕寬 (방신유령석막관)

9) 유령(劉伶) ; 중국 진(晋)나라 주선(酒仙)이던 유령은 집을 옷으로 삼고 살았다고 했다.

28. 교방기생의 뻐꾹새 노래 부르는 소리 듣고
-예왕(睿王)은 이 노래를 즐겨 들었다- (7언절귀)

교방기생 아직도 옛 가사 부르지만
뻐꾸기 와서 울 뜰나무가 드므네.
마치 당현종의 예상우의곡에
개원의 늙은 공신[10] 눈물에 옷 적시듯

聞敎坊妓唱布穀歌有感 (문교방기창포곡가유감)
-睿王喜聽此曲(예왕희청차곡)-

佳人猶唱舊歌詞 (가인유창구가사)
布穀飛來櫪樹稀 (포곡비래역수희)
還似霓裳羽衣曲 (환사예상우의곡)
開元遺老淚霑衣 (개원유로누점의)

---

10) 개원의 늙은 공신 ; 당(唐)나라 명황(明皇)이 꿈에 천궁(天宮)에 가서 선녀(仙女)들이 추는 춤을 보고 깨어나 실제로 예상우의곡(霓裳羽衣曲)을 만들고 애첩 양귀비(楊貴妃)와 즐기다가 안록산(安祿山)의 난을 겪은 뒤에 예전 개원(開元)의 유신들이 눈물을 흘리며 예상우의곡을 들었다고 했다.

29. 훈수원에서 읊다 (7언절귀)

원은 고요하고 중은 한가한데 밤은 자정 지나네
새벽 등불에 외로운 베개 베고 마루에 누웠어라.
스스로 슬퍼함은 인생의 정 그 언제 다할건가
꿈 속에서 꽃 잡고 술통과 마주 앉네.

농가의 어려운 삶, 늘 보아 잘 아는 터
이해상관 시도교[11]로 사람들은 멀어지네.
장인은 으레히 마루 밑에서[12] 웃으리라
백두 노인 고생하며 책 아직 못 버린다고

熏脩院雜詠 (훈수원잡영)

院靜僧閑夜向分 (원정승한야향분)
殘燈孤枕臥幽軒 (잔등고침와유헌)
自嗟精習何時盡 (자차정습하시진)
夢把花枝對酒尊 (몽파화지대주준)

農家生計看來慣 (농가생계간래관)
市道交遊日漸疎 (시도교유일점소)
應被輪人堂下笑 (응파윤인당하소)
白頭勤苦未損書 (백두근고미손서)

---

11) 시도교(市道交) ; 의리(義理)로 사귀는 경우를 도의지교(道義之交)라 하고, 이해관계로 사귈 때를 시도교(市道交)라고 했다.
12) 장인은…마루 밑에서 ; 제(齊)나라 환공(桓公)이 글을 읽을 때 마루 밑에서 수레바퀴를 만든 장인이 환공이 읽는 성인의 글을 "옛사람이 버린 찌꺼기"라고 했다.

30. 서호에서 김사관 황부에 화답하다 (7언절귀)

늙으막에 범려(范蠡)처럼[13] 오호로 떠갈 마음 없었고
서책은 열지 않고 술 단지만 기울이네.
때로는 병든 몸 부축하며 양무제의 소사에 오니
강산은 한폭의 그림이어라.

西湖和金史館黃符 (서호화김사관황부)

老大無心泛五湖 (노대무심범오호)
不開書卷卽堤壼 (부개서권즉제곤)
有時扶病來蕭寺 (유시부병래소사)
一簇江山似畵圖 (일족강산사화도)

---

13) 범려(范蠡)처럼 ; 오(吳)나라 부차(夫差)가 망한 뒤, 범려는 미인계로 보냈던 서시(西施)를 데리고 오호로 유람한 고사.

31. 동구 밖 별장 (7언절귀)

물 곡식 누릇누릇 바람결에 호탕하고
밭 채소 살쪄 푸릇 비맞아 물결친다.
이따금 걸으면서 밭가에 쭈그리고
어부 농부 만나서 담소가 길어졌네.

東郊別業 (동교별업)

水穀微黃風浩蕩 (수곡미황풍호탕)
園蔬膩碧雨淋浪 (원소이벽우림랑)
有時閑步田邊踞 (유시한보전변거)
逢着漁樵笑語長 (봉착어초소어장)

32. 임진강에서 (7언절귀)

가을 바람 산들산들 물은 넘실넘실
머리 돌려 긴 다리에 생각은 아득
슬프다 고운 임은 천리에 있으니
강변에 난초와 궁궁꽃은 누굴 위해 향기롭나.

臨津有感 (임진유감)

秋風嫋嫋水洋洋 (추풍요요수양양)
回首長橋思渺茫 (회수장교사묘망)
惆悵美人隔千里 (추창미인격천리)
江邊蘭芷爲誰香 (강변난지위수향)

33. 적도사 (7언절귀)

성조가 누선 끌고 이곳에 쉬었으니
강산은 왕기가 아직도 무성하다.
당시 일 아는 사람 아무도 없는데
당당한 소나무[14]만 제 혼자 아는 모습

赤道寺 (적도사)

聖祖樓船憩此中 (성조루선게차중)
江山王氣尙蔥蔥 (강산왕기상총총)
當時故事無人識 (당시고사무인식)
除却堂堂十八公 (제각당당십팔공)

14) 소나무 ; 원문의 十八公은 소나무를 가리킴. 소나무 송(松)자의 해자(解字) 모습.

34. 염주객관에서[15] (7언절귀)

원앙금에 꿈도 없이 밤 한번 흐뭇했고
반달은 다정하게 그림 처마 비추었네.
이곳을 염주라니 크게 잘못 부른 이름
온 고을 둘러봐야 소금 하나 없는데

鹽洲客舍 (염주객사)

鴦衾無夢夜厭厭 (앙금무몽야염염)
冷月多情照畵簷 (냉월다정조화첨)
喚作鹽洲眞大誤 (환작염주진대오)
一洲風物摠無鹽 (일주풍물총무염)

---

15) 이 시는 「파한집(破閑集)」에만 전한다.

35. 붉은 꽃 (7언절귀)

아름다운 기약은 도잠의 국화에 가깝잖고
꽃다운 소식은 육개의 매화에 머네.
은옹도사는 비철에도 꽃피워 자랑했는데
지금은 때 아닌데 붉은 꽃이 저절로 피네.

紅花 (홍화)

嘉期難近陶潛菊 (가기난근도잠국)
芳信猶賒陸凱梅 (방신유사육개매)
不待殷翁誇善幻 (부시은옹과선환)
非時紅艷自能開 (비시홍염자능개)

※ 이하 3편은 「보한집(補閑集)」에서만 전한다.

36. 새끼 고양이

－혜소선사에게 화답하다－ (7언절귀)

땅강아지 개미도 도가 있고 호랑이 이리에게도 인은 있는 법
반드시 허망함을 버려야 진실을 얻는다네.
우리 선사 밝은 눈도 분별이 없으셔
천하 만물 모두다 청정한 몸을 들어낸다네.

描兒 (묘아) －和慧素禪師(화혜소선사)－

螻蟻道存虎狼仁 (누의도존호랑인)
不須遣妄始求眞 (불수견망시구진)
吾師慧眼無分別 (오사혜안무분별)
物物皆呈淸淨身 (물물개정청정신)

37. 국화를 읊다 (7언절귀)

하룻밤 추풍 불어 온갖 나무 눈 속인데
국화는 차츰차츰 두세 송이 피어나네.
당나라 번소[16]는 무정케도 봄 따라 갔고
송나라 조운은 홀로 소공 모시었네.

菊花 (국화)

一夜秋風萬樹雪 (일야추풍만수설)
菊花纔發兩三叢 (국화재발양삼총)
樊素無情逐春去 (번소무정축춘거)
朝雲獨自伴蘇公 (조운독자반소공)

16) 번소(樊素) ; 당(唐)나라 시인 백거이(白居易)의 애칭.

38. 서정시[17] (7언절귀)

일성 고각에 청산이 찢어지듯
만리의 깃발은 대낮이 캄캄하다.
쓸어 버린 강산으로 임금님은 돌아오고
타일러 돌리는 글 시인에 달렸구나.
삼오산은 험난한데 충성은 장하고
오봉루 높고 높아 국수도 씩씩하다.

西征詩 (서정시)

一聲鼓角靑山裂 (일성고각청산렬)
萬里旌旗白日濛 (만리정기백일몽)
掃盡河山還聖主 (소진하산환성주)
洗回風月付詩翁 (세회풍월부시옹)
三鰲山峻忠誠壯 (삼오산준충성장)
五鳳樓高國手雄 (오봉루고국수웅)

17) 이 시는 묘청(妙靑)이 평양에서 반란을 일으켰을 때 작자 김부식은 도원수(都元帥)가 되어 진압하려 군사를 이끌고 평양에 갔던 때의 작품이다.

(3) 김부식의 장(狀 ; 하례장)

퇴임한 손참정에게 올리는 연하장

"순(舜)임금의 지구의(地球儀)인 선기(璿璣)로 상(象)을 관찰하오니, 바야흐로 칠정(七政)[1]의 화(和)를 알겠고, 요(堯)임금의 책력으로 계절을 밝혀줌으로써 주역에서 말하는 삼양교태(三陽交泰)[2]를 함께 사랑합니다.

삼가 생각하옵건대, 치정상국(致政相國)께서는 천민(天民)을 선각(先覺)하시고 본조(本朝)의 노성(老成)으로서, 큰 내를 건너게 될 적에는 진작 주즙(舟楫)의 구실을 하시더니, 헌신짝 버리듯이 선뜻 관직의 헌상(軒裳)의 영화를 사퇴하시고, 홀로 무하유(無何有)의 향(鄕)에 노닐면서 장수를 보전하는 난로(難老)를 누리시오니, 하물며 휘정(彙征)[3]의 길한 때를 당해서 더욱 대유(大有)의 상서를 연장하게 되실 것입니다.

모(某) 등은 관수(官守)에 얽매어 뵈올 길이 없음을 한탄하옵니다."

---

1) 칠정(七政) ; 일(日), 월(月)과 수(水), 화(火), 목(木), 금(金), 토(土)의 오성(五星)을 합해 7성 곧 7정이라 했다. 『서경(書經)』 순전(舜典)에 "선기옥형(璿璣玉衡)을 살펴서 7정을 가지런히 한다."고 하였다.

2) 삼양교태(三陽交泰) ; 새해의 송수사(頌壽辭), 또는 신년축원사로 쓰던 말. 삼양(三陽)은 『주역』의 괘(卦)의 세 가지 양효(陽爻)인데 이는 정월에 해당함.

3) 휘정(彙征) ; 휘(彙)는 유(類)와 같은 뜻인데 『주역』의 '지천태(地天泰)' 에서는 "잔디 뿌리를 뽑으니 서로 엉켜 있어 동류들과 서로 정벌하러 가면 좋으리라"(拔茅茹 以其彙征 吉地)라 했고, 또 '천지비(天地否)' 괘에서는 "拔茅茹라 以其彙貞하니 吉하고 亨하다" 하였다.

上致仕孫叅政賀年狀 (상치사손참정하연장)

舜璣觀象, 方知七政之和, 堯曆援時, 共愛三陽之泰, 恭惟致政相國, 天民先覺, 本朝老成, 若濟大川, 早施舟楫之用, 猶奔弊屣, 遽謝軒裳之榮, 獨游無何, 永錫難老, 矧履彙征之吉, 益延大有之詳某等官守所拘, 展謁無路.

백성을 먼저 생각한 손상국이 벼슬에서 물러났기 때문에 더 우러러 보여서 연하장을 올린다는 것이니 고려 때 연하장의 모습을 볼 수 있었다. 이 외 몇 건의 연하장들이 모두 김부식의 애민하는 청백리 정신이 일관되게 흐르는 문장이었다.

(4) 김부식의 표문(表文)

팔관회 의식을 하례 드리는 표문

"지상의 제신(諸臣) 백관을 거느리시고 법식을 갖추어 차리시고 성대한 예식(팔관회)을 장황스럽게 베푸오니 그 지성(至誠)은 하늘을 격동시키고 여러 혼령을 흐뭇하게 하여 화기는 인근에 가득하고 세상 만물이 모두 고무 되었습니다. 중하 하옵고,

삼가 듣자옵건대, 태조 신성대왕께옵서 장차 나라를 일으켜 임금이 되려 하실 때 세상이 어지러워서 풍진 연달아 일어나고 칼과 창이 종횡하여 싸움판인 세상에서 하늘의 뜻을 따르고 백성의 희망에 순응하여 삼한의 오랜 난리를 바로잡고, 왕업을 여시어 천만 년 영구한 큰 계획을 꾸미시니 이로써 가을날 싸늘함이 가고 봄날 화창한 기운이 와서 천둥 치듯 세상이 바뀌고 임금 은택이 흡족하리라 이르시니, 이에 즐거운 잔치를 갖추어 베풀고(팔관회) 제신과 백성[神人]을 기쁘게 하여 앞날을 환히 밝혀주는 고사(故事)가 되게 전해주셨습니다.

공손히 생각하옵건대, 성상께서는 하늘의 복덕[天福]을 받으신 임금님 자리에 계시면서 앞을 밝게 보는 이주지명(离朱之明)[1]을 이어받고 성정이 높음은 순임금의 어지심이시고 항상 한 사람이라도 얻지 못할까 두려워하시며 증자(曾子)와 민손(閔損)의 효도를 본받았으므로 백성들의 기뻐하는 마음을 얻었사온데 이 좋은 때를 맞아 아름다운 의식 모임을 베풀어 여시어 많고 엄숙한 구

1) 이주지명(离朱之明) ; 본문의 이명(离明). 이주(离朱 또는 離朱)는 중국 황제(黃帝) 때 눈이 밝았다는 사람. 백보 밖에서 가을 새털 끝을 본다고 했다. 이루(離婁)라고도 함.

빈(九賓)[2]들이 열 지어 들어서 양양한 육악(六樂)[3]의 소리가 천지를 기쁨으로 진동하니 봄은 초목에 다시 돌아오고 있습니다.

신 등은 해읍(海邑)[4]에 살아 궁궐과 먼 거리에 있어서 경사스러운 의식에 참여치 못하여 함께 하례 드리는 춤을 추지 못하옵니다."

賀八關表 (하팔관표)

祇率彝儀, 張皇盛禮, 至誠上路, 群靈所以懷柔, 和氣旁通, 萬物靡不鼓舞, 中賀 恭聞太祖神聖大王之將興也, 風塵澒洞, 劍載縱橫應天順人, 革三韓之積亂, 刱業垂統, 啓千載之永圖, 以謂肅殺行面陽和來, 雷霆作而膏澤洽, 爰備燕樂, 以休神人, 煥示將來, 傳爲故事, 恭惟聖上, 位居天德, 光繼离明, 性高舜之仁, 常恐一夫之不獲, 蹈曾閔之孝, 故得百姓之懽心, 應此令辰, 載陳嘉會, 濟濟九賓之序, 洋洋六樂之音, 喜動乾坤, 春還草木, 臣等限居海邑, 阻遠闕庭, 不獲進卽朝行, 抃舞宸陛.

팔관회는 고려 때 연등회(燃燈會)와 함께 2대 불교의식이었는데 신라 때 시작한 이 의식은 고려 태조 때 더욱 강조되고[訓要十條] 처음은 임금이 중동(中冬;11월 15일)에 법왕사(法王寺)에 나아가 문무백관과 내외 인사들의 하례를 받으면서 거행하였으나 차츰 불교 색채가 없어지고, 하늘과 명산대천 용신(龍神)에게 제사하는 토

---

2) 구빈(九賓) ; 임금이 우대하는 아홉 가지 작위, 즉 공(公), 후(侯), 백(伯), 자(子), 남(男), 공(公), 경(卿), 대부(大夫), 사(士)인데 주례(周禮)에서는 구의(九儀)라 하고 각각 9종의 예복을 입고 임금 앞에 조회한다고 함.

3) 육악(六樂) ; 황제(黃帝) 이하 6대의 악, 즉 운문(雲文)→황제의 악, 함지(咸池)→요제(堯帝)의 악, 대소(大韶)→순제(舜帝)의 악, 대하(大夏)→우왕(禹王)의 악, 대호(大濩)→은(殷)의 탕왕(蕩王)의 악, 대무(大武)→주무왕(周武王)의 악을 말함.

4) 해읍(海邑) ; 해주(海州)를 말함.

속신의 제사의식이 되어갔으며 주로 궁궐의 의봉루(儀鳳樓) 등에서 행하여졌다. 이 하표에서는 작자가 해읍(海邑), 즉 해주에 나가 있어서 직접 참석하여 함께 기뻐하지 못한다고 하였다.

서경평정에서 이기고 올리는 표문

신 부식(富軾) 등은 아뢰옵니다.

지난 을묘년 봄 정월에 서경(西京)이 모반함으로, 신 등은 엎드려 전하의 제명(制命)을 받들고 출정하였는데, 지리가 험하고 성이 견고하여 오래토록 평정하지 못하였습니다. 그래서 겨울 10월부터 그 성 서남쪽 구석진 곳에 흙과 나무를 쌓아 올려 산을 만들고, 포차(砲車)를 그 위에 설치하고서 큰 돌을 날려 성문이 부딪치는 곳은 다 무너지자, 따라서 크게 공격하여 성문과 성의 가퀴가 부서졌으며, 금년 2월 19일 새벽을 기하여 몰래 군사를 출동시켜 쳐들어가니 적이 무너져 항거하지 못하고, 원수(元帥)로 거짓 자칭하던 최영(崔永)과 부원수(副元帥) 조광(趙匡)의 시체를 묶어가지고 나와 항복하므로, 신 등은 성 안에 들어가서 성궐(城闕)을 말끔히 물 뿌려 소제하고 군 · 민을 달래어 안정시켰습니다.

왕자(王者)의 군사는 성토는 있으되 싸움은 없사옵고, 천위(天威)가 미치는 곳에는 그날로 누그러지는 것이었습니다. 중하

신은 듣자오니, 한(漢)나라 광무(光武)가 외효(隗囂)를 정벌할 때 3년 만에 이겼었고, 당(唐) 덕종(德宗)이 이희열(李希烈)을 토벌함에 4년 만에 평정하였거늘, 무지한 간흉(姦凶)이 우리 성읍(城邑)을 점령하였으니, 죄는 올빼미이리인 효경(梟獍)보다 더하고, 악은 역시 구산(丘山) 만큼 쌓였던 것이었는데, 오직 성산(聖

算)이 실수가 없으시와, 만 1년 만에 이처럼 이기셨습니다. 입에 물건을 물려서 말을 못하게 함매(銜枚)하고 성을 넘어 군사를 벌여 문을 부수고 들어가 군사가 겨우 칼날이 어울리자, 적은 이미 기운을 잃었으므로 보병(步兵)과 기병은 용맹을 떨치어 번개같이 공격하고, 호통치고, 고함 지르며, 앞으로 나아가 파도가 무너지듯 하여 지휘하는 깃발[雲旝]과 노거(雷車)는 곧장 적의 우두머리와 목을 베고, 바람 소리와 학의 울음[風聲鶴唳][5]이 한데 뭉쳐 금혁(金革)의 소리로 되자, 솥 안의 물고기는 발길을 돌려 살 길을 찾고, 숲 속의 새는 놀래어 높이 날아 모두 흩어지며, 죄가 중해서 스스로 면하지 못할 줄을 아는 자는 식구들과 함께 불에 타 없어지고, 뜻이 비겁하여 능히 결단을 못하는 자는 처형도 달게 여겨 포로가 되었으니, 오랫동안의 근심이 하루아침에 완전히 해소되었습니다.

이에 서경(西京)에 들어가 성상(聖上)의 뜻을 선포하매, 거꾸로 매달렸다 풀린 것같이 되었고, 장안(長安)을 회복하여 유민(遺民)들을 위로하니, 대개 "돌아와 정착하겠다." 하였으니, 어찌 시전(市廛)만이 변하지 아니했으리요. 우뚝이 성궐(城闕)도 그대로 보존되었으며, 해독은 이미 제거되고, 피비린내도 쾌히 씻어졌기로, 드디어 이궁(離宮)의 먼지를 청소하고, 원묘(原廟)[6]의 의관(衣冠)을 우러러 보니, 선왕의 위패를 모신 곳이 완연하고 잉

---

5) 풍성학려(風聲鶴唳) ; 『진서(晋書)』 사현전(謝玄傳)에 "부견(符堅)이 군사 백 만을 거느리고 진을 벌려 비수(肥水)에 육박하자, 사현은 군사 8천 명으로 하여금 물을 건너 들이치니 부견의 군사가 무너져서 갑옷을 벗어던지고 밤에 달아나는데 바람 소리나 학의 울음소리만 들어도 모두 왕사(王師)가 몰려온다고 여겼다." 하였다. 의구심이 많은데 쓰는 말이다.

6) 원묘(原廟) ; 『사기(史記)』 고조기(高祖記)에, "효혜(孝惠) 5년에 이르러 고조(高祖)를 생각하여 패궁(沛宮)을 고조(高祖)의 원묘(原廟)로 만들었다." 하였고, 집해(集解)에 "원(原)은 두 번째라는 뜻이니, 이미 먼저 묘(廟)를 세웠는데 지금은 또다시 세우므로 원묘(原廟)라 했다." 하였다.

궤(仍几) 의물(儀物)도 여전하오며, 부로(父老), 사녀(士女)와 어초(魚樵), 나무꾼[芻蕘]도 모두 춤추고 뛰놀며 앞을 다투고, 웃음과 노래로 서로 어울리며 이르기를, "생각지 않은 오늘에 다시 임금의 백성이 되게 되었다." 하옵니다.

이는 마침내 성상폐하께옵서 천지의 항상 살게 하는 것을 실천하시고, 신무(神武)를 써서 죽이지 아니하시므로 삼령(三靈)의 복을 내리고, 사해가 정성을 바치고, 번개처럼 치고 바람같이 달려 저 시경의 말처럼 "한 번 갑옷을 입고 천하를 평정" 하셨고, 내가 흐르고 산이 솟아서 진실로 만세의 안녕을 연 것이옵니다.

신 등은 손수 계책하시는 전하의 뜻을 받들어, 나아가서 군기(軍紀)를 관장하오매, 성신(聖神)의 큰 조화인 홍조(洪造)를 힘입어 오직 결단하였을 뿐이옵고, 장수의 재목이 못되어 졸속(拙速)이 없지 않아 부끄럽사오며, 춤추고 기뻐하는 마음은 보통보다 만 배나 더하옵니다.

平西京獻捷表 (평서경헌첩표)

臣富軾等言, 去乙卯歲春正月, 西京謀叛, 臣等伏奉制命出征, 以地險城固, 久不能平, 自冬十月, 於其城西南隅, 積土木爲山, 列砲車其上, 飛大石, 所當皆潰, 繼以大攻城門, 陴屋摧破, 至今年二月十九日昧爽, 潛師入侵, 賊奔敗不能拒, 逆縛僞元, 帥崔永, 副元帥趙匡死屍, 相率出降, 臣等入城, 汎掃城闕, 安撫軍民者, 王者之師, 有征無戰, 天威所被, 已日乃孚, 中質 臣聞光武之征隗囂, 三年乃定, 德宗之討希烈, 四載而平, 蠢爾姦兇, 據我城邑, 罪已浮於梟獍, 惡亦積於丘山, 惟睿算之無遺, 至朞年而斯剋, 銜枚踰堞, 列兵攻門, 士纔交鋒, 賊已褫氣, 步騎奮而霆擊, 呼譟進而濤崩, 雲旝雷車, 直斬鯨鯢之鬣, 風聲鶴唳, 渾爲金革之音, 鼎魚環走以求生, 林鳥驚翔而迸散, 其罪重而自知不免者, 蔪産息以燒亡, 其志刼而不能引決者, 甘鼎鑊以見俘, 積日之憂, 一朝頓釋, 於是入淮西而宣布上意, 如解倒懸, 復長安而撫綏遺黎, 蓋云歸處, 豈特市廛之不改, 巍乎城闕之固存, 毒螫旣除, 腥膻已滌, 遂掃離宮之氛祲, 聿瞻原廟之衣冠, 黼座儼然, 仍几如舊, 父老士女, 漁樵芻蕘, 踊躍爭前, 驩呼相謁, 謂不圖於今日, 乃復得爲王人, 此乃伏遇聖上陛下體天地之常生, 用神武而不殺, 三靈薦祉, 四海輸誠, 電掣風驅, 肆捷一戎之定, 川渟岳峙, 允恢萬世之安, 臣等親承睿謀, 出管師律, 賴聖神之造, 惟以斷成, 非將帥之才, 媿無拙速, 炘喜抃舞, 倍萬常倫.

묘청(妙淸)의 난을 평정하고 돌아와 올리는 표문이다. 난의 평정과정과 양상이 소상하고, 반란군 두목의 이름도 일부 나온다. 그리고 승리의 공은 부하의 인화(人和)와 성상의 은덕으로 돌리고 있는 김부식의 개선 표문이다.

(5) 김부식의 명(銘)의 문장

도솔원 종에 새기는 글(서문과 함께)

도솔원(兜率院)은 숭교사(崇教寺) 주지(住持) 승통(僧統) 홍천(弘闡)이 문하시중(門下侍中) 소태보(邵台輔)와 함께 발원(發願)하여 창건한 절이다. 원(院)이 이미 이루어짐에 따라 문인(門人) 자상(慈尙)이 뒤따라 발원(發願)하여 쇠[鐵] 3백5십 근을 시주(施主)들에게서 모아서 녹여 큰 종(鍾)을 만들었다. 일이 끝나매 나에게 명(銘) 짓기를 부탁하는데, 간절히 청함을 거절하기 어려워서 몇 마디 말을 쓰게 되니 이것은 감히 잘했다는 것이 아니라 대개 마지못해서 쓴 것이다.

명(銘)에 이르기를,

숲에 덮인 가람 정사는, 물가의 나루에 서 있고
누가 거처하는 곳이던고, 여러 중들이 모여 있고나.
먹기도 하고 불경도 배우며, 밤으로도 하고 새벽으로도 하네.
방(房)마다 시각 알리기 어려워, 종을 달아 이를 친다네.
종들은 쌍으로 세우고, 큰 망치는 곁에 가로 놓였어라.
안 치면 고요타가, 치면 떨쳐 울려서
산이 높이 솟고 바다가 일렁거리며, 도깨비 벌떡 일고 귀신이 놀라니
우레도 아니요 벽력도 아니건만, 우렁우렁 큰 소리로다.

兜率院鍾銘 (도솔원종명) 并序 (병서)

兜率院者, 崇教寺住持, 僧統弘闡, 與門下侍中邵台輔同, 發願所創立也院旣成, 門人慈尙隨發願 募三百五十斤, 鑄置洪鍾, 工旣畢功, 屬余爲銘, 勤請難拒, 略爲之言, 此非敢自是也, 蓋不得已耳, 銘曰.

耽耽精舍 (탐탐정사)　于水之津 (우수지진)
云誰居之 (운수거지)　惟衆侁侁 (유중신신)
或食或講 (혹식혹강)　或夜或晨 (혹야혹신)
不可戶告 (불가호고)　景鍾乃陳 (경종내진)
大簴雙植 (대거쌍식)　洪槌傍橫 (홍퇴방횡)
不擊則已 (불격칙이)　擊則振鳴 (격칙진명)
山撟海蕩 (산교해탕)　鬼蹶神驚 (귀궐신경)
非雷非霆 (비뢰비정)　殷其大聲 (은기대성)

명(銘)은 금석(金石)이나 기명(器皿)에 새기되 사람의 공덕이나 경계할 말을 써서 후세에 남기는 글인데, 김부식의 명은 오직 두 편이 전한다. 각각 간단한 서문이 함께 있다.

(6) 김부식의 찬양[贊]의 문장

화쟁국사 영정에 찬하다

넓고 넓은 한 길이요, 묵직하고 대범한 목소리네.
말과 소문은 스스로 다르고, 크다가도 작고 얕다가도 깊다네.
삼주(三舟)의 달과 같고, 만 골짜기 바람과 같을시고.
지인(至人)의 대감(大鑒)은, 다른 듯이 같은 이치,
유가(瑜伽)의 이름과 형상이, 모나고 넓고 둥글게 뚫렸으니,
그로부터 볼 양이면, 어디 간들 아니 통하리.
온갖 개울이 합치어 바다 되고, 만 현상이 하나의 하늘이네.
크고도 넓어서, 어떻게 이름 지으면 좋을는지.

和諍國師影贊 (화쟁국사영찬)

恢恢一道 (회회일도)　落落音響 (낙락음향)
機聞自異 (기문자이)　大小淺深 (대소천심)
如三舟月 (여삼주월)　如萬竅風 (여만규풍)
至人大鑒 (지인대감)　卽異而同 (즉이이동)
瑜伽名相 (유가명상)　方廣圓融 (방광원융)
自我觀之 (자아관지)　無往不通 (무왕불통)
百川共海 (백천공해)　萬像一天 (만상일천)
廣矣大矣 (광의대의)　莫得名焉 (막득명언)

찬(贊;讚)의 문장은 논평하는 글인데, 찬미(讚美)와 애찬(哀讚)과 사찬(史讚)이 있다. 여기 화쟁국사(和諍國師)의 영정에 찬한 글은 미찬(美讚), 즉 잡찬(雜贊)의 글이며 국사가 넓고 큰 그릇임을 찬미한 전형적인 4구 변려체이다.

(7) 김부식의 기문(記文)

혜음사를 새로 창건한 기문

봉성현(峯城縣)에서 남쪽으로 20리쯤 되는 곳에 조그마한 절이 있었는데, 허물어진 지가 벌써 오래였으나 지방 사람들은 아직도 그곳을 석사동(石寺洞)이라 불렀다. 동남방에 있는 모든 고을에서 서울로 들어오는 사람이라든지 또는 위에서 내려가는 사람이 모두 길을 사용하기 때문에 사람들은 어깨가 서로 스치고, 말은 발굽이 서로 닿아서 항상 복잡하고 인적이 끊어질 사이가 없는데, 산언덕이 깊숙하고 멀며, 초목이 무성하게 얽혀 있어서 호랑이가 떼로 몰려다니며, 안심하고 숨어있을 곳으로 생각하여 몰래 숨어서 옆으로 엿보고 있다가 때때로 나타나서 사람을 해친다. 이뿐 아니라, 간혹 불한당들이 이 지역이 으슥하고 잠복하기가 쉬워서 다니는 사람들이 지레 겁을 먹고 두려워하는 것을 이용하여 여기에 와서 은신하면서 그들의 흉행을 감행하기도 하였다. 이리하여 올라오는 사람이나 내려가는 사람이 주저하고 감히 전진하지 못하며, 반드시 서로 경계하여 많은 동행자가 생기고 무기를 휴대하여야만 지나갈 수 있는데도, 오히려 살해를 당하는 자가 1년이면 수백 명에 달하게 되었다.

선왕(先王)인 예종(睿宗)이 왕위에 오르신 지 15년인 기해년 가을 8월에 측근의 신하인 소천(少千)이 임금의 사명을 받들고 남쪽 지방에 갔다가 돌아왔다. 임금께서 "이번 길에 민간의 고통스런 상황을 들은 것이 있느냐." 물으시니, 이 사실을 보고하였다. 임금께서는 측연히 이를 딱하게 생각 하시고, "어떻게 하면 폐해를 제거하고 사람이 안심하고 살 수 있느냐." 하셨다. 아뢰기를 "전하께옵서 다행히 신의 말씀을 들어주신다면 신이 한

가지 계교가 있사온데, 국가의 재정도 축내지 아니하며 민간의 노력도 동원하지 않고, 다만 중들을 모집하여 그 허물어진 절을 건축하고 양민을 모아들여 그 옆에 민가 가옥을 짓고 노는 백성들을 정착시키면, 짐승이나 도둑의 해가 없어질 것이며, 동행자의 난관이 해소될 것입니다." 하였다. 임금께서는 "좋다. 네가 그것을 마련해 보라." 하셨다. 이리하여 그는 공무를 띠고 묘향산(妙香山)에 가서 여러 중들에게 이르기를, "아무 곳에 큰 장애물이 있는데, 나라에서는 차마 토목공사를 가지고 백성을 괴롭힐 수가 없다. 옛날 스님들은 곤란한 처지에 빠진 것을 보면 반드시 두려워하지 않는 희생심을 발휘하였는데, 여기서는 누가 나를 따라 저곳에 가서 일을 해보겠는가." 하였더니, 절의 주지 혜관(惠觀) 스님이 기꺼이 그를 따랐으며, 그 무리 중에 따라가려는 사람이 백 명이나 되었다. 혜관 스님은 늙어서 가지 못하고 부지런하며 진실하고 기술이 있는 사람으로 증여(證如) 등 16명을 선발하여 경비를 마련하여 보냈다. 겨울 11월에 그곳에 이르러 초막을 짓고 머물렀다. 임금께서 중 응제(應濟)에게 명하여 그 일을 맡아보게 하고 제자인 민청(敏淸)을 부책임자로 하게 하셨다. 연장을 벼르고 목재와 기와를 모아들여 경자년 봄 2월에 착공하여 임인년 봄 2월이 되어서 일을 모두 마쳤다. 절이 불당과 유숙하는 건물부터 주방, 창고에 이르기까지 모두 장소가 마련되었고, 또 생각하기를 "임금께서 남쪽으로 순행하신다면 행여 한번이라도 이곳에 머무르실 일이 없지 않으려니 이에 대한 준비가 있어야 된다." 하여 드디어 따로 별원(別院) 한 개소를 지었는데 이곳도 아름답고 볼 만하게 되었다. 지금 임금께서 즉위하시어 절 이름을 혜음사(惠陰寺)라고 내리셨다.

아, 깊은 숲 속이 깨끗한 집으로 변하였고, 무섭던 길이 평탄한 대로가 되었으니, 그 이익이 또한 넓지 아니한가. 또한 양곡을 축적하여 놓고 그 이식을 받아서 죽을 쑤어서 여행자에게 공급하던 일이 지금은 거의 없어지게 되었으므로 소천(少千)은 이것을 영원히 계속하려 하였더니 정성에 감동된 바 있어 희사하는 사람들이 자꾸만 생겼다. 임금께서 이를 들으시고 은혜로운 희사를 상당히 후히 하시고 왕비(王妃) 임씨(任氏)도 듣고 기뻐하여 말씀하시기를 "그곳에서 실시하는 모든 일은 내가 담당하리라." 하시고, 다 없어져가는 식량을 보태 주시며 파손되어 못쓰게 된 기구를 보충하여 주셨다. 이리하여 모든 것이 다 구비되지 않는 것이 없게 되었다. 어떤 이는 이르기를, "맹자(孟子)의 말에, 요(堯)시대에 홍수가 범람했는데 우(禹)로 하여금 이를 다스리도록 하여 사람을 해치는 새와 짐승이 없어진 뒤에 사람이 평지에서 거주할 수 있게 되었고, 익(益)으로 하여금 산림(山林)과 천택(川澤)에 불을 질러서 태워버리니 새와 짐승이 달아나서 숨어버렸다. 주공(周公)은 무왕(武王)을 보좌하여 범 · 표범 · 물소 · 코끼리 등을 몰아내어 멀리 보내버리니 천하가 모두 기뻐하였다. 또한 춘추시대의 정(鄭)나라에 도둑이 많아서 풀숲이 우거진 못에서 나와 사람을 해쳤는데 대숙(大叔)이 이를 없애버렸고, 한(漢) 시대에 발해(渤海)의 서방에 흉년이 들어서 못 가운데서 무기를 들고 나와 사람을 해치는 것을 공수(龔遂)가 이를 평정하였다. 그밖에 도둑을 처치한 것으로 역사에 남긴 사람이 없는 시대가 없었다. 그런즉 짐승을 몰아내고 도둑을 제거하는 것도 공경(公卿)과 대부의 임무다."라고 하셨다.

그런데 소천(少千)은 하급 관리며 응제(應濟)와 민청(敏淸)은 승려인즉 이것은 이른바 '관리가 그 직책을 소홀히 할 때는 일반 인사가 그 일을 걱정하더라도 지나친 것이 아니라'는 것이니, 하필 그것을 기록하여 우일에 전하려 하는가. 또 불교에서는 보시하는 것을 무주상(無主相)보다도 귀하게 여기는 것이요, 장주(莊周)도 이르기를 '남에게 선심을 쓰고 잊지 않는 것은 자연스런 희사가 아니라' 하였으니, 얼마 되지 않는 은혜를 베푼 것을 기록해 둘 필요가 없을 듯하다." 하였다. 나는 대답하기를, "그렇지 않다. 당(唐)시대의 정원(貞元) 말년 여름에 크게 홍수가 나서 사람과 물건이 물에 휩쓸려서 동쪽으로 떠내려가는 것이 마치 나무 조각 같이 보였다. 어떤 중이 이를 딱하게 여기어 물에 빠진 사람을 건져내고 잠긴 사람을 구제하여 살려낸 자가 수십 백 명에 달하였는데 유몽득(劉夢得)이 이를 기록하였고, 송(宋)시대 희녕(熙寧) 연간에 진술고(陳述古)가 항주(杭州)의 지방관으로 있으면서 민간의 고통스러운 상황을 물었더니 모두 말하기를, "우물 6개가 모두 수리가 안 되어 식수를 먹을 수가 없다." 하였다. 마침내 중인 중문(仲文)과 자규(子珪)에게 명하여 그 일을 처리하였는데 소자첨(蘇子瞻)이 이를 기록하였다.

군자가 사람의 착한 일에 대하여 칭찬하기를 이렇게 즐겨하였으니, 어찌 가만히 있을 수 있는가. 또한 사람이 선한 일을 하고서 스스로 잊어버리는 것은 좋지만 이를 전하는 사람이 없다면 무엇으로 선한 일을 권장할 수 있겠는가. 그들이 경론(經論)에서 서술한 것을 일일이 모두 들지 못한다 할지라도, 당나라 시대의 중 대병(大病)이 시식도장(施食道場)을 설치한 것이 전후하여 여덟 번이나 되었는데, 통혜(通慧)대사가 이를 승전(僧傳)에 실었으며, 유학의 서적에도 이런 것이 있다. 이를테면, 예기(禮記)에 이르기를 "위(衛)나라의 공숙문자(公叔文子)가 죽을 쑤어서 나라 안의 굶주린 사람에게 주었으니 얼마나 은혜로운 일인가" 했으니, 곧 이것은 또한 써 두지 않을 수 없는 것이다. 소천(少千)의 성은 이씨(李氏)이다. 아버지인 성(晟)은 문장을 잘 지었고 과거에 합격하여 좌습유지제고(左拾遺知制誥)까지 되었다가 죽고 소천은 벼슬이 7품관에 이르렀다. 공무를 보고 남은 시간에는 부처님을 정성으로 섬겼다. 지금은 베옷을 입고 채소 음식을 먹으며 스스로 칭호를 거사(居士)라 한다. 그의 실천이 철저하여 임금에게 알려져서 그는 이와 같은 업적을 세웠다. 응제(應濟)는 일을 맡았다가 오래가지 못하고 민청(敏淸)이 이를 인계하여 끝까지 완성을 보았으니 유능하다 할 수 있다. 그가 경비에 사용한 것은 모두 위에서 내리신 것과 여러 신도들의 희사에 의한 것이다. 그 이름과 목록은 갖추어 후면에 기록한 바와 같다.

때는 갑자년 봄 2월 일에 기(記)를 쓴다.

惠陰寺新創記 (혜음사신창기)

峯城縣南二十許里, 有一小寺, 弛廢已久, 而鄉人猶稱其地爲石寺洞, 自東南百郡趣京都, 與夫自上流而下者, 無不取道於此, 故人磨肩馬接跡, 憧憧然未嘗絕, 而山丘幽遠, 草木蒙翳, 虎狼類聚, 自以爲安室利處, 潛伏而傍睨, 時出而爲害, 非止此而已, 間或有寇賊攽攘之徒, 便其地荒而易隱, 人畏而易劫, 爰來爰處, 以濟其姦, 二邊行者, 躊躇莫之敢前, 相戒以盛徒侶, 挾兵刃而後過焉, 而猶或不免以死焉者, 歲數百人, 先王睿王在宥十五年己亥秋八月, 近臣少千奉使南地廻, 上問若此行也, 有所聞民之疾苦乎, 則以是聞之, 上惻然哀之日, 如之何可以除害而安人, 奏曰 殿下幸聽臣, 臣有一計, 不費國財, 不勞民力, 但募浮圖人, 新其廢寺, 以集清衆, 又爲之屋廬於其側, 以著閒民, 則禽獸盜賊之害自遠, 行路之難平矣, 上日可, 汝其圖之, 於是以公事, 抵妙香山寺, 告於衆中曰, 某所有巨害, 上不忍動民以土木營造之事, 先師見遘難者, 必施無畏, 疇克從我, 有事於彼乎, 寺主比丘惠觀隨喜之, 其徒欲從者一百人, 惠觀老不能行, 擇勤恪有技能者, 證如等十六人, 資送之, 以冬十一月到其所, 作草舍以次之, 上命比丘應濟, 主典其事, 弟子敏淸副之, 利器械鳩材瓦,經始於庚子春二月, 至壬寅春二月, 工旣告畢, 齋祠息宿, 以至廚庫, 咸各有所, 又謂若乘輿南巡則不可知, 其不一幸而駐驆於此, 宜其有以待之, 遂營別院一區, 此亦嘉麗可觀, 至今上卽位, 賜額爲惠陰寺, 噫變深榛爲精舍, 化畏途爲平路, 其於利也, 不其博哉, 又倂以米穀, 擧之取利, 設粥以施行人, 至今幾於息焉, 少千意欲繼之於無窮, 精誠有感, 檀施來荐, 上聞之惠捨頗厚, 王妃任氏亦聞而悅之曰, 凡其施事, 我其尸之, 增其委積之將盡者, 補其什物之就缺者, 然後事無不備者矣, 或曰孟子言堯之時, 洪水橫流, 使禹治之, 鳥獸之害人者消, 然後人得平土而居之, 使益烈山澤而焚之, 鳥獸逃匿, 周公相武王, 驅虎豹犀象而遠之, 天下大悅, 其或春秋時, 鄭國多盜, 取人於龔苻之澤, 子大叔除之, 漢時渤海民飢, 弄兵於潢池之中, 龔遂安之, 其他以盜賊課寄, 名於史傳者, 無代無之, 則逐虎豹除盜賊, 亦公卿大夫之任也, 而少千下官也, 應濟敏淸開士也, 非所謂官治其職, 人憂其事, 乃無所陵者也, 其可記之, 以話於後乎, 又釋氏之施, 貴於無住相, 莊周亦云 施於人而不忘, 非天布也, 則區區小惠, 亦宜若不足書, 答曰不然, 唐貞元季年夏大水, 人物蔽流而東, 若木柹然, 有僧愀焉, 援溺救沉, 致之生地者數十百, 劉夢得志之, 宋照寧中, 陳述古知杭州, 問民之所病, 皆曰六井不治, 民不給於水, 乃命僧仲文子珪辯其事, 蘇子瞻記之, 君子樂道人之善如此, 豈可以廢乎, 而又人之爲善, 自忘可也, 不有傳者, 何以勸善, 其經論所言, 不可縷敍, 至若唐僧代病, 作施食道場, 前後八會, 通慧師載之僧傳, 至於儒書亦有之, 如禮記云, 衛公叔文子爲粥, 與國之餓者, 不亦惠乎, 則此又不可不書者也, 少千姓李氏, 父晟, 善屬文登科, 爲左拾遺知制誥卒, 少千仕至七品官, 公事餘閒, 事佛尤謹, 今則麻衣蔬食, 自號爲居士, 勤苦其行, 爲上所知, 故有所立如此, 應濟住持日淺, 敏淸繼之, 訖用有成, 可謂能矣, 其所資用, 皆出於上所賜及諸信施, 其名目具如陰記云爾, 時甲子春二月日記.

이 〈혜음사 신창기〉는 뇌천(雷川) 김부식(金富軾)의 명문장 중의 명문으로 일찍이 이익재(李益齋)는 "김문열공 부식의 『혜음원기(惠陰院記)』 … 등은 스스로 일가를 이루고 있다."고 했고,

『여한십가문초(麗韓十家文抄)』에서는 김부식의 『온달전』 등 5편을 들어 후세에 귀감이 되는 문장이라고 격찬하였다. 공의 기문은 『법흥사기』 한 편이 더 보인다.

(8) 김부식의 건의문[議]

임금의 외조부 대우에 대한 건의서

한고조(漢高祖)가 처음으로 천하를 평정하고서, 5일마다 한 번씩 태공(太公)을 조회하니, 태공의 가령(家令)이 태공을 달래기를, "하늘에는 해가 둘이 없고, 땅에는 임금이 둘이 없습니다. 황제(皇帝 ; 한고조)가 비록 아들이라고 해도 임금이요, 태공이 비록 아버지라고 해도 신하입니다. 어찌 임금으로 하여금 신하에게 절을 하게 하리요." 하니, 한고조가 가령의 말을 옳게 여기고 조서를 내려 "사람에 있어서 지극히 친한 것이 부자 이상 없다. 그러므로 아버지가 천하를 두면, 그 전해지는 것은 아들에게 돌아가고, 아들이 천하를 두면 높은 것은 아버지에게 돌리니, 이것이 인도(人道)의 극진한 것이다. 이제 왕후 경대부가 나를 높여 황제로 삼았는데, 태공은 존호(尊號)가 없으니 이제 태공을 높여서 태상황(太上皇)이라고 한다." 하였으니, 이것에 의해 논의를 할 것 같으면, 비록 천자의 아버지라고 해도 만일 존호가 없다면 임금으로 하여금 절을 하게 할 수 없다.

후한의 불기국 제후인 복완(伏完)은 헌황제(獻皇帝) 부인의 아버지인데 정현(鄭玄)이 논하기를, "불기후가 서울에 있으면서 자기 딸(왕후)을 볼 때는 응당 신하의 예로써 해야 하고, 만약에 황후가 이궁(離宮)에 나와 쉴 때나, 자기 부모 집에 돌아가서 문안할 때는 아들의 예를 따라야 한다." 하였다. 그러므로 복완이 조정에 조회할 때는 뭇 신하와 같이 하고, 또 황후가 궁내에 있으면서 사적(私的)으로 볼 때는, 아버지 복완에게 절하기를 아들같이 하였다. 그리고 동진(東晉)의 군신들이 목제(穆帝)의 어머니 저태후(褚太后)가 그 아버지를 보는 예를 어떻게 해야 하나

하는데 대하여, 의논이 분분하여 일치되지 아니하니, 박사 서선(徐禪)이 정현의 이론에 의거해서 말하기를 "조정에서 볼 때는 군신의 예로써 하고, 사적으로 볼 때는 부자의 친(親)으로써 해야 하니, 이것이 크게 순리가 되는 도이다." 하였고, 또 위제(魏帝)의 아버지 연왕우(燕王宇)가 표(表)를 올릴 때에 자기를 신하라고 일컬었으니, 비록 지극히 친한 부자라 하더라도 예수(禮數)가 오히려 이와 같은데 하물며 외조(外祖)에 있어서랴. 살피건대, 의례(儀禮)의 오복제도(五服制度)를 상고해 본다면, 어머니의 부모는 복(服)이 소공(小功) 다섯 달뿐이니 자기 부모에 비해 높고 친한 것이 까마득하다.

어찌 임금이 외손이라고 해서 예를 거스르겠는가. 마땅히 표를 올릴 때는 신하라 하고, 조정에 있을 때는 군신의 예를 하며, 궁내에서 사적으로 볼 때는 가인(家人)의 예로써 볼 것이니, 이와 같이 하면 공의(公義)와 사은(私恩)이 둘 다 서로 순리에 맞는다 할 것이다.

재상이 김부식의 이 글을 임금에게 아뢰니, 임금이 근신을 보내어 자겸(資謙)에게 물으매, 자겸이 아뢰기를 "신이 비록 아는 것은 없사오나, 지금 김부식의 이론을 보니, 실로 천하의 공론입니다. 이 사람이 아니었다면, 노신이 거의 불의(不義)에 빠질 뻔하였습니다. 원컨대, 그 이론을 좇아서 의심하지 마소서" 하니 임금이 조서를 내려 그 이론이 옳다고 하였다.

待外祖議 (대외조의)

漢高祖初定天下, 五日一朝太公, 太公家令說, 說太公曰, 天無二日, 土無二王, 皇帝雖子人主也, 太公雖父人臣也, 柰何今人主拜人臣, 高祖善家令言, 詔曰 人之至親, 莫親於父子, 故父有天下, 傳歸於子, 子有天下, 尊歸於父, 此人道之極也, 今王侯卿大夫, 已尊朕爲皇帝, 而太公未有號, 今上尊太公曰太上皇, 以此論之, 雖天子之父, 若無尊號, 則不可令人主拜也, 不其侯伏完, 獻皇帝后父也, 鄭玄議曰, 不其侯在京師, 禮事出入, 宜從臣禮, 若后息離宮及歸寧父母, 則從子禮, 故伏完朝賀公庭, 如衆臣, 及皇后在宮, 后拜如子, 又東晉群臣議穆帝母, 太后見父之禮, 紛紜不一, 博士徐禪, 依鄭玄議曰, 王庭, 正君臣之禮, 私覿, 全父子之親, 是大順之道也, 又魏帝父燕王宇, 上表稱臣, 雖父子之親, 禮數尙如此, 況外祖乎, 按儀禮五服制度, 母之父母, 服小功五月而已, 與已父母尊親相遠, 豈得與上抗禮, 宜令上表稱臣, 在王庭則, 行君臣之禮, 宮闈之內則, 以家人禮相見, 如此則公義私恩, 兩相順矣,

宰輔以聞, 王遣近臣問資謙, 資謙奏曰, 臣雖無知, 今觀富軾議, 實天下之公論, 微斯人, 群公幾陷老臣於不義, 願從其議勿疑, 詔可.

이 글은 당시 인종의 장인이던 이자겸(李資謙)이 셋째 딸, 넷째 딸까지 인종비로 들이면서 전권을 휘두르며 심지어 자기 생일을 인수절(仁壽節)이라고 하자고 할 때 뇌천 김부식은 생명을 내걸고 권력 앞에 분연히 붓을 들어 이자겸은 마땅히 공의(公義)와 사은(私恩)을 분별하여 사가의 외조 대접밖에 못 받는다고 주장한 것이다. 그리하여 이자겸을 꺾은 역사적인 문장이다. 이때 외조의 문장은 김부식의 글과 임금의 처리 및 이자겸의 말 등 두 문장으로 되어 있다.

이상 소개한 뇌천 김부식의 시 몇 편과 표(表)와 장(狀), 기문과 건의문 등은 역사적인 기록이자 고려시대 명문으로 재평가 되어야 할 것이다.

■ 이지저(李之氐; 1092~1145)

고려 문신. 자는 자고(子固), 본관은 인주(仁州=仁川), 이자연(李資淵) 7대손. 예종(睿宗;1106~1122) 때 문과 장원, 관직은 직한림원(直翰林院)을 시작으로 예부상서(禮部尙書)와 참지정사 판서경유수사(參知政事 判西京留守事)까지 지냈고, 특히 묘청의 난을 반대하여 관련자를 파면하고 1137년에 추밀원부사(樞密院副使) 등을 지냈으며, 1142년에 금(金)나라로 사신 다녀와서는 정당문학(政堂文學)을 지냈다.

문장에 뛰어나서 시호는 문정(文正)이며 「동문선」에는 그의 시 7언절귀 2수와 문장으로 치어(致語) 11편이 전한다. 고려의 권신 이자겸(李資謙)과는 족질간이지만 강직성이나 문재로는 비교가 안 되는 문신이요, 문장가이다.

여기서는 그의 시 두 수와 치어 2편을 골라 싣는다.

1. 경주[1]에서 술김에 짓다

술 마시고 잠을 자다 깨어서 자리 보니
낯선 미인 한자리에 잠자는 줄 몰랐네.
으레히 서강월(西江月)[2]을 읊은 줄 알았겠으나
웃지 마소 풍정이 소년 때만 못하다고.

東都戲題 (동도희제)

乘醉昏昏曉夢顚 (승취혼혼효몽전)
不知帳下玉人眠 (부지장하옥인면)
故應解賦西江月 (고응해부서강월)
莫唉風情減少年 (막소풍정감소년)

2. 서도에서 불러 날린 시[3]

대동강 물 유리처럼 새파랗고
장락궁(長樂宮)[4]꽃 비단같이 붉구나.
옥련(玉輦) 한 번 노니는 일 호사가 아니로세.
백성들과 태평세월 함께 누림일세.

---

1) 동도(東都) ; 신라고도 경주를 동도라고 불렀다.
2) 서강월(西江月) ; 옛날 남녀의 애정향락을 노래한 사곡(詞曲)의 이름이다.〈李白의 蘇臺覽古詩〉
3) 서도구호(西都口號) ; 서도는 평양. 구호는 입으로 불러 내리는 시. 주로 말 타고 갈 때 즉석에서 지어 부른다.
4) 장락궁(長樂宮) ; 본래 중국 한(漢)나라 때 궁성 이름이지만, 여기서는 고구려 때 평양궁전을 말함.

西都口號 (서도구호)

大同江水瑠璃碧 (대동강수유리벽)
長樂宮花錦繡紅 (장락궁화금수홍)
玉輦一遊非好事 (옥련일유비호사)
大平風月與民同 (대평풍월여민동)

3. 치어(致語)[5]

① 「물러가는 말씀」[6]
해는 돌아 궁전 오동나무 저쪽으로 가고
바람은 불어 임금님 수레 앞으로 돌아왔습니다.
빛나는 자리에서 아름답게 몸을 돌려서
비단 소맷길로 저으기 머물렀다가
임금님 계신 층계 밑에서 두 번 절하옵고
서로가 좋은 낯으로 물러가옵니다.

出退 (출퇴)

日轉宮梧 (일전궁오)
風回仙馭 (풍회선어)

5) 치어(致語) ; 임금님을 찬양하여 올리는 찬사(讚辭)로 사륙변려체(四六騈儷體) 문장으로 엮어지며 궁중 무희들이 올리는 치어지만, 대개 문사들이 써주어 기생 또는 무희가 읊조린다.
사륙변려체는 중국 송(宋), 원(元) 때 고려에 전파 유행된 문체로 4자와 6자로 구성되는 문장이다.
6) 출퇴(出退) ; 임금 앞에서 가무하던 무희들이 등장할 때는 입문(入門)이라 하고, 퇴장할 때는 출퇴(出退)의 치사 노래를 부른다.

繞華茵而宛轉 (요화인이완전)
歛綵袂以遲留 (염채메이지류)
再拜階前 (재배계전)
相將好去 (상장호거)

②「만나 뵈어 기쁜 치사」

그윽히 생각하옵건대, 저 주(周)나라 찬송노래는
그 황실의 번화를 찬미하는 것을 아름답게 여기옵고
한대(漢臺)의 강의는 주례자의 부지런함을 가장 높이 쳐주셨는데
하물며 높으신 분부가 하늘로부터 나리시와
손님 모신 오늘의 잔치에 있어서랴!
신선이 산다는 봉래전(蓬萊殿)[7]이 활짝 열려 시원하옵고
파아란 비취 주렴이 환하게 열렸습니다.
용의 머리[8] 장식에는 붉고, 자색 무늬가 나란히 곱고
오리 입[鴨口]에는 향기[沉檀][9]가 넘쳐 흐릅니다.
옥경(玉磬) 악기를 울리고, 돌 악기[石磬]를 치면서
술잔을 주고받는 흥겨움을 돋우어 주옵고
짐승의 춤[獸舞][10]과 봉황의 아름다운 거동으로
태평성대의 상서로움을 드리옵니다.
저희들은 외람되게 광대의 무리에 참가하여

---

7) 봉래전(蓬萊殿) ; 신선이 산다고 하는 발해 동쪽에 있다는 산의 궁전. 봉래산.
8) 용의 머리 ; 원문의 이두(螭頭)란 이무기의 머리란 말이지만, 여기서는 용으로 풀이한다.
9) 향기[沉檀] ; 침단(沉檀)이란 침목(沉木)과 단목(檀木)으로 모두 향수의 이름이다.(「당서(唐書)」 이울(李蔚)전에서는 "講以沉檀 四隅立瑞鳥"라고 했다)
10) 짐승의 춤[獸舞] ; 여기서 수무는 학춤(鶴舞)을 말하는 듯하다.

잔치에 와서 거친 목소리로 헤아리지 못하옵고
감히 구호를 불러올리옵니다.
'잔치자리에서 온화하고 부드러움을 아끼지 않으시고
오직 노랫소리와 옥종(玉鐘)드리워 울리는 소리를 들으시옵고
다시 선녀들이 펄럭이며 춤추는 소매를
은근히 오셔서 잡으심을 노래하옵니다.'[11]

喜相逢致語 (희상봉치어)

竊以周室詠歌 (절이주실영가)
最重皇華之美 (최중황화지미)
漢臺講儀 (한대강의)
首稱主禮之勤 (수칭주례지근)
況尊命之自天 (황존명지자천)
當賓筵於是日 (당빈연어시일)
蓬萊殿敞 (봉래전창)
翡翠簾開 (비취염개)
螭頭朱紫之駢羅 (이두주자지병라)
鴨口沉檀之芬藹 (압구침단지분애)
鳴球擊石 (명구격석)
資酬酢之多歡 (자수작지다환)
獸舞鳳儀 (수무봉의)
薦昇平之上瑞 (천승평지상서)
臣等叨叅伶部 (신등도참령부)
獲覘宴私 (획첨연사)

---

11) 이 ' '의 구절은 구호(口號)이니 표어를 입으로 읊는 것을 구호라고 했다.

不揆荒音 (불규황음)
敢呈口號 (감정구호)
當筵莫惜賜從容 (당연막석사종용)
須聽歌聲倒玉鍾 (수청가성도옥종)
更看仙娥翻舞袖 (갱간선아번무수)
殷勤來唱喜相逢 (은근래창희상봉)

■ 최유청(崔惟淸 ; 1095~1174)

고려의 학자요 문신으로, 자는 직재(直哉), 본관은 창원(昌原). 고려의 공신 준옹(俊邕)의 후손이며 예종 때 문관에 급제하여 한림원(翰林院;9품)이 되었으나 이자겸(李資謙)과의 간계로 파직되었다가, 이자겸 몰락 후에 내시(內侍)를 거쳐 예부원외랑(禮部員外郎)으로 진주사(陳奏使)가 되어 송(宋)나라에 다녀오고, 1142년에는 간의대부(諫議大夫)로 금(金)나라에 갔다오고, 이후 여러 직급을 거쳐, 1151년에는 판병부사(判兵部事)를 겸직, 한때 처남 정서(鄭敍)의 참소사건과 연관되어 좌천되기도 하였으나 1172년에 집현전대학사 판예부사(集賢殿大學士 判禮部事)로 치사하였다. 학문은 경사에 밝았고, 불경에도 조예가 깊었고, 글씨로도 일가를 이루고 시호는 문숙(文淑)이었다. 저서로 남도집(南都集) 등 4종이 있고, 「동문선」에는 시 6편과 문이 50여 편이나 수록되어 전한다. 여기서는 시 6편만 옮겨서 보인다.

1. 이 생각 저 생각 (5언고시 9수)

봄풀은 어느덧 푸르러서 동상 가득 나비가 펄럭이고
봄바람이 슬쩍 불어 평상에 잠든 나를 깨워놓는다.
일어난들 고요해서 일이 없는데 숲 밖에서 지는 햇빛 쏘는 듯 빛이 비춰
난간에 기대서 탄식할 즈음 고요 속에 잠겨서 시름마저 잊었네.

인생이란 백 년을 살아간들 바람 앞 촛불 같은 것
묻거니 부귀영화 그 욕심이야 죽기 전에 어느 누가 만족했던가.
신선이야 못 바랄일 엎치락 뒤치락 몇 구비를 지냈던가
북해태수[1] 마냥 술통 기울이고 천정이나 쳐다보며 소리쳐 노래하자.

푸른 산중 계수나무 한 그루 험준한 바위틈에 뿌리 박고서
싸락눈 휘날릴 때 견디기 어렵지만 외롭고 곧은 절개 변하지 않네.
겨울밤 밝은 달은 서로 싸늘 비춰도 봄이 오면 푸르게 피어나리라
그 가지 휘어잡고 머뭇거리다 은자여! 나오라고 소산사[2]나 불러보리.

숨어 살자니 밤에도 잠 못 들어 새벽을 기다렸다 창문을 여니
새벽빛은 먼 하늘에 비추고 빈 뜰은 아직 희미하구나.
남쪽 가지에는 봄기운이 돋고 기러기는 북쪽으로 돌아가는데
만물이 모두다 천성을 따르니 우러러 지구의 운행[3]에 감사하네.

---

1) 중국 한나라 북해태수 공융(孔融)은 손님과 함께 늘 술통이 꽉 차있기를 바라며 살았다 한다.
2) 중국 한나라 회남왕 유안(劉安)의 문하생. 대산(大山), 소산(小山)이 산중은자 나오라고 초은사(招隱辭)를 불렀다.
3) 본문의 선여기(璇輿機)는 선기인 지구의(地球儀), 천문을 관측하는 기구.

말 않으리 또 침묵하면서 한 백 년 간다면 끝이 있으리.
머리는 더부룩 이미 성글고 눈가는 검버섯 이미 까맣네.
봄이 온들 괴로움 뿐 즐겁지 않고 꿈에서 고향 간들 무엇 하리오
머리 들어 흰 해를 쳐다보아도 서울 장안 저 멀리 서북에 있구나.

지사는 나랏일을 아끼고 소인은 돈과 옥을 탐내니
두 가지 다하기엔 겨를이 없고 의(義)로 모나고 화합하려니 시간이 빨라
잡초 우거진 거친 언덕에 어진 이와 소인배 무덤 같거니
어찌 하리! 술이나 마시면서 비운 마음이나 채우리라.

간사스런 구름은 맑은 햇빛 희롱하고 들풀은 푸르러 염색한 듯
새들은 흥겨운 듯 여기저기 노래하고 나비는 기쁜 듯 춤추며 날지만
계절은 바야흐로 꽃다운 철이거니 눈가에 수심 지어 무엇하리오.
복숭아 오얏 꽃이 필 때를 기다리자 항아리 가득히 술 익어 넘칠 테니.

여섯 해를 양주에서 지내왔으니 봄만 세어도 다섯 번 즐겼구나.
양주 봄은 예나 지금 다름없지만 늙는 얼굴 나날로 주름지누나.
젊은 패기 어느새 녹아졌지만 세상물정 때에 따라 새로워졌네.
얄미울 손 길가의 버들가지라 흐느적거리며 사람을 괴롭히네.

부처 마음 무엇인지 내 일찍 몰랐더니 한적하니 이제야 그 뜻 알겠네.
도라는 것 본래부터 닦는 것이 아니고 마음을 비워서 매어지지 않는 것이라네!

雜興 (잡흥)

春草忽已綠 (춘초홀이록)　滿園胡蝶飛 (만원호접비)
東風欺人睡 (동풍기인수)　吹起床上衣 (취기상상의)
覺來寂無事 (각래적무사)　林外射落暉 (임외사낙휘)
倚檻欲嘆息 (의함욕탄식)　靜然已忘機 (정연이망기)

人生百歲間 (인생백세간)　忽忽如風燭 (홀홀여풍촉)
且問富貴心 (차문부귀심)　誰肯死前足 (수긍사전족)
仙夫不可期 (선부불가기)　世道多翻覆 (세도다번복)
聊傾北海尊 (요경북해준)　浩歌仰看屋 (호가앙간옥)

蒼蒼山中桂 (창창산중계)　托根臨嶮戲 (탁근임험희)
霰雪紛可畏 (산설분가외)　孤貞亮難移 (고정양난이)
夜月冷相照 (야월냉상조)　春風綠漸滋 (춘풍녹점자)
攀枝久佇立 (반지구저립)　空詠小山辭 (공영소산사)

幽人夜不寐 (유인야불매)　待曉開窓扉 (대효개창비)
曙色天外至 (서색천외지)　空庭尙熹微 (공정상희미)
南枝動春意 (남지동춘의)　歸鴈正北飛 (귀안정북비)
萬物各遂性 (만물각수성)　仰賀璇與機 (앙하선여기)

默默又默默 (묵묵우묵묵)　百年會有極 (백년회유극)
頭上蓬已疎 (두상봉이소)　眼邊花正黑 (안변화정흑)
春至苦無悰 (춘지고무종)　蒙歸竟何益 (몽귀경하익)
擧頭看白日 (거두간백일)　長安在西北 (장안재서북)

志士惜事業 (지사석사업)　宵人戀珠金 (소인연주금)

經營兩不暇 (경영양불하) 羲和走駸駸 (희화주침침)
荒壟癈百草 (황롱폐백초) 賢愚同一沉 (현우동일침)
何如且日飮 (하여차일음) 實腹而虛心 (실복이허심)

嬌雲弄晴暉 (교운농청휘) 庭草綠如染 (정초녹여염)
鳥酣囀嚶嚶 (조감전앵앵) 蝶喜飛苒苒 (접희비염염)
芳序忽如此 (방서홀여차) 愁迷不須眉 (수미불수미)
擬待桃李開 (의대도리개) 瓮頭方瀲瀲 (옹두방염렴)

六載遊楊州 (육재유양주) 五賞楊州春 (오상양주춘)
楊州春似舊 (양주춘사구) 老面但日皴 (노면단일준)
壯志雖已鑠 (장지수이삭) 風情與時新 (풍정여시신)
最憐街頭柳 (최련가두류) 嫋嫋欲惱人 (요뇨욕뇌인)

我未始知禪 (아미시지선) 因閑聊試貫 (인한요시관)
道本無可修 (도본무가수) 心須早脫絆 (심수조탈반)

2. 9일에 정서기에게 화답한다 (7언절귀)

누런 꽃 붉은 잎 피고 지니 또 한해로구나
늙은 몸이 도도하게 잔치에서[4] 흥이 났네.
다 마시고 마친 노래 새벽달에 기대보니
십생(十生)[5]이란 말직에도 마음만은 호연하네.

九日和鄭書記 (구일화정서기)

黃花紅葉又今年 (황화홍엽우금년)
老興滔滔對綺筵 (노흥도도대기연)
飮罷狂歌倚殘月 (음파광가의잔월)
十生襟抱更超然 (십생금포갱초연)

3. 봉암사에 노닐다 (7언절귀)

봄 지나니 산에 꽃도 흩어져 자취 없고
푸른 숲 그늘에선 새들만 노래하네.
옛 친구 버들 숲에 풍류 아직 있는 것을
버들 솜이 날아와 맴도니 알겠구나.

遊奉巖寺 (유봉암사)

春盡山花掃地無 (춘진산화소지무)

4) 잔치에서 ; 9일은 9월 9일 중양절이고, 이때 교외나 산에서 풍국놀이[風菊宴]를 하며 시회를 열었다.
5) 십생(十生) ; 십생은 검교(檢校) 이하 별당(別當) 이상의 임시직. 최유청은 여러 번 좌천당한 적이 있었다.

綠林高下鳥相呼 (녹림고하조상호)
故知楊柳風流在 (고지양류풍류재)
飛絮時來繞座隅 (비서시래요좌우)

4. 살구꽃 (7언절귀)

평생토록 바라는 건 풍광에 취하는 일
오늘도 꽃 앞에서 흥이 일어 미치겠네.
바라건대 칠원(漆園)의 나비 꿈[6]을 빌어다가
가지와 꽃술에 돌고 앉아 날아보세.

杏花 (행화)

平生最是戀風光 (평생최시연풍광)
今日花前興欲狂 (금일화전흥욕광)
願借漆園胡蝶夢 (원차칠원호접몽)
遶枝攀蘂恣飛楊 (요지반예자비양)

5. 처음으로 고향 동산 돌아와서 (7언절귀)

마을은 쓸쓸하고 옛사람 다 바뀌었네
담장은 무너지고 풀 우거져 거칠구나.
오직 남은 것은 문 앞의 돌우물뿐
예처럼 변치 않고 시원하고 맛 좋구나.

6) 나비 꿈 ; 장자(莊子)가 칠원(漆園)에서 나비 꿈을 꾼 일. 꿈에 나비가 되어 너와 나의 구분을 잊었다는 고사.

初歸故園 (초귀고원)

里閭肅索人多換 (이려숙색인다환)
墻屋傾頽草半荒 (장옥경퇴초반황)
唯有門前石井水 (유유문전석정수)
依然不改舊甘涼 (의연불개구감량)

6. 문득 생각나서 쓴다 (7언절귀)

늙어서도 시서를 보느라 손길은 쉬잖지만
가련할 손 내 사업 그 어느 때 이뤄지나
서창에 풍설은 차갑고도 쓸쓸한데
등잔 앞에 홀로 앉아 내 인생을 비웃누나.

偶書 (우서)

老閱詩書手不停 (노열시서수부정)
可憐事業竟何成 (가련사업경하성)
西窓風雪寒肅索 (서창풍설한숙색)
獨對殘燈笑一生 (독대잔등소일생)

■ 정지상(鄭知常 ; ?~1135)

고려의 시인이며 문신으로, 초명은 지원(之元), 호가 남호(南湖)이며 서경 즉 평양 출신이다. 생년은 미상이나 1114년에 문과로 급제하고, 1127년에 좌정언(左正言)으로 당시 척준경(拓俊京)이 대궐을 범한 일이 있어 이를 탄핵했고, 1129년에는 좌사간(左司諫)으로서 시정의 득실을 논하는 상소문을 올렸다.

술승(術僧) 묘청(妙淸)의 음양비술(陰陽秘術)을 깊이 믿어 서경으로 천도하자는 소란을 일으키다가 1135년에 지제고(知制誥)와 기거랑(起居郎; 종5품)의 신분으로 김부식(金富軾)이 이끄는 토벌군에게 살해되었다.

시(詩)에 뛰어나 고려 12시인의 한 사람이며 역학(易學)과 불전(佛典)에도 밝았다 하나 그 흔적이 없고 저서로 정사간집(鄭司諫集)이 있었다 하나 전하지 않는다.

후인들은 김부식이 정지상의 시재(詩才)를 시기해서 죽였다고 하나 전혀 근거가 없는 약자 편들기 조작지언이다. 이 두 사람의 시풍은 전혀 다르며 정지상의 시는 애상적이며 나약한 시풍이다.

「동문선」에는 그의 시 14수와 표전 등 산문 4편이 수록되고 있다.

여기서는 그의 시 9편을 옮겨 싣는다.

1. 봄눈[1] (7언절귀)

밤사이에 봄눈이 펄펄 내려서 새롭구나
새벽 일찍 원로(鵷鷺)[2]들이 중신(中宸)[3]을 하례하듯
실바람도 불지 않고 검은 구름 걷혔으니
백옥 같은 눈꽃세상 온갖 나무 봄이구나.

新雪 (신설)

昨夜紛紛瑞雪新 (작야분분서설신)
曉來鵷鷺賀中宸 (효래원로하중신)
輕風不起陰雲捲 (경풍불기음운권)
白玉花開萬樹春 (백옥화개만수춘)

2. 서쪽 서울[4] (7언절귀)

번화 거리 봄바람에 가랑비도 지나가고
먼지 한 점 날지 않고 버들 솜[5]만 휘날리네.
푸른 창에 붉은 집엔 생황소리 흐느끼듯

---

1) 신설(新雪) ; 새로 오는 반가운 눈이라 해서 봄눈을 말한다. 풍년의 징조라 하여 서설(瑞雪)이라 부른다.
2) 원로(鵷鷺) ; 봉황새와 해오라기인데 조정의 임금 앞에 백관들이 줄 지어선 모습을 말함.
3) 중신(中宸) ; 천지가 서로 만나는 곳, 즉 천자의 궁전을 말함.
4) 서도(西都) ; 여기서도 서쪽 서울이란 평양을 두고 하는 말로, 일명 서경(西京)이라고도 했다. 작자 정지상(鄭知常)은 서경 출신이요, 술승 묘청(妙淸)과 함께 서경으로 천도하자는 투쟁을 하다가 죽었다.
5) 버들 솜 ; 원문의 유사(柳絲;柳絮)이니 평양은 버들이 많은 거리. 특히 능라도(綾羅島)는 버들 숲이 우거진 대동강 중의 섬.

이는 모두 이원제자[6] 그때 그곳 집이로세.

西都 (서도)

紫陌春風細雨過 (자맥춘풍세우과)
輕塵不動柳絲斜 (경진부동유사사)
綠窓朱戶笙歌咽 (녹창주호생가열)
盡是梨園弟子家 (진시이원제자가)

술 취해서 (7언절귀)

복숭아꽃 붉게 지며 새들은 지저귀고
집을 두룬 푸른 산은 안갯속에 고요하다.
이마에는 오사모를 주책없이 비껴쓰고
꽃동산에 취해자니 강남 꿈을 꾸었구나.

醉後 (취후)

桃花紅雨鳥喃喃 (도화홍우조남남)
繞屋靑山閒翠嵐 (요옥청산한취람)
一頂烏紗慵不整 (일정오사용부정)
醉眠花塢夢江南 (취면화오몽강남)

---

6) 이원제자(梨園弟子) ; 당나라 현종(玄宗)이 장안(長安)의 금원(禁苑)에다 이원을 설치하고 자제들에게 음악과 춤을 가르친 일을 말한다. 지금의 배우 양성소와 같은 곳이다.

4. 헤어져 보내며 (5언율시)

뜰 앞에선 잎사귀 하나마저 떨어지고
상 밑에선 온 벌레 슬피 울어 애타는데
못 붙잡게 홀홀히 떠나가는 정든 사람
어드메로 유유히 헤어져서 가는구나.
일편단심 한조각은 산머리에 남겨두고
달 밝은 밤 외로운 꿈 가고 오고 끝없을 때
남포에선 봄 물결이 푸릇푸릇 출렁일 때
그때 맺은 그 언약을 그대 부디 잊지마소.

送人 (송인)

庭前一葉落 (정전일엽락)
床下百虫悲 (상하백충비)
忽忽不可止 (홀홀불가지)
悠悠何所之 (유유하소지)
片心山盡處 (편심산진처)
孤夢月明時 (고몽월명시)
南浦春波綠 (남포춘파록)
君休負後期 (군휴부후기)

5. 봄날 (7언율시)

밝게 개인 날씨 속에 모든 물색 산 듯한데
봄놀이 즐거워서 근심걱정 사라지네.
강촌에서 지는 해는 그 빛이 황금 물결
버들은 솜꽃 날려 백설풍이 자욱하네.
내 고향 산과 물은 천리 밖에 아득하나
한통 술로 담소하니 온갖 인연 사라지네.
흥겨운 정취로야 멋진 한 수 지으련만
붓 들어 쓰자 하니 호기 없어 부끄럽네.

春日 (춘일)

物象鮮明霽色中 (물상선명제색중)
勝遊懷抱破忡忡 (승유회포파충충)
江舍落日黃金水 (강사낙일황금수)
柳放飛花白雪風 (유방비화백설풍)
故國江山千里遠 (고국강산천리원)
一尊談笑萬緣空 (일존담소만연공)
興來意欲題新句 (흥래의욕제신귀)
下筆慚無氣吐虹 (하필참무기토홍)

6. 개성사[7] 팔척방 (7언율시)

백 걸음에 아홉 구비 높은 산에 올라오니
하늘 높이 솟은 절집 방은 몇 칸뿐
신령스런 맑은 샘물 송백숲[8]에 떨어지고
해묵어서 검은 절벽 푸른 이끼 아롱지네.
바위머리 노송나무 반달 밑에 외로웁고
하늘가에 뜬 구름은 천점산에 낮아있네.
홍진만장 속세 일은 다다르지 못하는 곳
숨어 사는 은자만이 오래도록 살 곳이네.

開聖寺八尺房 (개성사팔척방)

百步九折登巑岏 (백보구절등찬완)
家在半空唯數間 (가재반공유수간)
靈泉澄淸寒木落 (영천징청한목락)
古壁暗淡蒼苔班 (고벽암담창태반)
石頭松老一片月 (석두송로일편월)
天末雲低千點山 (천말운저천점산)
紅塵萬事不可到 (홍진만사불가도)
幽人獨得長年閑 (유인독득장년한)

---

7) 개성사(開聖寺) ; 황해도 우봉현(牛峰縣)에 있던 절. 후에 개성부(開城府)로 편입됨.
8) 송백숲 ; 원문에는 한목(寒木)이라 했는데, 한목은 겨울에도 마르지 않는 솔과 잣나무 등을 이르며, 이는 곧 군자의 굳은 절개를 뜻한다.

7. 장원정[9] (7언율시)

우뚝 솟은 대궐 두 채 강기슭을 베고 있네
맑은 밤 어디에도 먼지 한점 없는 정자
유람선에 순풍 불고 구름 흘러 조각조각
이슬 엉킨 궁궐기와 구슬 같은 비늘이네.
푸른 버들 그 속에는 문 닫은 집 여덟 아홉
달밝은 밤 발을 걷고 쳐다보는 두세 사람
아득하게 신선고장 봉래섬은 어드메뇨
꿈을 깨니 꾀꼬리는 청춘가 한창일세.

長源亭 (장원정)

岧嶢雙闕枕江濱 (초요쌍궐침강빈)
淸夜都無一點塵 (청야도무일점진)
風送客帆雲片片 (풍송객범운편편)
露凝宮瓦玉鱗鱗 (노응궁와옥인린)
綠楊閉戶八九屋 (녹양폐호팔구옥)
明月捲簾三兩人 (명월권렴삼양인)
縹緲蓬萊在何處 (표묘봉래재하처)
夢闌黃鳥囀靑春 (몽란황조전청춘)

---

9) 장원정(長源亭) ; 고려 문종(文宗) 때의 이궁(離宮)인데 경기도 개성부 개풍군 광덕면(開城府 開豊郡 光德面)에 있었고, 역대 고려 임금들이 유행(遊幸)하였던 곳. 지금은 유적만 남았다.

8. 등고사[10]에 표해 적다 (7언율시)

돌길 한 번 험상궂고 이끼만은 비단 빛깔
비단 이끼 밟고나니 예가 바로 절문이네.
절땅은 창공에서 그리 머지 아니할듯
중은 한가로히 흰구름과 맞앉았네.
햇빛은 따스해 제비들은 별전으로 날아들고
달은 밝은데 잔나비울음 빈 산에 메아리친다.
대장부 본래 뜻은 사방을 겨누는 것
내 어찌 박과 오이 그 넝쿨에 끼어 살랴.[11]

題登高寺 (제등고사)

石逕崎嶇苔錦班 (석경기구태금반)
錦苔行盡入禪關 (금태행진입선관)
地應碧落不多遠 (지응벽락부다원)
僧與白雲相對閑 (승여백운상대한)
日暖燕飛來別殿 (일난연비내별전)
月明猿嘯響空山 (월명원소향공산)
丈夫本有四方志 (장부본유사방지)
吾豈匏瓜繫此間 (오개포과계차간)

---

10) 등고사(登高寺) ; 평양 강서현(江西縣)에 있던 절.
11) 박과 오이 넝쿨에 끼어 살다 ; 박과 오이(수세미?)는 식용 가치가 없는 넝쿨 식물, 즉 쓸모없는 사람을 말함. 포계(匏繫)라고도 함. 출전 〈논어〉 양화편(陽貨篇); "吾豈匏瓜也哉 焉能繫而不食."

9. 변산 소래사[12]에 표해 적다 (7언율시)

낡은 샛길 정막하게 솔뿌리에 엉켜졌고
하늘 저쪽 북극(北極) 견우(牽牛)[13] 만져봄직 하고나.
뜬구름에 물 흐르듯 나그네 절에 오니
붉은 잎과 푸른 이끼 절간 중은 문 닫았네.
가을바람 쌀쌀하게 지는 해에 불어오고
깊은 산에 달빛 희고 잔나비는 울음 우네.
별나구나 눈썹 짙고 장삼 입은 저 늙은 중
평생 두고 세상 맛엔 꿈도 안꾸네!

題邊山蘇來寺 (제변산소래사)

古逕寂寞縈松根 (고경적막영송근)
天根斗牛聊可捫 (천근두우요가문)
浮雲流水客到寺 (부운유수객도사)
紅葉蒼苔僧閉門 (홍엽창태승폐문)
秋風微凉吹落日 (추풍미량취낙일)
山月漸白啼淸猿 (산월점백제청원)
奇哉尨眉一老衲 (기재방미일로납)
長年不夢人間暄 (장년불몽인간훤)

12) 소래사(蘇來寺) ; 전라북도 부안(扶安)에 있고, 당나라 소정방(蘇定方)이 왔다 하여 지은 절이라고 전하며, 그래서 신도도 별로 없는 한적한 절.
13) 북극(北極) 견우(牽牛) ; 본문의 두우(斗牛)이니 두(斗)는 북두칠성, 우(牛)는 견우직녀성.

■ 임춘(林椿 ; ?~1170)

고려의 문인이요, 강좌칠현(江左七賢)의 한 사람으로, 자는 기지(耆之), 서하(西河) 출신이며 과거에는 급제하지 못했으나 시를 잘 했고, 술을 즐겨서 세월을 보내면서도 학문과 당시(唐詩)에 특출해서 이인로(李仁老)가 그의 유고를 모아 「서하선생집(西河先生集)」 6권을 만들었다.

특히 그의 가전체(假傳體) 소설인 「국순전(麴醇傳)」과 「공방전(孔方傳)」이 있어 국문학사상 유명하다.

옥천정사(玉川精舍)에 제향 되었고, 그의 시문은 〈삼한시귀감(三韓詩龜鑑)〉에도 수록되고 있다.

그의 유저인 「서하선생집」 6권은 이인로 서문과 최석정(崔錫鼎;1646~1715)과 조태억(趙泰億;1675~1728)의 중간서(重刊序)로 엮어진 시문집인데, 1권~3권에는 고율시(古律詩) 174편, 4권, 6권에는 서(書) 등 산문 문장이 54편 수록되어 있다.

그의 시는 한마디로 난세를 피해 숨어서 청빈하게 살겠다는 유인(幽人)의 심정을 시로 읊은 작품들이다.

「동문선」에는 임춘의 시 19편과 문 51편이 실려 전한다. 여기서는 시 8편만 옮겨 싣는다.

1. 김선과 헤어지며 (5언고시)

군이 남과 같이 하자니 내 몸만 돌보는 것 같고
구차히 달리하자니 이름이나 드날리려는 듯
이 두 가지는 허물을 벗어나기 어려운 것이니
차라리 모두 다 잊음만 못하리로다.

내 성미 높이는 것 안 좋아하는 터라
교만함인들 그 진정이리오.
다만 호구지책을 도모하려고
별빛 따라 돌아가서 밭을 갈련다.

고장 사람들은 내게 와서 권하되
향기로운 나락은 오정(烏程) 술[1]을 많이 낸다고
한가로이 일엽편주 타고 가서
바다 위에서 여생을 보내려네.

훤칠할사 그대 김자미(子美;선의 자)여!
간과 담은 어찌 그리 특출하던가.
나보다 나이는 비록 적지만
도를 들어 깨닫기는 나보다 형일세.

이별에 즈음해서 서로 이르기를
자네는 가게! 나 역시 가리라며,
창랑(滄浪)[2]이 몇 리인지 아느뇨.

---

1) 오정(烏程) 술 ; 술의 명산지인 지명. 오정 술은 명주라 했다.
2) 창랑(滄浪) ; 맑은 물결이지만, 굴원(屈原)의 어부사에서 창랑수가 맑으면 갓끈을 씻고(나아가 벼슬하고), 흐리면 발을 씻는다.(숨어 산다)고 해서 유명하다.

아침에 떠나면 저녁엔 강성(江城)에 닫는다고
부디 그 기약 어기지 말으시오.
나는 닭과 기장밥 삶고 기다리겠네.

留別金璿 (유별김선)

苟同近循身 (구동근순신)
苟異近循名 (구이근순명)
兩者未免累 (양자미면루)
不如俱忘情 (불여구망정)

我性非好高 (아성비호고)
矯矯豈其誠 (교교개기성)
只爲謀口腹 (지위모구복)
及辰欲歸耕 (급진욕귀경)

鄕人來勸我 (향인내권아)
香稻富烏程 (향도부오정)
閑乘一葉去 (한승일엽거)
海上寄餘生 (해상기여생)

軒軒金子美 (헌헌김자미)
肝膽何崢嶸 (간담하쟁영)
與我年雖少 (여아연수소)
聞道卽已兄 (문도즉이형)

臨別但相語 (임별단상어)

子去吾亦行 (자거오역행)
滄浪知幾里 (창랑지기리)
朝發暮江城 (조발모강성)
愼勿負玆期 (신물부자기)
雞黍吾當烹 (계서오당팽)

이 시는 청빈하고 깨끗하게 살겠다는 작자의 삶의 의지이다.

2. 찻집에서 낮잠 자다 (7언절귀)

낡은 평상 위에 올라 벌렁 누워 낮잠 자니
베갯머리 스친 바람 단잠을 깨우누나.
꿈속에서 이 몸이 정처 없이 떠다녀도
하늘땅에 도대체 한 장정(長亭)[3]뿐이더라.

빈 정자서 꿈 깬 때가 저녁 무렵[4] 되었던가.
두 눈에는 어슴프레 먼 산이 보이는데
누가 알리 이 유인(幽人)의 할 일 없는 이 심사를
한바탕 봄잠이라 만석군[5] 비길쏘냐.

---

3) 장정(長亭) ; 중국에서 10리마다 두었던 파발[宿驛]. 5리에 하나씩 둔 파발은 단정(短亭)이라 함.
4) 저녁 무렵 ; 원문에서 고용(高舂)이란 말뜻은 간지(干支)로 신시(申時)를 말하며, 오후 3시~5시 사이의 시간이다.
5) 만석군 ; 원문에서는 "천종(千鍾)"이라 하였으니, 한 종(鍾)은 곡식 6섬4말이니 1천종은 6천섬 400말, 즉 고관대작을 지낸 큰 부자를 뜻한다.

茶店晝睡 (다점주수)

頹然臥榻便忘形 (퇴연와탑편망형)
午枕風來睡自醒 (오침풍래수자성)
夢裏此身無處着 (몽리차신무처착)
乾坤都是一長亭 (건곤도시일장정)

虛樓夢罷正高舂 (허루몽파정고용)
兩眼空濛看遠峯 (양안공몽간원봉)
誰識幽人閑氣味 (수식유인한기미)
一軒春睡敵千鍾 (일헌춘수적천종)

3. 늦은 봄에 꾀꼬리 우는 소리 (7언절귀)

농가에선 익은 보리 타작이 한창인데
푸른 숲엔 바야흐로 꾀꼬리[6] 우는 소리
모란꽃[7] 밑에서 서울 손님 알아 봤나
은근히 백 번 울며 그치지 않는구나.

暮春聞鶯 (모춘문앵)

田家葚熟麥將稠 (전가심숙맥장조)
綠樹時聞黃栗留 (녹수시문황률류)
似識洛陽花下客 (사식낙양화하객)
殷勤百囀未能休 (은근백전미능휴)

---

6) 꾀꼬리 ; 원문에는 황률(黃栗), 즉 누런 알밤으로 표기됐으니 이는 노란 꾀꼬리를 상징한 의태어로 쓰인듯하다.
7) 모란꽃 ; 원문의 낙양화(洛陽花)는 모란꽃의 다른 이름이다.

4. 찾아줘서 고맙네 (5언율시)

장안에 장맛비는 맑게 개었는데
나를 생각해서 먼 곳을 오셨구나.
적막하고 달팽이 집 오막살이 거처에
네 말 수레 사또 차가 멈추어 서성대네.
항상 굶주리는 저 자고(子羔)[8]같은 궁상이요,
앓지 않고 노쇠함은 왕유(王維)[9]거사 같은지라.
제발 문간에다 이름 적지 전치 말게
세상에 내 이름이 퍼질까 두렵다네.

謝見訪 (사견방)

長安霖雨後 (장안임우후)
思我遠相過 (사아원상과)
寂寞蝸牛舍 (적막와우사)
徘徊駟馬車 (배회사마차)
恒飢窮子羔 (항기궁자고)
非病老維摩 (비병노유마)
莫署吾門去 (막서오문거)
聲名恐更多 (성명공갱다)

※이름날까 겁난다는 작자의 안빈낙도 생활을 보인 작품이다.

---

8) 자고(子羔) ; 춘추시대 공자의 제자인 고시(高柴)의 자(字)이며, 고시는 효도가 지극하여 유명한데 평생 육식을 일체 하지 않고 나무를 꺾지 않는 청빈한 생활을 하여서 이름났다.
9) 왕유(王維) ; 원문의 유마(維摩)는 당나라 시인 왕유(王維)의 자(字)가 마힐(摩詰)이니 벼슬이 감찰어사이었는데 안록산(安祿山)이 반란을 일으키자 잡혀 갔을 때 약을 마시고 거짓 벙어리 행세를 한 일이 있었다.

5. 이담지[10]에게 보낸다 (7언고시)

서울 떠나 우리 함께 떠돌이 되었더니
오늘 아침 다시금 장안에 들어왔네.
하늘은 두 검이 합친 고사[11] 보였나봐
난리 후에 구슬이 얼마나 돌아왔나[12]
세월 따라 귀밑머리 쇠잔해가고
바람서리에 옛 얼굴은 바뀌어 가네.
평생에 우리 교분 궁합이 맞았는지
이제 다시 인연 맺어 기쁨을 더하누나.

贈李湛之 (증이담지)

去國同流落 (거국동유락)
今朝復入關 (금조부입관)
天敎雙劒合 (천교쌍검합)
亂後幾珠還 (난후기주환)
歲月粘衰鬢 (세월점쇠빈)
風霜改舊顔 (풍상개구안)
平生交分合 (평생교분합)
猶喜更追攀 (유희갱추반)

---

10) 이담지(李湛之) ; 고려 후기의 문인, 학자이며 임춘과 함께 강좌7인(江左七人)의 한 사람.

11) 두 검이 합친 고사 ; 진(晋)나라 장화(張華)가 두 자루의 보검(寶劍)을 얻었다가 두 사람에게 주고는 잊었었는데 나중에 두 자루 보검이 쌍룡(雙龍)으로 변하여 합쳐졌다는 고사.

12) 구슬이 얼마나 돌아왔나 ; 후한(後漢) 때 맹상(孟嘗)이 합포(合浦)의 수령으로 있으면서 선정을 잘해서 도망갔던 구슬이 되돌아오더라는 고사. 합포는 구슬의 명산지로서 태수가 탐욕스러우면 구슬이 도망가 없어진다 함.

6. 겨울날 길가에서 (7언율시)

첫 새벽에 혼자서 낙주[13]성을 나오자니
장정 단정[14] 몇 군데나 지났는가!
말 타고 하얀 눈 바삭바삭 밟으며
채찍 들고 읊으며 푸른 산을 세어보네.
하늘가에 해가 지니 돌아갈 길 다급하고
들녘에 바람 차서 취한 얼굴 번쩍 깨네.
적막한 벽촌이라 묵을 곳을 찾으려니
집집마다 일찍부터 대문을 잠갔구나.

冬日途中 (동일도중)

淩晨獨出洛州城 (능신독출낙주성)
幾許長亭與短亭 (기허장정여단정)
跨馬行衝微雪白 (과마행충미설백)
擧鞭吟數亂峯靑 (거편음수난봉청)
天邊日落歸心促 (천변일락귀심촉)
野外風寒醉面醒 (야외풍한취면성)
寂寞孤村投宿處 (적막고촌투숙처)
人家門戶早常扃 (인가문호조상경)

---

13) 낙주(洛州) ; 옛 중국 주(周)의 옛 서울이던 낙양(洛陽)을 말함.
14) 장정 단정(長亭 短亭) ; 중국의 숙역(宿驛)으로 10리에 하나씩 둔 역을 장정(長亭), 5리에 하나씩 둔 역은 단정(短亭)이라 했다.

7. 고향 꿈 (7언율시)

게을러 일 없으면 봄 경치나 취해보고
자주 보는 꿈자리는 안방규수 베갯맡
시 짓는 책상머리 밤바람은 불다 말다
노래하는 누각 좋아 술 생각 간절하네.
한바탕 꿈을 깨면 뜬세상과 비기랴
천리 밖 머나먼 곳 이별한도 꿈꾼다네.
세상일은 던져두고 모든 시름 잊었는데
요즈음은 고향산천 가서 노는 꿈뿐일세.

詠夢 (영몽)

疎慵多是泥春天 (소용다시이춘천)
頻到香閨玉枕前 (빈도향규옥침전)
詩榻夜凉風斷續 (시탑야량풍단속)
倡樓日晏酒拘牽 (창루일안주구견)
一場會把浮生比 (일장회파부생비)
千里長將別恨傳 (천리장장별한전)
更爲等閑抛世慮 (갱위등한포세려)
近來還繞故山川 (근래환요고산천)

8. 벗에게 보냄 (7언율시)

10년을 떠돌면서 평생을 저버린 몸
방랑객 신세라서 경치야 어찌보리
가을 달 봄바람에 시는 준비 하였네만
나그네 설움 쯤은 술로써 달랜다네.
천추토록 전할 만한 공업은 없네만은
도리어 문장은 일가를 이뤘구려.
성세이니 한가함도 과히 잘못 아닐테니
내 신세 불우해도 그대로 따르리라.

寄友人 (기우인)

十年流落負生涯 (십년유락부생애)
觸處那堪感物華 (촉처나감감물화)
秋月春風詩准備 (추월춘풍시준비)
旅愁羈思酒消磨 (여수기사주소마)
縱無功業傳千古 (종무공업전천고)
還有文章自一家 (환유문장자일가)
盛世偷閑殊不惡 (성세투한수불오)
從敎身世轉蹉跎 (종교신세전차타)

■ 오세재(吳世才 ; 1133~1187)

고려의 학자로 자가 덕전(德全), 본관은 고창(高敞),

어려서부터 학문에 전심하여 명종(明宗) 때 문과에 급제하고 이인로(李仁老)가 세 차례나 천거하였으나 성품이 단정치 못하다 하여 벼슬에 오르지 못하고 동경(東京;경주)에서 가난하게 살다가 죽었다. 그의 형 오세문(吳世文)은 이름난 학자로 동각시학(東閣侍學) 벼슬을 지냈다.

오세재는 시문의 체를 중국 한유(韓愈)와 두보(杜甫)를 터득했고, 시호는 현정(玄靜)이다. 이규보(李奎報)와는 아주 친해서 함께 강좌칠현(江左七賢)으로 활동했다.

강좌7현은 임춘(林椿), 조통(趙通), 황보항(皇甫抗), 함순(咸淳), 이담지(李湛之) 등 7인이다.(고려의 '시회' 참조)

「동문선」에는 그의 시 3편이 실려서 전하는데, 날카로운 관조로 당세의 분위기를 읊조리면서 가난을 한탄한 듯 세상과는 돌아앉아 눈감고 살겠다고 했다.

1. 병든 눈 (5언율시)

늙으면 병도 함께 따라다니고
궁색한 인생살이 베옷은 단벌일세.
검은 눈자위[1]는 가리워서 아른거리고
눈동자는 광채[2]가 차츰 적어지네.
등잔에 비치는 글자보기 겁나고
눈 온 뒤에 햇빛이 부끄럽구나.
과거시험 방목이나 기다려 보고
눈을 감고 돌아 앉아 세상일을 잊으리라.

病目 (병목)

老與病相隨 (노여병상수)
窮年一布衣 (궁년일포의)
玄花多掩映 (현화다엄영)
紫石少光輝 (자석소광휘)
怯照燈前字 (겁조등전자)
羞承雪後暉 (수승설후휘)
待看金牓罷 (대간금방파)
閉目坐忘機 (폐목좌망기)

---

1) 현화(玄花) ; 여기 현화는 눈의 검은자위를 말하는 듯, 즉 백내장을 말한 듯하다. 흔히 현화(玄華)란 말은 발신(髮神) 또는 대부잡대(大夫雜帶)의 뜻이다.
2) 자석(紫石) ; 본문의 자석인데 눈동자를 말함.

2. 창바위[3] (5언율시)

북쪽 산마루엔 돌 뾰족 높이 솟아
옆 사람들 이를 창바위라 부르네.
멀리 치솟되 학을 탄 왕자진(王子晋)[4]이요,
높이 찌르되 무함(巫咸)[5]이 하늘 오른 듯,
연장자루 다듬을 땐 번개가 화력 되고
창날을 씻을 때는 서리가 소금되어
무엇으로 무기를 만들어 가지고
초나라 패퇴하고 범나라[6] 벌망하리.

戟岩 (극암)

北嶺石巉巉 (북령석참참)
傍人號戟巖 (방인호극암)
迥撞乘鶴晋 (형당승학진)
高刺上天咸 (고자상천함)
揉柄電爲火 (유병전위화)
洗鋒霜是塩 (세봉상시염)
何當作兵器 (하당작병기)
敗楚亦亡凡 (패초역망범)

---

3) 창바위(戟岩) ; 개성 북쪽 30리에 있는 바위산.
4) 왕자진(王子晋) ; 주(周)의 영왕(靈王)의 태자로 피리를 잘 불고 신선이 되어 학을 타고 하늘로 올라갔다 함.
5) 무함(巫咸) ; 중국 고대의 신무(神巫)로 하늘과 땅으로 오르내렸다는 전설이 있음.
6) 범(凡)나라 ; 희성(姬姓)이니 주문공(周文公)의 봉국(封國).

3. 김무적 시에 차운해 보낸다 (7언율시)

재주는 고헌과(高軒過)[7]를 지은 이하(李賀)보다 앞서고
도(道)는 성문(聖門)에 들었던 양웅(揚雄)[8]과 비슷해
백 아름 큰 재목은 쓰임 없는 곳에 쓰일 건가.[9]
석 자나 긴 입술은 말 없음을 말로 삼네.[10]
선동은 서산의 약을 보내지 않고,
공자(公子)는 북해(北海)의 술통이나 기울인다네.
일곱 대나 고관 지낸[11] 후손의 그대이니[12]
순결한 충성으로 국은(國恩)을 입으리라.

次韻金無迹見贈 (차운김무적견증)

才先李賀賦高軒 (재선이하부고헌)
道比揚雄入聖門 (도비양웅입성문)
大百圍材無用用 (대백위재무용용)
長三尺喙不言言 (장삼척훼불언언)

---

7) 고헌과(高軒過) ; 중국 당(唐)나라 천재 시인 이하(李賀)가 7세 때 지은 시제(詩題).
8) 양웅(揚雄) ; 기원전 전한(前漢) 학자로 양자방언(揚子方言)과 양자법언(揚子法言)을 저술해서 성문(聖門)의 한 사람이 되었다.
9) 쓰임 없는 곳에 쓰임 ; 장자(莊子)의 소요유(逍遙遊)편에 혜자(惠子)가 장자에게 큰 것은 쓸데없더라(大而無用) 하니, 장자가 그것은 쓰임 없는 곳에 쓰인다(無所可用)를 말한 것.
10) 석 자 입술 말로 삼다 ; 이 시에서는 입술이 석 자이니 말을 안해도 말하는 것으로 여긴다는 뜻으로 썼지만, 장자(莊子) 잡편(雜篇), 서무귀(徐無鬼) 항목에 나오는 훼장삼척(喙長三尺)은 달변 즉 변론을 잘한다는 뜻이다.
11) 고관 지낸 ; 원문의 선초(蟬貂)를 번역한 말이니 선은 매미의 비단 같은 날개요, 초는 단비의 부드러운 꼴을 말하는데 흔히 높은 관직에 있는 사람들이 갓끈에 장식용으로 썼기 때문에 고관, 대작을 은유한다.
12) 그대이니 ; 김무적(金無迹)을 지칭함이니, 김무적은 이름 그대로 종적을 감춘 인물인데 이 시에서 보면 그 선대에 일곱 대나 큰 벼슬한 집안의 후손임을 알겠다.

仙童不寄西山藥 (선동불기서산약)
公子須傾北海樽 (공자수경북해준)
七葉蟬貂餘慶在 (칠엽선초여경재)
忠純終被漢家恩 (충순종피한가은)

■ 이인로(李仁老 ; 1152~1220)

고려의 학자요, 문인으로 초명은 득옥(得玉), 자는 미수(眉叟), 호는 쌍명재(雙明齋)이며 본관은 인주(仁州;仁川)로 평장사(平章事) 오(頫)의 증손이었으나 일찍이 고아가 되어 중 요일(寥一)에게서 성장했고, 정중부(鄭仲夫)의 난 때는 중이 되었다가 뒤에 환속하여 1180년에 문과에 급제하고 직사관(直史館)을 거쳐 14년간 사한(史翰)에 출입하면서 서장관으로 중국에도 다녀왔다.

신종(神宗) 때는 예부원외랑(禮部員外郎)이 되고 고종(高宗) 때는 비서감좌간의대부(秘書監左諫議大夫 ; 정4품)에 올랐으나 그의 관직생활은 순탄치도 않았고 애써 구하지도 않았다. 당시 집권층인 최씨 일파에 대하여도 화해적이 아니었다. 해좌7현(海左七賢)의 한 사람으로 그의 시는 중국 소식(蘇軾)을 따랐고 문장은 한유(韓愈)의 고문을 닮았다. 저서에 「은대집(銀臺集)」, 「쌍명재집(雙明齋集)」, 「파한집(破閑集)」이 있고 파한집이 더 유전된다.

「동문선」에는 사(辭) 7편, 부(賦) 2편 및 시 84편과 문(文)이 기문(記文) 등이 20여 편이나 수록되어 전하니 「한림별곡」에서 "인로시"라고 노래할 만한 한림문학가였다.

여기서는 사(辭) 2편, 부(賦) 1편과 시 6편을 옮겨 싣는다.

(1) 이인로(李仁老)의 사(辭)의 문장

1. (도연명의) 귀거래사에 맞추어 짓다

돌아가련다 벼슬을 던지고 전원으로 돌아가련다.
도잠(陶潛)이 옛날에 돌아가듯 나 또한 돌아가련다.
옛적 나무꾼이 사슴을 잡고 기뻐한들[1]무슨 소용이 있으며
새옹(塞翁)이 말을 잃었다고 무엇이 슬프랴!
불나방이 등불에 뛰어들어 제 죽을 줄 모르고
망아지가 좁은 틈을 빠져 나가듯 빠른 세월 못 따르니 돌아가야지
악수하며 맹세하고는 머리도 돌리기 전에 뒤집는 세상에서 돌아가리라.
남은 국화나 따서 먹으며, 찢어진 연잎으로 옷을 삼을망정
이미 돌아왔으니 그 현미(玄微)함을 누가 말리리.
달팽이 집이 비록 좁지만 개미들은 떼 지어 달려들고
거미들은 문지방에 그물을 치며
참새들은 문에다 둥지 틀만큼 손님이 끊겼지만
장(藏)과 곡(穀)을 다 같이 잃었고[2]
형(荊)나라 범(凡)나라 어느 쪽이 남던가.[3]
정신력으로 말을 삼고, 박을 쪼개 술 단지를 만들려네.
몸은 바야흐로 늙어서 도구(菟裘)[4]에 은거할 때이라 그곳에서 늙는다면

---

1) 중국 정(鄭)나라 때 나무꾼이 사슴을 잡아 기뻐했는데 구덩이에 숨겨두었다가 잊었다 다시 찾았다 하는 우여곡절 끝에 반마리만 얻었는데 꿈이였다는 고사.
2) 장(藏)과 곡(穀)이란 두 사람이 모두 양을 치다가 잃은 고사가 있는데, 여기서는 또한 가지 재물과 곡식을 함유한 말.
3) 형(荊)나라가 존(存)한 것도 아니요, 범(凡)나라가 망한 것도 아니라는 고사.(莊子)
4) 도구(菟裘) ; 노(魯)나라 지명. 은퇴 후에 산다는 곳. 은퇴 후 살 곳.

상안(商顔)의 즐거움만 못지않으리.[5]
물질을 초월하니 거슬릴 것이 없고
몸 두는 곳마다 모두 다 편안하네.
비늘 물고기는 한 자 못에 잠겨야 하며
새는 그 어찌 하늘 높이 나래 접는가.[6]
정욕을 좇아 어찌 밖에서 얻으려 하리
바야흐로 눈 감고 안을 보아야 하느니
가는 길마다 걸리는 게 없고
흥이 다하면 바야흐로 돌아오리.[7]
붕(鵬) 새는 무얼 하러 만 리나 나나.
뱁새는 한 가지(枝)면 넉넉히 깃드는데[8]
소 잡는 백정은 문혜 군에게 양생(養生)의 도를 가르쳤고
바퀴 깎는 목수는 제환공(齊桓公)을 일깨웠네.[9]
돌아가련다.
노자(老子)가 노닌 데를 물어서 돌아가리.
쓰임은 반드시 무용에서 얻어지고(無用之用)[10]
구해서 얻음은 애써 구하지 않음에 불과하다.
나비로 되던 꿈[11]은 기쁜 일이나

---

5) 중국 상산(商山)의 꼭대기. 진(秦)나라 때 은일거사가 살던 곳.

6) 「시경」 대아(大雅)에 "鳶飛戾天 魚躍于淵"이라 했고, 莊子 秋水에 濠上樂이란 대목이 있다.

7) 진(晋)나라 왕자유(王子猶)가 눈 오는 밤 흥이 나서 배타고 친구를 찾아갔다가 못 만나고 "흥이 다 됐으니 돌아간다."라는 고사가 있다.

8) 「장자(莊子)」 소요유(逍遙遊)에 "뱁새는 수풀 속에 집을 짓되 불과 나무 한 가지(枝)로 충분하다"고 하였다.

9) 중국 고대 양(梁)나라 혜왕(惠王)인 문혜군(文惠君)은 소 잡는 백정에게서 건강관리의 양생법(養生法)을 배웠고〈莊子 養生主篇〉, 춘추시대 제환공(齊桓公)은 수레바퀴를 깎는 목공에게서 글 읽는 참 길을 배웠다는 이야기.〈莊子 外篇 天道〉

10) 무용지용(無用之用) ; 무용도 때로 유용함이 된다.〈莊子 人間世, 逍遙遊〉

11) 나비로 되던 꿈 ; 장주(莊周)가 꿈에 나비가 되어 날던 고사. 즉 장주지몽(莊周之夢).〈莊子 齊物篇〉

오리의 다리를 잇는 것은 걱정거리다.[12)]
그윽한 방에 앉아 허실생백(虛室生白)[13)]함을 보며
좋은 터전에 신령스런 단(丹)을 심자[14)]
그림자를 잡는다 함은 홀린 생각이요
배에 새겨둔다[15)]는 것은 바보짓이다.
사당 앞 도토리나무[16)]는 쓸모없으니 오래 살고
신당 밑의 깊은 쥐구멍[17)]처럼 몸을 숨겨서 안전하려네.
공명은 천명(天命)을 기다려야 하는 일
늘그막엔 돌아가 쉬어야[18)] 옳은 삶이리.
뜬구름처럼 흘러가서 자취도 없을 것이요
마른나무 그루처럼 둥둥 떠서 흐르려네.
아아! 이미 지난 일이로다.
천지는 차며 비며(盈虛) 질서가 있고
처신이야 고호(賈胡)[19)]처럼 제 배 가르랴.
공자는 설익은 쌀[20)]을 들고 어디로 부산히 떠나던가.

---

12) 장자는 오리 다리가 짧다고 잇거나 학의 다리가 길다고 잘라버리는 것은 근심이요, 설움이라 하였다.〈莊子 駢拇〉

13) 허실생백(虛室生白) ; 빈 방문을 열면 빛이 들어 저절로 환해진다. 곧 마음을 비우면 저절로 진리를 깨닫는다는 말.〈莊子 人間世 및 淮南子 俶眞訓〉

14) 단(丹)을 심다 ; 배꼽 밑 단전(丹田)에 손가락으로 누르고 단전호흡을 하면서 섭생을 한다. 선가(仙家)의 양생법(養生法)에 결단(結丹)한다는 섭생법이 있다.

15) 배에 새겨두다 ; 각주구검(刻舟求劍)의 어리석음.

16) 사당 앞 도토리나무 ; 사당 앞 도토리나무(櫟社)는 재목으로 쓸모가 없으므로 오래 남는다.〈莊子 人間世〉

17) 신당 밑 쥐구멍 ; 신당 밑에다 뚫은 쥐구멍은 누가 건드리지 않으므로 안전하다.〈莊子 應帝王〉

18) 늘그막엔 돌아가 쉬다 ; 장자에 "돌아가 쉬어라, 그대는 이제(늙어서) 별 볼일 없구나" 하였다.〈莊子 逍遙遊〉

19) 고호(賈胡) ; 장사치 되놈이란 뜻으로 옛날 고호가 구슬을 감추려고 제 배를 가르고 그 속에 넣고 죽었다는 고사가 있다.

20) 공자의 설익은 쌀 ; 공자가 제(齊)나라를 떠날 때 황급하여 밥 지으려던 설익은 쌀을 가지고 떠났다는 고사.〈孟子 萬章下〉

도끼 바람[21]은 영(郢) 땅의 재질을 생각했고
유수곡(流水曲) 거문고는 종자기(鍾子期)[22]를 사모하네.
식은 재에 오줌 눈들 어찌 덥겠나.
불에 탄 곡식 심고 무슨 김을 맬 건가.
술 마시고 회포 풀며 마음 펴고 살면서
시 짓는 데나 흥을 붙여 지내리
홍진 세속 바라보면 머리가 움츠리지만
사람의 마음이란 얼굴을 마주하면 그저 구의산(九疑山).[23]

和歸去來辭 (화귀거래사)

歸去來兮 陶潛昔歸吾亦歸 得隍鹿而何喜 失塞馬而奚悲 蛾赴燭而不悟 駒過隙而莫追 纔握手而相誓 未轉頭而皆非 摘殘菊以爲湌 緝破荷而爲衣 旣得反於何有 誰復動於玄微 蝸舍雖窄 蟻陣爭奔 蛛絲網扇 雀羅設門 藏穀俱亡 荊凡孰存 以神爲馬 破瓠爲樽 身將老於菟裘 樂不減於商顔 遊於物而無忤 在所寓以皆安 鱗固潛於尺澤 翅豈折於天關 肯逐情而外獲 方收視以內觀 途皆觸而無礙 興苟盡則方還 鵬萬里而奚適 鷦一枝而尙寬 信解牛之悟惠 知斲輪之對桓 歸去來兮問老聃之所遊 用必期於無用 求不過

---

21) 도끼 바람 ; 춘추전국시대 초(楚)나라 서울인 영(郢)의 사람이 콧등에 매미 날개처럼 엷게 백토를 바르고 장석(匠石)이란 명공(名工)더러 도끼로 이를 깎아내라 하였더니 도끼 바람을 내면서 휘둘러 찍어내되 백토만 깎아내고 콧등은 다치지 않았다는 고사. 이 말은 시문을 명인에게 그 수정을 요청할 때 쓰는 문귀다.〈莊子 徐無鬼〉

22) 종자기(種子期) ; 춘추시대 초(楚)나라 백아(伯牙)는 거문고를 뜯으며 높은 산과 흐르는 물에 뜻을 두고 살았는데 종자기가 거문고 소리를 듣고 백아의 뜻을 알았다. 뒤에 종자기가 거문고 소리를 듣고 백아의 뜻을 알았다. 뒤에 종자기가 죽자 백아는 세상에서 다시는 자기의 지음(知音)이 없을 것을 서러워하며 거문고 줄을 끊어 버린 고사가 있다.〈伯牙絶絃 참조〉

23) 구의산(九疑山) ; 순(舜)임금을 장사한 창오산(蒼梧山)을 말하며, 아홉 봉우리가 서로 비슷하여 보는 사람들이 그 봉우리가 그 산봉우리 같아 보여서 헷갈린다는 뜻으로 쓰임.

於無求 化蝶翅而猶悅 續鳧足則可憂 閱虛白於幽室 種靈丹於良疇 幻知捕影 癡謝刻舟 保不材於櫟社 安深穴於神丘 功名須待命遲暵宜歸休 任浮雲之無迹 若枯槎之泛流 已矣乎 天地盈虛自有時 行身甘作賈胡留 逴逴接淅欲安之 風斤思郢質 流水憶鍾期 尿死灰兮奚暖 播焦穀兮何耔 第寬心於飮酒 聊遣興於作詩 望紅塵而縮頭 人心對面眞九疑.

2. 산속에서 사노라네

산의 그윽함이여! 깊디깊어,
빽빽한 숲이여! 깊고 넓은 골
누른 고니도 그 꼭대기를 못 지나가네.
깎아지른 듯 우뚝 솟은 바위들,
굽어보니 아찔한 산그늘엔, 서리와 이슬이 뽀얗게 젖어 있네.
얼룩 검은 잔나비 번갈아 나와 울부짖고,
나는 새는 감돌아 날며 털 깃이 너울너울,
밑 깊은 굴속엔 천둥소리 우르르,
수풀을 뒤흔들며 날개 치는 바람신 비렴(飛廉)[24]
돌부리가 내밀어 옷을 걸어 당기고
비낀 가지는 길을 막아 대지르네.
나 혼자 적막히 우뚝 서니,
마치 말없는 기초(祁招)[25] 시의 안화(安和)함인 듯, 멀어서 못 찾아가겠네.

---

24) 비렴(飛廉) ; 본시 신령한 새 이름인데, 전(轉)하여 풍백(風伯;바람 신)의 뜻.〈한서〉
25) 기초(祁招) ; 주(周)나라 충목왕(忠穆王)의 신하 모보(謀父)가 「기초(祁招)」라는 시를 지어 충목왕의 방자함을 간하였는데, 이 시 속에 「음음(愔愔)」이라는 글귀는 안화(安和)하다는 뜻이다.〈左傳〉

이 산속 동 · 서를 분간 못해 기진맥진하던 중에,
나는 듯 벼랑에 쏟아지는 샘물이
폐부에 싸늘히 맛 한번 달고나
손에 움키니 차디찬 얼음, 쇠한 얼굴 비추니 거울이고나.
게서 쉬며 그 소리 들으니,
옥 패물을 쨍그렁 울리는 듯,
부싯돌을 쳐 차를 달이려 하니, 육우(陸羽)[26]의 차 맛인 양 막 마시네.
부러워라, 반곡(盤谷)은 놀만 한 데,
한유(韓愈)의 그 글[27]은 나의 길잡이[指南]로세.
도통(道通)을 천 년 만에 이었으니, 그 시내 이름이 염계(濂溪)[28]로세.
산중에 짝이 없을망정 모시고 섬길 맑은 물 스승이 있네.
한 말씀 듣고, 도(道)를 깨달아 이욕의 더러움을 깨끗이 씻고,
마음 근원을 해맑게 열어, 오직 태극(太極)에만 함영(涵泳)하리라.
시메산 길도 밟아 자국 내면 길이 되거니[29]
하늘과 땅까지 믿는 곳 셋이 되네.[30]
어찌하여 당(唐) 우(虞)의 유허(遺墟)에 엉킨 풀이 차디찬 연기 되고,

---

26) 당(唐)나라 경릉(竟陵) 사람으로 「다경(茶經)」의 저자인데, 차의 기원, 달이는 법, 맛, 그릇 등에 관하여 자세히 서술하여 천하의 다풍(茶風)을 일으켰다.
27) 골짜기 이름인데, 지금 하남성(河南省)에 있고, 당(唐)나라 이원(李愿)이 반곡에 은거(隱居)하러 갈 때 한유가 송이원귀반고서(送李愿歸盤告序)라는 유명한 글을 지었다.
28) 물 이름인데, 송유(宋儒) 주돈이(周敦頤)가 여산(廬山)에 옮겨 살면서 자기 고향에 있는 염계(濂溪)의 이름을 따왔으므로, 세상에서 그를 '염계선생'이라 했다. 주돈이는 태극도설(太極圖說) 및 통서(通書) 등을 지었고, 성리학(性理學)의 개조(開祖)가 되었음으로 도통을 이었다고 했다.
29) "산골짜기의 오솔길도 개연(介然)히 다니면 길이 된다."는 말이 있는데, 이것은 사람의 마음이 잠깐 트이어 열림을 뜻함. 〈孟子 盡心下〉
30) 도덕이 높은 사람은 천지와 개연(介然) 산경(山徑)과 짝이 셋이다.

우리 도(道)가 남방[南宋]으로 간다고 하랴.[31]

어찌하여 물이 고여 있기만 하여 비를 안 주고,

삭방(朔方)의 눈과 월령(越嶺)의 독한 장기(瘴氣)가 섞여 진창이 됐는가.

그러나 남은 그 여파(餘波)로 천하를 다스릴만하여

노재(魯齋) 허형(許衡)은 홀로 기는 말[馬]을 달렸네.

그 물결의 혜택을 온 누리에 두루 하지 않을 데가 없으니,

삼상(參商)을 어찌 한(恨)하리.[32]

후생(後生)이 두렵다[33] 했거니와 , 푸른빛이 남(藍)에서 나오누나.[34]

다행히 그 도가 해와 달같이 걸렸으니, 내가 그 빛에 의지하여 만족하네.

세상의 권세를 잊고 안으로 도를 즐기어

날마다 남쪽 처마 밑에 휘파람 불며 기대었네.

성가시게 날 자꾸 부르기에 눈썹을 들어 바라보기도 하나,

어허 내 처음 마음 그지없거니, 일생을 두고 여기 머물러 있으려네.

---

31) 송(宋)나라 양귀산(楊龜山)이 정명도(程明道)에게 배우고 고향으로 돌아갈 때, 명도가 문까지 전송하고 좌객(坐客)들에게 "내 도가 남으로 가는구나!"라고 아쉬워했다.〈宋史 楊時傳〉

32) 삼(參)은 서쪽의 별, 상(商)은 동쪽 별로, 서로 어긋나 만나지 못한다는 뜻. 삼상지탄(參商之歎).

33) 공자(孔子)가 말하기를 "학문이 선배보다 진보되는 후생이 두려울 만하다(後生可畏)." 하였다.〈논어 자한편〉

34) 후생(後生)과 제자가 전인(前人)이나 스승보다 나은 것을 말하는데, "얼음이 물에서 나되 물보다 차고, 푸른빛이 쪽빛에서 나되 쪽보다 푸르다(氷生於水寒于水 靑出於藍靑於藍)."라고 했다.〈荀子 勸學〉

山中辭 (산중사)

山之幽兮深深 鬱蕭森兮潭潭 黃鵠尙不得過其顚兮 截然屹立乎嶄巖 遂莫覩兮山之陰 曖霜露兮濡霑 文豹玄猿兮迭出以嗥 飛禽回翔兮毛羽之毿毿 殷其雷奔于無底之竇兮 振蕩林莽翼之以飛廉 石出角以鉤衣兮 橫枝截路以相攙 立寂漠以無隣兮 悅祁招之愔愔 夐不可討兮山之中 東西冥迷兮氣奄奄 淙飛泉以瀉于崖兮 淸肺腑而味甘 掬之手中兮冰寒 照衰顏以是監 爰流憩以聽其聲兮 鏘玉佩之相糝 將敲火而煎茶兮 鄙陸羽之口饞 羨盤谷之可沿兮 刻其文爲我之指南 續道緖於千載兮 乃命其溪曰濂 惟山中之無偶兮 尙摳衣於丈函 聞一言以悟道兮 洗利欲之貪婪 開心源之瑩淨兮 惟太極之泳涵 若有遇於介然之頃兮 諒天地其可三 胡唐虞之遺墟蔓草寒烟兮 吾道被于南 炎胡泓渟之而不霈兮 朔雪越嶺之交粘 信餘緖可以理天下兮 魯齋獨騁其征驂 然波及者靡不周兮 夫何恨於商參 惟後生之可畏兮 靑乃出乎其藍 幸其道之揭日月兮 吾依光兮心焉甘 將忘勢而內樂兮 日嘯倚於南欄 苦相招而不止兮 忽軒眉而載瞻 欸初心之弗竟兮 終歲月以聊淹.

(2) 이인로의 부(賦)

홍도결 샘을 읊는다

백당(栢堂) 동쪽 기슭에 맑고 시원한 샘이 있어 돌 틈으로 졸졸 흘러나와서 흰 구름이 그윽히 깔린 골짜기를 씻어 내리는 듯, 가뭄에도 안 마르고 거문고처럼 소리 내며 예닙 걸음 감돌아서 개울로 들어가는데 이웃에 사는 주민들이 모두 상쾌히 움켜 마시고 있네.

나 농서자(隴西子 ; 작자의 호)가 나물을 배불리 먹고 손으로 배를 문지르며 가냘픈 오사모를 재껴 쓰고 쟁그렁 소리 나게 용죽장을 손에 잡고 돌 위에 걸터앉아 두 다리 걷어 올려 얼음 서리로 밀어 내려 주옥을 삼켰다 뿜어내니 불같은 더위를 피서할 뿐만인가, 먼지 묻은 갓끈도 씻어내어 버렸네.[1]

휘파람 휘날리며 만보로 돌아오니 냇바람 선들선들, 여덟 자 대자리를 물가에 펼쳐 놓고 혹 달린 목침 베고 잠깐 꿈속에서 백구와 함께 놀며 누런 기장밥이야 덜 익던 말 던[2] 용을 타고 펄펄 날아 요지(瑤池)[3]에 가서 서왕모(西王母)[4]의 노래를 한 곡조 듣다가 넓고 넓은 하늘에 훨훨 뗏목 타고 은하수를 건너가니 촉

---

1) 갓끈을 씻다 ; 중국 고대 굴원(屈原)의 어부사(漁父辭)에서 창랑(滄浪)의 물이 맑으면 갓끈을 씻고 곧 나아가 벼슬하고, 흐리면 발을 씻는다. 즉 벼슬길에서 물러난다고 했는데 여기서는 더럽혀진 갓을 씻으니 벼슬길을 물러난다는 뜻.

2) 누런 기장밥이 덜 익다 ; 당(唐)나라 노생(盧生)이 한단 여숙에서 도사가 주는 베개를 베고 깜빡 잠들어 꿈을 꿨는데 재상 벼슬에 자손들도 영달해 80여 년의 호화를 누리다가 문득 깨어보니 한바탕 꿈이었고 그새 끓이던 누런 기장밥도 아직 익지 않았더라는 일장춘몽을 말함.

3) 요지(瑤池) ; 도가에서 말하는 선경(仙境)의 서왕모(西王母)가 산다는 곳.

4) 서왕모(西王母) ; 중국 신화에서 말하는 곤륜산의 여신. 불사약(不死藥)을 지니고 있다 함.

(蜀)나라 서울의 점장이[賣卜][5]가 놀라는 듯 하필이면 금장(錦障) 두름 40리[6]와 후추[胡椒] 독점 800곡의 부자[7]로써 금련분(金蓮盆)에 발을 씻어서야[8] 어찌 내 발을 씻으리.

紅桃井賦 (홍도정부)

栢堂東麓 有泉澄淥 冷然流出於石縫 若漱白雲之幽谷 旱而不渴 響如琴筑 縈廻六七許步 然後入於溝瀆 遂使傍泉而居者 皆快意於挹掬 隴西子如蔬得飽 以手捫腹 岸掩苒之烏紗 杖鏗鋐之龍竹 踞一石 露雙脚 挼碎冰霜 吞吐珠玉 豈唯火日之可逃 亦復塵纓之已濯 徐嘯歸來 溪風蔌蔌 展八尺之風漪 枕數寸之瘿木 夢白鷗而同戲 任黃粱之未熟 飄飄乎如駕八龍而到瑤池 聞金母之一曲 浩浩乎若泛枯槎而渡天河 驚蜀都之賣卜 則何必錦障紆四十里 胡椒畜八百斛 打就金蓮盆 然後濯吾足.

---

5) 촉나라 서울의 점장이 ; 엄군평(嚴君平)이 촉나라 서울 성도(成都)에서 점복을 쳐주던 고사.

6) 금장(錦障) 두름 40리 ; 진(晋)나라 왕개(王愷)와 석숭(石崇)이 서로 부자라고 자랑할 때 왕개가 비단 장막인 금장을 40리를 둘러치니 석숭은 금보장(錦步障) 휘장을 50리를 쳤다는 고사.

7) 800곡의 부자 ; 당(唐)나라 때 원재(元載)의 재산을 적몰한, 즉 호초(胡椒)만 해도 800곡(斛)이라 했다.

8) 금련분(金蓮盆)에 발을 씻어서야 ; 당(唐)나라 단문창(段文昌)이 장차 부귀하여 자기는 호화판 금련화분(金蓮花盆)에다 발을 씻겠다 한 고사인데 작자는 맑은 샘물에도 발을 씻는다. 즉 벼슬에서 물러난다고 한 것.

(2) 이인로의 시(詩 ; 각체)

1. 일찍 일어나 머리를 빗으며
-소동파를 모방하여- (5언고시)

등잔불이 꺼져가니 심지[1]를 돋워주고
바다가 펼쳐지니 아침 햇빛 비추인다.[2]
말없이 앉아서 숨을 한참 죽이고
단전에 손을 얹고 쓰다듬노라.
귀밑에 센머리 일천 오리를
반달 얼게 빗으로 빗겨 빗으니
손길 따라 흰머리 펄펄 흩어져
산들 바람에 눈꽃이 휘날리는 듯

마치 금을 녹여 연금하듯 하면서
백 번을 만져도 많다 못할 단전호흡
그 어찌 신체만 상쾌해지랴?
수명 또한 끝없이 장수케 하네.
늙은 닭은 거름흙에 모래찜하고
고달픈 늙은 말도 모래밭에 뒹구니
이 역시 모두가 자기 섭생법이라고
소동파한테서 이를 들었네.

---

1) 옥파(玉葩) ; 등불 심지(꽃).
2) 금아(金鴉) ; 태양. 삼족오(三足烏) 또는 금오(金烏)라고도 함.

早起梳頭 (조기소두) －效東坡(효동파)－

燈殘綴玉葩 (등잔철옥파)	海闊涵金鴉 (해활함금아)
默坐久閉息 (묵좌구폐식)	丹田手自摩 (단전수자마)
衰鬢千絲亂 (쇠빈천사란)	舊梳新月斜 (구소신월사)
逐手落霏霏 (축수낙비비)	輕風掃雪華 (경풍소설화)
如金鍊益精 (여금연익정)	百鍊未爲多 (백련미위다)
豈唯身得快 (개유신득쾌)	亦使壽無涯 (역사수무애)
老鷄浴糞土 (노계욕분토)	倦馬驌風沙 (권마전풍사)
此亦能自養 (차역능자양)	聞之自東坡 (문지자동파)

2. 반월성 (7언고시)

외로운 성은 약간 휘어 반달 모양
가시덤불은 잔나비 소굴을 절반쯤 덮었구나.
곡령(鵠嶺)[3]의 푸른 숲은 기운차서 울창한데
계림(鷄林)의 누런 잎은 가을철에 쓸쓸하네.

태아(太阿)의 자루를 거꾸로 잡고[4] 망한 뒤에
중원(中原)의 사슴[5]은 어느 손에 죽었던가.
강가 아낙네는 멋모르고 옥수화(玉樹花)를 부르는데[6]

---

3) 곡령(鵠嶺) ; 송도(松都) 개성(開城)에 있는 재이며, 고려가 일어남을 비유한 말. 계림(鷄林)은 신라를 의미함.
4) 태아(太阿)의 자루를 거꾸로 잡다 ; 태아는 한(漢)나라 보검인데 유향(劉向)의 상소문에 임금이 정권을 남의 손에 쥐여 주어 망한다 해서 한 말이다.
5) 중원(中原)의 사슴 ; 중국 고사를 이끌어 신라가 왕건에게 중원의 싸움에서 당한 일을 빙자한 것.
6) 옥수화(玉樹花)를 부른다 ; 진(陳)나라가 망할 때 후주(後主)는 밤낮으로 주연을 벌리고 옥수후정화(玉樹後庭花)라는 음란한 노래를 부르다가 망했다. 신라의 멸망을 빙자한 대목.

봄바람에 몇 번이나 금제(金堤)버들[7] 휘날렸나.

半月城 (반월성)

孤城微彎像半月 (고성미만상반월)
荊棘半掩猩猪穴 (형극반엄성오혈)
鵠嶺靑松氣鬱葱 (곡령청송기울총)
雞林黃葉秋蕭瑟 (계림황엽추소슬)

自從大阿倒柄後 (자종대아도병후)
中原鹿死何人手 (중원녹사하인수)
江女空傳玉樹花 (강녀공전옥수화)
春風幾拂金堤柳 (춘풍기불금제류)

3. 산에서 사노라 (5언절귀)

봄이 갔는데 꽃은 아직 남아 있고
하늘이 개였건만 골짝은 제가 그늘지네.
소쩍새가 대낮에도 울어대니
깊은 산속 산다는 게 실감나누나.

山居 (산거)

春去花猶在 (춘거화유재)

7) 금제(金堤)버들 ; 중국 수양제(隋煬帝)가 변하(汴河)에 별궁을 짓고 강가에 버드나무 숲을 만들어 놓고 음란하게 놀다가 나라가 망하고 그 뒤 숲은 남아 있었다.

天晴谷自陰 (천청곡자음)
杜鵑啼白晝 (두견제백주)
始覺卜居深 (시각복거심)

4. 천수승원(天壽僧院) 벽에 쓰노라 (5언절귀)

나그네 기다려도 오지를 않고
중을 찾아도 중 또한 없구나.
오직 수풀 속에 새가 남아서
술병 들고 와서 즐기자 하네.

書天壽僧院壁 (서천수승원벽)

待客客未到 (대객객미도)
尋僧僧亦無 (심승승역무)
惟餘林下鳥 (유여임하조)
款款勸提壺 (관관권제호)

5. 죽취일[8]에 대나무를 옮겨 심으며 (5언고시)

예나 지금 변함없이 담비들은 한 언덕에 모여 살고
천지란 그야말로 대자리 움막[9] 같은 것

---

8) 죽취일(竹醉日)은 5월 13일(음력)이며 죽미일(竹迷日)이라고도 하여 이날 대나무를 이식하면 잘산다 했다.
9) 대자리 움막 ; 이백(李白)의 '춘야연도리원서' 에서 "천지자만물지역려(天地者萬物之逆旅)"라는 말을 상기시킨다.

이 친구 대나무야! 혼자 취했나.
몸을 못 가누고 정신 잃었네!
강산이야 비록 변화가 있다 해도
풍경만은 본래대로 다름이 없어라!
다시는 술 깰 일이 없으려 하였으니
창 들고 술 말리는 도학자나 쫓아내리라.

사마천(司馬遷)도 일찍부터 나그네 생활했고
공부자(孔夫子)도 그 역시 여인숙 신세 졌네.
진(晋)나라 사람들은 중원을 잃고 신정에서 울었으니[10)]
진실로 그들은 아녀자 마냥 순진했구나.
너 대에 박처럼 매달려서 산다는 게 부끄러워[11)]
어디 가든 하늘은 막지 못하리.
굳이 정자에 올라 읊조리는 것은
한나라 왕찬[12)]처럼 내 고향이 아니라 서네.

竹醉日移竹 (죽취일이죽)

古今一丘貉 (고금일구학)　　天地眞籧廬 (천지진거려)
此君獨酩酊 (차군독명정)　　兀兀忘所如 (올올망소여)
江山雖有異 (강산수유이)　　風景本無殊 (풍경본무수)
不用更醒悟 (불용갱성오)　　操戈便逐儒 (조과편축유)

---

10) 중국 진(晋)나라가 외적에게 중원을 빼앗기자 백성들이 신정(新亭)에 올라 놀다가 울었다는 고사.
11) 공자가 불힐(佛肸)의 부름을 받고 갈 때 이를 만류하는 자로(子路)에게 "내가 표주박이나 오이처럼 한 곳에 매여 있어야 하느냐"고 했다.
12) 중국 한나라 왕찬(王粲)이 난리로 형주(荊州)에 피난 가서 "아름다운 곳이지만 내 고향이 아니니 조금인들 머무르랴!" 하고 불러 읊은 고사가 있다.

司馬嘗客遊 (사마상객유)　　夫子亦旅寓 (부자역여우)
新亭相對泣 (신정상대읍)　　數子眞兒女 (수자진아녀)
此君恥匏繫 (차군치포계)　　所適天不阻 (소적천부조)
何必登樓吟 (하필등루음)　　信美非吾土 (신미비오토)

6. 네 벗에게 -백낙천(白樂天)을 모방하여 짓다 (5언고시)

① 옛날에는 글 솜씨를 서로 뽐내며
먼저 이름 내려고 용감하게 다퉜지
나도 자네의 날카로운 글 솜씨는 피했었지만
그대 역시 독한 솜씨 품었더니라.[13]
지금 와선 창과 방패 염증 났으니
만나면 으레히 술만 찾누나.
마땅히 서로 다툰 새 울음 그칠 것이요
두 호랑이 싸움일랑 접어 두세나.

贈四友 (증사우) -倣樂天(방낙천)

昔在文陣間 (석재문진간)　　爭名勇先購 (쟁명용선구)
吾嘗避銳鋒 (오상피예봉)　　君亦飽毒手 (군역포독수)
如今厭矛楯 (여금염모순)　　相逢但呼酒 (상봉단호주)
宜停雙鳥鳴 (의정쌍조명)　　須念兩虎鬪 (수념양호투)

---

13) 중국 후조(後趙)의 고조 석륵(石勒)이 이웃의 이양(李陽)과 땅 때문에 주먹질하며 싸웠는데 석륵이 왕이 되고는 이양을 불러 술을 나누면서 과거의 억센 주먹과 독했던 손을 서로 풀었던 고사가 있다.

이는 시의 벗 임기지(林耆之;林椿)에게 주는 시라 했다.

② 도주공(陶朱公) 범려(范蠡)는 월나라 재상됐지만
조각배로 큰 바다에 떠 놀았고
사안석(謝安石)은 진나라의 태보였지만
고향인 동해 가에 달 보며 즐겼다네.[14)]
지금 와서 그대와 내가
어찌 벼슬을 탐내리오.
동해 금을 다 쓰고는 서산에 가서
백이 · 숙제처럼 고사리나 캐세나.[15)]

陶朱雖相越 (도주수상월)	一舸泛溟渤 (일가범명발)
安石在晋朝 (안석재진조)	雅賞東山月 (아상동산월)
今我與夫子 (금아여부자)	豈是愛簪紱 (개시애잠불)
散盡東海金 (산진동해금)	行採西山蕨 (행채서산궐)

이는 산수(山水)의 친구 조역락(趙亦樂;趙通)에게 주는 시라고 했다.

③ 나는 겨우 두서너 잔에 취했고
그대는 한 섬 술을 마셔야 했네.

---

14) 월(越)나라 재상이던 범려(范蠡)가 재상직을 던지고 서시(西施)를 데리고 서호로 돌아갔고, 진(晋)나라 사안석(謝安石)은 태사직을 버리고 고향 동해 가에 가서 금을 물쓰듯하며 달 보고 즐겼던 고사.
15) 서산(西山)은 수양산(首陽山)으로 은(殷)나라 백이(伯夷)와 숙제(叔齊)는 절개를 지키려고 이 산에 들어가 고사리를 캐먹으며 살았다던 고사.

술기운에 기분이 도도해지면
즐거워 떠들기는 서로가 맞수
두 볼에 봄기운 화색이 돌면
온갖 시름 얼음 녹듯 사라져 갔네.
어찌 많고 적음을 따지기나 했겠나.
제각기 좋으면 그만이었지!

我飮止數杯 (아음지수배)　　君飮須一石 (군음수일석)
及當醉陶陶 (급당취도도)　　至樂相與敵 (지락상여적)
兩瞼若春融 (양검약춘융)　　千愁盡氷釋 (천수진빙석)
何須校少多 (하수교소다)　　且得適其適 (차득적기적)

이는 술친구 이담지(李湛之;江左七賢)에게 주는 시.

④ 고승 지둔(支遁)은 문인 사안석(謝安石)을 따라다녔고,
시인 포소(鮑昭)는 시승 혜휴(惠休)를 사랑했었네.[16)]
예부터 불가들은 문인, 귀객과 어울렸으니
시와 불법이 서로 어긋나지 않음은
예나 지금 한 언덕 담비처럼 한 통속
원적광(圓寂光) 속에는 삶과 죽음 함께 있으니
시름인들 다를 게 그 어디 있겠는가!

支遁從安石 (지둔종안석)　　鮑昭愛惠休 (포소애혜휴)

---

16) 지둔(支遁)은 동진(東晋) 때 명승. 사안석(謝安石)은 진(晋)의 태보(太保). 사안고결(謝安高潔). 포소(鮑昭)는 유종(劉宗)의 시인. 혜휴(惠休)는 남조(南朝) 때 송(宋)의 시승(詩僧).

自古龍象流 (자고용상류)　　時與麟鳳遊 (시여인봉유)
詩法不相妨 (시법불상방)　　古今同一丘 (고금동일구)
共在圓寂光 (공재원적광)　　寧見別離愁 (영견별이수)

이는 승려 친구 종령(宗聆)에게 주는 시라 했다.

■ 유원순(兪元淳 ; 1168~1232)

고려 고종 때의 저명한 문신이요, 학자로 초명은 원순(元淳), 본관은 인동(仁同)이며 명종 때 문과에 급제한 뒤 시학(侍學)을 시작으로 사록(司錄)과 참군(參軍)이 되었다가 강종이 강화도로 쫓겨나자 벼슬길이 막혔다가 고종(高宗 ; 1214~1259)이 즉위하자 수궁서승(守宮署丞)이 되고 이어 사부(師傅)가 되었다가 1223년에 예부시랑우간의대부(禮部侍郎右諫議大夫; 정4품), 1227년에는 수찬관(修撰官)으로 명종실록(明宗實錄) 편찬에 가담하고 여러 번 승진하다가 1232년에 참지정사(參知政事 ; 종2품)가 되어 최우(崔瑀;일명 崔怡-최충헌의 아들. 권신)의 강화도로 천도하자는데 적극 반대했다. 유승단은 경사(經史)에 조예가 깊을 뿐만 아니라 문장가로도 명성이 높아 〈한림별곡〉에서는 첫머리에 "원순문(元淳文)"이라 했다. 그러나 그의 시, 문은 〈동문선〉에 시(詩) 7편, 비답(批答) 2편, 국서(國書) 1편, 소(疏) 1편만 수록되어 있다. 시호는 문안(文安)이다.

여기서는 시 4편과 문 2편을 번역해 보인다.

1. 「흥국사[1] 금경[2] 설경소(興國寺金經說經疏)」

가호광(珂毫光)[3]이 온 누리를 비추어 주는 것은 참으로 얻기 어려운 존귀한 보배요.

금고(金鼓)[4]의 묘한 소리가 불경을 말하는 것은 가장 깊고 오묘한 이치를 깨치어 탐욕과 원망과 어리석음을 참회하여 근심 · 걱정 · 두려움이 따라 없어지게 하려는 뜻입니다.

애써 받들어 섬기면 잘 살게 되고, 집과 나라에 무(武)와 문(文)을 갖추므로, 마치 음양(陰陽)의 두 기운이 합하여 하늘의 도를 이루기를 좌우의 두 손[手]이 하나만 없어도 사람의 몸이 이지러짐과 같은지라, 그러므로 반드시 정신이 한 곳에 뭉쳐야만 자연스러운 이치를 이룩함은 고금에 변할 수 없는 일이라 하겠나이다.

생각하건대, 일찍 우리나라를 창업하신 성조(聖朝)는 선철(先哲)의 큰 규범을 따르기 위하여, 동서의 직책 반열을 두고 국가 안위에 유의하면서 안팎에서 쌓은 공적을 살펴 멀거나 가까운 이를 모두 왕에게 모이게 하며, 나아가 널리 여러 의견을 모아 그 화환(禍患)을 예방하기에 힘쓰되, 오직 공덕의 인연을 부처의 교화[像教][5]에 쌓아야만 복과 덕을 큰 길의 도에 더할 수 있을 것이므로, 궐문의 동남에 자리 잡아 절을 세우고, 범과(梵科)[6]를 인

---

1) 흥국사(興國寺) ; 고려 때 평양부 내에 있던 절.
2) 금경(金經) ; 금궤에 비장한 귀중한 경적. 여기서는 회교(回教)의 경전을 뜻함.〈코란〉
3) 가호광(珂毫光) ; 호광(毫光)은 부처의 미간(眉間)에 있는 흰 털의 빛으로 부처의 지혜 빛을 뜻함. 그 빛으로 중생을 깨닫게 한다 함. 가(珂)는 구슬, 불가에서는 가패(珂貝)를 가장 소중히 여김.
4) 금고(金鼓) ; 금광명고(金光明鼓)를 말하며 그 오묘한 소리가 삼천대간(三千大干) 온 누리에 퍼져서 삼도(三塗), 극도(極塗)의 죄와 인간의 고액(苦厄)을 멸하게 한다 함.
5) 상교(像教) ; 불교를 말하나 원래의 뜻은 우상(偶像)을 숭배하는 종교.
6) 범과(梵科) ; 과거제도의 과목 중 승려 선발을 위한 고과. 고려 태조는 불교를 국교로 정하고 승과(僧科)를 제정하여 승려의 신분을 귀족으로 하였다.

도에 본받아 특별히 도량(道場)을 마련하셨는데, 후세에 와서 도리어 전대의 거룩한 업적을 떨어뜨렸으므로, 외람하게도 둔한 자질로서 기형(機衡)의 중대한 지위[7]에 있어 위로는 임금을 요(堯) · 순(舜)과 같이 성취시키고 아래로는 백성을 당(唐) · 우(虞) 시대에 누리게 하기 위하여, 이 재주롭지 못한 몸이오나 오히려 간절한 뜻은 온 나라를 편안하게 하는 길은 오직 조정에 가득한 관검(冠劍)이 엄숙한데 있다고 생각되기에, 교칠(膠漆)처럼 절친한 정을 뭉치고 반우(盤盂)[8]와 같이 굳은 업을 이룩하여, 영부(靈府)에 빌어 평온을 기대하고 법문에 의지해 가호를 힘입으며, 오랫동안 이 훌륭한 일을 행하지 못하였음을 개탄하여 지극한 정성을 기울여 더욱 공경하고서, 옛 소단(掃壇)에 나아가 다시 결계(結界)[9]를 새롭게 하오며, 하포(霞袍)의 승려(僧侶)가 늘어서고 패엽(貝葉)[10]에 쓴 경전이 나부끼오니, 이 기도의 향응에 따라 막힘없는 감응이 있으시기를 바라옵니다.

원하건대, 황조의 홍도가 더욱 길고 나라의 복조가 끊임없어서, 장수와 재상이 마음을 같이함으로써 온 국토를 편안하게 하고, 임금과 신하가 덕을 함께 함으로써 뭇 백성들의 존경을 받으며, 방패와 창은 걷어 감추고, 벼와 기장은 풍년들게 하옵소서.

---

7) 기형(機衡)의 중대한 지위 ; 저자 유승단은 고려 고종 때(1214~1259) 참지정사(參知政事)의 벼슬에 오르고 있었다. 기형(機衡)이란 선기옥형(璇璣玉衡)의 뜻으로 기무에 참예하는 재상을 말함.
8) 반우(盤盂) ; 반(盤)은 반석, 우(盂)는 큰 사발, 바탕이 튼튼한 터전의 뜻이면서 우는 또 우방수방(盂方水方) 즉 "사발이 모나면 담겨진 물도 모난다."는 임금의 선악에 따라 백성도 선악이 갈린다는 의미도 포함된다.
9) 결계(結界) ; 불도수행을 방해하지 못하도록 막은 구역표시 또는 사찰의 출입금지 구역.
10) 패엽(貝葉) ; 패다라엽(貝多羅葉)의 준말로 인도에서 패엽에 경문을 썼다.

興國寺金經說經疏 (흥국사금경설경소)

珂毫光照世 眞難得値之尊 金鼓響說經 實最甚深之義 貪欲恚癡 因而懺悔 愁憂恐怖 由是滅除 苟切奉敭 卽資饒益 切以於家於國 乃武乃文 比氣之分陰陽 兩相交而天道成 如手之有左右 一或廢則人身缺 故必精神之會聚 然能致理之和熙 緊古及今 夫誰易此 惟肇造我邦之聖祖 欲遹追先哲之宏規 說東西之班 安危注意 凝中外之績 遐邇歸王 猶博採于謀猷 庶預防其禍患 唯積功緣於像教 可添福德於周行 卜魏闕之巽維 刱開精舍 按梵科於乾竺特立淨場 逮乎後葉 墜此前芳 猥將駑蹇之姿 謬處機衡之地 上焉致主於堯舜 下以納民於唐虞 顧惟不才 尙且有志 謂薄海封疆之寧謐 在盈庭冠劍之肅雍 覬猶膠漆以情親 俾若盤盂而業固 輸寫靈府 旣待以平懷 憑依法門 得賴其贊護 慨勝事之久闕 傾至誠而益虔 卽舊掃壇 更新結界 稻列霞袍之侶 瀾翻貝葉之詮 祈嚮有加感通不礙 伏願皇圖永永 國祚緜緜 將相同心 底茂綏於率土 君臣一德 諧咸仰於群黎 包戢干戈 登穰禾黎.

2. 「동하국[1]왕(東夏國王)에게 보내는 회답서」

고려의 국왕(아무)은 삼가 동하국왕 전하께 답서를 올립니다.[2]

보내 주신 편지에 이르기를, 성길사(成吉思)[3] 황제의 성지(聖旨)에 동하국왕으로 더불어 친히 뵈우러 오라고 말씀하셨다고 한 것에 대해서는 고려국(高麗國)은 전번에 한 번 화친을 맺을 때 분수가 역시 동등하다고 한 것과 같이 장래에도 이를 위해서 준비하여 나아갈 것인데, 여전히 혹 올 것인지 오지 않을 것인지를 물으신 것은, 생각컨대, 우리 작은 나라는 바다의 모퉁이에 끼여 있어 땅이 멀고 길이 막혀 먼 옛날로부터 큰 나라를 계속하여 섬겨 왔으나, 조근(朝覲)[4]하는 예(禮)는 국왕이 친히 한 일이 없었습니다. 이제 성길사(成吉思) 황제께서 성왕의 천하를 다스리는 단서를 널리 열어 문득 면면(綿綿)한 지역을 통치하여 해와 달이 비치는 곳에는 항복하지 않은 자가 없었습니다.

돌아보건대, 잔약한 제가 일찍이 하늘이 주신 은혜를 입어 경사스러워 손뼉치는 심정이 보통 종류보다도 만 배나 되어, 물오리와 같은 제가 날아가서 난조(鸞鳥)와 같으신 황제를 축하해 드리고자 한 마음을 품은 지 오래 되었으나, 다만 길이 멀고 산천(山川)이 막혀 옛날에 섬겼을 때에 사신들의 수레가 왕래하는 것도 오히려 어려웠는데 하물며 우리 좋지 못한 나라는 비록 협소

---

1) 동하국(東夏國) ; 일명 동진국(東眞國)으로 1217년(고려 고종 4)에 만주족이 세웠던 나라로 뒤에 몽고의 세력에 휩쓸려서 없어졌다. 그러나 고려는 한동안 상국으로 국교 관계를 맺고 있었다.
2) 국서(國書) ; 나라 임금이 써보내는 외교문서로, 여기서는 문체의 한가지로 쓰고 있다. 원래는 임금이 써야 하지만 문신이 대신 써 올리면 비답하여 보내는 글이지만, 하나의 문체로 되고 나서는 문인들이 작품으로 쓰는 경우가 많았다.
3) 성길사(成吉思) ; 원(元)나라 태조이던 성길사한(成吉思汗)을 말함.〈징기스칸〉
4) 조근(朝覲) ; 봄, 가을에 황제께 사신 가서 문안드리는 행사. 우리나라는 주로 중국(당, 송, 명, 원, 청)에 조근해 왔다.

하지만 국사(國事)에 얽매어 그 국정은 가히 하루라도 직무를 비워둘 수 없습니다. 만약에 혹 가벼히 지키고 있는 강토를 떠나서 멀리 만 리를 건너갔다가 뜻밖에 생각지 못했던 일이 생긴다면 성덕(成德)에 누를 끼칠까 두려워 이를 말미암아 고개를 기우려 앙모(仰慕)하며 오직 다투어 바랄 뿐입니다.

경전(經傳)에 있듯이 "어진 사람을 친하고 이웃에 잘하는 것은 나라의 보배라" 하였으니, 우리나라는 다행히 귀국과 더불어 국경이 잇닿아 위문함을 서로 바라니 오직 이웃된 선린(善隣)의 뜻을 가지고 있으며, 피차가 알게 모르게 결합되어 결코 새털만한 사이라도 빈틈이 없사오니, 잘 양찰(諒察)하시기 바랍니다.

이 해도 저물어 가고 신정(新正)이 곧 다가오는 이때에 삼가 천만 번 자애(自愛)하시기를 바라오며 이만 아룁니다.

回東夏國書 (회동하국서)

高麗國王某 謹廻書于東夏國王殿下 承來示云 成吉思皇帝聖旨道與東夏國王准備親見來者 高麗國依前一麩約和時分 亦一同將來爲此准備前去 仍問或去以否者 切念小邦介在海陬 地遐路阻邈自古初 歷事大國 朝覲之禮 未獲躬親 今聞成吉思皇帝 廓開聖緒 奄統緜區 日月所照莫不賓服 顧惟孱微 夙荷覆露 慶抃之情萬倍常品 懷欲凫趨 往伸鸞賀 爲日久矣 但道里攸遠 山川阻脩古昔歷事之時 使軺往來 尙且艱澁 况不穀國雖褊小 藩務所繫 勢不可一日曠職 倘或輕離守封 遠涉萬里 脫有不虞 恐累盛德以 此瞻望翹傾 唯深兢灼耳 傳有之 親仁善隣 國之寶也 弊邦幸與貴國境連壤接 慰候相望 載惟善隣之意 彼此暗合 決無一毫間異也 冀軫念而諒察之 歲序向闌 新正將啓 伏惟千萬自愛 謹啓.

1. 보령(保寧)[1]에서 묵으며 (5언율시)

낮에 해풍(海豊)[2]군을 떠났는데
밤에야 보령에 왔구나.
바람이 대숲을 흔드는 소리에 잠은 못 들고,
구름이 울어서 비를 뿌리니 가는 길이 막히누나.
저녁 안개에 머리는 오히려 무겁더니
아침 햇빛 솟으면서 뼈마디가 가볍구나.
이제야 깨닫누나, 늙은이 아픈 몸이
개고 흐린 날씨를 점쳐 준다는 것.[3]

宿保寧縣 (숙보령현)

晝發海豐郡 (주발해풍군)　侵宵到保寧 (침소도보령)
竹鳴風警寢 (죽명풍경침)　雲泣雨留行 (운읍우유행)
暮靄頭還重 (모애두환중)　朝暾骨乍輕 (조돈골사경)
始知身老病 (시지신로병)　唯解卜陰晴 (유해복음청)

2. 혈구사(穴口寺)[4]에서 (5언율시)

땅을 줄였으니(지름길) 열흘 길을 아우렀고,

---

1) 보령(保寧) ; 충남 보령군.
2) 해풍(海豊) ; 충남 홍성의 옛 이름.
3) 개고 흐림 점친다 ; 노인들의 사지혈류는 일기의 개임, 흐림에 따라 달라지므로 날씨를 예감할 수 있다고 전래한다.
4) 혈구사(穴口寺) ; 강화도에 있던 사찰. 강화도의 옛 이름도 혈구(穴口)이다.

하늘이 가까우니(높아서) 한자 같은 이웃이네.[5]
비 오는 밤에도 달을 보겠고(구름 위라)
바람 부는 낮에도 먼지 하나 안 밟네.
초하루 그믐 달력 조수로 알 것이고
덥고 추운 날씨 풀잎이 표해주네.
세상일 보자 하니 창과 방패 그 일뿐
차라리 구름 위에 그 사람 부럽구나.

穴口寺 (혈구사)

地縮兼旬路 (지축겸순로)　天低近尺隣 (천저근척린)
雨霄猶見月 (우소유견월)　風晝不躋塵 (풍주부제진)
晦朔潮爲曆 (회삭조위력)　寒暄草記辰 (한훤초기신)
干戈看世事 (간과간세사)　堪羨臥雲人 (감선와운인)

3. 유성[6]공관 벽상 시에 차운하다 (5언율시)

재차 지나가면서 밤길을 수고롭히니,
길 양편에 관솔불 환히 밝혀주었네.
꽁무니 창 세운 아전 신참일 게고,
허리에 검 찬 병사 예전에 보던 구면
추운 해에 솜옷일랑 모두 얻은들
그 누가 흉년 곡식 나누어 주랴.

---

5) 지름길과 하늘 이웃 ; 강화도 길은 밀물과 썰물을 이용하면 빨리 갈 수 있으니 축지(縮地)한다고 했고, 혈구사는 높은 곳에 있으므로 하늘과 이웃이라 했다.
6) 유성(杻城) ; 충남 면천(지금의 당진군 면천면)에 있는 공관.

백성 마음 보살필 은택 하나 없었으니
아황주[7] 권할 때마다 부끄럽기 한없네.

次杻城公舘壁上韻 (차유성공관벽상운)

再過煩霄候 (재과번소후) 松明道兩傍 (송명도양방)
貔槍新翼衛 (비창신익위) 腰劒舊顔行 (요검구안행)
共待寒年纊 (공대한년광) 誰分儉歲粱 (수분검세량)
酌民無小澤 (작민무소택) 每愧勸鵝黃 (매괴권아황)

4. 승가사[8]에 오르니 (7언율시)

가파로운 돌계단을 구름 끼고 올라가니
굉장할 손 가람 한번 하늘 이웃 성 같구나.
가을 이슬은 살짝 뿌려 천리토록 상쾌하고
석양에 비춘 강물 밝게도 비추이네.

하늘 가득 끼는 안개 법당의 향 연긴가
골짜기의 새 노래는 풍경소리 구실하네.
부럽구나 도 닦는 고승의 그 심사
속세의 명리 일랑 모두 다 버렸으니.

僧伽寺 (승가사)

崎嶇石棧攝雲行 (기구석잔섭운행)

7) 아황주(鵝黃酒) ; 거위 새끼의 깃처럼 노란빛의 술. 귀한 술이나 무능한 사람을 의미함.
8) 승가사(僧伽寺) ; 북한산 비봉(삼각사)에 있었던 절(756 A.D. 창건). 조계사 소속 사찰.

華構隣天若化城 (화구인천약화성)
秋露輕霏千里爽 (추로경비천리상)
夕陽遙浸一江明 (석양요침일강명)

漾空嵐細連香穗 (양공남세연향수)
啼谷禽閑遞磬聲 (제곡금한체경성)
可羨高僧心上事 (가선고승심상사)
世途名利摠忌情 (세도명리총기정)

이 시는 작자의 혈구사(穴口寺)라는 5언율시와 함께 원근법(遠近法) 음색(音色)의 대조기교(對照技巧) 등을 구사하여 명실상부한 고공초세(高空超世)의 선찰(禪刹)을 형상화한 작품이요, 작자의 평화 희구의 사념을 보여준 시이다.

■ 김양경(金良鏡 ; 1168~1235)

일명 인경(仁鏡)이며 고려 때 문신이요, 작가로 본관은 경주(慶州), 명종(明宗) 때 문과에 급제하고 직사관(直史館)을 거쳐 기거사인(起居舍人)이 되었는데 그의 시는 이때의 생활과 감정을 읊었다. 고종(高宗) 때 강동성(江東城)에서 거란(契丹)을 토벌할 때는 판관(判官)으로 참전하여 큰 공을 세우고, 이어 예부낭중(禮部郎中)에 오르고 다시 추밀원우승선(樞密院右承宣)이 되고 1227년(고종 14년)에는 수찬관으로 명종실록(明宗實錄)을 찬수하고 그 해에 동진〔東眞;만주족인 옛 대하(大夏)〕가 쳐들어오자 지중군병마사(知中軍兵馬事)로 덕원(德源)에서 싸우다가 패전하여 상주목사(尙州牧使)로 좌천되었다.

1232년 몽고 침입으로 강화도(江華島)로 천도 했을 때는 왕경유수병마사(王京留守兵馬使)가 되고, 이후 여러 직책을 거쳐 감수국사(監修國史)와 중서시랑평장사(中書侍郎平章事 ; 정2품)까지 고관직을 두루 역임한 문인이었다.

시부(詩賦)에 명성이 높았다고 했는데 예서에도 뛰어났다고 한다. 시호는 정숙(貞肅)이다.

「동문선」에는 시 7편과 문 5편이 수록되어 전하지만, 여기서는 시 6편과 도량문(道場文) 한 편만을 옮겨 보인다.

1. 대관전[1] 어좌 뒤의 무일도에 쓰다 (5언절귀) 2수

수레가 무거워 노마(駑馬)는 못 달리고
하늘이 높아서 학 못 와 그리웁다.
임금님이 헌옷을 몇 번이나 빨았던고
오히려 어로(御爐)에 향불을 피었네.

정원의 꽃들은 비단처럼 붉은데
궁궐의 실버들은 푸르러 윤음(綸音)인듯
교묘한 감언이설[2] 그 재주 천 번이니
차라리 사람보다 꾀꼬리가 나을레라.

書大觀殿黼座後障無逸圖上 (서대관전보좌후장무일도상)

輅重駑馳短 (노중노치단)
天高鶴戀長 (천고학연장)
舊衣經幾濯 (구의경기탁)
猶滯御爐香 (유체어로향)

圓花紅錦繡 (원화홍금수)
宮柳碧絲綸 (궁류벽사륜)
喉舌千般巧 (후설천반교)
春鶯却勝人 (춘앵각승인)

---

1) 대관전(大觀殿)은 임금님 계시는 궁전. 보좌(黼座)는 임금이 앉는 옥좌. 무일도(無逸圖)란 편한 날이 없음을 그린 그림이란 뜻.
2) 교묘한 감언이설 ; 간신들의 말 재주. 고려의 한림들은 감언이설로 말재주 부려서 임금을 속이는 간신들을 가장 싫어했다. 김부식의 「아계부(啞鷄賦)」나 「문교방기창포곡가유감(聞敎坊妓唱布穀歌有感)」 시도 같은 유형이다.

이 작품에서 작자가 모시던 임금은 고종(高宗;1214~1259)이었으니 고종의 근검절약과 쉴 새 없이 다스리는 모습을 강조하고 있는 5언절귀 2수이다.

임금님께 충성하고 신하는 청백, 솔직해야 함을 강조하던 고려 한림들의 시이다.

여기서도 고려 때 한림들이 산야에 피해 살면서 "질탕하게 향락했다"는 후세의 역사 인식이 잘못되어 있음을 절실하게 감지된다.

2. 궁궐에서[3] (7언절귀)

승지[4] 분부 받잡고 새벽 오경 들어오니
달은 돌아 서남하늘 물시계[5]는 재촉 댄다.
재배하고 금 열쇠 받아서 열고 본즉
천의 문 만의 집이 일시에 열리누나.

宮詞 (궁사)

銀臺承制五更來 (은대승제오경래)
月在西南玉漏催 (월재서남옥루최)
再拜請將金鑰出 (재배청장금약출)
千門萬戶一時開 (천문만호일시개)

---

3) 「해동시선(海東詩選)」에서는 "내직(內直)"이란 시제로 실었다.
4) 승지(承旨)를 은대라 한 것은 승지는 승정원의 소속이요, 은대(銀臺)는 승정원의 별칭이기 때문.
5) 물시계 ; 원문의 옥루(玉漏)이니, 궁궐의 물시계는 〈누각(漏刻)〉이라 했다.

3. 새벽에 일어나다 (7언절귀)

궁궐 옥장막에 등불 가물거려 잠자리 들었더니
강안전(康安殿)[6]서 붉은 도포[7] 임금님 꿈꾸는데
문 앞에서 새벽종이 얄밉게도 흔들어서
숨막혀 한바탕 하늘 꿈 깨었네!

曉起 (효기)

玉帳燈殘入睡鄉 (옥장등잔입수향)
康安親捧赭袍光 (강안친봉자포광)
門前曉角渾無賴 (문전효각혼무뢰)
咽罷雲霄夢一場 (열파운소몽일장)

위의 7언절귀 두 수에서는 작자가 근면, 충직하게 관직[判官, 起居舍人 등] 생활을 하면서도 문신다운 정념을 항상 견지, 강조하는 시인임을 보여주는 작품이라 하겠다. 그래서 〈한림별곡〉에서는 "양경시부(良鏡詩賦)"라고 격찬했다.

---

6) 강안전(康安殿) ; 중국 북조(北朝) 때 왕의 연호이었으나, 여기서는 전을 붙여 궁궐을 의미한 듯.
7) 붉은 도포 ; 원문의 자포(赭袍)이니 임금이 입는 붉은색 용포.

4. 돌의 굳음 못 뺏는다 (5언율시)

음양 두 이치가 처음 나뉘인 뒤에
천지에 여러 물종이 만 가지로되
돌은 그중에서 제 본바탕 가졌으니
사람이 밖에서 굳은 바탕 못 빼앗네.

힘으로 쳐부수어 깨뜨릴 순 있어도
타고난 본성은 잃지 않아 못 바꾸니
소질은 그 바탕을 하늘에서 받은 것
주어진 제 소질을 변경하기 어려웁네.

쇠는 녹아야 그릇되니 부끄럽고
구리는 부어 녹아 돈 되니 창피하다.
어진 선비 이처럼 돌에다 빗대노니
곧은 마음 착한 행동 두고두고 변치마소!

石不可奪堅 (석불가탈견)

二儀初判後 (이의초판후)
物種萬紛然 (물종만분연)
有石中含質 (유석중함질)
無人外奪堅 (무인외탈견)

勢堪從擊破 (세감종격파)
性莫失生全 (성막실생전)
素受形資地 (소수형자지)
難移守自天 (난이수자천)

鐵慚融作器 (철참융작기)
銅恥鑄成錢 (동치주성전)
比若賢良士 (비약현양사)
操心固莫遷 (조심고막천)

5. 최상국[8)]이 늙은 서생 이별잔치 베풀다 (5언율시)

거리의 백성들이 떠들썩하는 말이
재상 댁 집안에서 풍악소리 들린다고
그 누가 상국(相國)어른 어진 마음 알리오.
사랑하는 늙은 서생[9)] 송별잔치 베푼다네.

호박(琥珀)잔에 따른 술은 봄 물결이 넘치는 듯
산호(珊瑚)병에 비춘 빛은 노을처럼 밝구나.
춤추는 고운 맵시 백설이 휘날리듯
아가씨 예쁜 노래 구슬 꿰듯 맑구나.

나누는 이별사는 천금처럼 정중하고
떠나갈 마음은 새털처럼 없다 하네.
막중한 나라은혜 어찌 다 갚으리오
변경에 나아가서 성색을 쌓으리라.

---

8) 상국(相國) ; 고려 때의 재상. 재상은 조선시대 영의정과 같은 최고위 관료인데, 높은 벼슬을 지낸 사람을 존경해서 부르는 통칭.
9) 서생(書生) ; 보통 학문하는 젊은이를 이르는 말이지만, 여기서는 고관 집에 기탁하고 사는 학문과 문학을 전업으로 하는 사람을 말한다.

謝崔相國設餞宴 (사최상국설전연)

紫陌人相道 (자맥인상도)
侯家有樂聲 (후가유낙성)
誰知賢相國 (수지현상국)
寵餞老書生 (총전노서생)

琥珀春波瀲 (호박춘파렴)
珊瑚晩照明 (산호만조명)
舞嬌回雪轉 (무교회설전)
歌妙貫珠淸 (가묘관주청)

別語千金重 (별어천금중)
歸心一羽輕 (귀심일우경)
國恩何以報 (국은하이보)
出塞作長城 (출색작장성)

6. 금의[10] 상국을 곡하며 (7언율시)

상서로운 문장은 오색 찬란 기린이요
거문고와 바둑 취미 맑고도 진실했네.
구중궁궐 백일하에 함께 다닌 손님인데
십 년 동안 정승누린 단지 네 분 그 한 사람

가신 뒤 맑은 덕은 천 년의 거울이요

10) 금의(琴儀) ; 한림별곡의 여러 한림의 스승인 금학사(琴學士)를 말함.

수중의 붉은 계수[11] 만 집의 봄빛이네.
그대 위해 그 누가 눈물이 없으리오
이 백발 문생(門生)은 울면서 수건 적시네.

哭琴相國儀 (곡금상국의)

瑞世文章五色麟 (서세문장오색린)
琴碁餘事亦清眞 (금기여사역청진)
九門白日無雙客 (구문백일무쌍객)
十載黃扉只四人 (십재황비지사인)
身後淸風千古鏡 (신후청풍천고경)
手中丹桂萬家春 (수중단계만가춘)
爲公誰不交揮涕 (위공수불교휘체)
白髮門生淚滿巾 (백발문생누만건)

한림별곡에서는 "양경시부(良鏡詩賦)"라 하여 김양경은 시와 부에 뛰어났다고 읊었는데 과연 시는 특이한 면이 있으니 첫째는 서사적인 서정시라는 점이다. 즉 5언절귀인 〈대관전 어좌 뒤의 무일도에 쓰다〉 때의 고종은 쉬지 않고 국사에 전념하면서도 근검, 절약하는 모습을 그림처럼 그리되, 서사시처럼 상황 묘사가 확연하며, 7언절귀인 〈궁사(宮詞)〉나 〈새벽에 일어나다(曉起)〉에서는 그가 내직(內直)하는 정경을 활화처럼 노래한 서사적 서정시이다.

또 그의 5언배율과 7언율시도 한 폭의 서사시로서 서정을 노래한 특징을 지녔다. 특히 〈한림별곡〉에서 소문난 금학사(琴學士)를 보내는 만가(挽歌)에서는 금학사의 특이점을 인물화처럼 그려내고 있다.

---

11) 붉은 계수(丹桂) ; 붉은 계수는 계수의 한 종류이지만, 여기서는 뛰어난 재주 있는 경우를 말함.

작자는 부(賦)도 잘하는 한림학자라고 했으나 그의 부는 전하는 작품이 없으므로 대신 도량문(道場文)이 있으니 그 한 편을 보여서 김양경의 산문을 감상코자 한다.

7. 진양부[12] 간청하는 강설도량문[13]

도(道)는 이것이 도라고 말하면 벌써 도가 아니오,[14] 말은 말하지 않는 것이 참말입니다. 그 이치로는 모두 한 근원으로 돌아가는 것으로 마치 진흙으로 만든 소가 바다에 들어가는 격이지마는,[15] 사상(事相)으로는 혹 세 글귀[三句]를 분석하게 되므로 또한 나무로 만든 말이 바람에 울부짖음도[16] 허물되지 않는 것이니, 그러므로 본색(本色)의 교도하는 겸추(鉗鎚)[17]를 가져다가 작가(作家)의 기계를 보도록 하소서.

삼가 생각하오매, 영추산 부처님의 정법안장(正法眼藏)[18]을 얻은 분이요, 숭산의 소림굴(小林窟)에서 면벽 9년 한 달마대사[19]의

---

12) 진양부(晋陽府) ; 진주(晋州)의 고려 때 명칭.
13) 설선문(說禪文) ; 불가의 경문을 강설하는 일. 문체로는 도량문(道場文)에 속한다.
14) 도는 도라 하면 벌써 도가 아니다 ; 노자(老子)에 있는 말이니 "말로 표현할 수 있는 도는 참된 도가 아니요, 부를 수 있는 이름은 영원한 이름이 아니다. 무명은 천지의 시초요, 유명은 만물의 어머니이다…(道可道 非常道 名可名 非常名 無名 天地之始 有名 萬物之母)" 〈老子1〉
15) 흙으로 만든 소…(泥牛入海)라고 원문으로 되어 있는데 흙으로 만든 소가 바다에 들어가면 소식이 없다. 즉 가면 그만이라는 의미.〈전등록(傳燈錄)〉
16) 나무로 만든 말(木馬)… ; "목마가 바람에 울부짖음"은 목마가 본래는 벌 주는 형틀이지만 여기서는 빈정대는 말로 썼다.
17) 겸추(鉗鎚) ; 겸(鉗)은 쇠집게이고, 추(鎚)는 쇠망치이니 모두 쇠를 단련하는 도구인데, 스승이 제자를 다루는 수법이 엄함을 말한다.
18) 정법안장(正法眼藏) ; 선가(禪家)에서 교외별전(教外別傳)의 심인(心印)을 말한다. 즉 경전으로 강설함이 아니고, 이심전심으로 깨닫게 하는 전수법임.
19) 소림굴달마(少林窟達磨) ; 중국 승산(嵩山)의 소림사(小林寺)의 석굴에서 면벽(面壁) 9년의 수도 종적을 전한 달마대사임.

가풍(家風)을 전한 분이십니다. 30년 동안 산에 거주하여 연기와 안개로 함께 지내시더니, 이제 수천 리로 석장(錫杖)을 옮겨서 사람과 하늘을 위하여 오셨나이다. 임금이 스승으로 존경하고, 대중들도 일심으로 우러러 받드나이다. 엎드려 생각하니 못나고 어리석은 이 몸의 품질로 다행히 불교를 향하는 정성을 품어서, 마침 선조의 제삿날에 집에다 큰 법회를 베풀고 뱁새 집[20] 같은 곳에 코끼리 같이 거룩한 걸음을 맞이하였습니다. 옛날 강 남쪽에 계실 적에 다만 육신보살(肉身菩薩)에 멀리 예배하였더니 이제 당 위에 임하오니 금색여래(金色如來)를 뵈온 듯합니다.

엎드려 원하오니, 눈썹이 빠지는[21] 것을 아끼지 마시고 정성이 지극함을 굽어 받아 주소서. 일단의 중요한 기밀을 드날려서 말할 수 없는 것을 말하여 주시고, 중생의 귀먹은 것을 깨뜨리어 듣지 못할 것을 들려주소서. 오늘의 공덕과 인연을 기대서, 여러 생의 업장(業障)[22]이 풀어지면 이는 하루 이틀의 귀의로서 천만 세의 다행히 되겠나이다.

晉陽府 請說禪文 (진양부 청설선문)

道可道非道 言不言而言 理同歸於一源 當作泥牛之入海 事或析於三句 不瑕木馬之嘶風 宜將本色之鉗鎚 以示作家之機械 恭惟靈鷲眼藏 小林家風 住山三十年 意欲與烟霞共老 飛錫數千里 翻然爲人天 而來帝北面而師之 衆一心而仰止 伏念猥以下愚之

20) 뱁새 집(鷦巢) ; 뱁새는 나무 한 가지에다 둥지를 틀면 충분하다는 뜻.
21) 눈썹(眉毛)이 빠지는 ; 수고하고 애쓰느라 눈썹이 빠지는 노력이라 했다(乃于精舍剝佛面金 旬日之間 眉毛盡落).〈명상기(冥祥記)〉
22) 업장(業障) ; 세 가지 장애(三障) 가운데 하나이며, 악업(惡業)을 지어서 바른 도에 장애가 되는 것을 말한다.

品 幸輸內向之勤 適先祖之諱晨 設大法於私弟 不分鶉巢之地 奉迎象步之蹤 昔邈在於江南 但遙禮肉身菩薩 今辱臨於堂上 擬親瞻金色如來 伏願不惜眉毛之墮落 俯容誠懇之格天 鼓揚一段之樞機 說非可說 鑿破衆生之聾瞶 聞所不聞 致今仗今日之功緣 釋多生之業障 是千萬世之緣幸 慈一二日之攀依.

■ 이규보(李奎報 ; 1168~1241)

고려 고종 때 문장가로, 초명은 인저(仁氐), 자는 춘경(春卿), 호는 백운산인(白雲山人) 또는 백운거사(白雲居士), 시호는 문순(文順). 어려서부터 경사(經史)와 백가서(百家書), 노불의 문헌들을 두루 섭렵하되, 한 번 읽으면 잊지 않는 재사였고, 시와 거문고, 술을 좋아해서 삼혹호(三酷好) 선생이란 별명을 들었다 함. 1191년에 진사에 합격, 1207년에 권신 최충헌(崔忠獻)의 명으로 「모정기(茅亭記)」를 쓰고 권보직한림(權補直翰林)이 된 뒤 많은 시문을 썼고, 한때 귀양 갔다가 1233년에는 집현전대학사(集賢殿大學士)가 되었고, 1234년에 정당문학(政堂文學), 1235년에 태자소부(太子少傅)와 참지정사(參知政事), 1237년에 문하시랑평장사(門下侍郞平章事)로 관직은 끝내고 시문을 쓰면서 지냈다.

「한림별곡」에서는 쌍운주필(雙韻走筆)로 소문났다고 했고, 저술로는 「동국이상국집(東國李相國集)」과 「백운소설(白雲小說)」, 「국선생전(麴先生傳)」은 너무 유명하다.

특히 동명왕편과 청강사자 현부전도 큰 저작으로 알려졌다.

「동문선」에는 부 6편과 시 56편 및 문이 425여 편이 전하지만, 여기서는 그의 부(賦;장단) 3편과 시 13편만 추려서 옮긴다.

이규보의 작품은 그 짓는 솜씨도 빠르거니와('쌍운주필'에 소문났음) 재치와 위트(wit)가 넘치며 그래서 그의 부(賦=장단)는 한 편의 멋진 꽁트(conte)가 된다.

그러나 다기즉궁(多技卽窮)이라고나 할까 너무 재주 많아 좋은 인품 대접은 못 받는다.

(1) 이규보(李奎報)의 부(賦)

1. 두려워서 겁내는 장단※

※《부(賦)》(장단) : 부(賦)란 장(長) 단(短)구로 꾸며진 일종의 노래임으로 필자는 '장단' 으로 풀이해 본다.

독관처사(獨觀處士)란 사람이 있어 두문불출하고 집안에만 들어 앉아 지내면서 늘 두려워 겁에 질려 사는데, 제 모습만 보고도 무서워하고 제 그림자를 보고도 두렵고 무서워하고 그러니 한 몸짓, 한 동작을 모조리 두려워하지 않는 것이 없으므로, 충묵(冲默) 선생〔충묵은 정묵(靜默) 혹은 원려지량(遠慮之量)의 뜻을 가짐〕이 만나보고 그 까닭을 물으니,

처사가 말하기를, 천지 안에서 어떤 것이 두려워하지 않는 바가 없으니, 머리에 뿔을 이고 있는 놈, 입안에 이빨을 박은 놈, 날짐승, 길짐승, 꿈틀거리는 온갖 벌레들이 제 종족을 번식시키려고 제 먹이를 찾으니 다른 족속들이 무서워 복종하게 되어, 하늘에서 새들은 매를 무서워하고, 물에서 고기들은 수달을 두려워 무서워하고, 토끼는 사냥개를 두려워 무서워하며, 이리는 코뿔소를 두려워 무서워하고, 사슴은 표범에게 쫓기고, 뱀은 돼지를 두려워하고, 사납기는 호랑이와 표범이 으뜸이지만 사자의 탈만 보아도 피해버린다네!

이런 사례들은 너무 많아 자세한 일 모두 찾아 적을 수 없는 일이며, 짐승들 일이 이러하니 사람들의 일인들 어찌 다르랴!

가장 높은 이가 임금이지만 오히려 하늘이 두려워 공경하며 엄숙하고, 밤낮으로 정성스럽기는 임금과 신하 사이가 당상과 섬돌[陛] 밑의 땅바닥에서 그 위로 오르는 것같이 현격하여 아랫사람은 높은 자를 두려워하고, 뒤쳐진 자는 앞선 자를 두려워하되 자

로 재고 치수로 따지면서 두려워하지 않음이 없네. 그러나 어찌 세상길이 험해져서 이론이 분분하고, 질서가 뒤집혀서 머리에 쓴 관은 신발 밑으로 떨어져 깔리고, 깨진 병 같은 부실한 자가 삼공(三公)보다 앞에 앉고, 절름발 당나귀가 저 유명한 주목왕 팔준마 백희(白義)와 한 수레를 끌자 하고, 추녀 주미(犨麋)가 미남 자도〔子都;정(鄭)나라 미남〕와 어울리자 하고, 아랫것이 방자하여 윗사람을 능멸하며, 아첨자가 곁에 붙어 어진 이를 따돌리니, 날로 송곳으로 피부를 찌르는 비방과 그림자를 쏘는 독충[1]같은 현상이 멀리 번진다네. 하물며 나 같은 잔부스러기가 뭇사람들 세상에 섞여 살다보니, 저 사람들이 교묘한 꾀를 부릴 때 나는 치졸하고, 나는 하나라면 저들은 백천을 헤아려 땅만 밟으면 가시 찔려 탈이나니 모든 것이 두려움이 되어 무턱대고 달리다간 열 걸음에 아홉은 넘어질 것이므로 소름이 끼쳐 두렵지 않겠는가?

나는 이제 혼자 우뚝, 무리를 떠나 혼자 서서 아득한 빈터에서 살아갈까 하노니, 그대는 어찌 생각하는가? 하니,

충묵선생이 태연하게 책상에 기대앉아 웃으며

"나는 그와는 다르다네! 상천(上天)의 큰 힘도 안 두렵고, 만승천자의 부귀도 안 두렵고, 폭력배의 걷어붙인 팔뚝도 겁 안 나고, 사나운 범 이빨도 겁 안 나네!"

말이 끝나지도 않았는데 그 처사가 깜짝 놀라 일어나며

"잘못이로다. 그대가 자신을 헤아리지 못함이 너무 지나치도다. 어찌 말을 그리 쉽게 하는가? 저 하늘의 황상제가 선악을 내려다 보시고 혹시 크게 노하시면, 번갯불 벼락을 치면서 갑자기 폭풍을 휘몰아쳐 모래를 뿌리고 돌을 날리면서 바다가 장님 되어 안 보이고, 산은 귀가 먹어 와르릉 출렁, 와지끈 뚝딱, 번갯불이

---

1) 사영(射影) ; 자라처럼 생긴 괴물이 물속에 숨었다가 사람 그림자만 비추면 나와 독을 쏜다는 괴물.〈시경, 소아〉

번쩍번쩍, 하늘이 찢어지듯, 땅이 쫙 갈라지듯, 큰 장정이 쳐부수며 위세를 부리듯, 주(周)나라 성왕(成王)[2]이 주(紂)의 아들 무경(武庚)을 치듯 하니, 모두가 혼을 빼거 넋을 잃고 뜨던 밥숟가락을 떨어뜨리며[3] 어찌할 줄을 모르니, 누가 감히 기둥을 기대고 태연자약할까?[4] 이렇듯 상천의 힘이 무섭거늘 선생은 왜 두렵지 않다고 말하는가?"

선생이 말하기를,

"똑바로 지켜 서서 남을 속이지 않는 데야 하늘인들 내사 두렵지 않고, 내가 어찌하여 두려워 겁내랴!"

처사가 하는 말이

"금빛 용상(龍床)이 번쩍거리고, 임금님 옥좌 뒤 장막은 깊숙해 은밀한데, 임금 길 순찰하는 계엄군 경계구령이 삼엄하여, 임금을 수위하는 우림위(羽林衛)의 늘어선 쌍벽과 삼성 깃발에 정월(井鉞) 큰 도끼든 파수꾼이 임금님 나실 때는 경(警)이라고 외치고, 돌아오셔 드실 때는 필(蹕)이라 외치니,[5] 왼쪽에는 헌대(憲臺)[6]의 철관 쓴 엄한 기세, 오른편은 붉은 붓 든 집필관(執筆官)들이 "쉬! 쉬!" "네! 네!" 하며 온 백관들이 들어섰는데, 이들이 노하면 눈, 서리의 무서운 벌과 벽력같은 꾸중이 일어나며, 한번 불경죄를 저지르면 멸족의 화를 입게 되는 것이 천자(임금)의 무서운 위력이

---

2) 주성왕(周成王) ; 주(周)나라 2대 왕으로 반란자인 무경(武庚)과 관숙(管叔)을 목 잘라 죽인 일이 있었다.

3) 밥숟가락을 떨어뜨리다 ; 중국 삼국시대 때 유비(劉備)가 조조(曹操)와 마주앉아 천하 영웅을 다투며 술을 마시다가 조조가 "천하의 영웅은 나와 그대뿐!"이라는 말에 놀라서 뜨던 밥숟가락을 떨어뜨렸는데, 마침 그때 천둥소리가 요란했으므로 "아! 천둥소리에 놀랐군!" 하고 핑계 댄 일이 있었다.〈三國志〉

4) 기둥에 기대고… ; 중국 진(晋)나라 하후현(夏侯玄)이 기둥에 기대어 글을 짓는데, 기둥에 벼락이 떨어져 옷이 불타고 있었지만 태연자약하고 글 지었다는 고사가 있다.

5) 필(蹕)이라 외치니 ; 천자나 임금이 나시고, 드시는 행차 때 길에 행인이 못 다니게 하는 일을 경필(警蹕)이라 한다. 밖으로 나갈 때는 문지기 파수꾼이 '경' 하고 외치고, 돌아와 드실 때는 '필' 이라 외친다.

6) 헌대(憲臺) ; 사헌부(司憲府)의 어사대를 말한다.

거늘 그래도 그대는 두렵지 않은가?"

선생이 말하되,

"임금의 높음과 신하의 낮음이 마치 갓과 짚신과도 같으니 밑에서 섬기며, 위를 모심에 있어서 허리를 굽혀 절해야 하며, 임금 바라볼 때 부복하여 절하면서 분부를 받잡고 머리를 조아려야 하는 것이니 이러할진대, 임금이 어찌 두렵고 신하가 어찌 두려워 겁나리오?"

처사가 말하기를,

"만약 저 분육(賁育)[7]과 같은 장사 폭력배가 성내어 늑대처럼 노려보면서 한번 물어뜯고, 한번 내어뱉을 때마다 바람이 일고, 구름이 놀래어 대낮에 사람이 찢기고, 저자에는 피 뿌려 낭자하여도 아직 그 위협이 그치지 않아 날치고 덤비면 눈이 째지듯 번쩍하고, 머리카락이 곤두서서 범을 밟고 살가죽을 찢는 듯, 곰을 잡아 사지를 찢어 가르듯 하는데도 항장(項莊)의 칼춤[8] 보듯 인상여(藺相如)가 돌기둥 흘겨보듯[9] 하니, 이는 암살하려는 자객의 모진 행위를 모르고 하는 일이니 그대는 이런데도 두렵지 않겠는가?"

선생이 말했다.

"낯에 뱉은 침은 씻지 말고 그냥 말리고[10] 가랑이 밑으로 기어가

---

7) 분육(賁育) ; 옛날 한서(漢書)에 용사(勇士)로는 맹분(孟賁)과 하육(夏育), 힘에는 오혹(烏獲), 날래기는 경기(慶忌)와 분육(賁育)이라 했다.

8) 항장(項莊)의 칼춤 ; 홍문연(鴻門宴)에서 한고조(漢高祖)가 제위에 오르기 전인 패공(沛公) 때 그를 암살하려고 항적이 칼춤을 췄으나 실패했다.〈史記〉

9) 인상여(藺相如)가 돌기둥 흘겨보듯 ; 전국시대 조(趙)나라 인상여가 왕명으로 보배구슬 화씨벽(和氏璧)을 가지고 진(秦)의 15성과 바꾸려 진(秦)의 소왕(昭王)에게 바쳤더니 왕이 받고는 성을 줄 뜻이 없어보이므로 인상여가 도루 받아 쥐고 돌기둥을 노려보며 부딪쳐 깰 듯한 모습을 보인 일이 있었다.〈史記〉

10) 낯에 침을… ; 당(唐)나라 누사덕(婁師德)은 성질이 아주 너그러웠는데 그 조카를 지방벼슬을 주어 보내면서 가서 처세를 어찌하겠는가? 하니 "가서 남이 낯에 침을 뱉으면 손으로 닦고 대들지 않겠노라" 하니, 누사덕은 닦으면 그 사람이 또 뱉을 것이니 닦지 말고 그냥 말리는 것이 너그러운 처세라고 했다.〈唐書 婁師德傳〉의 「타면대건(唾面待乾)」

라면 허심탄회하게 기어간다면[11] 내가 저들을 건드리지 않는데 저들이 어찌 화를 내겠는가? 그러므로 이것도 두렵지 않네 그려!"

처사가 말하기를,

"새끼 가진 호랑이 굴을 나와 포식고기 피를 핥을 때 이빨을 드러내고, 발톱으로 할퀴면서 으르렁 소리 한 번에 바람이 휘몰아치고, 한번 태 쳐서 놀래면 번갯불이 번쩍거려, 날개 없이 만 리를 나는 재주와 범 잘 잡는다는 풍부(馮婦)[12]라 하더라도 기가 질려서 얼이 빠져버릴 것이니, 이는 사나운 범의 으르렁 때문이라. 이래도 그대는 안 무서운가?"

선생이 말하되,

"옆에 낀 것(쟁기)과 설치한 것(함정)이 있는데 이는 놀랄 일이 아니로세."(즉 인간에겐 지혜가 있다는 뜻)

처사가 말하기를,

"그러면 선생이 두려워하는 것은 과연 무엇입니까? 있는가요? 없는가요?"

선생은 말하되,

"나에게도 어찌 없을 소냐! 허나 내가 두려워하는 바는 여러 외물 즉 인간의 마음 밖에 존재하는 모든 사물(事物)에 있지 아니하고 바로 나 자신에게 있는 것이니 그것은 바로 턱 위와 코 밑의 속에는 이빨이 있고, 밖으론 입술이 열렸다 닫혔다 하면서 출입문과도 유사한 것 세상 물정이 이것을 거쳐 들어가고, 참으로 없어서는 안 될 그것(입과 말)이 있으니 내가 참으로 안 두려울 수 없는

---

11) 가랑이 밑으로 기어가다 ; 한신(韓信;한(漢)고조의 명상)이 젊었을 때 시정 폭력배가 둘러싸고 "죽던지 내 바짓가랑이 밑으로 기어가든지 하라" 하니, 분통을 꾹 참고 기어간 고사가 있다.〈史記 胯過辱〉

12) 풍부(馮婦) ; 옛 춘추시대 진(晋)나라에 범 잘 잡는 선비가 있었는데 뒤에 착한 선비가 되더라는 이야기.〈孟子〉

곳일세! 옛적 명(銘)[13]을 거울삼아 '금인의 입을 봉합한다.'[14]는 시를 보고 거울삼을 것이니 '담장에 붙인 귀'[15] 한번 뱉은 말과 한순간의 침묵이 영욕의 원인이 되는지라, 역이기(酈食其)도 그래서 삶아져[烹] 죽었고,[16] 오피(伍被)도 그래서 죽었으며,[17] 미형(禰衡)도 그런 일 때문에 몸을 망쳤고,[18] 관부(灌夫)도 그런 일 때문에 저자에서 가족과 함께 처형되었으니,[19] 그래서 옛 성인들은 그 사람을 두려워하지 않고, 오직 그 "입(말)"을 두려워했으니[20] 입을 조심한다면 처세하는데 무슨 탈이 있으리오만, 지금 처사는 혀를 돌리고, 말을 토해내기를 칼끝으로 찌르듯, 쇳가루를 쏟아내듯 세상살이가 험하고 쉬움과 인간들의 시시비비를 의론 비평하니, 말솜씨는 능변이오, 기기묘묘하기는 하지만 그러나 입이 곧 몸을 망치는 것이니 말이 많자 화가 뒤따를 것이므로 그대는 그래도 무사하기를 바란다면 그것은 마치 북을 둥둥 울리며 도망가는 도망자와 같은 어리석음이라. 도망자는 빨리 도망쳐야 제 갈 곳으로 갈 터인데 북을 치니 무슨 도움이 되리오.

---

13) 명(銘) ; 문체의 일종으로 쇠붙이나 돌 또는 그릇에 새겨서 후세 사람에게 밝은 교훈을 주는 글귀.

14) 금인의 입을 봉한다 ; 공자가 주(周)에 갔을 때 세 군데나 입을 꿰맨 쇠붙이 동상을 보았다 함.〈孔子家語〉

15) 담장에 붙인 귀 ; 원유이(垣有耳)를 말하는 것으로 담장에도 귀가 있어 음밀한 귓속말도 샌다는 뜻.〈당(唐) 현종 때의 재상 요숭(姚崇)의 구잠(口箴)〉

16) 역이기(酈食其) 삶아져 죽다 ; 초한(楚漢) 때 변사(辯士)인 역이기가 제(齊)나라에 가서 변론을 잘해 공로가 있었으나 한신(韓信)이 제(齊)를 치는 통에 제왕은 자기를 속였다고 끓는 물에 삶아 죽였다.〈史記〉

17) 오피(伍被)의 죽음 ; 한(漢)의 초(楚)나라 재사. 자서(子胥)의 후손이라는 말도 있는 회남중랑(淮南中郎)이었는데 살해되었다.〈前漢書〉

18) 미형(禰衡)이 몸을 망침 ; 한(漢)의 문인 미형은 재주가 많아 문인으로 조조(曹操)를 희롱하다가 쫓겨나 황조(黃祖)에게 붙었다가 미움 받아 결국 살해됐다.〈三國志〉

19) 관부(灌夫)의 처형 ; 한(漢)나라 때 장수로 싸움에서 무공은 많았으나 방약무인으로 처세하며 술 먹고 난동 부리다가 가족과 함께 처형당했다.〈史記〉

20) 입(말)을 두려워하다 ; 세상에서 가장 무섭고 두려운 것이 '입' 즉 '말'이니, 이 외부(畏賦)의 주제이기도 하지만 "말은 잘못하면 작게는 집안을 뒤엎고, 크게는 나라를 망친다."고 했다.〈內訓 言行章〉

나는 적이 처사의 말에 우습고, 그 진짜 두려움을 모르는 게 두렵네! 그 화는 싫어하면서 화를 자초하는 어리석음이 우습네!"

처사가 듣고 나더니 곧 자리를 피하면서 우러러 보며 하는 말이 "제가 미처 깨닫지 못하였더니 이제 선생의 말씀을 듣고서 그 깨달음이 환해져 멀었던 눈을 뜨고 태양을 보는 것 같사옵니다."

畏賦 (외부)

有獨觀處士 杜門端居 常若有畏 顧形而畏 顧影而畏 擧手動足無一不畏 冲默先生造馬 問其所以 處士曰 堪輿之內 物孰無畏 戴角插牙 翼𧽱足趡 蠕蠕蠢蠢 厥種繁熾 慳生嗇命 各讐非類 鳥畏鷹於天 魚畏獺於水 兎畏獹 狼畏兕 鹿脅于貙 蛇懼于豕 猛莫猛兮虎豹 過狻猊而奔避 何玆類之孔多兮 羌難覼縷而備記 物固然矣 人亦有焉 莫尊者君 猶畏上天 祗栗齊肅 夙夜以虔 惟君惟臣 若堂陛然 由陛及地 岔崇亦懸 卑者畏高 後者畏先 揆尺計寸莫不畏旃 胡世路之巇羲兮 紛理緖之倒顚 冠茸履兮在底 𪙊先鼎兮居前 跛驢踸踔兮 將白蟻共軛 犨麋瞪胐兮 與子都同筵 下慢而凌上 佞近而踈賢 鑽皮之謗日熾 射影之毒遐羶 矧予瑣屑之微質兮 跡有衆之攸寰 彼巧我拙 我一彼千 踏地生梗 皆成畏途 苟縱驅而不懼兮 殆十步而九擠 慓乎攫乎 能不畏乎 吾將介立高蹈 背耦離徒 遊乎壙垠之墟 子以爲何如 冲默先生 傲然憑几而笑曰 僕則異於是 上天之威 吾不畏矣 萬乘之貴 吾不畏矣 暴客攘臂 吾不畏矣 猛虎切齒 吾不畏矣 言未旣 處士愕然起曰 過矣子之不自揆也. 何談之容易哉 於皇上帝 降監善惡 設或震怒 雷霆暴作 烈風閒之 飛沙走石 盲海聾山 激薄忽霍 電刃所掣 遺光儵爚 劃若天裂 剨似地折 擊大丁以增威 雖周成猶褫魄 皆失匕以罔圖 孰倚

柱而自若 是上天之威赫赫也 子言無畏何也 先生日 守正不欺 則天不吾威 吾何畏于玆 處士日 金床晃晃 幄坐密勿 嚴更巡于徼道 羽林列於雙闕 參旗井鉞 出警入蹕 左憲臺兮凛鐵冠 右執法兮秉丹筆 肅肅諮諮 百辟咸秩 於是振雪霜於威怒 馳風雷於咄叱 一有不悋 族赤禍溢 是天子之威栗栗也 子亦無畏耶 先生日 夫君尊臣卑 勢若冠屨 居下事上 趨蹌中矩 望則跽脚 拜則頓首 聞命益僂 當局善守 若此則君何威爲 臣何畏有 處士日 若夫賁育之輩 怒而狼顧 一嗹一呞 風激雲鶩 白日刺人 血流市路 餘威未滯 飛揚跋扈 目欲裂兮星迸 髮直衝兮棘竪 足踏虎兮截皮 手拉熊兮裂股 小項莊之劍舞 卑藺生之睨柱 此刺客之强暴也 子亦無畏耶 先生日 唾面待乾 出胯俛就 虛心而行乎世 我不彼忤 彼何自怒哉 此亦無足畏也 處士日 乳虎出穴 擇肉舐血 淬牙磨爪 其聲鎗钀 一嘯兮風生 一矆兮電瞥 不翼而飛 萬里一輟 雖馮婦之善搏 亦神喪而氣奪 此猛虎之咆勃也 子其何如 先生日 有挾有設 此不足愕也 處士日 然則子之所畏 果何物乎 有乎無乎 先生日 僕亦安得而無乎 僕之所畏 不在諸物 特關於己 俯頷戴鼻 中齟外哆 一闔一闢 維門之似 物入由是 誠不可不有 而亦不可不畏之地也 銘可鑒兮金緘口 詩可觀兮垣屬耳 一語一默 榮辱所自 食其以之而烹 伍被以之而死 禰衡以之而敗身 灌夫以之而棄市 是以聖人不畏於人 唯畏於口 苟愼於其口 於行世乎何有 今處士 騁舌吐辭 鋒攢屑霏 談世路之險易 議人間之是非 誠辨則辨矣 奇而又奇 然口能覆身 言出禍隨 子以此求免於時 亦猶擊鼓而求亡者也 何其益於迅馳哉 僕竊笑處士聲其畏而實無有也 惡其禍而祗自招之 處士聞之 避席逡巡 聳然作貌日 小子不肖 今聞先生之敎 曉然若披盲而見大曜也.

2. 봄 경치 감상하는 눈

봄 날씨 한번 화창하고 기분 좋기에 높은데 올라가서 눈을 돌려 바라보니 곡우(穀雨;음3월 중) 비가 처음 개어 나무들이 목욕한 듯 깨끗해지고, 멀리 물결은 출렁거리며 국진(麴塵)[1]의 담황색 버들가지는 어느새 파릇파릇, 비둘기 울면서 나래 떨치며 꾀꼬리는 기이한 진목(珍木)에 모여든다. 백화는 만발하여 비단휘장 두룬 듯 푸른 숲이 섞여서 알록달록 어린다. 풀섶은 우거져 짙푸른데 소들이 벌판에 퍼져서 뜯어 먹고 소녀들은 바구니에 어린 뽕잎 따는데 옥같은 손길로 가지를 휘어당기며 주고받는 노랫가락은 어느 곡보 무슨 장단이던고! 길가는 사람, 앉아서 보는 사람, 가고 오는 사람, 모두가 맑고 밝은 봄기운에 겨워서 어찌할 줄 모르는 기분이다. 하지만 내가 마음 답답해 하는 봄 감상은 더욱 착착(齪齪)함이 있으니,

만약 궁중에 해는 길고 임금의 정사 한가할 때 봄흥이 겨워서 때로 높은 곳에 올라가 두루 바라보니 둥둥둥 갈고(羯鼓)[2]소리 울리며 붉은 살구꽃은 활짝 꽃봉오리 터트리어 장안의 아름다운 경관은 한참 무르익을 때의 임금의 봄 감상은 가장 부귀한 춘망(春望)이오,

저 왕손과 귀공자들이 호탕하게 벗삼아 봄놀이 할 때 수레 뒤엔 기생 태워 노랑 소매 붉은 치마 아무데나 자리 깔고, 피리 불고 젓대 불며, 붉고 파란 비단결 봄 들판을 얼큰히 취한 눈으로 방탕하게 바라보니 이는 사치하고 호사스런 춘망이고,

---

1) 국진(麴塵) ; 누룩의 곰팡이. 이 곰팡이는 황록색을 띠고 있으므로 봄버들에 새로 나는 빛깔과 같아서 봄버들을 상징한다.

2) 갈고(羯鼓) ; 중국 당나라 현종(玄宗)이 애용하던 서역에 전래한 양명북. 이 북을 울리면 봄꽃이 다투어 핀다고 전함.

예쁜 여인은 탕아 낭군을 천리 밖에 이별하고 독수공방에서 그 소식 바이 없고 말 붙일 이 하나 없을 때 쌍쌍으로 나는 제비 난간에 기대어 눈물로 바라보니 이는 애원(哀怨)의 춘망이다.

멀리 떠나는 벗을 보낼 때 배웅길에 가랑비는 촉촉이 내리고 버들잎 푸르른데 이별시 세 수를 읊자, 임 실은 말도 슬피 울고, 높은 언덕에 올라가서 바라볼 때 봄 안개 자욱하여 사람 애를 끊이니 이는 봄을 바라보는 이별한의 춘망이다.

심지어 변방 지키려고 출정한 지아비가 관산(關山) 밖 푸른 풀이 두 번째 우거짐을 보거나, 남쪽으로 귀양간 사람이 남방 상수(湘水)[3]가에서 아직 푸른 단풍나무의 어두운 그림자를 바라볼 때면 모두다 머리를 쳐들고 넋 나간 듯 홀로 서서 가슴 가득 깊은 한에 잠길 것이니 이는 불가항력으로 집 떠난 사람의 춘망이다.

나는 저 여름날의 바라봄은 무더위에 얽매이고, 가을에는 쓸쓸함에 치우치고, 겨울은 얼어붙어 못 보는 바라봄으로 이 세 계절은 한 가지에 편중되어 변화가 없다는 사실을 알고 있으나, 그러나 오직 이 춘망은 경치와 그 상황에 따라 바라보아 기쁘기도 하고 또는 슬프기도, 혹은 흥겨운 노래, 혹은 눈물 흘리는 등 각각 경우에 따라 다르니 그 심정이 천인가 만인가?

그러면 농서자(隴西子;작자 이규보의 호)와 같은 경우는 어떠한가? 취하여 바라보면 즐겁고, 술 깨어 바라보면 애절하고, 궁색할 때 바라보면 구름과 안개에 막혀 있는듯, 잘 풀려 달통할 때 바라보면 해가 훤히 비추어서 기쁠만 하면 기쁘고, 슬프게 보면 슬프니, 참으로 경우를 좇고 기회에 따라 사물(事物)과 함께 옮겨지는 것이니 한 가지로 헤아릴 수 없는 것인가!

---

3) 상수(湘水) ; 중국 호남성(湖南省)에 있는 강. 동정호(洞庭湖)로 흘러 들어가는데 우리나라에서는 아득히 먼데로 집 떠난 나그네의 마음을 상징한다.

春望賦 (춘망부)

欣麗日之方酣 聊登高以游目 穀雨始晴兮 濯濯樹容之新沐 遠水蕩瀁 麴塵浮綠 鳩鳴拂羽 鶯集珍木 衆花敷兮錦幃張 雜以靑林兮一何班駮 草芊眠兮碧滋 牛布野兮散牧 女執筐兮採稚桑 援柔枝兮手如玉 俚歌相和 何譜何曲 行者坐者去者復者 咸陽熙熙其氣可掬 鬱予望之止玆 何區區而齪齪 有若丹禁日長 萬機多簡 感韶光之駘蕩 時登覽乎飛觀 羯鼓聲高 紅杏齊綻 望神州之麗景 宸歡洽兮玉觴滿 此則春望之富貴也 彼王孫與公子 結豪友以尋芳 後乘載妓 茜袂紅裳 隨所駐兮鋪筵 吹瑤管兮吸玉簧 望紅綠之如織 擡醉眼以倘佯 此則春望之奢華也 有美婦人兮守空閨 別宕子兮千里 恨音塵之迢遞 情搖搖其若水 望漆鷰之雙飛 倚雕櫳而流淚 此則春望之哀怨也 故人遠遊兮送將行 雨浥輕塵兮柳色靑 三疊歌闋 別馬嘶鳴 登崇丘兮望行色 烟花掩苒兮蕩情 此則春望之別恨也 至若征夫邈寄乎關山 見邊草之再榮 逐客南遷乎湘水 望靑楓之冥冥 莫不翹首延佇 抱恨怦怦 此則春望之羈離也 吾知夫夏之望兮 拘於蒸暑 秋專蕭瑟 冬苦凝閉 玆三者之偏兮 若昧變而一泥 唯此春望 隨物因勢 或望而和懌 或望而悲淚 或望而歌 或望而涕 各觸類以感人兮 紛萬端與千緖 若隴西子者 何爲哉 醉而望也樂 醒而望也哀 窮而望則雲霧塞 達而望則天日開 可以喜則喜 可以悲則悲 誠能遇境沿機與物推移 而不可以一揆測知者乎.

3. 매미를 구해 놓아주던 장단

저 간악한 거미 놈! 그 씨종자 번식도 엄청 많구나! 누가 너에게 배 불룩 그물실로 가득한 둥근 배를 주었길래, 매미가 그 그물에 걸려서 구슬픈 울음을 울어대니, 내가 듣다못해 그놈을 풀어서 놓아 날려 보냈다. 이때 곁에 있던 어떤 사람이 나를 보고 비꼬아 하는 말이

"저 두 미물은 똑같은 벌레인데 거미가 그대에게 어떤 손해를 주었으며, 매미가 그대에게 무슨 이득을 주었길래, 매미를 살려주면 거미는 굶어 죽을 터인데, 그러므로 이편은 고마워해도 저편은 원망할 것인즉 누가 감히 그대를 지혜롭다 하겠기에 어찌하여 이를 놓아 주는가?"

내가 처음은 이마를 찡그리며 대꾸를 하지 않고 있다가 별안간 한마디 토해내며 그 이유를 풀어 말하되,

"거미란 놈은 그 성품이 탐욕스럽고, 매미는 그 본성이 맑은지라, 배불리 먹으려는 욕망은 채워지기 어려우나, 이슬 먹는 뱃속이야 무슨 도모함[1]이 있겠는가? 욕심 많고 때 묻은 놈이 맑은 놈을 핍박하는데 내가 어찌 참을 수 있겠는가?

거미가 토해 놓은 실이 어찌나 가는지 저 이루(離婁)의 밝은 눈[2]으로도 가려보기 어렵거든 하물며 앞을 자세히 살필 수 있었겠는가? 날아 지나려다 문득 걸리니 파닥거리며 날려고 하나 점점 더욱 얽어지누나!

저 먹을 것 찾는 쉬파리는 냄새 맡고 몰려들다 걸리고, 나비는 꽃향기 탐내다가 걸려서 바람결에 상하로 흔들거린들 본시 제 욕심

---

1) 도모함 ; 모든 동물은 뱃속을 채우기 위해서 다른 족속들을 잡아먹을 궁리[營]를 하면서 산다.〈포식피식(捕食被食) 등〉

2) 이루(離婁)의 밝은 눈 ; 옛날 황제(黃帝) 때 눈 밝았다는 사람. 일명 이주(離朱). 백보 앞의 가을 새 털을 잘 보았다 함. 이주지명(離朱之明)이라 했다.〈莊子〉

때문에 그리 되었으니 누구를 탓하랴? 그러나 매미는 워낙 남과 다툼이 없이 고고하게 사는데, 어찌 이런 결박을 당한단 말이냐?

내가 이제 네가 걸려 감긴 몸을 끌러 주고서 너에게 차근차근 일러주노니 솟은 나무숲 꼭대기 그늘에 올라 살되 자주 옮겨 다니지 말거라. 그물 친 벌레 거미가 너를 엿보고 노리고 있거나, 사마귀가 뒤에서 노림[3]을 명심하고 한 곳에 오래 머물지도 말거라! 그래야 뒷 탈이 없느니라."

放蟬賦 (방선부)

彼黠者蛛 厥類繁滋 孰賦爾以機巧 養丸腹於網絲 有蟬見絓 其聲最悲 我不忍聞 放之使飛 傍有人兮誰氏子 仍詰予以致辭 惟茲二物 等蟲之微 蛛於子何損 蟬於子何裨 惟蟬之活 乃蛛之飢 此雖德君 彼必寃之 孰謂子智 胡放此爲 予初矉額而不答 俄吐一言以釋疑 蛛之狌貪 蟬之質淸 規飽之意難盈 吸露之腸何營 以貪汚而逼淸 所不忍於吾情 何吐緖之至纖 雖離婁猶不容睛 矧茲蟲之不慧 豈覘視之能精 將飛過而忽罥 翅拍拍以愈嬰 彼營營之靑蠅 紛逐臭而慕腥 蝶貪芳以輕狂 隨風上下以不停 雖見羅而何尤 原厥咎本乎有求 獨汝與物而無競 胡爲遭此拘囚 解爾之纏縛 囑汝以綢繆 遡喬林而好去 擇美蔭之淸幽 移不可屢兮 有此網蟲之窺窬 居不可久兮 螳蜋在後以爾謀 愼爾去就 然後無尤.

「동문선」에는 이 밖에도 몽비부(夢悲賦), 조강부(祖江賦), 도앵부(陶罌賦)가 더 있다.

---

3) 사마귀의 노림 ; 당랑재후(螳螂在後)란 경구(警句)가 있으니, 이슬을 먹고 있는 매미 밑에선 사마귀가 매미를 노리고 있고, 그 밑에서는 사마귀를 노리는 황작(黃雀)이 있고, 그 밑 땅 위에는 황작을 노리는 포수가 있다는 말. 〈莊子〉

(2) 이규보의 시(詩 ; 각체)

1. 여뀌 꽃 섶에 선 백로의 생각 (5언고시)

앞 개에는 고기, 새우도 많아서
이를 노리고 백로는 들어가다가
사람보고 놀라서 여뀌 꽃 섶 모여서서
목 빼들고 사람 가기 기다리노라고
부슬비에 온 깃털 흠뻑 적셔도
그 속은 오로지 갯 고기에 있는데
사람들은 세속 잊고 서 있다고 하네!

蓼花白鷺 (요화백로)

前灘富魚蝦 (전탄부어하)
有意劈波入 (유의벽파입)
見人忽驚起 (견인홀경기)
蓼岸還飛集 (요안환비집)
翹頸待人歸 (교경대인귀)
細雨毛衣濕 (세우모의습)
心猶在灘魚 (심유재탄어)
人道忘機立 (인도망기립)

※같은 새의 이름이라도 '해오라기' 와 '백로' 는 그 사념이 전혀 다르다. 인간들의 겉과 속을 재치 있게 풍자한 한 폭의 그림이라 하겠다. 그러나 그 자신도 겉과 속이 다른 이율배반적 풍모를 드러내고 있는 작품세계는 유감이다.

2. 제 명예를 낚는구나 (5언고시)

물고기 낚는 것은 생선고기 얻자는 것
이름을 낚는 일은 무엇을 얻자 하나
이름이란 실상은 길손과 같은 것
주인이 있다 하면 손님은 오게 마련
실상 없는 헛이름을 누리다 보면
그 몸에 누되는 일 많고 많구나.
옛날 장사 용백(龍伯)은 한번에 여섯 자라 낚으니
이는 진정 장한 낚시 솜씨요,
강태공(姜太公)이 주문왕(周文王)을 낚을 때에는
그것은 미끼 없는 곧은 낚시이었네.
명성을 낚는 일은 이와 달라서
요행을 탐내 하는 일시뿐이리.
그는 마치 저 추한 무염녀(無鹽女)[1]가
분 발라 잠깐 얼굴 예쁜 것일 뿐
분이 지워져 얼굴 본색 드러나면
사람들은 추한 얼굴 구역하고 피해가네.
이름 낚아 어진 이 된다 하면야
어느 땐들 안자(顔子)[2]가 없으리오.
이름 낚아 착한 관리 된다 하면야
어느 고을 공수(龔遂)[3]가 나지 않으리.

---

1) 무염녀(無鹽女) ; 옛날 중국 제(齊)나라 선왕(宣王)의 부인으로 천하의 추녀였던 종리춘(鍾離春)을 말함.〈烈女傳〉
2) 안자(顔子) ; 공자(孔子)의 12제자 중 가장 청백했던 제자.〈論語〉
3) 공수(龔遂) ; 한(漢)나라 때 강직했던 관리. 공수권농(龔遂勸農)은 유명한 정치서임.〈前漢書〉

참! 구차스럽거니 공손홍(公孫弘)[4]이여!
재상 몸으로 베 이불을 덮었나!
쬐쬐할 손 무창수(武昌守)[5]여!
돈 주고 우물물 사서 마셨나
청백리로 남이 알까 두렵던 사람!
양진(楊震)[6]은 참으로 군자였었네.
내 여기 이름 낚는 조명편을 읊어서
이름 낚기 좋아하는 사람 풍자하노라.

釣名諷 (조명풍)

釣魚利其肉 (조어리기육)　釣名何所利 (조명하소리)
名乃實之賓 (명내실지빈)　有主賓自至 (유주빈자지)
無實享虛名 (무실향허명)　適爲身所累 (적위신소누)
龍伯釣六鼇 (용백조육오)　此釣眞壯矣 (차조진장의)
太公釣文王 (태공조문왕)　其釣本無餌 (기조본무이)
釣名異於此 (조명이어차)　僥倖一時耳 (요행일시이)
有如無鹽女 (유여무염녀)　塗飾蹔容媚 (도식잠용미)
粉落露其眞 (분락로기진)　見者嘔而避 (견자구이피)
釣名作賢人 (조명작현인)　何代無顏子 (하대무안자)
釣名作循吏 (조명작순리)　何邑非龔遂 (하읍비공수)

---

4) 공손홍(公孫弘) ; 한(漢)나라 무제(武帝) 때 박사요, 재상. 그는 재상이면서 베 이불을 덮고 산 청백리였다.〈史記〉
5) 무창수(武昌守) ; 옛날 무창(武昌)의 태수가 청백하게 다스린다고 백성의 우물물을 돈 내고 마시다가 그 백성이 돈을 안 받자 우물물을 아예 마시지 않았다는 청백리의 사례. 무창(武昌)은 옛날 현의 이름[懸名].
6) 양진(楊震) ; 후한(後漢)의 청백리 강직 청백함으로 왕이 밤에 금 10근을 몰래 가져다가 주려고 하자 4지(四知; 곧 하늘이 알고, 땅이 알고, 그대가 알며, 내가 안다는 뜻)라 하며 받지 않았던 고사가 있다.〈後漢書〉

鄙哉公孫弘 (비재공손홍)　爲相乃布被 (위상내포피)
小矣武昌守 (소의무창수)　投錢飮井水 (투전음정수)
淸畏人之知 (청외인지지)　楊震眞君子 (양진진군자)
吾作釣名篇 (오작조명편)　以諷好名士 (이풍호명사)

이 고시 한 편은 이규보가 명리를 낚던 당시의 관료들에게 매서운 파라독스로 재치 있게 경계해준 시이다.

특히 '강태공(태공망)이 문왕을 낚았다' 는 발상은 지금까지 "곧은 낚시로 세월을 낚았다"라던 강태공에 대한 이미지를 확 바꿔 놓은 것 같은 상념을 불러 일으킨다. 즉 '시간을 낚았다' 면 그가 때가 오기를 기다렸다는 긍정적인 평가를 받겠지만 "문왕을 낚았다"는 말은 문왕의 삼고초려(三顧草廬)를 유도했다는 말로서, 강여상(姜呂尙) 태공망은 어찌하여 은(殷)나라 마지막 왕인 주(紂)의 주지육림(酒池肉林)의 방자 무인한 행동을 말리든지, 아니면 백이숙제처럼 주(周)나라 곡식을 먹지 말든지 하지 않고, 사실상 은(殷)나라를 쳐부수고 주(周)의 기틀을 잡아 준, 주(周)의 문왕(文王)이 찾아와 주기를(삼고초려) 기다렸다는 말이 되니 이쯤 되면 태공망은 출중한 기회주의자가 되는 것이니, 그러므로 이 시 한 편은 시사하는 바가 크다.

그러나 이규보 자신도 몇 편의 5언 배율에서는 벼슬을 낚는 시를 써서 평생 관운을 누렸다.

3. 직문하성 김적후(金迪侯)님께! 선풍 일으켜 도움 주소서 (5언배율)

하늘의 서천 금기인 태백별이 떨어져
산서(山西)[7]에 쇠기둥이 높이 솟았네.
대대로 이은 반정원(班定遠)[8] 장수 같은 집안
나라가 의지하는 곽표요(霍嫖姚)[9] 장수 가문 같네.

백옥같이 윤기 나는 그 인품은
푸른 솔 같은 절개로 나중에야 지리라.[10]
서 말 넘는 담력은 무지개인양 서려 있고
여덟 아름 허리로 산 같이 우뚝 섰네.

저 한(漢)나라 이광(李廣)처럼 날아서[11]
오랑캐는 감히 짖지를 못했네.[12]
바다에서 자라는 신선 섬을 솟구치고
중서성(中書省)인 봉황지로 날아든 어른

---

7) 산서(山西) ; 옛날 중국 한(漢)나라 때에 산동성(山東省)에서는 재상이 많이 나고, 산서성(山西省)에서는 장수가 많이 났다고 한다. 즉 "山東出相 山西出將"이라 했다.〈漢書〉
8) 반정원(班定遠) ; 한(漢)의 명장수.〈漢書〉
9) 곽표요(霍嫖姚) ; 일명 곽거병(霍去病). 한(漢)나라 무제(武帝) 때 장수로 여섯 번이나 흉노(匈奴)를 쳐서 공을 세운 무장.〈漢書〉
10) 푸른 솔… ; 논어(論語)에 절개 굳은 표현을 "세한 연후에 송백은 나중에야 떨어질 것을 안다.(歲寒然後 知松栢之後凋也)"〈論語 子罕편〉
11) 이광(李廣)처럼 날아서 ; 이광은 한(漢)나라 문제(文帝) 때 장수. 흉노를 잘 쏴 물리쳐서 날아다니는 장군이란 칭호가 있었다.〈史記〉
12) 오랑캐…짖지 못했다 ; "도척(盜跖)의 개가 요(堯)를 보고 짖은 것은 요(堯)가 어질지 못해서 짖는 게 아니라 제 주인이 아닌 까닭이다"라는 말이 있다.〈莊子 雜篇〉

곧은 말로 여러 준걸 깜짝 놀래고
고고한 충성으로 양조 임금 도우시니
몸에는 쌍미(雙美)가 갖추어졌고[13]
벼슬은 백 일간 껑충 뛰어 넘었네![14]

나는 차디찬 얼음 고장에 떠는 몸
뭍으로 바다로 떠돌이 신세
목 빼들고 한번 떨칠 생각 간절한데
어찌 한번 행운 선풍[15] 못 받으리오.

上直門下 (상직문하)

天上金精落 (천상금정락)　山西鐵幹喬 (산서철간교)
家承班定遠 (가승반정원)　國倚霍嫖姚 (국의곽표요)

白玉舍中潤 (백옥사중윤)　青松守後彫 (청송수후조)
虹盤三斗膽 (홍반삼두담)　嶽立八圍腰 (악립팔위요)

李廣今飛漢 (이광금비한)　天驕不吠高 (천교불폐고)
鼇擎仙島聳 (오경선도용)　鳳入禁池翹 (봉입금지교)

直論驚群俊 (직론경군준)　孤忠翼兩朝 (고충익양조)
身兼雙美具 (신겸쌍미구)　官剩十旬超 (관잉십순초)

---

13) 몸에 쌍미 갖추다 ; 두보(杜甫)의 시에 "충(忠)과 효(孝) 쌍미로 기린각(麒麟閣)에 새겼구나."(忠與孝 雙美畵麒麟)이라는 구절이 있다.
14) 벼슬을 백 일간… ; 춘추삼국시대 때 위(魏)나라 순상(荀爽)이란 사람은 어려서 논어, 춘추 등을 통달했는데 늦게까지 벼슬 없이 지내다가 한 번 등용되자 95일 만에 삼공(三公)에 이르렀다는 고사. 〈後漢書〉
15) 선풍 ; 원문의 부요(扶搖)이니 회오리바람, 즉 물의를 일으키는 바람을 말함.

我是冰鄉冷 (아시빙향랭)　那堪陸海漂 (나감육해표)
引吭思一振 (인항사일진)　何幸借扶搖 (하행차부요)

이 시는 직문하성(直門下省) 김적 중랑장[金迪侯]에게 벼슬을 비는 구차한 글이다.

※ 이규보는 문장 솜씨가 뛰어나서 글 한 편 짓고는 벼슬 한 번씩 올랐다는 평을 받는다. 고려 고종 때 무인들이 정권을 잡고 농단하던 시기에 문인으로 벼슬에 나가 재미 보던 사람은 오직 이규보였다.

여기 김적(金迪) 중랑장에게 올리는 5언 배율 시와 같이 인사 청탁의 작품은 그가 31세 때 지은 것으로 8편이나 되는데,

그의 5언고시 조명풍(釣名諷;이름을 낚는 사람을 풍자함)과는 전혀 표리부동한 시들은 아무리 잘된 작품이라도 역겨운 느낌이 든다. 그래서 「동문선」에는 그의 작품이 487편이나 수록되어 있지만 부(賦) 두 편과 시 13편만 골랐다.

4. 변산[16] 가는 길에서 (5언절귀)

행차 깃발은 나그네 길을 빛내고
앞장 선 고각대는 사람 마음 으스대게 만드네.
들쥐는 도망쳐 대숲에 숨고
놀란 노루 달아나 숲 속에 감추네!

邊山路上 (변산로상)

旌旗光客路 (정기광객로)
鼓角壯人心 (고각장인심)
野鼠跳藏竹 (야서도장죽)
驚麕走覓林 (경균주멱림)

5. 두보의 시에 운을 달아[17] (5언절귀)

언덕길 구불구불 꽃은 피어 어지럽고
깊은 동산에 풀 깊어 허리까지
흩어지다 비낀 노을 비단이던가
비는 급히 내려 구슬이 튀듯 하네.

---

16) 변산(邊山)은 경기도와 전라북도에 있는 옛 지명이나, 여기서는 변두리 외진 산을 말하는 듯. 이곳을 지나며 느끼는 의기양양한 기분을 읊었다.
17) 이 두운(杜韻)은 두보(杜甫)의 시에 비슷한 내용의 시는 많겠으나 '망악(望嶽)' 이 가장 비슷하다.「望嶽; 岱宗夫如何, 齊魯靑未了, 造化鍾神秀, 陰陽割昏曉. 盪胸生曾雲, 決皆入歸鳥, 會當凌絕頂, 一覽衆山小」

絕句杜韻 (절구두운)

曲塢花迷眼 (곡오화미안)
深園草沒腰 (심원초몰요)
霞殘餘綺散 (하잔여기산)
雨急亂珠跳 (우급난주도)

6. 저녁에 앉아서 (5언절귀)

이백(李白)과 두보(杜甫)가 조잘대고 간 뒤[18]
온 천하는 온통 정막 중이네!
강산만은 제 홀로 한가한지라
반달 홀로 푸른 하늘 걸려있구나!

晩望 (만망)

李杜嘲啾後 (이두조추후)
乾坤寂寞中 (건곤적막중)
江山自閑暇 (강산자한가)
片月掛長空 (편월괘장공)

---

18) 이두조추(李杜嘲啾)란 이백과 두보가 시끄럽게 조잘대고 갔다는 비아냥이다. 그만큼 작자 이규보는 시인으로 자신만만했던 모양이다.

7. 즉흥시 (5언절귀)

정막 하던 문에 바람이 장막을 펴서
창문이 밝으면서 햇빛에 먼지가 어른거리네.[19)]
집 밖에선 까마귀 반포(反哺)[20)]하느라 울어대고
처마에서는 제비가 옛 가인(佳人)인양 춤추고 있네.

卽事 (즉사)

靜戶風開幔 (정호풍개만)
明窓日弄塵 (명창일농진)
屋烏啼孝子 (옥오제효자)
簷鷰舞佳人 (첨연무가인)

8. 여름 낮에 (7언절귀)

베적삼 고쟁이로 바람 대청 누웠다가
꾀꼬리 두세 소리 꿈 깨어 바라보니
봄꽃 아직 우거진 잎새에 가렸는데
엷은 구름 가린 해는 빗속에도 밝고나.

夏日 (하일)

輕彩小簟臥風欞 (경채소점와풍령)

19) 먼지가 어른거린다(弄塵) ; 이 대목은 밝은 햇살에 먼지가 뽀얗게 비춰져 어른거리는 모습.
20) 까마귀 반포(反哺) ; 까마귀 새끼는 둥지를 떠나면서 길러 준 큰 까마귀에게 먹이를 물어다 먹이는 습성이 있는데 사람들은 이를 '반포의 효도(反哺之孝)' 라고 말한다.

夢斷啼鶯三兩聲 (몽단제앵삼양성)
密葉翳花春後在 (밀엽예화춘후재)
薄雲漏日雨中明 (박운누일우중명)

9. 한강구경 (7언절귀)

아침 해가 오르면서 밤안개 걷혀올 때
말 달려 채찍하며 한강변에 와서 보니
천왕(天王)[21]은 안 보이니 누구에게 물으랴
모래 새는 한가히 날고 물은 저절로 흐르네!

漢江 (한강)

朝日初昇宿霧收 (조일초승숙무수)
促鞭行到漢江顚 (촉편행도한강전)
天王不返憑誰問 (천왕불반빙수문)
沙鳥閑飛水自流 (사조한비수자류)

10. 연복정[22]에 가보고 (7언절귀)

마루 길은 허물어져 스산한데 잡초만 우거져
풍악소리 사라지고 새들만 서로 부르는데

21) 천왕(天王) ; 여기서는 천왕성(天王星)을 말하며, 태양계 안쪽으로부터 일곱 번째 행성. 반지름이 지구의 약 3.9배, 광도는 5.6등, 다섯 개의 위성이 있다 함.
22) 연복정(延福亭) ; 송도(松都)였던 개성(開城)에 있었던 정자. 〈신증동국여지승람〉 이 정자는 고려 고종 때 이미 허물어져 있었던 모양이다.

그중에도 저 은(殷)의 밝던 거울(殷鑒)[23]이 더하구나.
유적이니 싹 쓸어 흔적 없게 하지 말지어다.

延福亭 (연복정)

複道渾成碧草蕪 (복도혼성벽초무)
笙歌散盡鳥相呼 (생가산진조상호)
箇中殷鑒分明甚 (개중은감분명심)
莫遣遺基掃地無 (막견유기소지무)

11. 섣달그믐 밤샘하며[24] (7언절귀)

문 위에다 복숭아가지 꽂는 풍속 어찌 그리 거짓되며[25]
뜰 안에선 폭죽(爆竹)[26] 쏘니 얼마나 지겨운가.
벽온단(辟溫丹) 알 먹는 일도 오히려 헛일이니
차라리 깊은 술잔이나 사양 않으리.

守歲 (수세)

門上揷挑何詭誕 (문상삽도하궤탄)
庭中爆竹奈支離 (정중폭죽나지리)

23) 은감(殷鑒) ; 중국 고대 하(夏)나라 마지막 왕이던 걸(桀)이 포악, 음란하던 일을 은(殷)나라 임금들은 거울삼으라(詩經) 했는데, 은(殷)의 마지막 왕 주(紂)도 주지육림의 호색생활을 하다가 망했다. 여기서는 연복정 고사를 지워버리지 말라는 시이다.
24) 수세(守歲)는 섣달그믐에 밤새우는 세시풍속을 말하는데 제야(除夜)라고도 했다. 이 작품에서는 고려 때의 벽사진경(辟邪進慶)의 세시풍속의 일부를 보여준다.
25) 문 위에다 복숭아가지… ; 복숭아가지는 액을 물리치는 장식이니, 신라 때 '처용가' 에서도 보인다.
26) 폭죽(爆竹) ; 폭죽놀이는 중국 풍속이다. 우리나라 주거 구조(초가집)에는 맞지 않는다.

辟溫丹粒猶虛語 (벽온단립유허어)
爲倒深杯故不辭 (위도심배고불사)

12. 봄날 절에 가보니 (7언절귀)

고요 바람 따스한 빛에 새들만 지저귀고
버들 숲 그늘 속에 문은 반쯤 닫혔구나.
마당 가득 낙화 속에 술 취한 중 누웠으니
산가에선 오히려 옛 풍정이 엿보이네.

春日訪山寺 (춘일방산사)

風和日暖鳥聲喧 (풍화일난조성훤)
垂柳陰中半掩門 (수류음중반엄문)
滿地落花僧醉臥 (만지낙화승취와)
山家猶帶大平痕 (산가유대대평흔)

13. 네 계절의 노래 (7언절귀) 4수

「봄노래」

버들가지는 금실을 꼬며 새벽바람에 나부끼고
한 쌍 제비는 한가로이 맑고 산뜻이 지저귄다.
미인은 봄잠에 취해 마음 어수선히
흰 팔로 꽃을 받들어서 이슬을 빠누나.[27]

---

27) 흰 팔로 꽃을… ; 조식(曺植) 시 미녀편(美女篇)에서는 "攘袖見素手 皓腕約金環"이라고 했다.

「여름노래」

은 마늘모[28] 달린 채로 주렴 걸려 낮은 긴데
검은 벙거지 비켜 쓰니[29] 바람 한 번 시원하네.
벽통전주(碧筒傳酒)[30] 마셔도 오히려 더워
쟁반에다 얼음 깨서 옥장(玉漿)[31]을 깨문다.

「가을노래」

기성(騎省)에서 처음으로 검고 흰 이모(二毛)[32]보고 놀랐다나.
하늬바람 하룻밤에 푸른 하늘 드높구나
꿈속 넋이 그친 곳에 산은 첩첩 막히고
월색만 괴롭고 찬 서리에 외기러기 울고 간다.

「겨울노래」

바람 불어 스산하고 눈발은 휘날려서
귀뚜라미 울지 않고 봉황새 울음 그쳐[33]
고운자리 포근함을 오히려 마다하고
억지로 화로에 수탄도 피우지 말랐노라.[34]

---

28) 은 마늘모(銀蒜) ; 옛날 발을 거는 고리를 은 칠한 마늘처럼 만들어 걸었다 한다. 구양수(歐陽脩)의 염시(簾詩)에 "銀蒜鉤簾宛地垂 桂叢鳥起上朝暉"이라 했다.
29) 오사반안(烏紗半岸) ; 더워서 오사모를 뒤로 젖혀 쓰니 이마가 절반쯤 드러난 상태.
30) 벽통전주(碧筒傳酒) ; 옛날 중국 위(魏)나라 정공각(鄭公慤)이 삼복중에 피서용으로 빚어 마셨다는 벽동주.〈正子通〉
31) 옥장(玉漿) ; 불로장생(不老長生)한다는 구슬방울, 즉 아름다운 음료수(本草綱目 玉泉).
32) 이모(二毛) ; 여기서 이모는 머리카락이 검고 흰, 두 가지 털이라는 뜻이다.
33) 왕손(王孫) ; 여기서는 귀뚜라미를 말한다. "초인(楚人)은 실솔(蟋蟀)을 왕손이라고 했다."〈方言〉
34) 수탄도 피우지 말라… ; 고려의 선비들은 근검절약을 지상의 목표요, 삶의 신조로 삼았으니 그것은 고려 때 경제가 대단히 열악했기 때문일 것이다.

四時詞 (사시사)

春

柳撚金絲颺曉風 (유연금사양효풍)
一雙閑鷰語玲瓏 (일쌍한연어영롱)
美人睡起心煩悶 (미인수기심번민)
皓腕擎花吸露紅 (호완경화흡로홍)

夏

銀蒜垂簾白日長 (은산수렴백일장)
烏紗半岸洒風凉 (오사반안쇄풍량)
碧筒傳酒猶嫌熱 (벽통전주유무열)
敲破盤氷嚼玉漿 (고파반빙작옥장)

秋

騎省初驚見二毛 (기성초경견이모)
西風一夜碧天高 (서풍일야벽천고)
夢魂盡處山重疊 (몽혼진처산중첩)
月苦霜寒斷鴈呼 (월고상한단안호)

冬

淅瀝風輕雪驟飄 (절력풍경설취표)
王孫不憚撿鸞簫 (왕손불탄염란소)
綺筵熏暖猶教措 (기연훈난유교조)
不用剛添獸炭燒 (불용강첨수탄소)

■ 고조기(高兆基 ; ?~1157)

고조기는 제주도 사람으로 호가 계림(雞林)이고, 고려 예종 초에 문과에 급제하고 벼슬은 평장사(平章事)를 지냈으나 척신(戚臣)이요 권신이던 이자겸(李資謙)을 싫어하다가 겨우 죽음을 면하고, 시는 주로 내우외환 때를 걱정하는 뜻으로 썼으니 아래의 3편이 그런 주제의 시이다.

「동문선」에는 그의 절귀 7수가 전한다.

1. 산장의 밤비 (5언절귀)

지난밤 송당에 내린 비로
시냇물 소리가 베개 서편에 들렸는데
새벽에 마당가 나무를 본즉
잘 새는 아직도 둥지를 못 떠났네.

山莊夜雨 (산장야우)

昨夜松堂雨 (작야송당우)
溪聲一枕西 (계성일침서)
平明看庭樹 (평명간정수)
宿鳥未離栖 (숙조미이서)

2. 임을 옥문관으로 보내며 (7언절귀)

여인의 정성처럼 비단 글씨 수놓아 옥문관에 보내노니
권하건대 몸 귀히 여겨 저녁밥 챙겨 드소!
변방 지키는 벼슬길은 대장부가 할 일이니
누란(樓蘭)※을 목 베잖곤 돌아올 수 없거니.

※ 누란은 서역의 나라로 한무제(漢武帝) 때 사절단을 방해함으로 부개자(傅介子)를 보내어 쳐 죽인 고사가 있다.

寄遠 (기원)

錦字裁成寄玉關 (금자재성기옥관)

勸君珍重好加飧 (권군진중호가손)
封侯自是男兒事 (봉후자시남아사)
不斬樓蘭未擬還 (불참누란미의환)

3. 운암진※에 써 보내다

호산에 바람 부니 일만 구멍이 웨쳐 대는데
가렸던 구름 걷히니 변방 하늘은 드높구나.
푸른 매는 백천 척이나 솟아오르고
미세한 깃털인들 속세 먼지에 묻으리오.

※ 운암진(雲岩鎭)은 중국 섬서성(陝西省)에 있는 진수(鎭戍) 이름이다.

書雲岩鎭 (서운암진)

風入湖山萬竅號 (풍입호산만규호)
宿雲歸盡塞天高 (숙운귀진새천고)
蒼鷹直上百千尺 (창응직상백천척)
那箇纖塵點羽毛 (나개섬진점우모)

■ 김극기(金克己 ; 1171~1197)

고려 중기의 학자요, 시인으로 본관은 경주, 호는 노봉(老峰)이며, 어려서부터 문명이 높았고 문과에 급제하였으나 관직에는 나가지 않고 산야에서 시를 지으며 묻혀 살다가 명종(明宗 ; 1171~1198) 때 학행으로 한림원(翰林院)에 보직되었으나 얼마 후 사망했다.

「삼한시귀감(三韓詩龜鑑;고려 말 간행)」에서는 김극기의 문집이 150권이나 된다고 했다. 저서에 「김거사집(金居士集)」이 있다.

「동문선」에는 그의 시 42편과 표전(表箋) 등 문이 32편이나 수록되어 전한다.

여기서는 각체시 6편만 번역하여 싣는다.

1. 용만[1]에서 이 생각 저 생각 (5언고시)

① 나그네 서러움에 잠자는 맛이 적고
앉아서 새노라니 가을밤은 길구나.
새벽 참 먹자마자 문을 나서서
남산 푸른 언덕을 뚫고 오르네.
빈 개울 못은 다소곳이 푸른데
해묵은 나무들은 어찌 저리 울창한가.
외진 변경이라 수레나 말도 없고
맞고 보내는 직원도 안 보이며
오직 수풀 밑에 국화만이 남아서
그윽한 향기로 웃으며 맞이하네.
앞길에 솟은 바위 그 너머에서
이상한 향내가 풍겨져 오는 곳은
틀림없이 신선이 사는 곳이리.
안갯속에 깊숙이 감추어져 있네.
흥을 잃고 말머리를 돌이키고는
마음을 달래면서 헛 탄식 하네 그려.

② 내 옛적 들었노라! 정원성(定遠城) 이야기를
누각과 성가퀴가 웅장 기이했다고
지금은 크고 패기 있던 경륜은 무너지고
뒷자리만 꾸불꾸불 헛되이 남았구나.
국경수비 경계를 다루는 일이
옛날엔 일정 기준 없었다던데

---

1) 용만(龍灣) ; 의주(義州) 즉 압록강 하류의 항만. 국경지역. 평북 의주의 옛 이름도 용만이었다.

이후로 살피잖고 국경 밖에 나갔으니
오랑캐 무리들을 어찌 쫓으리.
북쪽 땅 바라보니 넓고 비어 아득한데
부엉이 기러기만 옛터에서 울부짖네.
몇 해나 개돼지[2] 되놈 소굴 되었던가.
지금은 구름처럼 들곡식만 뻗었구나.
올라서 바라보니 감회가 착잡한데
더구나 서리 맞은 낙엽이 뒹구누나.
애처롭다 추위 속에 벌벌 떠는 들국화야
찬 서리 제치면서 향기를 뿜는 것은
산들바람 타고서 그윽한 향기 보내
나에게 앞날을 알려주려 하는가.

③ 대천(大川)은 사산(蛇山)[3]을 할퀴면서 흐르니
성난 듯 그 물소리 10리에 요란하다.
우연히 물이 고인 연못에 이르러서
말을 멈춰 귀밑털을 비추어 보니
노쇠한 내 몰골이 초라해 우습구나.
그래서 물고기도 도망을 가나부다.
그 어찌 알았으랴 하늘 위의 밝은 햇빛
물 밑까지 환하게 비춰주는 그 뜻을
거울 속에 비추는 반백 흰머리로
변방을 돌자니 소 잡는 칼[4] 잡은 격

---

2) 개돼지 ; 옛적부터 되[胡]를 개돼지[犬豕]로 불렀다.
3) 대천(大川)은 사산(蛇山) ; 충남에 있는 강과 산이나 압록강 하류에도 대천과 사산이란 국경선 산하가 있었던 듯.
4) 소 잡는 칼(牛刀) ; 공자가 제자 자유(子游)의 벼슬이 능력보다 작다 해서 "닭 잡는데 쓸 일을 소 잡는 칼을 쓴다."고 하였다.

칼 잡은 힘 아직 뽐낼만하니
이 행차가 잘못된 일은 아니었구나.
평생 동안 가슴에 쌓인 울분을
이곳 와서 도도하게 실컷 푸니 말일세.

④ 내 여기 와서 진수(鎭水) 중이 민망함은
맑고 깨끗하며 티 없는 마음으로
공무에 바쁜 몸을 빼어서 틈을 내어
반나절 나를 위해 험한 산길 수발했네.
창문 앞 바위에선 물이 날아 떨어지고
앉은 자리 밑엔 구름 날아 재를 넘어
시 읊어 주고 받고 돌아갈 길 잊었더니
해 지는 산골에는 어둠이 먼저 오네.
비속한 선비들은 공명 찾아 살지만은
비석 새겨 못에 감춘 두예(杜預)[5]를 못 보던가.
그 어찌 알 것인가 옛날 도정절(陶靖節)[6]은
숲 밑에서 갈 길을 물었다 하거늘

⑤ 바위 솟아 드높은 묘고봉(妙高峰) 꼭대기는
절벽이 깎은 듯 천 길이나 곧추섰네.
가다가 수풀 속에 중을 찾으니
하늘가 저 먼 곳에 푸른 구름 밟았다네.
그가 남긴 벽에 쓴 시를 엿보니

---

5) 두예(杜預) ; 중국 진(晋)나라 사람으로 형주(荊州)를 지키는 대장일 때 현산(峴山)에 올라가 놀다가 "산은 영원하나 놀던 사람을 후세에 누가 알리오." 하고 비석을 만들어 하나는 산 위에 세우고, 하나는 상전벽해 때를 대비하여 못에 묻어 두었다는 고사가 있다.
6) 도정절(陶靖節) ; 도잠(陶潛). 연명(淵明)의 존칭.

다섯 글자 모두가 격식을 깨뜨렸네.
비로소 알겠노라 탈속한 외방객[7]이
나 먼저 이곳을 찾아 밟고 간 것을
그 사람은 으레히 맑고 넓은 은자려니
함께 앉아 차 못 마심이 한스러울 뿐
속절없이 세월은 천 년이나 흘렀으니
서글픈 마음으로 뒷 자취나 조상하리.

龍灣雜興 (용만잡흥)

羈愁減睡味 (기수감수미)　　坐覺秋宵長 (좌각추소장)
蓐食出門去 (욕식출문거)　　南山穿翠岡 (남산천취강)
空潭正澄碧 (공담정징벽)　　老樹何鬱蒼 (노수하울창)
境僻車馬絕 (경벽거마절)　　無人管迎將 (무인관영장)
唯餘林下菊 (유여임하국)　　粲笑送幽芳 (찬소송유방)
前行石頭路 (전행석두로)　　隔嶺來異香 (격령내이향)
定有仙聖域 (정유선성역)　　烟嵐但深藏 (연람단심장)
興盡却回轡 (흥진각회비)　　捫心空歎傷 (문심공탄상)

舊聞定遠城 (구문정원성)　　樓雉何雄奇 (누치하웅기)
覇圖一墮地 (패도일타지)　　遺址空逶迤 (유지공위이)
封人昔爭境 (봉인석쟁경)　　取捨無定姿 (취사무정자)
邇來自出塞 (이래자출새)　　窮寇何須追 (궁구하수추)
北臨杳空闊 (북림묘공활)　　鳧雁號古陂 (부안호고파)
幾年犬豕窟 (기년견시굴)　　雲稼今離離 (운가금이리)
登眺自多感 (등조자다감)　　況逢霜葉飛 (황봉상엽비)

---

7) 본문의 방외객(方外客)은 세속적인 방내객(方內客)에 대하여 초월자인 방외객(方外客)을 말함. 〈莊子〉

可惜寒澗菊 (가석한간국) 淩霜吐芳蕤 (능상토방유)
微風送幽馥 (미풍송유복) 向我如有期 (향아여유기)

大川嚙蛇山 (대천교사산) 十里聲怒號 (십리성노호)
偶到淵渟處 (우도연정처) 停轡矚鬢毛 (정비촉빈모)
自笑衰陋質 (자소쇠뇌질) 魚龍亦警逃 (어룡역경도)
安知天上日 (안지천상일) 水底亦光昭 (수저역광소)
應憐半鏡雪 (응련반경설) 塞邑操牛刀 (색읍조우도)
持用亦矜負 (지용역긍부) 此行非不遭 (차행비부조)
平生鬱鬱情 (평생울울정) 俯仰成陶陶 (부앙성도도)

我憐鎭水僧 (아련진수승) 清淨無塵慮 (청정무진려)
抽身簿書間 (추신부서간) 半日陪杖屨 (반일배장구)
窓前巖溜飛 (창전암류비) 席上嶺雲度 (석상영운도)
嘯詠便忘返 (소영편망반) 天昏山向暮 (천혼산향모)
俗士爭功名 (속사쟁공명) 沉碑劇杜預 (침비극두예)
豈知陶靖節 (기지도정절) 林下問征路 (임하문정로)

巖巖妙高峯 (암암묘고봉) 壁立千丈直 (벽립천장직)
偶尋林下僧 (우심임하승) 空畔躡雲碧 (공반섭운벽)
因窺壁間詩 (인규벽간시) 五字皆破的 (오자개파적)
始知方外客 (시지방외객) 先我已探歷 (선아이탐력)
斯人定清曠 (사인정청광) 恨不同茗席 (한불동명석)
空令千載下 (공령천재하) 慷慨吊幽迹 (강개조유적)

2. 도중즉사 (7언절귀)

오솔길 푸른 이끼에 말굽은 미끄러지고
매미소리 끊일락 이을락 길도 높고 낮네.
두메마을 아낙네 무척이나 수줍어
웃음 띠고 비녀 만지며 시냇물에 비춰 보네.

途中即事 (도중즉사)

一逕靑苔澁馬蹄 (일경청태습마제)
蟬聲斷續路高低 (선성단속노고저)
窮村婦女猶多思 (궁촌부녀유다사)
笑整荊釵照柳溪 (소정형채조유계)

3. 향촌에서 묵으면서 (5언고시)

구름 길 4, 5리를 걸어 넘으며
내리막 푸른 산을 지나노라면
까마귀 솔개미는 놀라서 날고
비로소 산뽕나무 우거진 마을 왔네.

시골 아낙 헝큰 머리 매만져 가며
나와서 수풀 밑 사립문 열어주네.
푸른 이끼는 온 골짝에 깔려 덮었고
파란 벼는 자라서 낡은 담장 넘었네.

처마 밑에 앉아서 얼마 안 되니
기울어 빗긴 해는 경분[8] 밑을 비춘다.
섶나무 베어다 모닥불로 밤 밝히고
물고기 게 삶아서 저녁상에 올렸네.

농부들은 저녁 되자 각자가 집에 들고
온 동네 방안은 농사 얘기 떠들썩
산줄기는 생선 꿰듯 골 지어 흐르고
이악이악 새소리는 어지러이 지저귄다.

나 홀로 잠 못 들어 서쪽 마루 나가니
찬 이슬에 반딧불 빈 뜰에선 귀뚜라미
슬픈 마음 읊조리며 날 새기를 기다리니
푸른 바다에서는 아침 햇빛 솟아오네.

宿香村 (숙향촌)

雲行四五里 (운행사오리)　漸下蒼山根 (점하창산근)
烏鳶忽驚起 (오연홀경기)　始見桑柘村 (시견상자촌)
村婦理蓬鬢 (촌부이봉빈)　出開林下門 (출개임하문)
靑苔滿古巷 (청태만고항)　綠稻侵頹垣 (녹도침퇴원)

茅簷坐未久 (모첨좌미구)　落日低瓊盆 (낙일저경분)
伐薪怱照夜 (벌신총조야)　魚蟹腥盤飧 (어해성반손)
耕夫各入室 (경부각입실)　四壁農談諠 (사벽농담훤)
碎磜作魚貫 (패계작어관)　咿喔紛鳥言 (이악분조언)

---

8) 경분(瓊盆) ; 옥으로 만든 술잔.

我時耿不寐 (아시경불매)　　欹枕臨西軒 (의침임서헌)
露冷螢火濕 (노냉형화습)　　寒蛩噪空園 (한공조공원)
悲吟臥待曙 (비음와대서)　　碧海含朝暾 (벽해함조돈)

4. 탄헌촌에서 쉬는데 두 늙은이 술병 들고 찾아오다

(5언고시)

깊은 산골 버들고목에 말 매고 쉬자 하니
어디서 백발 두 늙은이 휘뚜루마뚜루 나란히 오네.
쟁반에는 마른 생선, 술통에는 막걸리를 채웠네.
웃으며 농하며 허물없이 마셔가며 취해 버렸네.
비록 예의범절 없다 하나 정이 많아 반가웠네.
꼬부라져 말 타니 길가 아이들 손뼉 치며 웃는구나!

憩炭軒村 二老翁 携酒見尋 (게탄헌촌 이노옹 휴주견심)

幽尋荒草徑 (유심황초경)　　下馬繫枯柳 (하마계고류)
何處白頭翁 (하처백두옹)　　並肩來貿貿 (병견내무무)
山盤獻枯魚 (산반헌고어)　　野榼供濁酒 (야합공탁주)
笑傲虛落間 (소오허락간)　　荒狂便濡首 (황광편유수)
雖慚禮數薄 (수참례삭박)　　尙倚恩情厚 (상의은정후)
倒載赴前程 (도재부전정)　　村童齊拍手 (촌동제박수)

5. 여러 가지 사무친 생각 (5언고시)

① 세월은 유수같이 빨리도 흘러서
잠시도 머물게 할 수 없구나.
인정은 스스로 시달려 고달프다가
여기에 이르러 비로소 쉬는구나.
요행히 공직 일에 틈이 나거든
맑은 경치 찾아가며 구경하여라.
압록강은 으뜸가는 이 나라 절경이라
여윈 말 타고서 때때로 구경하네.
서리 비늘 물고기는 버들 밑 물에 놀고
눈같이 흰 깃 황새는 물가에 곧추섰네.
겨울 추위 아직은 매섭지 아니한지
들국화는 피어서 맑은 가을 풍기면서
여린 가지 비에 씻겨 아양스럽게
가는 꽃술 바람 앞에 한들거리네.
그윽하던 난초는 시들어 말랐으니
늦은 철에 그 누가 벗이 되리오.
차라리 길가에서 양과 소에 짓밟히는
서글픈 갈대꽃이나 따라가려니
그는 구속받지 않는 선비들이
세속에서 벗어나 홀로서서 사는 때문.

② 절개 굳은 노중련(魯仲連)[9]은 푸른 바다 떠갔고

---

9) 노중련(魯仲連)은 전국시대 고사(高士)로 진(秦)이 제(帝)가 된다면 절개를 지키기 위해 동해에 빠져 죽겠다고 한 고사.

천하를 준다 하니 자주지백(子州支伯)[10] 창주로 도망갔네.
세속에 물 안 들고 꿋꿋하게 살았으니
높디높아 만고에 짝이 없으리
내 비록 저 두 사람 사모하지만
나고 들고 세상살이 뜻대로 되지 못해
천석고황(泉石膏肓) 고질 되어
벼슬 밧줄 얽매여서 옴나위 못하니
내 만일 취향(醉鄕)에나 들어가 살지 못하면
얽매여 사는 일을 언제 그치랴.
공무에서 틈을 내어 풋잠을 자는 꿈에
계림 숲에 노니는 시를 지었고
토령(兎嶺)을 걸으며 달을 읊으며
문천(汶川) 물에 앉아서 물맛 보누나.
천리 밖 벼슬길에 어느덧 흘러서
삼 년이나 지난 줄을 미처 몰랐네.
하루아침 별안간 벼슬을 내던지고
누가 다시 갈매기와 벗할 것이랴?

③ 누구 집 자줏빛 수염 난 장수인가[11]
콧김에 흰 수염이 무지개로 바뀌었네.
묻노니 어찌 일찍 부귀하게 되었던가.
화족(華族)으로 이름 난 산서(山西) 출신 때문인가[12]

---

10) 순(舜)이 자주지백(子州支伯)에 천하를 물려주려 하니 사양하고 창주로 도망가 살았던 고사.
11) 중국 삼국시대 오대제(吳大帝)에 오른 손권(孫權)의 수염이 자줏빛이고 위엄 있는 장수라 했다.
12) 한(漢)나라 때에 산동(山東)에서는 정승이 산서(山西)에서 장수가 많이 배출된다고 전한다.

점잔빼며 문필로나 업을 삼는 선비야
차라리 분주하게 뛸 줄이나 알았으리.
몸은 미천하기 말발굽 같아서
평생토록 흙탕 먼지 그 속에 살다보니
하늘은 본래부터 사정이 없는 것을
세상 물정 고르지 못한 것을 알았겠나.
마음 고요히 이 몸 처지 생각하니
한 세상 다 가고 성 까마귀 짖어대네.
간절하여라 숲 밑에서 만난 벗들
흰 구름 뜬 산속에나 살고 싶어라.
여름 되면 선선하게 누각에 눕고
달 밝은 가을밤은 정자에 오르리.
하지만 헤어진 지 몇 해나 지났는가
꿈길에 하늘 멀리 아득하구나.
뜬 이름 때문에 본성을 잃었으니
참담한 마음에 더한층 눈물 나네.

有感 (유감)

年光急流水 (연광급유수) 轉眄難挽留 (전면난만류)
人情自疲役 (인정자피역) 到此方始休 (도차방시휴)
幸偷簿領隙 (행투보령극) 清景宜追求 (청경의추구)
鴨江最奇處 (압강최기처) 羸馬時縱遊 (영마시종유)
霜鱗戲柳渚 (상린희유저) 雪羽蹺蘋洲 (설우교빈주)
冬寒尚未嚴 (동한상미엄) 野菊留淸秋 (야국유청추)
纖枝倩雨洗 (섬지천우세) 細蘂憑風揉 (세예빙풍유)
幽蘭已枯瘁 (유란이고췌) 歲晚誰與儔 (세만수여주)

寧隨道傍葦 (영수도방위)　　踐履羊與牛 (천리양여우)
何殊不羈士 (하수불기사)　　獨立違俗流 (독립위속류)

魯連泛碧海 (노련범벽해)　　支伯捿蒼州 (지백서창주)
亭亭出塵想 (정정출진상)　　萬古高莫儔 (만고고막주)
我雖慕二子 (아수모이자)　　行止非人謀 (행지비인모)
膏肓負泉石 (고황부천석)　　繮索嬰笏脩 (강색영홀수)
若非入醉鄕 (약비입취향)　　拘迫何時休 (구박하시휴)
官餘試攬枕 (관여시람침)　　臥作雞林遊 (와작계림유)
行吟兎嶺月 (행음토령월)　　坐漱蚊川流 (좌수문천류)
不知千里外 (부지천리외)　　從宦已三秋 (종환이삼추)
一朝掛冠去 (일조괘관거)　　誰復馴白鷗 (수복훈백구)

誰家紫髯將 (수가자염장)　　鼻息橫素霓 (비식횡소예)
問胡早富貴 (문호조부귀)　　華族聯山西 (화족연산서)
齪齪業文士 (착착업문사)　　寧知東走迷 (영지동주미)
身微似馬足 (신미사마족)　　竟歲勞塵泥 (경세노진니)
天意元無私 (천의원무사)　　物情自不齊 (물정자부제)
冥心念出處 (명심염출처)　　漏盡城烏啼 (누진성오제)
憶與林下友 (억여임하우)　　同捿白雲溪 (동서백운계)
風亭夏同偃 (풍정하동언)　　月榭秋共躋 (월사추공제)
別來今幾歲 (별래금기세)　　歸夢杳天倪 (귀몽묘천예)
浮名損眞性 (부명손진성)　　掩涕倍慘悽 (엄체배참처)

6. 농가의 네 계절 (5언율시)

봄

세월은 바람결의 촛불이런가
농가에선 계절 빨라 괴로워하네.
새끼 꼬던 겨울밤이 엊그제 같은데
농사일 시작되어 밭갈이 하네.
농 쟁기를 지고서 동쪽 들로 나가는데
수풀 사이 난 길이 구불기도 하구나.
들새는 농사철이 왔다고 지저귀며
날며 울며 씨 뿌리라 재촉을 하네.
아낙네는 들참 이고 밭가에서 맴도는데
발에는 짚신을 겨우 걸쳤네.
아희들은 죽순과 고사리를 찾아서
바구니 옆에 끼고 양지골로 찾아 도네.
해는 길고 살구꽃이 붉게 피었고
바람은 따사로워 창포 잎이 푸르구나.
단비는 때맞춰 제때에 뿌려주며
밤사이 내려서 골고루 적시었네.
동쪽 밭 봄 심기를 게을리 말으소서
노력한 보람은 힘낸 대로 간다 하네.[13)]

여름

붉은 구름은 수정처럼 비추이고
빨갛게 타는 해는 길대로 길어졌네.

---

13) 「농가월령가」에서는 "일 년의 풍년, 흉년 측량하긴 어렵지만 사람 힘이 극진하면 하늘 재난 면하는 법, 제각각 서로 권장 게을리 굴지 마오."라고 했다.

농가에 살면서 한 여름철 가까우면
골골거리며 새벽 밤 없이 일해야
농부들은 다투듯 호미 매고 밭에 나니
온 들판 구름이 깔려 펼친 듯
그 오직 노인만이 집을 보는데
머리 한 번 백로마냥 새하얗구나.
때마침 손이 와서 안주상을 차리자니
궁색하여 반찬 없이 마음만 반가워서
오이 가지 무 배추 안주 차림은
모두다 손수 가꾼 농작물이구나.
손이 가고 비운 상을 거두자 하니
어린아기 할미에게 매달려 먹자 하고
달그락 빈 그릇 소리 저녁 바람 타고서
옆집까지 들렸다가 사라지누나.
이웃 영감 남은 술이 생각났는지
오솔길로 저녁 안개 뚫으며 찾아오네.[14)]

가을

기러기는 어느덧 쓸쓸히 날고,
쓰르라미 바쁘게 찍찍 우누나.
농부는 시절을 알고 있기에
쑥을 잘라 말리며 가을 왔다네.
온 동네 이웃들은 저녁에야 방아 찧어
그 소리 밤새도록 쉬지를 않네.
새벽에 일어나 밥 지어 상 차리니

14) 「농가월령가」에서는 이런 상황을 "유두 밭에 참외 따고 밀 갈아 국수하여 가묘에 천신하고 한때 음식 즐겨보세"라 했다.

밥그릇이 넘치고 기름기도 넘치누나.
자줏빛 아람은 붉은 잎 나무에서 떨어지고
붉은 비늘고기는 푸른 물에서 낚네.
흰 항아리에는 술을 빚어 담아서
손님을 불러다가 서로서로 권하니
농부 행색 그 비록 남루해 보이지만
속마음들은 정 많아 끈끈하네.
술자리 무르익어 일어나 헤어질 땐
안색들은 도리어 근심 가득 쌓였으니
관가에서 세금(조세)내라 성화가 급한 때문
식구들 불러 모아 조세대책 의론하나
별수 없이 세금은 바쳐야 할 터이니
농가에는 무엇이 남아서 살 것인가[15)]
언제나 탁무(卓茂) 노공(魯恭) 착한 수령[16)] 만나서
나 먼저 조세 내는 세월이 될까.

겨울

대숲 속 사잇길은 시내 따라 열려있고
초가집은 해지는 언덕에 붙었구나.
모진 겨울 뒷문일랑 흙으로 막는 것은
바람과 눈보라를 막아보려 함이로다.
농가장정 추위를 겁내지 않는다네
매와 개를 데리고 사냥하러 나서누나.

---

15) 「농가월령가」에서는 이 대목을 “시곗돈 장병리도 낱낱이 수쇄하니 엄부렁하던 것이 남져지 전혀 없다.”라고 했다.
16) 탁무(卓茂)는 후한 때 유학으로 시랑(侍郎)이 된 사람. 노공(魯恭)도 후한의 사도(司徒) 덕정으로 이름났다. 노공순치(魯恭馴雉)라는 명제가 있다. 두 사람은 조세 선납한 수령.

여우 토끼 찾아서 산길을 치달으면
짧은 바지 가랑이엔 핏자국 낭자 하나
사냥해서 돌아오니 이웃도 기뻐하네.
한자리에 모여앉아 서로가 포식하니
비린내 고기인들 그 어찌 싫다 하랴.
사는 곳이 큰 둥지나 움 구멍 같으니
솔가지 마른 관솔 불 피워 등불 삼아
온 방안이 밝았다 어두웠다
널어 말린 팥알은 발밑에서 흩어지고
고쟁이는 잠버릇에 찢기어 헤어지네.
홑이불로 여러 아이 함께 끼고 자노라니
궁색하기 오리새끼 그 형상 닮았구나.
밤새도록 잠은 안 와 뜬 눈으로 지새다가
농사짓는 걱정하다 날이 밝누나.

田家四時 (전가사시)

春 (춘)

歲月風轉燭 (세월풍전촉)
田家苦知促 (전가고지촉)
索綯如隔晨 (색도여격신)
春事起耕耨 (춘사기경누)
負耒歸東皐 (부뢰귀동부)
林間路詰曲 (임간노힐곡)
野鳥記農候 (야조기농후)
飛鳴催播穀 (비명최파곡)
饁婦繞田頭 (엽부요전두)
茫鞋才受足 (망혜재수족)
稚子尋筍蕨 (치자심순궐)
堤筐向暄谷 (제광향훤곡)
遲日杏花紅 (지일행화홍)
暖風菖葉綠 (난풍창엽록)
甘雨亦如期 (감우역여기)
夜來勻霢霂 (야래균맥목)
莫辭東作勤 (막사동작근)
勞力在吾力 (노력재오력)

夏 (하)

彤雲射晶光 (동운사정광) 赤日淹晷度 (적일엄귀도)
田居近南訛 (전거근남와) 榾榾無曉暮 (골골무효모)
農夫爭荷鋤 (농부쟁하서) 徧野已雲布 (편야이운포)
唯有看屋翁 (유유간옥옹) 頂絲白於鷺 (정사백어로)
客來方進饌 (객래방진찬) 窮不待珍具 (궁불대진구)
野果與園蔬 (야과여원소) 皆由親種樹 (개유친종수)
客去收殘尊 (객거수잔존) 嬌兒帶老姥 (교아대노모)
器聲逐晚風 (기성축만풍) 吹落西家去 (취락서가거)
隣翁念餘瀝 (인옹염여력) 一徑穿夕霧 (일경천석무)

秋 (추)

鴻雁已肅肅 (홍안이숙숙) 蟪蛄仍啾啾 (혜고잉추추)
田夫知時節 (전부지시절) 銍艾始報秋 (질애시보추)
四隣動寒杵 (사린동한저) 通夕聲未休 (통석성미휴)
晨興炊玉粒 (신흥취옥립) 溢甑氣浮浮 (일증기부부)
紫栗落紅樹 (자률낙홍수) 朱鱗鉤碧流 (주린구벽류)
白瓶酌杜酒 (백병작두주) 邀客更相酬 (요객갱상수)
外貌雖陋促 (외모수누촉) 中情尙綢繆 (중정상주무)
酒闌起相送 (주란기상송) 顏色還百憂 (안색환백우)
官租急星火 (관조급성화) 聚室須預謀 (취실수예모)
苟可趂公費 (구가진공비) 私廬安肯留 (사려안긍류)
何時得卓魯 (하시득탁로) 却作差科頭 (각작차과두)

冬 (동)

竹徑趂溪開 (죽경진계개) 茅廬依崦結 (모려의엄결)
窮冬墐北戶 (궁동근북호) 意欲防風雪 (의욕방풍설)

尙能知傲寒 (상능지오한)　　鷹犬出遊獵 (응견출유렵)
馳聘孤兎塲 (치빙호토장)　　短衣涴流血 (단의완유혈)
還家四隣喜 (환가사린희)　　促坐爭哺啜 (촉좌쟁포철)
茹毛何足恠 (여모하족괴)　　居處壯巢穴 (거처장소혈)
晶熒枯枿火 (정형고알화)　　滿室互明滅 (만실호명멸)
兩股亂頳豆 (양고난정두)　　襟裾從破裂 (금거종파렬)
布衾擁衆兒 (포금옹중아)　　窮若將雛鴨 (궁약장추압)
竟夜眠不得 (경야면부득)　　農談逮明發 (농담체명발)

※ 이 전가사시(田家四時) 시는 고려 중기의 농가월령(農家月令)이며, 이런 월령체가 조선 선조(宣祖) 때 고상안(高尙顔)의 농가월령을 거쳐 조선조 후기의 「농가월령가」로 구체화되고 발전하게 되었으니, 이 김극기의 「전가사시」는 고려 때의 농가월령의 원형이 되는 것이다.

최자(崔滋 ; 1188~1260)

최자의 자는 수덕(樹德), 호는 동산수(東山叟), 본관은 해주(海州)로 최충(崔沖; 984~1068)의 후손이며, 강종(康宗 ; 1212~1213) 때 문과에 급제한 뒤 국학학유(國學學論 ; 國子監 종9품) 등을 거치면서 이규보(李奎報 ; 1168~1241)에게 문재(文才)가 인정되어 그의 추천으로 문한(文翰 ; 藝文春秋館 정7품) 일을 맡은 일을 시작으로 정언(正言 ; 中書門下省의 종6품)을 거쳐 상주목사(尙州牧使)가 되어 선정을 베풀어 명성이 높았고, 이어 안찰사(按察使), 국자대사성지어사대사(國子大司成知御史臺事;정6품~정3품) 등을 지냈으나 벼슬에는 욕심 없었고 시문에 뛰어나서 당대에 문명을 크게 날렸으니, 그래서 시호가 문청(文淸)이며 치사(致仕)하고는 주로 시문에 전념했다.

김태준(金台俊) 선생은 그의 「조선한문학사」에서 "… 한림학사 평장사(翰林學士 平章事)에 이르렀다가 이윽고 걸퇴(乞退)하여 스스로 동산수(東山叟)라 하고 물외(物外) 소요(逍遙)하였다. 더구나 그의 말년사상(末年思想)은…"로 이어지며 한마디로 "박람강기(博覽强記) 농고조금(籠古罩今), 장편거작(長篇巨作), 책기편묘(策奇鞭妙)"라고 평하였다. 〈최자(崔滋)와 김구(金坵)〉

저술에 가집(家集)인 최문충공가집(崔文忠公家集 10권;부전)과 보한집(補閑集;시화문담집 3권) 외에 부(賦)로 삼도부와 상여피염파이선국가급부(相如避廉頗以先國家急賦) 등 2편과 시 11편 및 문(文)으로 속파한집서(續破閑集序) 등 14편이 동문선에 전한다.

여기서는 삼도부(三都賦)와 시 3편을 옮겨 적는다.

삼도부(평양 · 송도 · 강도)의 자랑

서도, 즉 평양의 언변 좋은 젊은이와 북경, 즉 송도(松都)의 말솜씨 좋은 노인이 함께 강도, 즉 강화의 바른말 잘하는 정의대부(正議大夫)한테 놀러 와서 만난 자리라

대부가 말하기를

"어슴프레 두 나라 도읍 이름은 들었으나 그 제도를 못 봤는데 이제 다행히 두 손님을 만났으니 내가 마음속에 간직하고 있던 옛 바램이기에 두 서울의 일을 들려 주소서" 하였것다.

서도의 변생이

"그리하리다. 서도를 처음 창건한 시조는 동명임금[東明帝][1]이니 하늘[九玄]에서 땅을 돌보려고 내려오셔서 이곳에 터 닦지 않고, 축석 없이도 거처를 정하시니 화성(化城)이 우뚝 솟았다네! 그때 오룡거(五龍車)를 타시고 하늘을 오르내리시며 백신(百神)을 이끌고 여러 신선을 따르게 하면서, 곰 같은 여자 만나 펄펄 날듯이 내왕하였는데 그 강 속에 돌이 남아 있으니 이름 하여 조천대(朝天臺)[2]라 하노라."

얼른 보면 너러 바위요, 어찌 보면 메뿌리 같아 그때 임금님 이에 올라 신이 되어 두루 돌고, 혼령되니 모신 곳이 평양의 동명왕사(東明王社)라, 풍백(風伯)을 불러 시켜 우사(雨師)를 이끌고서 노하면 대낮에 번개 치고, 나무와 돌이 섞여 날며, 또 목멱신사(木覓神祠)[3]는 농사를 맡아 하니 애써 갈지 않아도 벼 곡식 잘되어 노적가리 산

---

1) 동명제(東明帝) ; 고구려 시조왕 고주몽인데 여기서 이야기하는 내용은 단군시조 혹은 해모수(解慕漱) 신화와 뒤섞여 있다. 동명은 〈시붉〉의 한문으로 간주한다.

2) 조천대(朝天臺) ; 평양 부벽루 아래 기린굴 남쪽에 있는 바위로 조천석이라 하여 동명왕이 하늘로 올라간 기린 말발굽 흔적이 있다 한다.

3) 목멱신사(木覓神祠) ; 평양 목멱산에 있는 사당으로 농사를 관장하고 있는 산신을 모신다 함.

더미요, 공적으론 가리우고 사적으론 덮어주며 (백성의) 큰 이불 되어주니 이만하면 어떠한가?

대부가 말하되

"(모두가) 귀신의 괴이한 소리, 허무 망탄한 이야기니 어찌 자랑이 되리오."

변생이 말하되

"장려한 경관은 곧 용언궐(龍堰闕)[4]이 있고, 구제궁(九梯宮)[5]이 있어 그 넓고, 트이고, 드높음이 우주를 여닫는 듯한 구경거리요, 동서 방향을 헤아리기 어려울 지경이니 하늘도 그 날렵한 경관은 빼앗지 못할 것이요, 귀신도 그 공교로움과 겨누지 못하리라."

유람할 곳으로는 창해를 걸터앉은 듯 다경루(多景樓), 반공에 우뚝 솟은 청원루(淸遠樓), 부벽루(浮碧樓)는 넓고 큰 물을 바라보며 영명사(永明寺)[6]는 드높은 산에 걸렸다네.

여러 물줄기 모여 합쳐 흐르니 그 이름 대동강(大同江)인데 흰 물결 즐펀히 끝없이 출렁거려 중국의 호수(鎬水=滈水)를 껴안은 듯 예수(澧水)를 모은 듯, 물이 맑아 흰 비단 펴 놓은 듯, 거울 같이 청명하네, 강 언덕 양편에는 수양버들 진종일 춤을 추고, 백사장 넓은 들엔 기러기 내려앉고 고니새는 노래하네, 사방은 청산이 성곽을 둘러싸고 가랑비는 자욱히 우장 삿갓 적셔주며 굽어보면 고기 잡는 어옹이라, 석양에 목동의 먼데서 피리 소리, 그 정경 그림도 못 그리고 시부로도 못 읊으리, 때맞춰 닻줄 풀고 놀이 꽃배 띄워 놓고, 사방을 둘러볼 때 이 바루 거울 속 병풍 안에 신선경지 들었으니 곧 우리 서도가 천하제일의 형승이리라.

대부가 이르되

---

4) 용언궐(龍堰闕) ; 평양에 있는 미르터라는 고적, 고구려 궁궐터.
5) 구제궁(九梯宮) ; 평양에 있는 고구려 옛 궁터(이궁인듯).
6) 영명사(永明寺) ; 평양에 있는 큰 절, 주로 산책이나 관광명소로 이용되고 있었다.(일정 때와 6 · 25 전쟁 이전)

"기관(奇觀)이나 절경(絕景)은 사람의 마음과 눈을 상하게 함이로다."

변생이 말하되

"물에 가서 고기잡이 한다 하면 긴 그물 한 번 들자 온갖 고기 다 잡히니, 미꾸리, 암치, 방어, 가물치, 날치, 모래무지, 메기, 잉어, 오징어, 장어, 전어, 상어 등[7]은 본래 흔한 기호 식품, 추운 겨울 당할 때는 만강이 얼어붙자 월척의 금린어(錦鱗魚)가 얼음 밑에 펄펄 뛰니 쇠작살로 찔러낼 제 백발백중 찍히는데, 소반에 밤새워 언채로 담았다가 요리사가 칼을 갈아 솜씨 좋게 저며내니 날아갈 듯 엷은 횟살 빛도 절색, 맛도 일품, 한 입 먹자 이 시리고 목이 시원" (이 사이 몇 귀 탈락 됨)

(북경의 담수의 말이) 천년의 일이 증거할만하다 하면 옛적 최고운(崔孤雲=致遠)이란 사람은 늘 말하기를

"성인의 기운이 산양(山陽)에 서려져가고 있으니 곡령(鵠嶺=松都)의 솔은 푸르고, 계림(雞林=新羅)의 잎은 누렇구나."라고 상서로운 자줏빛 구름이 일기 전에 세상의 흥망을 미리 알고 예언했네.

철원(鐵原)의 보배거울이 하늘에서 떨어져 "먼저 닭, 뒤에 오리" 라는 말이 분명터니[8] 삼한(三韓) 땅을 통합하여 명당(明堂)을 터 잡으니 북악(北岳)은 누운 소요, 남산(南山)은 용이 나는 듯, 오른편에 품고 왼편으로 껴안아서 안산(案山)과 화산(花山)[9]이 서로 짝이 맞게 되었다네.

---

7) 상어 등 ; 대동강에서 잡히는 물고기 담수어는 하류에서는 바다물고기도 여러 종류가 잡히고 이 해산, 수산물은 평양시내로 모여든다.

8) 먼저 닭, 뒤에 오리(先雞後鴨)라는 말이 분명터니 : 중국 당나라 왕창근(王昌瑾)이란 사람이 궁예(弓裔)에게 바쳤다는 거울에 새긴 글귀에 "선조계후박압(先操雞後搏鴨)을 고려 태조 왕건(王建)은 계는 계림으로 신라를 말하니 먼저 망하고, 압은 압록강을 뜻하니 뒤에 고려가 취한다."고 풀이했다는 것.

9) 화산(花山) ; 원문의 "안화상당(案花相當)"은 풍수설에 의하면 안산과 화산이 묘의 명당자리로 서로 맞아서 명당이 된다는 것이다.

팔두삼미(八頭三尾)로 동쪽엔 고개 되고 서쪽으론 산언덕이 완만히 흘러내려 메뿌리 들쑥날쑥 각(角) 별은 팔격이요, 상(商) 별은 주먹 쥔 격, 정기(精氣)는 등등하고 신기(神氣)는 내리어서 기운을 토하고 상서(祥瑞)를 낳았다네.

오강(五江)의 신령스런 물줄기는 근원이 깊고 멀어 수만의 골짝물이 모여들며 넘쳐흘러 쏜살같이 내닫고 바퀴 돌듯 내달아서 중앙으로 모여드니 영혼이 깃들고 덕성이 흘러들어 온갖 것에 자양이 넘쳐서 푸른 솔은 무성하도다.[10)]

송도가 번창하여 3백여 년간 그 사이 기울고 융성하기 거듭하여 뽕나무 가지에 매여서 살아나듯[11)] 더욱 굳어졌네!

예부터 우리나라처럼 참(讖)에 의해 나라를 세운 일이 몇몇 제왕이었던가!

대부가 말하되

"고려(高麗) 태조(太祖)가 임금 되심은 천명(天命)에 응하고 인심에 순응함이지, 풍수(風水)나 도참(圖讖)의 황당한 낭설에 의하여 된 일은 아닌 것이로다!"

북경 말쟁이(北京 談叟) 말하되

중원(中原=忠州), 태령(太寧=海州)은 쇠(鐵)의 명산지[12)]로 강철쇠(鑌), 무른쇠(鉛), 맑은쇠(鑑), 밝은쇠(鐀), 아연(鋞), 무쇠(鑪), 선철(鍒), 용수철(鉾)이 돌을 뚫지 않아도 산의 골수로 흘러 내려와 뿌리와 그루 밑을 파서 무진장 끝이 없다네! 용광로에 녹여 부으니 녹은 쇳물은 불에 달구면 양문(陽紋)이요, 물에 달구면 음만(陰縵)인 것을, 솜씨 익은

---

10) 푸른 솔은 무성하도다 ; 원문의 "청송무의(青松茂矣), 즉 푸른 솔이 우거지네!"는 송도(松都)가 번창해진다는 뜻.

11) 뽕나무 가지에 매여서 살아나듯 ; 「주역」 경문(經文)편에 "운이 막혀가는 때를 반전시켜서 대인(大人)은 좋으리라 「망할 것이다, 망할 것이다 하여 탄탄한 뽕나무 뿌리에 잡아맨다.(休否 大人吉 其亡其亡 繫于苞桑)」라는 말은 망할듯 하면서도 뿌리가 든든해서 살아남는다는 뜻.

12) 쇠의 명산지 ; 고려 때는 충주 및 해주가 쇠(鐵)의 생산지였던 모양이다.

대장쟁이 쇠망치로 백번 천 번 두드리니 시퍼런 화살촉(鏃), 날카로운 작은 살촉(鏑)과 창도 치고, 방패, 갑옷, 칼도 치고 긴 창도 치며, 화로와 백철, 호미와 괭이도 치며, 솥도 치고 물통도 쳐내니 그릇으론 집안 용품이요, 병기로써 전쟁에 쓴다네!

계림(雞林=慶州)과 영가(永嘉=安東)엔 뽕나무도 우거졌네, 봄날에 누에 칠 때 한 집에 만박(萬箔)이요, 여름에 실 짜니 한 손에 백타래(百絡)라, 얽힌 실은 갈피 내여 틀에 얹어 짜어 낼제, 북(梭)을 치는 우뢰소리, 바디치는 벼락소리, 비단, 명주, 무늬비단, 삼베, 모시, 연기처럼 가볍고 이슬인양 엷은 천, 눈같이 희고 서리처럼 백색이요, 푸르고, 누렇고, 붉으며, 새파란 직물들이 금수(錦繡)로 만들어져 공경(公卿)의 옷감이요, 사녀(士女)의 옷이려니 이야말로 하늘이 주신 고장 보물이 가득 찼네!"

대부가 말하되

"한 자(尺)의 구슬로 보배가 아니라 했거늘, 하물며 쇠붙이와 비단이랴!"

늙은 말쟁이 말하되

"시인과 묵객이 어깨를 나란히 수풀처럼 많은데 붉은 정에 푸른 듯 수놓은 입으로 얼음과 눈발을 씹는 듯, 금과 옥을 새기는 듯, 붓 한번 달린다 하면 우뢰, 번개 같고, 시를 썼다 하면 맑은 강 절벽으로도 그 높고 깊음을 견주지 못하네.

원숙한 용어라도 옛 것이면 그대로는 쓰지 않고, 새로운 시어를 이제 따로 창조하네!

이 나라의 무사(武士)와 맹사(猛士)들은 뒷자락이 짧은 옷에 만호(縵胡) 갓끈 조여매고 용도(龍刀) 쥐고 사검(蛇劒) 차고 이리저리 분주하게 눈 부릅뜨고 웨치다가 곰처럼 움켜잡고, 범처럼 할퀴며, 매처럼 덮치며, 원숭이처럼 날렵하게 눈 무섭게 크게 뜨고 무서운 행색으로 앞으로 내닫는다네!

말 타고 활을 쏘되 과녁에 3발 3중이요, 구봉(球棒)을 한번 손에 놀리면 장대 끝에서 공이 백번은 돈다네! 이것이야말로 나라의 보배가 아닌가?"

대부가 말하되

"아니로다, 조충(雕蟲)의 작은 재주[13]와 폭력을 자주 씀은 군자가 취할 바가 아니니 하물며 공을 희롱하는 재주쯤을 이를 것이랴!"

늙은 말쟁이

"관직을 말한다면 내관(內官)이 천이오, 외직(外職)이 만이라 흐린 것은 밝혀내고 맑은 것을 치켜 올려 등용에 공평무사 춘관은 어질고, 청의(靑衣)와 자의(紫衣)의 공경(公卿)은 조정에 가득하여 신사와 홀 잡은 이(선비)가 조정에 가득하니 밖으로 나가서는 염찰사나 고을 수령이요, 모조리 청백(淸白)으로 그 구실 삼으니 샘물이나 등불 같은 이익도 받지 않거든[14] 황차 뇌물이랴!

해어진 띠실 풀어 등잔심지 삼고 샘물도 돈 주고 마시며 문 앞에는 참새 그물 적막하며 밥상엔 생선 없어 냉담하다네. 사람들은 그 이름만 들어도 탄복하니 자신도 깨끗하다고 자부한다네! 백성에겐 위엄 부려 가혹해야 한다 여겨 작은 일도 꼼꼼히 사찰하되 어두운 구석 없이 때를 씻고 곤장으로 다스리니 있는 허물 가리우며 백도의 곤장 앞에 제 감히 숨길 것이며 목 벨 범죄는 밧줄은 겹으로 쓰고도 부족하니 태형 맞아 온몸이 성한데 없어 백성은 간담이 서늘하여 쉬쉬 입 다물고 와들와들 떨 적에 별안간 시비가 가려져 부정배들은 자복한다네.

---

13) 조충(雕蟲)의 작은 재주 ; 조충전각(雕蟲篆刻)을 말하며 자질구레한 시문 주석이나 하는 소기(小技), 조충소기(雕蟲小技)라고도 함.

14) 샘물이나 등불 같은 이익도 받지 않는다 ; 관리가 공것을 절대로 받지 않는 청렴을 말하는데, 옛 양(梁)나라 태수(太守) 하원(何遠)이 민가의 맑은 샘물을 마셨는데 민가에서 물값을 안받으니 그러면 샘물을 안 먹는다 한 고사가 있다.

해마다 조세를 늘여도 중세(重稅)가 아니요, 달마다 나라에 선물을 바쳐도 의심을 안품으며 급하게 독촉해서 집집이 거둬다가 수로와 육로로 성화(星火)같이 운반해 가서 국고(國庫)와 관가의 곳간을 채워주니 그 유공함은 말로 다 못하리라."

대부가 말하되

"간사한 청렴으로 가혹을 저지르면 백성을 좀먹는 일이니 그 해독함이 심하고녀!"

늙은이 말하되

"공경(公卿)들의 저택은 그 담장이 10리에 뻗었는데 엄청 큰 누각은 봉황이 춤추는 듯 서늘한 마루 따뜻한 방이 줄지어 갖춰있고 금벽은 휘황찬란 단청이 이어졌네. 비단으로 기둥 싸고 채전(彩氈)으로 바닥 깔고, 온갖 진기한 나무, 이름난 화초들이 봄에는 꽃피고 여름엔 열매 맺고 푸른 잎 붉은 새싹이 그윽히 향기 뿜고 서늘한 그늘 지어 곱고도 아양 떨고, 뒷방의 미인들은 구름 옷에 안개 배자(帔) 온갖 아양 떨며 섰네! 꽃방석 비단 요에 노래가 흥겨운데 천 잔에 붓는 술은 신선의 구하주(九霞酒)요, 주역(周易)의 수(需)괘요, 시경(詩經)의 기취(旣醉)편[15]이던가?

팔진미(八珍味)로 말하면, 낙타 등심, 곰의 발바닥, 용의 간, 봉의 골수가 비단처럼 모이고 구슬처럼 쌓여도 입에 물려 뱉을 지경이요, 사족(士族), 평민, 승려도 그 사는 가옥이 화려하고 수륙진미 모두 먹고 귀와 눈은 늘 즐거우며 사치스런 옷으로 단장, 종과 천한 족속마저 다투어 분수없이 멋 부리니 높은 갓과 복두(幞頭) 쓰고 각대(角帶) 띠며 가벼운 옷, 꽃무늬 신발로 사치를 자랑하니 저 중국 장안인 낙양(洛陽)

15) 주역(周易) 수(需)괘와 시경의 기취(旣醉)편 ; 주역 십익(十翼)편 수(需)괘는 "비가 오기 전에 구름이 하늘로 올라가는 모습처럼 군자는 그 모습처럼 음식으로 그 기운과 몸을 유지하고 잔치하고 즐거워하면서 마음과 뜻을 평화롭게 한다는 괘이다. 시경의 대아(大雅)편 기취(旣醉)장에는 "술에 이미 취했는데 덕에 이미 배불렀네, 군자께선 만년토록 큰 복 누리시기 빈다네.(旣醉以酒 旣飽以德 君子萬年 介爾景福)"라 했다.

의 화려로도 우리의 사치 풍속을 못 당할 지고"

대부가 말하되

"아아! 우리 옛 서울 송도(松都)의 몰락이 대개 그런 것 때문이 아닐까?"

이에 이르러 서도(西都 ; 평양)와 북도(北都 ; 송도)의 두 손님이 수염을 곤두세우고 정색을 하면서 한편 노한 듯, 한편 부끄러운 듯 말하기를

"저희들이 종일 말하되, 그러나 대부께서 모두 이를 꺾어 버리니 그러면 강도(江都)[16]의 이야기를 들어보고저 하노라."

대부가 말하되

"두 분이 어찌 일찍이 강도(江都)의 이야기를 듣지 못했는고? 대강 한 가지 실마리를 들어 이야기 하리로다. 동해 바다의 크기는 아홉 강[九江] 여덟 하수(八河)를 겨자씨처럼 삼켜, 구름과 해를 뿜듯 삼키듯이 출렁이고 그 가운데 화산(花山)[17]은 금오(金鼇;금자라)가 떠받친 모양, 물가와 기슭은 잎처럼 싸돌고 혹은 가지마냥 뻗었으니 그 잎과 가지에는 강상(江商), 해고(海賈), 어옹(漁翁), 염수(塩叟)의 저택들이 들어차고, 신악(神岳)은 꽃술 속에 영구(靈丘)는 꽃받침 위에 날아갈 듯 그 위에 솟아있는 황실, 궁궐, 공경과 사서(士庶)들의 저택이 즐비하고 안으로는 마니산(摩尼山), 혈구산(穴口山)은 첩첩이 도사리고 밖으로는 동진(童津 ; 通津山), 백마산(白馬山)이 사면의 요새 되고, 출입을 단속하기엔 동편의 갑화관(岬華關)이요, 외빈을 맞고 보내기에는 북쪽의 풍포관(楓浦館)이니 두 화(華)가 문턱이요, 두 효(崤;문틀)는 지도리 되어 있으니 참으로 천하의

16) 강도(江都) ; 경기도 강화군의 옛 이름이니 고려 고종 19년(1232 A.D.) 몽고의 내침을 피하여 왕경을 강화도에 피난하여 동왕 37년(1250 A.D.)에 중성(中城)을 주회(周回) 2960여 간(間)을 쌓았고 원종 원년(1260 A.D.)에 환도하였으니 28년간 왕도(王都)로 지냈다.

17) 화산(花山) ; 한국에 화산이란 지명은 여러 군데이지만, 여기서는 강화도의 중심부에 있는 산을 말함.

오구(奧區)이다. 이에다 안으로는 자줏빛 성을 둘러쌓고 밖으로는 분첩(粉堞;석회 성가퀴)으로 쌌으니 물은 서로 돌아 둘렀고 산은 다투어 높이 솟아 호(壕)구덩이 굽어보는 절벽이라. 오리, 기러기도 못 날아들고, 늑대나 호랑이도 엿보지 못할지니 한 사람만 가금(呵禁)해도 만 사람이 편히 자고 본즉, 이 바로 금성탕지(金城湯池)라 만세 제왕의 도읍이라네."

두 손이 말하기를

"나라를 굳게 함은 산하의 아름다움에 있지 않고 임금의 덕에 있고 산천의 험함에 있지 않도다."[18]

하니, 다시 대부가 말하기를

"성시(城市)가 곧 항구이어서 문 밖이 바로 배이니 풀 베러 가거나 땔감 나무 해올 때도 일엽편주에 둥실 실어서 육지보다 빠르고 땔감 걱정 마소, 먹이 걱정 없어 씀씀이 넉넉하고, 장사 배와 조공(朝貢) 배가 만 리에서 돛대를 이어오니 배꼬리[船尾] 연이어 순식간에 팔방사람 모여들며 산해진미 안 가져오는 사람 없으며 옥(玉) 같은 쌀이 만 섬으로 쌓여 우뚝하고 주옥과 털가죽 꾸러미는 사방에서 모여든다.

뭇 배들 와서 닻 내리자 거리마다 골목마다 팔고 사는 사람 붐비고 말짐, 소짐 필요없이 손에 들고 어깨 메고 몇 걸음에 관가에 쌓여지고 민가에 흘러들어 산처럼 높직하고 샘처럼 넘치니 온갖 곡식 묵어서 썩을 지경, 한대(漢代)의 부요(富饒)와 어느 것이 낫겠는가?"

두 손이 말하기를

"지극한 부(富)는 축적(蓄積)이 아니니 거교(鉅橋)[19]를 거울 삼을

---

18) "나라를 굳게 함은 산하의 미와 산천의 험함에 있지 않고 덕에 있다 ; 전국시대 위 무후(魏武候)가 서하에서 선유(船遊)할 때 시종하던 오기(吳起)가 한 말이다.

19) 거교(鉅橋) ; 은(殷)의 주(紂)가 백성의 고혈을 착취하며 곡식창고를 지었던 땅 이름. 나중에 주(周)나라 무왕(武王)이 주를 쳐 없애고 거교의 창고 조를 백성에게 나눠줬다.

지니라"

대부가 말하기를

"불법(佛法)이 우리 해동(海東)에 온 지 오래지만 오늘날에 신앙은 더욱 두터워 불상 만들어 불법으로 귀의함엔 쇠를 녹이고 흙을 빚고 돌을 쪼고 나무에 새겨서 부처를 만들며 혹은 실로 떠서 수불(繡佛)을 만들거나 종이에 부처 얼굴 그려 단정하고 장엄한 그 표정 엄연하며, 법보(法寶)를 들날리는 데는 경(經)과 율(律)의 논(論), 장(藏)들고 선가서(禪家書), 조사결(祖師訣) 등을 판(板)에 찍고 필사하되 이금(泥金)이나 혈서(刺血)로 써서 누런 책 붉은 축(軸)에 주옥함(函)과 비단에 싸두니 천 권인가 만 권인가 더미더미 쌓였구나.

선방(禪房)과 교찰(敎刹)이며 공사(公寺) 혹은 사당(私堂)있어 사(社)니, 암(庵)이니 재(齋) 또는 방(房)이라 하여 우뚝 솟아 몇 천만 곳, 재 올리는 향화(香火) 기운은 만 리에 훈훈하고, 종경(鍾磬) 소리는 사방에서 정정 울리며, 긴 눈썹에 오디 빛 가사 입은 푸른 눈동자와 국화빛 잠상들이 남북의 총림(叢林)처럼 대와 갈대 서듯 줄지었고, 용상(龍象) 같은 고승은 사자후(獅子吼)처럼 설법을 하니, 천등불이 마음과 마음으로 이어져 아침에는 성수만세(聖壽萬歲)를 비옵는 향화(香火), 저녁에는 재앙을 막으려는 소재도량문(消災道場文)을 외면서 심지(炷)에 불 댕긴다. 그것도 미흡하여 대궐 안에 정사(精舍)를 지어 놓고, 먼 곳의 도승을 맞아들여서 그들은 푸른 산 흰 구름에서 몸을 떨치고 나와서 거리의 자맥홍진(紫陌紅塵)[20]에서 불법을 설(說)한다네!

선사들이 금추 방망이를 한번 두드리자 바람, 우뢰가 일고, 봉갈(棒喝)[21] 한 마디에 우박이 쏟아져 살리고 죽임이 자유자재라 머리

20) 자맥홍진(紫陌紅塵) ; 자맥은 왕도 즉 서울거리, 홍진은 부처에 대해 중생의 사회.
21) 봉갈(棒喝) ; 불가에서 깨닫지 못한 사람을 벌 주는 꾸지람. 당두봉갈(當頭棒喝)이라 고도 함.

머리 똑똑 부러지누나.

전년에 큰 난리[22] 겪을 때는 군신이 지원(至願)으로 불사를 일으켜 여러 종파(宗派)를 모아 하루 건너 불사에 힘 쏟으니 염불(念佛)과 창신(唱神)의 소리 높아 산악(山岳)이 흔들흔들 사람들은 연두소지(燃頭燒指)[23]의 그 연기에 휩싸이고 해와 달은 빛을 잃었다네. 정성과 고행(苦行)이 이처럼 지극하니 보응과 가호가 끝없으리."

두 손님이 말하기를

"고금에 부처를 신봉하기는 양(梁)나라 만한 곳이 없었는데 어찌 그리 빨리 망했는가?"

대부가 말하되

"방금 주상께서 몸소 검소하시고 백성에게 도타우시니…"

하자, 두 손님이 이 말 대목에서 깜짝 놀라며 얼굴빛을 고치고 앉은 자세 고치고 꿇어 앉으며 하는 말이

"대부는 더 이상 많은 말씀 마소서! 주상이 검소하시다는 이 한마디로 성대(聖代)의 지극한 정치를 알리로다!

무릇 정치가 밝고 공정함이 모두 검박함에서 비롯되는 것이니, 검박하면 풍속이 후덕하므로 하늘이 어찌 돕지 않으며 국운이 어찌 길지 않으리오! 아까 저희들이 장난끼로 떠든 것은 나라의 누만 될 뿐이오."

대부가 말하되

"두 손님은 들으시오. 나는 옛 역사를 거울 삼소. 옛날 주(周)나라 황실은 충후(忠厚)하여 8백 년을 누리었고, 한실(漢室)은 번쩍거리는

---

22) 전년에 큰 난리 ; 1232년(고종 19) 몽고가 내침했던 사건. 고려시대에 몽고의 침략으로 국난을 당한 사건은 이루 말할 수 없는 민족의 수난이었고, 그중에서 고종 19년(1232)의 재침 때 전 국토를 점령 당해서 수도는 강화도로 피난 간 사건은 일제가 침략했던 36년간보다 몇십 배나 큰 수난의 비극이었다.

23) 연두소지(燃頭燒指) ; 불교 신자가 자기 머리를 태우며 혹은 손가락을 지지면서 부처님께 공양하는 일. 이때 지지는 연기가 자욱했다는 뜻이다.

비단옷과 두꺼운 천 신발을 개혁하니 신하들도 돈후(敦厚)한 장자가 많아서 국조(國祚)가 그지없었으며 당(唐)나라 문황(文皇)은 검박함을 숭상하여 대궐을 지으려다 진(秦)나라를 거울삼아[24] 그만두었고, 이때에 현신 방현령(房玄齡), 위징(魏徵)[25]이 편안히 다스려진다고 방심하지 않았으니 3백여 년 국통을 이루었네!

거룩하다, 우리 국조(國朝) 옛 풍화 품 안에서 하늘을 외경(畏敬)하고, 하늘의 도를 즐기어 작은 것으로써 큰 것을 섬기며[26] 이로써 보전하니 만물이 탈이 없고, 만민이 넉넉하다. 탐복함도 부족하니 그 뜻을 거듭 펴는 노래 한 수 지으리라."

노래(歌)

"아득히 요순부터 당송(唐宋)에 이름이여!
문질(文質)과 연혁(沿革)은 달랐으되 망한 것은 사치요,
검박은 흥성했네!
서경(西京)의 버들은 음탕 속에 엎어지고,
송경(松京)의 소나무는 사치로 유리(流離)했네.
휘황찬연 강도(江都)의 덕빛(德光)이여!
천명에 따르고 큰 이름 섬김이로다.
풍속은 순박하고 나라 편안히
만년토록 나라 백성 잊지 마소서!"

---

24) 진(秦)나라를 거울삼아 ; 진나라 시황(始皇)은 아방궁(阿房宮) 등 큰 궁궐을 지었으나 곧 망한 사실을 교훈 삼다. 우리나라 김부식(金富軾)은 『화려한 궁궐을 꾸미네(結綺宮)』라는 시를 지어 놀려주었다.

25) 방현령(房玄齡), 위징(魏徵) ; 두 사람은 모두 당나라의 어진 신하로 역사에 규범이 되는 인물들이다.

26) 큰 것을 섬기다 ; 보통 큰 나라를 섬긴다,라고 풀이하나, 사대(事大)의 뜻을 큰 나라로만 해석하는 것은 좁은 생각인듯하다.
이가원(李家源) 교수는 그의 한국한문학사(韓國漢文學史)에서 "왕양(汪洋), 호한(浩汗)한 거편(鋸篇)"이라고 감탄하면서도 "한부(漢賦)의 유향(遺響)"이라고 했는데 작품 이름이 같다고 좌사(左思)의 「삼도부」가 끼친 영향으로 생각하는 것도 좁은 견해다.

三都賦 (삼도부)

西都辨生與北京談叟 來遊江都 遇一正議大夫

大夫日

蒙聞二國之名 未覩其制 幸今邂逅 二客 請攄懷 舊之情 弘我以兩京

辨生日

唯唯 西都之創先也 帝號東明 降自九玄 乃眷下土 此維宅焉 匪基匪築 化城屹然 乘五龍車 上天下天 導以百神 從以列仙 熊然遇女 來往翩翩 江心有石 日朝天臺

怳兮盤陁 忽焉崍嵦 惟帝時升 神馭徘徊 靈祗所宅 平壤其祠 呼叱風伯 指揮雨師 怒則白日霰雷 木石交飛 又有木覔 稼穡是司 不耕而禾 積如京坻 蔭公庇私 介以彪褫 若是何如

大夫日

神譫茫誕 何以誇爲

生日

壯麗之觀 則有龍堰闕九梯宮 膠葛廣敞 高明窮崇 翕闢宇宙 冥迷西東 天不能奪其拚 鬼不得爭其功 遊觀之所 則多景跨蒼海 淸遠撐半空 浮碧臨浩蕩 永明架嶒嶸 衆水所匯 名爲大同 皛漾晃瀁 抱鎬欲灃 淨鋪素練 皎若靑銅 兩岸垂楊 終日舞風 沙平野闊 落鴈鳴鴻靑山繞郭 四面巃嵷 細雨披簑 俯見於漁翁 夕陽吹笛 遠聞於牧童 畵圖難髣 賦詠未窮 爾乃解錦纜浮蘭舟 中流回首 怳然如在鏡屛中也 則吾都形勝 誠天下之所獨 大夫日 奇觀絕景 喪人心目 生日 水而漁則長網一擧 奇獲多矣 鰌鯇魴鱧 鰽魦鰋鯉 鯧鮔鱣鮹 固爲賤嗜 及當冬月 滿江水結 錦鱗珠鱲 其下鱍鱍 金梃乂之 百不一脫 置盤經宿 凍成玉潔 庖丁膳夫 鳴刀巧割 縷飛霍霍 色絕味絕 一 下齒霜喉雪(此間句失)

作千載若符 先有崔孤 雲者嘗日

聖人之氣 醞釀山陽 鵠嶺松靑 鷄林葉黃 紫雲未起 預讖興亡 鐵原寶鏡 墮自上蒼 先雞後鴨 斯言孔彰 及乎統合三土 卜開明堂 北峩牛臥 南峙龍翔 右懷左抱 案花相當 八頭三尾 東峴西岡 隱嶙屈伏 臂角拳啇 騰精降神 吐氣産祥

五川靈派 源乎淼茫 萬洞滰集 流漲滂洋 箭馳輪走 朝湊中央 涵靈注德 滋養百昌 靑松茂矣

三百餘霜 中衰復盛 繫于苞桑 自古如我 應讖立國 有幾帝王

大夫曰

祖聖龍興 應天順人 非以地理圖讖之荒唐 叟曰 中原大寧 鐵焉是産 鑌鉛鑿鐀 鋞鑪鍒鉾 惟山之髓 匪石之鑽 斸掘根株 浩無畔岸 洪爐鼓鑄 融液熾爛 焰爍陽紋 水淬陰縵 老冶弄鎚 百鍊千鍛 爲鏃爲鏑 爲矛爲釬 爲刀爲槍 爲鑪爲鑹 爲鋤爲鎛 爲釜爲鑵 器贍中用 兵充外扞 雞林永嘉 桑柘莫莫 春而浴蠶 一戶萬箔 夏而繅絲 一指百絡 始綞而縒 方織以爍 雷梭風杼 脫手霹靂 羅綃綾綿 縑絹縛縠 煙纖霧薄 雪皓霜白 靑黃之 朱綠之爲錦綺爲繡纈 公卿以衣 士女以服 樞曳綷縩 披拂絶赫 是誠天府 國寶錯落

大夫曰

尺璧非寶 矧伊金帛

叟曰

詞人墨客 比肩林林 紅情綠意 繡口錦心 咀冰嚼雪 琢玉彫金 筆一走也 驚雷迅電 難以況其捷疾 詩多態也 澄江絶壁 不足譬其高深 圓熟陳言 不踐於古 冷生新語 別出於今 武夫猛士 則衣短後纓縵胡 佩蛇劒握龍刀 蹻踞 搬搏 闞虓咆哮 熊挐虎攫 鶻掠猿超 瞋目語難 掉臂輕趫騎射一發 聯的三中 杖手一弄 飛毬百繞是所謂 國之寶歟

大夫曰

非也 彫蟲亂力 君子不取 況弄毬之巧

叟曰

設官分職 內千外萬 激濁揚清 擧無憿溷 歲命春官 選登賢儁 靑紫滿朝 紳垂笏揺 出爲廉察 或典州郡 莫不以冰淸玉潔 爲已之任 不通水火之利 況受苞苴之贈 斷帶爲燈 投錢以飮 門羅雀以寂寥 食無魚兮冷淡 人服其名 自負無玷 謂欲威民 必用苛慘 細察纖微 曲照幽暗 吹刮而求 瘢瑕莫掩 於是乎振縲紲揚繩檢 扑之則百杖不厭 絞之則重索猶慊 吏不完肢體 民盡落肝膽 肅肅凌凌 慄慄懍懍 咄嗟而諸 難卽辨 叱吒而群猾亦震 歲增賦而不爲重 月進膳而不爲諂 急徵征稅 若督戶歛 漕轉陸輸 火疾電閃 用儲峙乎國稟 則其勤公利國之功 言所不盡

大夫曰

詐淸苛慘民之蠹 爲害也甚 叟曰 公卿列弟 聯垣十里 豐樓傑閣 鳳舞螭起 涜軒燠室 鱗錯擳比輝映金碧 森列朱翠 緹繡被木 彩毬鋪地 珍木異卉 名花佳藭 春榮夏實 綠稠紅蔫 敷香布蔭 爭姸竟媚 後房佳麗 雲衣霞帔 盡態極艶 列陪環侍 玳筵綺席 笙歌鼓吹 九醞波漫 千罍屹峙 如易之需若詩旣醉 駞峯熊掌 龍肝鳳髓 錦簇瓊堆 厭飫唾棄 至於士庶 桑門釋子 居必華屋 食必兼味 極耳目之娛 誇服飾之異 庸奴賤隸 胥然僭擬 峩其冠戴其幞 舿其帶鈒其履 衣輕服緻 爭相耀侈 雖雍洛靡麗之盛 莫我敢齒

大夫曰

噫 舊都之流離盖以此

於是西北二客

奮髯作色 且怒且恧曰

走等終日言而大夫皆折之 願聞江都之說

大夫曰

二客豈亦曾聞江都之事乎 略擧一緖

揚擢而議 夫東海之大 凡九江八河 呑若一芥 蕩雲沃日 洶湧澎湃 中有花山 金鼇屹戴 涯淩葉擁 渚岬枝附麗其枝葉而沙散碁布者 江商海賈漁 翁塩叟之編戶也 神岳蘂開 靈丘萼捧 架其蘂萼而翬飛鳥聳者 皇居帝室公卿士庶之列棟也 內據摩利穴口之重匝外界童津白馬之四塞 出入之譏何則岬 華關其東 賓入之送迎則楓浦舘其北 兩華爲闕 二峭爲樞 眞天地之奧區也 於是乎內繚以紫壘外包以粉堞 水助縈回 山爭岌嶪 俯臨慄乎淵深 仰觀愁於壁立 鳧鴈不能盡飛 犲虎不能窺闞 一夫呵噤 萬家高枕 是金湯萬世帝王之都也

二客曰

固國不以山河 在德不在險

大夫曰

城市卽浦 門外維舟 芻往樵歸 一葉載浮 程捷於陸 易採易輸 庖炊不匱 廏秣亦周 人閑用足 力小功優 商舡貢舶 萬里連帆 艤重而北 棹輕而南 檣頭相續 舳尾相銜 一風頃刻 六合交會 山宜海錯 靡物不載 擣玉舂珠 累萬石以磈磣 苞珍裹毛 聚八區而菴藹 爭來泊而纜碇 條街塡而巷隘 顧轉移之孔易 何馱負之賽倩 爾乃手挈肩擔 往來跬步 堆積于公府 流溢於民戶 匪山而巍 如泉之溥 菽粟陳陳而相腐 孰與大漢之富饒

二客曰

至富非蓄積 宜鑑鉅橋

大夫曰

佛法流於海東尙矣 至於今日尤爲信篤 像設而歸依 則鎔金塑土琢石刻木 或線縷以繡 畫繪以貌 睟乎端嚴 儼若視矍 法寶之弘揚則經律論章 禪書祖訣 板印墨寫 泥金刺血 黃卷赤軸 琅函綦帕若開風藏 委積磊落 禪藍敎刹公寺私堂 或社或庵 日齋日房 矗不知乎幾千萬坊 香火之氣連熏於萬里 鍾磬之聲相聞於四方於是乎

厖 眉椹袍 碧眼菊裳 南蘗北林 竹葦成行 龍象爭蹴 金毛竟吼 千燈續焰於心心 衆海飜瀾於口口 朝焚祝聖之香 夕點鎭災之炷 猶以爲未足 特創精廬於輦下 遠邀方外之道伴 靑山白雲 逃身而出 紫陌紅塵 來垂手段 搥拂而風雷動 捧喝而雨雹散 殺活自在 頭頭必斷

越前歲因大難 君臣益復痛願 一集諸家 遞日作梵 念佛唱神之音激切而山岳盡動 燃頭燒指之煙紛布而日月無光 精勤苦倒如此其極 報應攝護必不可量

二客曰

古今奉浮圖莫若梁 何促危亡

大夫曰

方今主上躬儉而厚下

二客 卽愕然失容 避席而跪曰

大夫毋多言 只此一言 足以知大平極理之美 凡政理淸平 皆由儉始 儉則習俗歸厚 胡皇天不佑胡基 祚不長久哉 向者走等啁嘐吽吽 祇自彰國累耳

大夫曰

二子聽之 吾以古爲的 昔周家忠厚 享年八百 漢文衣綈履革 其臣多敦厚長者 垂祚罔極 唐文皇尙 儉 欲營一殿 鑒秦而止 維時房魏不以理安爲喜 故垂統三百餘祀

洪惟本朝 風化掩古 畏天之威 樂天之道 以小事大 于時保之 物不疵癘 元元皞皞 歎之不足 申其義而

作歌曰

邈自陶唐兮 下至宋康

雖文質沿革之不同兮 靡不由奢儉而興亡

西柳兮 以淫而顚覆

北松兮由侈以流移(西都号柳京)

煌煌江都 惟德之基
順天事大
風俗淳熙 於萬斯年 安不忘危.

1. 국자감 숙직실[1]에서 채진봉의 학 울음소리를 들으며

(7언절귀)

비로 쓴 듯 구름 없는 달 밝은 밤에
솔 속에 깃든 외톨이 학 맑은 밤이 못내 겨워
온 산의 잔나비 새 그 소리 낯설지만
털 성긴 나래 치며 한밤중에 우는구나.

國子監直廬聞埰眞峰鶴唳 (국자감직려문채진봉학려)

雲掃長空月正明 (운소장공월정명)
松巢獨鶴不勝淸 (송소독학불승청)
滿山猿鳥知音少 (만산원조지음소)
刷盡踈翎半夜鳴 (쇄진소령반야명)

2. 은문[2] 금대위에게 사례잔치를 베푸는 시 (7언고시)

공명 있고 덕업에다 관직까지 겸한 이가
예부터 지금까지 금(琴)공만 한 이 또 있을까
네 번이나 형경(衡鏡)[3]과 월계(月桂)[4]를 나눠주니

---

1) 작자 최자는 고종 때 국자대사성지어사대사(國子大司成知御史臺事)직을 지낸 일도 있었다.
2) 은문(恩門) ; 과거 합격자가 자기를 뽑아 준 시관(試官)을 두고 이르는 말.
3) 형경(衡鏡) ; 과거시험에서 인재를 선발하기를 저울과 거울처럼 공평하고 밝게 한다는 뜻.
4) 월계(月桂) ; 과거에 급제하는 것을 달 속의 월계수로 비유했다.

도리문(桃李門)[5] 앞에는 봄빛이 넘쳐나네.

일찍부터 세속 붉은 먼지 옷에 묻을세라
금장옥구(金章玉句)에 뜻을 두고 녹야(綠野)[6]에 놀았다.
청산은 맑은 창에 어릿거려 비춰지고
저녁달 아침안개는 자리 밑에 내리누나.

그림 당(堂)에는 천불의 이름을 나누어 걸고
앞뒤의 급제 명단 형제처럼 되었구나.
못난 나도 순서 따라 빛난 자리 오르니
벽돌이 구슬에 비춰진 양 부끄럽네.

궁색해서 비단결 꽃떨기를 몰랐더니
붉은 봄꽃 나부낌에 두 눈은 놀라누나.
여러 자손 불러내어 사방 좌석 앉혀놓고
금란(金蘭)과 옥수(玉樹)[7]를 겨누게 하였다네.

흥이 무르익자 금슬 울려 즐거우니
산소리 물소리가 모두 귀에 익은 소리라
내 귀엔 왕인유(王仁裕)[8]가 무대 올라 부는듯
날마다 제자들과 잔치하며 놀았단다.

---

5) 도리문(桃李門) ; 당(唐)나라 적인걸(狄仁傑)이 어진 선비를 많이 추천하였기에 세상 사람들이 세상의 도리(桃李)가 모두 공의 문(門)에 있다고 하였다.
6) 녹야(綠野) ; 당(唐)나라 재상 배도(裵度)가 녹야당(綠野堂)을 짓고 정원을 만들어 문인들과 시주연(詩酒宴)을 즐겼다.
7) 금란(金蘭)과 옥수(玉樹) ; 금란은 동심(同心)의 굳은 사귐, 즉 금처럼 굳고 난처럼 향기 높은 친밀한 교우. 옥수는 아름다운 나무로 사람의 몸가짐이 아름다움을 비유한 말.
8) 왕인유(王仁裕); 주(周)나라 사람으로 글 솜씨 뛰어나 세상에 유명하고 한(漢)나라 병부상서를 지내면서 음악에 정통하며 시를 잘 지었다.

또 들으니 양공(楊公)[9]은 부자가 함께 얼려
방사(牓士) 두 사람과 마시며 즐겼다네.
두 노인의 꽃다운 일 다시 누가 이었나
풍류의 상국(相國)이 신선 잉어[10] 탔구나.

술기운에 토해낸즉 7언 연귀 이루고
글귀마다 명주(明珠)로 일만 입에 오르네.
나는 어목(魚目)[11]을 잡아 시편 14관을 엮어서
자손에게 이염이염 전하여 주리라.

上恩門琴大尉謝宴詩 (상은문금대위사연시)

功名德業與仕宦 (공명덕업여사환)
終始如公今古罕 (종시여공금고한)
四提衡鏡分月桂 (사제형경분월계)
桃李門前春色滿 (도리문전춘색만)

早嫌衣上紅塵涴 (조혐의상홍진완)
笑解金章遊綠野 (소해금장유녹야)
青山弄影墮晴窓 (청산농영타청창)
夕月朝嵐來侍座 (석월조람내시좌)

---

9) 양공(楊公) ; 이는 양어릉(楊於陵)과 양사복(楊嗣復) 부자간의 화제로 이들은 당(唐)나라 때 벼슬한 문관으로 연회 때에 부자가 상하 자리를 바뀌면서 자리를 같이 했다고 해서 사람들이 양씨의 상하문생(上下門生)이라고 했다.
10) 신선 잉어(神仙鯉魚) ; 옛날에 금고(琴高)란 사람이 잉어를 타고 올라 신선이 된 고사가 있는데 저자는 은문금대위(恩門琴大尉)를 노래하므로 합쳐서 인용하였다.
11) 어목(魚目) ; 생선 눈알은 구슬과 비슷해서 혼동하기가 쉽다 해서 가짜를 구별할 때 쓰는 말.

畫堂分掛千佛名 (화당분괘천불명)
先後同年爲兄弟 (선후동년위형제)
不才隨列上華筵 (부재수렬상화연)
瓴甋翻慙照玉英 (영적번참조옥영)

酸寒不識綺羅叢 (산한불식기라총)
怳驚雙眼搖春紅 (황경쌍안요춘홍)
呼出諸郎命四座 (호출제랑명사좌)
金蘭玉樹爭淸雄 (금란옥수쟁청웅)

興酣更教琴瑟閒 (흥감갱교금슬한)
山水聲聲耳曾慣 (산수성성이증관)
吾聞仁裕上吹臺 (오문인유상취대)
日與門弟相遊宴 (일여문제상유연)

又聞楊公之父子 (우문양공지부자)
詩酒同歡兩牓士 (시주동환양방사)
二老遺芳誰復繼 (이로유방수복계)
風流相國駕仙鯉 (풍류상국가선리)

乘酣一唾聯七言 (승감일타연칠언)
箇箇明珠萬口喧 (개개명주만구훤)
吾將魚目編作十四貫 (오장어목편작십사관)
却把纍纍傳子孫 (각파유류전자손)

3. 김정당[12] 님께 삼가 대답함

계림 천년 아득한 그 옛적 이야기에
금궤 속 아기가 하늘에서 내려왔네.[13]
이때부터 김씨 성[14]이 구름처럼 번성했네.
지금토록 그 풍골(風骨)[15]은 신선처럼 이어지네.
정사당 동편대[16]를 한번 읊으니
장군막하 연꽃을 다시금 묻게 되네.
나가면 무인(武人)이요, 들면 문인(文人)[17] 일천 모습
어찌 모두 그려야 능연각(凌煙閣)[18]에 모실까.

奉答金政堂 (봉답김정당)

鷄林千古事茫然 (계림천고사망연)
金櫃中兒降自天 (금궤중아강자천)
從此雲來爲姓氏 (종차운래위성씨)
至今風調帶神仙 (지금풍조대신선)
一吟政事堂東竹 (일음정사당동죽)

---

12) 김정당(金政堂) ; 김알지(金閼智) 후손으로 누구인지는 알 수 없으나, 벼슬이 내사문하성(內史門下省)의 정당문학(政堂文學;종2품)이었다.
13) 금궤속… ; 계림 숲에서 금궤 속 아기로 탄생한 김알지 신화.
14) 김씨 성 ; 신라 김씨왕 38인은 모두 김알지 후손이다.
15) 풍골(風骨) ; 신라 김씨 왕족에게는 성골(聖骨)과 진골(眞骨)의 골품(骨品)제도가 있었다.
16) 정사당 동편대 ; 이 대목은 신라 초 이서국(伊西國)이 침입했을 때 죽엽군(竹葉軍)이 미추왕릉 곁에서 물리쳐 주었다는 고사가 있어 죽현릉(竹現陵)이라고도 한다는 말이 전한다.
17) 나가면 무인(武人)이요, 들면 문인(文人) ; 신라 통일전이 절정에 달했을 때 무열왕, 문무왕은 전투할 때 말 타고 진두지휘 했었다.
18) 능연각(凌煙閣) ; 나라의 공신을 화상 그려 걸어 놓은 전각. 그 연원은 당(唐)나라 때부터 있어왔다.

再問將軍幕下蓮 (재문장군막하련)
出武入文千態度 (출무입문천태도)
丹青何樣畫凌煙 (단청하양화능연)

■ **조통**(趙通 ; ?~?) [명종시인(明宗時人), 죽림칠현(竹林七賢)]

고려의 학자요 문신으로, 자는 역락(亦樂), 본관은 옥과(玉果;谷城). 고려 명종(明宗) 때 학행으로 왕의 부름을 받은 바도 있지만 문과에도 급제하고 정언(正言)을 시작으로 1197년에는 고공원외랑(考功員外郎)에 오르고 태자문학(太子文學)을 거쳐 1199년에 동경(東京;경주)에서 도적의 무리가 반란을 일으켰을 때 동경초무사(東京招撫使)가 되어 이를 무마시켰고, 진주안무사(晋州安撫使)가 되었다가 나중에는 좌간의대부 국자감대사성 한림학사(左諫議大夫 國子監大司成 翰林學士)를 지냈다.

이인로(李仁老) 등과 함께 '죽림고회(竹林高會)'라는 기로회(耆老會)를 결성하여 죽림칠현(竹林七賢)이 되었었다.

「동문선」에는 다음 시 한 편이 전한다.

작약꽃 (5언율시)

꽃은 임자가 없다고 누가 말하나
임금께서 날마다 친히 와 보시거늘
어김없이 첫 여름을 맞이할 때면
제 홀로 남은 봄을 뒷 마름 하누나.

바람이 솔솔 불어 낮잠을 깨우듯
아침 단장 고운 자태 비에 씻겨 새롭구나.
궁녀들은 행여나 시샘하지 마소서
예쁘기야 비슷해도 참된 자연 따르겠나.

芍藥 (작약)

誰道花無主 (수도화무주)
龍顔日賜親 (용안일사친)
也應迎早夏 (야응영조하)
獨自殿餘春 (독자전여춘)

午睡風吹覺 (오수풍취각)
晨粧雨洗新 (신장우세신)
宮娥莫相妬 (궁아막상투)
雖似竟非眞 (수사경비진)

■ 진화(陳澕 ; 1200~?)

고려의 문장가요, 문신으로 호는 매호(梅湖), 본관은 여양(驪陽). 참지정사(參知政事 ; 종2품), 준(俊)의 손자로 1200년에 문과에 급제하여 직한림원(直翰林院)에 등용되고, 그 뒤 우사간지제고(右司諫知制誥 ; 정6품)가 되었고 그 신분으로 지공주사(至公州事)를 지내다가 졸세했다고 전한다. 〈한림별곡〉에서는 "李正言 陳翰林 雙韻走筆"이라 했는데, 이는 그가 직한림원 때에 이규보(李奎報)와 운을 따라 시를 날렸던 시재를 말한 것이다.

진화의 시는 창려 · 웅장하고 변태백출했다고 전한다. 저서에 〈매호유고(梅湖遺稿)〉가 있다.

「동문선」에는 진화의 시만 40편이 실려 전한다. 여기서는 시 7편만 옮겨 보인다.

※ 〈매호유고〉 1책은 진화의 후손이 1772년 유고를 모아 목활자로 출간한 5언 및 7언의 각체시집이다.(국립중앙도서관에 소장됨)

1. 도원가 (7언고시)

동남동녀 자취는 동해 푸른 연기 속에 감감하고[1]
붉은 지치 버섯[2]은 남산 푸른 언덕에 빛났어라.
바로 이때 진(秦)나라를 피할 수 있던 곳은
도원(桃原)을 가장 일러 신선이라 했어라.

시냇물이 다한 곳에 산에 굴이 뚫렸으니
땅은 걸고 물이 좋아 기름진 밭 많았단다.
구름보고 짖는 삽살 해는 길어 느릿느릿
봄바람에 꽃은 져서 땅 위에 그득했네.

복숭아 심은 뒤론 고향생각 잊었겠고[3]
세상일 아는 말은 분서갱유(焚書坑儒) 그전뿐
앉아서도 초목으로 춥고 더운 계절 알며
웃는 통에 아이와는 앞뒤가림 잊었구나.

어부가 한 번 보고 곧 배를 돌렸으나
만고에 안개 물결 아득해 모를레라.
그대는 못보던가 저 강남촌의
대나무가 지게문 되고 꽃이 울타리 됨을,

---

1) 동해 푸른 연기 속에 감감하고 ; 진시황이 불로초를 구하려고 동방 삼신산으로 서시로 하여금 동남동녀 3천 명을 데리고 보냈더니 서시는 돌아오지 않았다는 고사.
2) 붉은 지치 버섯 ; 진시황의 폭정 때 하황공(夏黃公) 등 네 사람이 진나라를 피해 상산(商山)에 숨어 살면서 "빛나는 붉은 지치 요기할 만하구나!" 하고 노래했다는 고사. 후에 이들 네 사람을 상산사호(商山四皓)라 불렀다.
3) 고향생각 잊었다 ; 무릉도원(武陵桃源)이 너무 좋아서 바깥 세상을 잊었다는 고사. 도연명의 도화원기(桃花源記)에 어부의 체험기가 나온다.

맑은 시냇물 졸졸 흐르는데 차가운 달빛 어리고
푸른 숲이 그윽한 속에 새는 숨어 우는데
단지 한 되는 것은 백성의 생업은 날로 영락해 가는데
고을 아전 세미 뒤지러 항시 문 두드려대는 일
다만 바깥에서 핍박함만 없다면야
산촌마을 어디 간들 무릉도원 아니리.

이 시는 뜻이 있으니 그대 버리지 말고 고을 문헌에 적어 넣어 후손에게 전하소서라는 후주가 있다.

桃源歌 (도원가)

丱角森森東海之蒼煙 (관각삼삼동해지창연)
紫芝曄曄南山之翠巔 (자지엽엽남산지취전)
等是當時避秦處 (등시당시피진처)
桃源最號爲神仙 (도원최호위신선)

溪流盡處山作口 (계류진처산작구)
土膏水軟多良田 (토고수연다양전)
紅尨吠雲白日晚 (홍방폐운백일만)
落花滿地春風顚 (낙화만지춘풍전)

鄕心斗斷種桃後 (향심두단종도후)
世事只說焚書前 (세사지설분서전)
坐看草樹知寒暑 (좌간초수지한서)
笑領童孩忘後先 (소령동해망후선)

漁人一見卽回棹 (어인일견즉회도)
煙波萬古空蒼然 (연파만고공창연)
君不見江南村 (군부견강남촌)
竹作戶花作藩 (죽작호화작번)

淸流涓涓寒月漫 (청류연연한월만)
碧樹寂寂幽禽喧 (벽수적적유금훤)
所恨居民産業日零落 (소한거민산업일영락)
縣吏索米長敲門 (현리색미장고문)
但無外事來相逼 (단무외사내상핍)
山村處處皆桃源 (산촌처처개도원)
〈此詩有味君莫棄 寫入郡譜傳兒孫 (차시유미군막기 사입군보전아손)〉

2. 버들 (7언절귀)

장안[4]의 서쪽 강변 일만 가지 버들 꽃[5]은
봄 근심 자아내어 어두운 근심 짓고
한 없이 부는 광풍 그치지 않는구나.[6]
연기는 비에 섞여 가을처럼 깊어가네.

柳 (유)

鳳城西畔萬條金 (봉성서반만조금)

---

4) 봉성(鳳城)은 서울 장안.
5) 만조금(萬條金)은 수많은 버들가지에 맺힌 버들강아지.
6) 광풍취부단(狂風吹不斷)은 몽고가 7차에 거쳐 침공한 것은 1225년경부터 1257년까지, 즉 작자의 생존연대였다.

勾引春愁作暝陰 (구인춘수작명음)
無限狂風吹不斷 (무한광풍취부단)
惹烟和雨到秋深 (야연화우도추심) 〈해동시선〉

이 7언절귀 한 수는 쌍운주필(雙韻走筆)에 뛰어났다는 진화가 당시 어두운 고려사회를 근심하며 지은 시이고, 여기 버들은 서경 즉 대동강변의 상징으로 노래했다.

즉 서경천도의 반란사건은 1135년대 후반에 일단락 지었지만 몽고 침입과 정중부의 난 이후 최씨 집권으로 고려사회는 늘 불안한 바늘방석이었다.

이 시는 「동문선」에는 없고 「해동시선(海東詩選)」에서 취했다.

3. 오대산에 노닐다 (7언절귀)

전날에 그림에서 바라보던 오대산은
구름 쓸며 푸른 산이 높고 낮고 하더니
와보니 일만 골짝 물살이 다투는 듯
구름을 뚫는 길을 어딘지 알겠구나.

遊五臺山 (유오대산)

畵裡當年見五臺 (화리당년견오대)
掃雲蒼翠有高低 (소운창취유고저)
今來萬壑爭流處 (금래만학쟁류처)
自覺穿雲路不迷 (자각천운노불미)

4. 늦은 봄 (7언절귀)

비 멎자 원 뜰에는 이끼가 모여 돋고
대낮 인적 고요하고 쌍 사립문 닫혔구나.
푸른 섬돌 밑에는 꽃 떨어져 한 치인데
봄바람은 휩쓸어 불고 갔다 몰고 오네.

春晩 (춘만)

雨餘庭院簇莓苔 (우여정원족매태)
人靜雙扉晝不開 (인정쌍비주불개)
碧砌落花深一寸 (벽체낙화심일촌)
東風吹去又吹來 (동풍취거우취래)

5. 쓸쓸한 가을날 (5언율시)

부귀하여도 가을이야 슬픔이거니
더구나 헌옷으로 혼자 읊는 사람이랴
잘된 사람 욕된 자를 많이도 보았지만
물어보자! 어느 날에 돌아가 쉬려는가?[7)]

낙엽은 흩어져 가을 우물[8)] 메우고
거친 다듬 소리 돌 다락을 흔든다.
이제는 유흥이야 지쳐서 접었으니

---

7) 작자 진화는 죽기 직전에 공주의 지공주사(知公州事 ; 정5품~종4품)를 지낸바 있다.
8) 가을 우물 ; 본문에 금정(金井)이란 가을 우물을 뜻함.

베개를 의지하여 창주[9]나 꿈꿔보자!

秋日書懷 (추일서회)

富貴也悲秋 (부귀야비추)
孤吟況弊裘 (고음황폐구)
閱多人寵辱 (열다인총욕)
問幾日歸休 (문기일귀휴)

落葉埋金井 (낙엽매금정)
踈砧響石樓 (소침향석루)
聊將倦遊興 (요장권유흥)
欹枕夢滄洲 (의침몽창주)

6. 서울 (7언율시)

가랑비는 솜털인양 아침 내내 내리고
아침 해는 불그레 강물에 어리누나.
즐비한 장안 집들 생선 비늘 흡사하고
높이 솟은 대궐 두 채 독수리 나래로다.

오(吳)나라 궁 뜰에선 어린 궁녀 풀싸움[10]이
한나라 궁중에선 신선도에 취했구나.
황송하나 이 몸도 금규(金閨)[11]에 참여해서

---

9) 창주(滄洲) ; 여기서는 신선이 사는 푸른 바다.
10) 어린 궁녀 풀싸움 ; 원문의 오원겹의. 오나라 궁 뜰에서 어린 궁녀가 철없이 논다는 뜻. 겹의(袷衣)는 고름 없이 입는 윗도리.
11) 금규(金閨) ; 아름다운 집. 곧 학사들이 모여 있는 전당.

맑은 향기 속에서 임금 용포 받드리라.

京都 (경도)

小雨朝來捲細毛 (소우조래권세모)
浴江初日暈紅濤 (욕강초일운홍도)
千門撲地魚鱗錯 (천문박지어린착)
雙闕攙天鷲翼高 (쌍궐참천취익고)

吳苑裌衣晴鬪草 (오원겹의청투초)
漢宮仙袂醉分桃 (한궁선매취분도)
多慙每忝金閨侍 (다참매첨금규시)
與倚淸香捧赭袍 (여의청향봉자포)

7. 매화 (7언율시)

봄 신(東君)[12]께서 시험코자 온갖 풀을 물들일 제
맨 먼저 겨울매화 점찍어 단장하니
구슬 같은 뺨에는 봄 기분이 스미고
하얀빛 치마에는 달빛 스쳐 차갑구나.

몇 가지만 바라봐도 사람 마음 홀리고
꽃 한 잎 떨어져선 말 따라 향기롭다.
영락없이 청계(淸溪)에서 매화[13]시 보는 기분

12) 동군(東君) ; 태양의 신이요, 봄의 신 동황(東皇)이라고도 함.
13) 청계에서 매화 ; 송나라 임포(林逋)는 매화를 기르고 학을 길러서 매처학자(梅妻鶴子)라고 한다.

다만 하나 도리화(桃李花)는 당상에 못 오를세![14]

梅花 (매화)

東君試手染群芳 (동군시수염군방)
先點寒梅作澹粧 (선점한매작준장)
玉頰愛舍春意淺 (옥협애사춘의천)
縞裙偏許月華涼 (호군편허월화량)

數枝猶對撩人艶 (수지유대요인염)
一片微迴逐馬香 (일편미회축마향)
正似淸溪看踈影 (정사청계간소영)
只愁桃李未升堂 (지수도리미승당)

14) 도리화(桃李花)는 당에 못 오른다 ; 이 꽃은 속세의 비천한 꽃으로 여겼기 때문이다.

■ 민광균(閔光鈞 ; ?~?)

작자 민광균에 대하여는 전하는 기록이 없고, 다만 「한림별곡」에 "광균경의(光鈞經義)"라 하여 광균이 경전(經典) 강의를 잘했다 했고, 고려사 악지의 한림별곡 한문가사 중에서는 "광균경의의 주에 민광균(閔光鈞)이라" 하고 가사 말미에 "이 곡은 고종 때 한림 여러 유학자가 지었다(此曲高宗時 翰林諸儒所作)."라고 전할 뿐이다.

〈동문선〉에도 이 7언율시 한 편만 전하고, 다른 문헌에는 전하지 아니한다.

그러나 이 7언율시 한 편만으로도 민광균 일가 3대가 과거에 빛나게 급제한 명문가임을 알겠고, 특히 문학에 풍도가 높았던 양상을 짐작케 한다.

골고루 과거급제 (7언율시)

네 아들 다 함께 글공부 시켰더니
앞 다투며 계수 꺾어 과거에 급제했네.
위로 두 형 일찍부터 용이 되었고
한 아우도 과거 과녁 쏘아 맞췄네.

어머님께 효도할 녹(祿) 마련했지만
선친의 금방(金榜) 급제 누가 이으리.
대붕새 여위어도 아직은 나래 쳐서
남쪽 하늘 9만 리를 구름 뚫고[1] 날려 하네.

等第 (등제)

四子同遊翰墨中 (사자동유한묵중)
爭先高折桂林叢 (쟁선고절계림총)
二兄早得成龍器 (이형조득성룡기)
一弟曾收中鵠功 (일제증수중곡공)

縱薦萱堂慈母祿 (종천훤당자모록)
誰承金榜大人風 (수승금방대인풍)
瘦鵬尙有圖南翼 (수붕상유도남익)
遙望雲霄萬里通 (요망운소만리통)

1) 9만리 구름 뚫고 ; 「장자(莊子)」 소요유(逍遙遊)편에 "대붕새가 남쪽 바다로 옮기려 할 때에는 물결을 삼천리를 치고 솟아서 높이 9만리 상공을 6개월 동안 간다더라.(諧之言曰 鵬之徙於南冥也 水擊三千里 搏扶搖而上者九萬里 去以六月息者也)" 한 말을 인용하여 작자의 기상을 표현했다.

■ 이공로(李公老 ; ?~1224)

고려 고종 때 문신으로 자는 거화(去華), 본관은 단산(丹山;丹陽), 명종 때 문과에 급제하고 동북면 안변판관(安邊判官)을 지내면서 자기 재산을 내어서 민부(民賦)를 대신하는 등 선정을 베풀고, 사의서승(司儀署丞)과 직한림원(直翰林院)이 되었고, 1219년에 의주(義州)에서 한순(韓恂)이 반란을 일으키자 선무사(宣撫使)가 되었다가 1222년에 추밀원우부승선(樞密院右副承宣)을 거쳐 대사성(大司成)을 역임했다. 고려 한림문학에서 변려문(騈儷文)의 작가로 유명하다.

「동문선」에는 이공로의 작품으로 치어(致語)만 2편이 실려 전하지만, 여기서는 그 1편만 옮겨 보인다.

왕자 왕희의 책봉을 축하하는 잔치에 교방연주 때 치하하는 찬사

좋은 태몽은 곰과 큰곰 꿈[1]이라. 천지(天枝;왕자)의 무성함을 경축하옵고, 임금의 말씀은 누에실과도 같다가 동아줄처럼 굵어지며[2] 한 가지로 책봉의 은총을 내려 주시오니 아름다운 기운은 궁궐에 자욱하고 기뻐하는 목소리는 바다와 하늘에 끓어오릅니다.

삼가 생각하옵건대, 주상전하께옵서 왕업은 삼대(三代)로 풍부하옵시고 도(道)는 백왕에 으뜸이십니다.

천지를 법 받아 임금 되시옵고, 즐펀히 넓고 우뚝 높은 성황으로 가문에서는 의좋고 자손을 많이 두시니 후손이 무리지어 많사옵는[3] 아름다움이 계시오며, 태평성대의 한가로운 때를 정하여 왕자, 왕희의 책봉을 거행하는 은총을 보여 주시옵니다.

삼가 생각하옵건대, 새로 책봉되신 영공(令公;왕자)께서는 학문은 뛰어나셔서 봉미(鳳尾)[4]요, 얼굴상은 귀함이 귀흉(龜胸)[5] 같사옵니다.

미덥고 도타움은 한 세상에 나타나시고, 세속을 초월하심은 저 이남(二南)의 풍화[6]를 닮았고, 아름다운 글로써 일을 꾸미심은 멀리 양헌(兩獻)의 재주를 뛰어 넘었사오니 마땅히 북극 제2성(璇

---

1) 곰과 큰곰 꿈 ; 「시경」에서는 "길몽유하(吉夢維何)요, 유웅유비(維熊維羆)와 유훼유사(維虺維蛇)로다."라 했는데 길한 태몽은 남아의 경우는 곰과 큰곰 꿈이요, 여아의 경우는 독사와 뱀 꿈 태몽이라는 뜻. 〈小雅 장, 사간(斯干) 절〉

2) 임금의 말씀은 누에실, 동아줄 같다 ; 「예기」에 "왕언여사(王言如絲)면 기출여륜(其出如綸)이오, 왕언여륜이면 기출여발(其出如綍)이라" 했다. 〈제33 치의(緇衣)장〉 이는 공자의 「논어」에서 인용한 것으로 사(絲)는 생사, 륜(綸)은 노끈 실, 발(綍)은 동아줄.

3) 후손이 많다 ; 원문에서는 선선집집(詵詵揖揖)이라 했으니 「시경」의 종사우선선(螽斯羽詵詵) 또는 종사우집집(螽斯羽揖揖)은 여치처럼 자손이 무리지어 많이 번성함을 말함. 〈周南장 螽斯절〉

4) 봉미(鳳尾) ; 봉의 꼬리는 오색찬란하다. 문장도 화려 찬란히 빛남을 뜻함.

5) 귀흉(龜胸) ; 거북 가슴팍은 넓적하고 반들반들하므로 귀공자의 면상을 표상한 말.

6) 이남(二南)의 풍화 ; 「시경」 국풍(國風)의 주남(周南)편과 소남(小南)편에 수록된 문화.

極;왕자)의 은혜를 나누어 주셔서 궁월 번신(藩臣;세자,세손)의 대열에서 수반되게 하시옵소서.

삼가 생각하옵건대, 새로 책봉되는 공주께서는 향기롭고 꽃다운 나이로 구슬 같은 천진(天津)별로 빛나서 아름답게 거동하신 바가 마침내 왕희(王姬)의 농리(穠李)[7]를 이루시고, 부드럽고 아름다운 바탕으로 빛나는 구슬처럼 임금님의 밝고 꽃다운 구슬이 되었나이다.

어지신 돌보심이 각별히 베풀어지시어 번거로운 의식을 거뜬히 마치시었나이다.

엎드려 생각하옵건대, 내 외직 신하들과 상국(相國;수상)께서는 일찍부터 덕망이 높아서 천 길이나 솟았고, 그릇이 크고 도량이 넓기가 만경창파와 같사옵니다.

임금은 요순(堯舜)이시고 신하는 순임금 때의 기용(夔龍)[8] 같사온지라 일찍이 명군(明君) 양신(良臣)의 가희를 여시옵고, 앞에는 방현령(房玄齡)이나 두여회(杜如晦)같은 명신이요, 뒤에는 요숭(姚崇)이나 송영(宋璄)[9]같은 명신이 있어 종묘사직의 원신(元臣)이 우뚝 솟아있사옵니다. 간택 하옵심이 임금님 마음에 계신지라 책봉례를 펴시옵소서!

엎드려 생각하옵건대, 책봉연에 함께 참석하옵는 영공(令公)들께서도 나라의 울타리시고 종실의 본보기요 법칙이라, 더 당황(唐皇)의 화악상휘루(花萼相輝樓)에 올라 형제상화하심과 같으시고 시경(詩經) 소아(小雅)의 녹명지습(鹿鳴之什)[10]을 노래하온즉 과연

---

7) 농리(穠李) ; 오얏 꽃이 풍성하게 피듯이 곱고 풍만한 왕희(王姬)의 자색 〈「시경」 소남(召南)장, 하피농의(何彼穠矣)절〉.

8) 기용(夔龍) ; 고대 순(舜)임금 때의 두 명신. 기(夔)는 전악(典樂)을, 용(龍)은 납언(納言;尙書) 벼슬을 맡았다.

9) 요숭(姚崇)과 송영(宋璄) ; 요숭은 당(唐) 현종 때 재상. 권신을 멀리했다. 송영은 당 예종 때 재상. 요숭이 천거했다.

10) 녹명지습(鹿鳴之什) ; 이는 사슴 암놈이 들에서 풀을 뜯으며 수놈을 부른다는 것으로 사춘기의 남녀 상사를 비유 · 상징한 것.〈시경 소아(小雅)편〉

동방의 으뜸 도인(道人)다운 모습입니다.

엎드려 생각하옵건대, 선화독책사(宣花讀册使)께서는 용모는 나라 광채요, 재주는 세상의 꽃빛이옵니다.

저 사조(謝朓)의 글처럼 문장이 뛰어났고, 한신(韓信)의 큰 도끼[11] 처럼 백세에 맞추어 한 세상을 울리며 태어나셨고, 제갈공명(諸葛孔明)의 대책과 송나라 사혜련(謝惠連)의 시문과 같은 재주로 한 세상에서 쌍벽을 이룬 아름다움이었습니다.

두 분 함께 밝으신 분부를 받자옵고 같이 잔치의 첫 자리에 오르셔서 환한 모습 비추오시고 사방을 돌아봐도 모두가 걸출한 어진 이시니 참으로 이는 천 년에 한 번 듣기 어려운 큰 잔치 음곡입니다.

더구나 지금 하늘과 땅이 기운을 합쳐 맞추고 전각이 약간 서늘해진 때라, 좋은 시기와 즐거운 행사는 예부터 함께하기 어려운 일이온데 바로 이날에 있어서 충신들과 가빈(嘉賓)이 함께 잔치하며 즐기시니 그 마음 다함이 그지없고 술과 안주는 안개처럼 자욱하고, 생황소리와 노랫소리는 솥 끓듯 요란하니 더더욱 복된 하늘의 꿈같고, 벽해 삼산(三山)의 신선 갈사옵니다.

저희들은 외람되게 연주하는 영관(伶官)에 곁붙어 좋은 잔치에 참여해서 경사를 구경하니 오직 기쁘고 다행스러움 넘치오나 춤추고 무도하는 교방 사람만 같지 못하여 감히 거칠은 말씀을 펴서 삼가 치어(致語)의 구호를 드립니다.

말미에 붙인 7언 시[12] 치어 ;

구중궁궐에는 임금님 사람들이 일시에 모여서
고운 의식 빛난 인연 모두 함께 봉해졌네.

---

11) 한신(韓信)의 큰 도끼 ; 한(漢)나라 고조 때의 명장이자 충신 3걸. 한신승단(韓信升壇)의 역사[蒙求]가 있다.

12) 말미에 붙인 7언 시 ; 치어(致語)의 문장 양식에는 송사 끝머리에 한시를 이어 부르는 풍조가 있었다.

은총을 내리심은 저 오동잎 유희[13]가 아니옵고
영화로운 의식은 오얏 꽃 다시 핀 듯 아름다워라.[14]
생황소리 울림 속에 훈풍은 감돌고
비단옷 너울너울 맑은 이슬 짙어가네.
모두가 왕손 번성 하례 기원하는 모습
연성(連城)이 도리어 한반종(漢磐宗) 보다 나을시고.

王子王姬封冊宴禮教坊致語 (왕자왕희봉책연례교방치어)

吉夢維熊維羆 會慶天枝之茂 王言如絲如綍 同加恩册之榮 佳氣藹於宮闈 懽聲騰於海宇 恭惟主上殿下 業豐三代 道冠百王 法天地而爲君 有蕩蕩巍巍之盛 宜室家而多子 致詵詵揖揖之休 屬泰平多暇之時 示碩媛疏封之寵 恭惟新册令公 學優鳳尾 相貴龜背 信厚著時 高蹈二南之化 文雅飾事 愛超兩獻之才 宜頒璇極之恩 俾首藩圭之列 恭惟新册公主 蘭芳綺歲 玉映天津 婉孌成儀 展也王姬之穠李 柔嘉挺質 瑩然帝掌之明珠 仁眷特鍾 縟儀畢擧 伏惟使副相國 風望巖巖千仞峙 器度汪汪萬頃波 上堯舜下夔龍 早啓明良之嘉會 前房杜後姚宋 蔚爲社稷之元臣 簡在宸心 主張册禮 伏惟筵伴令公 邦家垣翰 宗室表儀 登唐皇花蕚樓 屢荷北宸之異眷 歌周雅鹿鳴什 果爲東道之主人 伏惟宣花讀册使 容貌國之光輝 才猷世之華彩 謝朓篇韓信鉞 應百歲而並生 孔明策惠連詩 號一時之雙美 共承明命 齊映初筵 顧四座皆傑出之大賢 寔千載有罕聞之盛禮 况今乾坤協氣 殿閣微涼 良辰樂事古難并 正在

13) 오동잎 유희 ; 동엽봉제(桐葉封弟)의 고사로 주(周)나라 성왕(成王)이 장난으로 동생 우(虞)에게 "너를 봉한다."한 것이 사실로 실현된 고사.〈史記 晋世家〉
14) 오얏 꽃… ; 전출 주 7의 농리(穠李). 여기서는 "이화농(李華穠)"이라고 했다.

今日 忠臣嘉賓宴以樂 得盡其心 樽俎霞開 笙歌鼎沸 怳若鈞天之一夢 依然碧海之三山 某等忝側伶官 獲觀勝事 惟其嘉矣多矣 不如舞之蹈之 敢展荒蕪 謹呈口號

九重宸眷一時鍾 璿式金相兩得封
寵錫不因桐葉戲 榮儀更發李華穠

笙歌聲裏薰風遠 羅綺叢中湛露濃
共賀天枝繁且盛 連城還勝漢磐宗.

"치어(致語)"란 궁중에서 잔치 때 교방 악인(樂人)의 연주에 맞추어 임금께 올리는 찬사(讚辭). 대개 문장가가 대신 지어 올리며, 문장 말미에는 구호(口號)라 하여 시 한 편을 붙인다.

〈한림별곡〉에서는 "공로사륙(公老四六)"이라 하여 이공로(李公老)는 사륙변려체(四六駢儷體) 문장을 잘 지었다고 했는데 그의 사륙체 문장은 치어 2편만 전하고[東文選] 다른 시문은 전혀 볼 수가 없고, 다만 경북 포항에 있는 보경사(寶鏡寺)에 원진국사비(圓眞國師碑)가 있는데 그 비문을 이공로가 지었다고 했다.

사륙변려체(四六駢儷體)로 쓰여진 이 치어(致語)는 문체의 한 가지로 중국에서는 송(宋), 원(元)시대에, 우리나라에서는 고려 때에 유행되던 아름답다는 문장이니, 대개 4언(넉 자)과 6언(여섯 자)의 한문자로 구성되어 있다.

■ 이조년(李兆年 ; 1269~1343)

고려 문신 문장가. 자는 원로(元老), 호는 매운당(梅雲堂), 또는 백화헌(百花軒), 본관은 경산(京山) 1294년 진사 및 문과에 급제, 안남서기(安南書記)를 시작으로 벼슬과 유배생활을 거듭하다가 정당문학(政堂文學)에 오른 뒤 벽상공신으로 도형(圖形)되었다. 시호는 문열(文烈), 공민왕 때 성산후(星山侯)로 추증되었다.

시, 문에 뛰어났고 시조 "이화에 월백하고 은한이 삼경인제 일지춘심을 자규야 알랴만은 다정도 병인양하여 잠 못 들어 하노라!"라고 읊어서 유명하다.

「동문선」에는 시 칠언절귀 1편 밖에 전하지 않는다.

1. 백화헌에 붙여 짓다※ (7언절귀)

이르노니, 꽃을 더 늘려 심질랑 말 것이니
수가 차서 백이 되면 지천한 것이 되네.
눈속 매화 서리철 국화의 맑은 모습 밖에는
흔하게 피는 붉은 빛은 간사함이 많으리라.

次百花軒 (차백화헌)

爲報裁花更莫加 (위보재화갱막가)
數盈於百不須過 (수영어백불수과)
雪梅霜菊淸標外 (설매상국청표외)
浪紫浮紅也漫多 (낭자부홍야만다)

※ 이 절귀는 그의 정자 백화헌에 써 붙인 잠언(箴言)과 같은 글이며, 자연이 주는 꽃으로도 사람에겐 충분하다는 생각이다.

■ 최해(崔瀣 ; 1287~1340)

고려의 학자요 문신. 저술가. 자는 언명보(彦明父) 또는 수옹(壽翁), 호는 졸옹(拙翁) 또는 예산농은(猊山農隱), 본관은 경주(慶州). 문장가 최치원(崔致遠)의 후손이요, 민부의랑(民部議郎) 백륜(伯倫)의 아들이며 문과에 급제하고, 성균학관(成均學官)을 거쳐 예문춘추검열(藝文春秋檢閱)이 되었다가 한때는 장사감무(長沙監務)로 좌천되었다.

뒤에 예문춘추주부(藝文春秋注簿)로 다시 기용된 뒤로 1320년(충숙왕 7) 장흥고사(長興庫使)로 원나라에 파견되었는데 1321년에 그곳 제과(制科)고시에 급제하고 요양로개주판관(遼陽路盖州判官)이 되었으나 5개월만에 병을 핑계로 귀국하여 검교성균관대사성(檢校成均館大司成)직을 맡았으나 청렴결백하여 생계가 어려워 절 땅을 빌려서 농사를 지으며 말년을 지내면서 당대까지 전래한 제가들의 시 · 문을 모아 다듬어서 저 유명한 「동인지문(東人之文)」 25권을 편수했다. 성품이 강직하여 세속과 타협하지 않고 고고했으므로 상사와는 타협하지 않았다. 당대의 문호인 이제현(李齊賢;1287~1367)과 함께 문명이 국내외에 알려졌었다.

저서에 「귀감(龜鑑)」, 「졸고천백(拙藁千百)」, 「농은집(農隱集)」이 있다.

「동문선」에는 각체 시 25편과 서(序), 기(記) 등 산문 35편이 실려 전한다. 여기서는 「동인문서」 1편과 각체 시 7편만 번역하여 싣는다.

동인문 서

동방이 멀리 기자(箕子)로부터 비로소 주(周)나라의 봉함을 받아서 사람들이 문명한 중국이 있음을 알게 되었다. 옛날 신라 전성기에 항상 자제들을 당나라에 보내어 숙위원(宿衛院)에 두어 학업을 익히게 하였기에 당의 진사(進士)에 빈공과(賓貢科)가 있어 과거시험에 이름이 빠진 적이 없었고, 신성(神聖)들이 국가를 열어 삼한이 통일됨에 이르러서도 의관(衣冠)과 전례(典禮)는 진실로 신라의 구습을 이어받았으며 16,7의 왕을 전하면서 대대로 인의를 닦고 더욱 중화의 풍교(風敎)를 사모하여 서로 송나라에 조회하며 북으로 요금(遼金)을 섬기어 그 문화를 쬐고, 그 물에 젖어 인재가 날로 창성하고 문장이 찬란하여 모두 볼 만한 것이 있었다. 그러나 풍속이 순박하여 무릇 가집(家集)에 있어서는 손수 베껴 쓴 것이 많고 인쇄본으로 행세한 것이 적었다. 그래서 더욱 오래일수록 더욱 유실되어 널리 전하기 어려웠고, 또 중엽에 이르러서는 무인(武人)에게 정권을 빼앗겨 변란이 일어나니, 곤강(崐岡)의 옥과 돌[石]이 갑자기 모두 불태우는 화를 입게 되었다. 그 후 3,4세에 비록 중흥되었다고는 하나 예문(禮文)이 부족하고 따라서 권신(權臣)이 국사를 처단하여 임금을 협박하고 백성을 기망하여 서울을 포기하고 도서(島嶼)에 은익하게 되니, 서로 안보할 겨를이 없었고, 국가의 서적은 흙탕에 내던지어 수습할 길이 없었다. 이 화를 겪은 이래로 학자는 사우(師友)의 연원(淵源)을 잃게 되고, 또 중국과 더불어 동떨어져 서로 통하지 못하므로 다 과문(寡聞)에 막히고 뜬소문으로 흘렀다. 당시에도 어찌 병필(秉筆)하는 자가 없으리요만 그 승평시대의 작가에 견주어 보면 대개 규모가 서로 짝이 되지 못할 정도였다. 다행히 하늘이 황원(皇元)을 열어 열성(列聖)이 서로 계승하여 천하를 문명으로 이끌었고, 과거를 마련하여 선비를 뽑은 것도 벌써 7회나 거쳤으니, 덕화가 크게 미치고 문궤(文軌)가 다르지 않은지라, 비록 나같이 소천(疎賤)한 사람도 일찍이 실력 없이 합격되어 이름을 금방(金牓)에 걸고 중국의 재자(才子)와 더불어 서로 접촉할 기회를 얻었던 것이다. 간혹 동인(東人)의 문자를 보기 원하는 자가 있으면, 나는 곧장 성서(成書)가 있지 않다고 대답하니, 물러나 생각할수록 부끄러운 일이므로 이에 비로소 유서(類書)를 편찬할 뜻을 두고 동으로 돌아와서 10년을 두고 일찍이 잊은 적이 없었다. 지금 각 가에 간직된 문집을 찾아내고, 본가에 없는 것은 두루 남에게 빌리어 모두 모아서 채집하여 그 다르고 같음을 교정하고 신라 최고운(崔孤雲)에서 시작하여, 충열왕 시대에 이르기까지 무릇 명가라 칭하는 이는 시 몇 편씩을 뽑아서 제(題)를 오칠(五七)이라 하고, 문 몇 편을 뽑아서 제를 천백(千百)이라 하고, 병려(倂儷)문 몇 편을 뽑아서 제를 사육(四六)이라 하고, 총괄하여 제목을 동인지문(東人之文)이라 하였다.

아, 이 편집은 본시 병란에 불타다 남은 것과 좀먹은 초지(抄紙)의 조각에서 얻은 것이니, 감히 집성된 서적이라 이를 수는 없다. 그렇지만 동방의 작문 체제를 보고자 할진대, 이것을 버리고 달리 구할 길은 없다. 또 나는 일찍이 말하기를, "말이 입에서 나와 글이 이루어지는데 중국 사람의 학은 그 고유(固有)를 바탕삼아 나가므로 정신을 많이 허비하지 않는 반면에 세상에 유명한 인재는 앉아서 해낼 수 있거니와, 우리 동인은 언어가 이미 화이(華夷)의 구별이 있으니, 진실로 명민한 천재의 힘을 천백 배나 더 쓰지 아니하면 그 학에 있어 어찌 성공이 있을 수 있으랴. 다만 일심(一心)의 묘(妙)는 천지사방을 통하여 털끝만큼도 차이가 없으니, 그 득의(得意)한 작품에 이르러서는 어찌 스스로 굴하여 그네들에게 많이 양보하겠는가. 이 서(書)를 보는 자는 먼저 이와 같은 점을 달아야 할 것이니라."

東人文序 (동인문서)

東方遠自箕子始受封于周 人知有中國之尊 在昔新羅全盛時 恒遣子第于唐 置宿衛院以隸業焉 故唐進士有賓貢科 牓無闕名 以逮神聖開國 三韓歸一 衣冠典禮 寔襲新羅之舊 傳之十六七王 世修仁義 益慕華風 西朝于宋 北事遼金 薰陶漸漬 人才日盛 粲然文章 咸有可觀者焉 然而俗尙淳厖 凡有家集 多自手寫 少以板行 愈久愈失 難於傳廣 而又中葉失御武人 變起所忽 崐岡玉石 遽及俱焚之阨 爾後三四世 雖號中興 禮文不足 因而繼有權臣擅國 脅君罔民 曠弃城居 竄匿島嶼 不暇相保 國家書籍 委諸泥塗 無能收之 由玆已降 學者失其師師友淵源 又與中國絶不相通 皆泥寡聞 流于浮妄 當時豈曰無秉筆者 其視承平作者 規模蓋不相侔矣 幸過天啓皇元 列聖繼作 天下文明 設科取士 已七擧矣 德化丕冒 文軌不異 顧以子之疎賤 亦嘗濫竊 掛名金榜 而與中原俊士得相接也 間有求見東人文字者 子直以未有成書對 退且恥焉 於是始有撰類書之志 東歸十年 未嘗忘也 今則搜出家藏文集 其所無者偏從人借 裒會採掇 校厥異同 起於新羅崔孤雲 以至忠烈王時 凡名家者 得詩若干首 題曰五七文若干首 題曰千百 併儷之文若干首 題曰四六 摠而題其目曰東人之文 於戱 是編卒自得之兵塵煨燼之末蠹簡抄錄之餘 未敢自謂集成之書 然欲觀東方作文體製 不可捨此而他求也 又嘗語之曰 言出乎口 而成其文 華人之學因其固有而進之 不至多賢精神 而其高世之才 可坐數也 若吾東人 言語旣有華夷之別 天資苟非明銃 而致力千百 其於學也 胡得有成乎 尙賴一心之妙 通乎天地四方 無有毫末之差 至其得意 尙何自屈而多讓乎彼哉 觀此書者 先知其如是而已.

1. 바람에 흔들리는 연꽃 (5언절귀)

맑은 아침에 겨우 몸을 씻고 나니
거울 앞에선 힘을 가누지 못하누나.
자연의 한없는 아름다움이여!
이 모두가 꾸밈이 없을 때 있는 것이네.

風荷 (풍하)

淸晨纔罷浴 (청신재파욕)
臨鏡力不持 (임경역부지)
天然無限美 (천연무한미)
摠在未粧時 (총재미장시)

2. 기유 삼월 관직에서 물러나서 짓다 (5언절귀)

새옹이 비록 말[1]을 잃었으나
장주는 어찌 물고기[2]를 알겠는가.
길흉화복을 묻는 사람 있거든
마땅히 자허[3]에게 물으라 하라.

---

1) 새옹의 말 ; 옛날 중국 북방의 노인이 기르던 말을 잃었다가, 찾았다가 하던 고사로 인간의 길흉화복이 늘 바뀐다는 이야기.
2) 장주의 물고기 ; 장자(莊子)와 혜자(惠子)가 호량(濠梁)에서 물고기가 노는 것을 보고 주고받은 이야기로, 장자가 "물고기가 조용히 헤엄치며 노니 물고기의 즐거움이로다." 한즉, 혜자가 "당신이 물고기가 아닌데 어찌 물고기의 마음을 아는가."하고 힐난하였는데, 장자는 도리어 "자네가 내가 아닌데 나의 물고기에 대한 마음을 어찌 알 것인가?"하였다는 이야기.〈莊子 春秋〉
3) 자허(子虛) ; 실재 인물이 아닌 헛것이란 뜻. 사마상여(司馬相如)의 「자허부(子虛賦)」에는 자허(子虛)는 "허구의 인물" 망시공(亡是公)은 "이런 것이 없다."와 오유선생(烏有先生)은 "어디 있었더냐?"의 허구 인물 노래이다.

※ 이 작품은 작자 22세 때 아마 성균학관(成均學官) 벼슬이나, 예문춘추검열(藝文春秋檢閱) 벼슬을 내어 놓았을 때의 심정으로 "그 속은 아무도 모른다."가 주제이다.

己酉三月褫官後作 (기유삼월치관후작)

塞翁雖失馬 (새옹수실마)
莊叟詎知魚 (장수거지어)
倚伏人如問 (의복인여문)
當須質子虛 (당수질자허)

3. 거처를 옮기며 (7언절귀)

평생 직업 이미 잘못, 거짓 유학 되었나봐
이곳이 내 인생 서툴고 어리석은 처신였네.
이삿짐 실을 것 없다고 괴이하게 생각마소
성현의 경서만은 수레에 꽉 차네 그려.

遷居 (천거)

平生業已誤爲儒 (평생업이오위유)
是處謀身拙且疎 (시처모신졸차소)
莫恠遷居無物載 (막괴천거무물재)
聖賢經典尙盈車 (성현경전상영거)

4. 오월 이십일에 쓰다 (7언절귀)

동산 숲 바람결에 밤꽃 향기 짙어라
빈 서재에 혼자 앉아 긴긴해를 즐기네.
과연 나는 이 성조에서 버린 물건 되었는가?
몸이 한가하니 차라리 실없는 멍충이나 되련다.

五月二十日題 (오월이십일제)

園林風過栗花香 (원림풍과율화향)
獨坐空齋愛日長 (독좌공재애일장)
可是盛朝爲棄物 (가시성조위기물)
身閑儘得養踈狂 (신한진득양소광)

5. 강태공이 주나라를 낚누나 (7언절귀)

옛날 그때 낚싯대는 들었으나 낚싯바늘 없었으니
고기를 잡자는 뜻 아니라면 주나라를 낚자 했으리.
결국은 주문왕이 정말로 찾아와 만났으니
내 이 말을 옛사람 부끄러운 줄 알라 해서 하는 것이다.

太公釣周 (태공조주)

當年把釣釣無鉤 (당년파조조무구)
意不求魚況在周 (의불구어황재주)
終遇文王眞偶爾 (종우문왕진우이)

此言吾爲古人羞 (차언오위고인수)

※ 중국 주(周)나라 때 강태공(姜太公)이 빈 낚싯대를 드리우고 세월을 낚았다는 이야기는 찬 · 반의 의견이 구구하다.

6. 3월 23일 반가운 비 (5언고시)

지난해는 이상케도 가문 날이 이어져
농가에선 모내기도 못해서
만백성이 굶주림 구렁으로 떨어지고
서로 보기에도 얼굴빛은 처량하였다.
금년 봄도 이른 가뭄이 또 닥쳐
손 싸매고 하늘만 원망하였네.

푸른 흙탕으로 우물은 말라버리고
붉은 피 같이 아침 해는 비추었다.
길가에는 굶어 죽은 시체가 널렸고
들과 언덕은 농사를 내던진 스산한 모습
나는 워낙 게을러서 늦잠을 자다가
맑은 아침 공기에 초당에 누웠더니

비기운의 찬바람이 우수수 불더니
추녀에서 빗소리 낭랑히 들리네.
베개를 밀어 던지고 벌떡 일어나서
창문을 열고는 좋아라 미쳐 날뛰네.
버들 언덕은 축축이 젖어 녹색이요.

꽃동산은 그 마치 붉은 장롱 같구나.

모든 물색은 기름지게 되살아나고
제각기 푸른 향기 꽃다워라.
이제야 상제 뜻을 알겠노라!
끝끝내 백성 소망 잊지 않고
논밭갈이 들밭 가득 갈고 가꾸니
어림 쳐도 천 창고 가득 차리라.

비 새는 집에서 우산 받고 앉았다 흉보지 마라
내 이미 먹고사는 걱정은 잊은 지 오래네!

三月二十三日雨 (삼월이십삼일우)

去歲乖雨暘 (거세괴우양) 農家未揷秧 (농가미삽앙)
萬民落饑坎 (만민낙기감) 相視顔色涼 (상시안색량)
今年春又旱 (금년춘우한) 拱手愁愆陽 (공수수건양)

靑泥井水涸 (청니정수학) 赤血朝暾光 (적혈조돈광)
道路多餓殍 (도로다아표) 郊原阻農棄 (교원조농기)
我慵常晏起 (아용상안기) 淸曉臥草堂 (청효와초당)

雨意作蕭蕭 (우의작소소) 簷語俄琅琅 (담어아낭랑)
推枕忽驚起 (추침홀경기) 開窓喜欲狂 (개창희욕광)
柳堤濕翠黛 (유제습취대) 花塢凝紅粧 (화오응홍장)

物色沃更生 (물색옥갱생) 一一吐芬芳 (일일토분방)

迺知上帝心 (내지상제심)　終不負民望 (종불부민망)
耒耜滿南畝 (뇌사만남묘)　可計千斯倉 (가계천사창)

敢辭破屋傘 (감사파옥산)　口腹語已忘 (구복어이망)

7. 정월 대보름 모임 때 호재에서 샐 루(漏)자를 써서 시 짓다 (7언고시)

나는 투박한 솜옷이요, 남들은 가벼운 갖옷
남들은 화려한 집에 살지만 내 집은 헌 구멍 집
하느님은 본래부터 가지런하지 못해
나는 남을 싫어하지 않는데 남들은 나를 비방하는구나!
오늘 저녁이 어떤 밤인가 정월 대보름 아니든가
잔치는 세도가 위주요, 손님은 뒷전이니
인간 만사를 다 말해 무엇하랴
몸이 건전하니 술 단지 앞에서나 싸워보다
그대여! 술을 더 부어주고 등 심지를 돋으라
새벽 물시계 그칠 때까지 무너지듯 마시리라.

※ 이 시를 보면 최해는 실의에 가득 찬 불평꾼으로 보이는데, 그는 물욕과 벼슬길을 잊은 강직한 학자이자 문인이다. 그래서 「동인지문(東人之文)」이란 큰 문헌을 편찬한 업적을 남겼다.

上元會浩齋得漏字 (상원회호재득루자)

我衣縕袍人輕裘 (아의온포인경구)
人居華屋我圭竇 (인거화옥아규두)

天翁賦與本不齊 (천옹부여본부제)
我不人嫌人我詬 (아불인혐인아후)
今夕何夕是元宵 (금석하석시원소)
筵秩候家隨客後 (연질후가수객후)
人間萬事何足論 (인간만사하족론)
身健且向尊前鬪 (신건차향존전투)
君乎添酒復回燈 (군호첨주복회등)
轟飮直到傳曉漏 (굉음직도전효루)

■ **이곡** (李穀 ; 1298~1351) 고려 말 학자, 문신.

초명은 운백(芸白), 자는 중보(仲父), 호는 가정(稼亭), 본관은 한산(韓山). 1320년 문과 급제, 1333년에는 원나라 제과(制科)에 제2갑으로 급제한 뒤 원에서 한림국사원검열(翰林國史院檢閱)과 휘정원관구(徽政院管勾)를 거쳤고, 1344에 귀국하여 연복사종(演福寺鍾)의 명문(銘文)을 지었고, 이어 정당문학(政堂文學)을 거쳐 한산군(韓山君)에 봉해졌다. 문장이 원나라에도 크게 소문나서 충렬왕, 충선왕, 충숙왕 3조의 실록을 편찬하는데도 참여했고, 가전체(假傳體)인 「죽부인전(竹夫人傳)」을 지었고, 경학(經學)의 대가로 존중받았다. 시호는 문효(文孝)이며 「동문선」에는 시 21편과 산문(散文), 기문(記文) 등 96여 편이 수록되어 있다.

여기서는 시 10편과 산문 중 기[義財記] 한 편을 번역하여 보이겠다.

의로운 재물에 대한 기문

"우봉(牛峯) 이경보(李敬父)[1]가 나더러 묻기를,

"벗과 형제와 어느 쪽이 더 친한가?" 하기에 나는

"형제가 더 친하다" 한즉

"세상 사람들은 모두 긴요로울 때는 벗이요, 그러나 형제간에는 뜸한 사이라 하니 어찌하여 그런가?"

"그것은 욕심을 부리면 해가 되고, 이익을 좋아하면 폐단이 된다"는 것이니, 내 그대를 위하여 말하기를 원한다면 말하리라.

대체로 어린애들도 부모 품에서 사랑받으면서 자라면서는 형을 공경하게 되니 그것을 넓혀가고, 크게 보듬어서 안으로부터 밖으로 펴져나가는 것이 사람 된 천성의 진리이다. 그리고 사람이 지켜야 할 도리인 것이다.

또 좁쌀, 쌀, 생선, 고기 같은 음식이나 삼베, 실오라기, 솜 같은 것은 입고, 먹고 사는 데는 일상 필수품이지만 혹시 욕심 부려 기이한 것이 좋아서 찾는다면, 반드시 구하기 어려운 물자가 될 것으로 입에 맞추기가 어렵고, 몸에만 편하도록 하려 하면 그것들은 맛좋은 음식도 아니요, 몸에 편한 것도 아닐뿐더러 장차는 그 해로움을 이겨내지 못할 것이다.

사람에 있어서 형제는 서로 덤덤하고 우쭐대는 습성이 있어서 서로 간에 사랑하고, 공경하는 일에 힘쓰지 아니하고, 심할 경우에는 시샘하고, 의심하고, 심지어 재물 다툼으로 서로 물어뜯는 일까지 있으나, 다른 사람들과는 혹 세도와 이해에 맞물려 재물로 서로 거래되어 통하고, 술과 음식으로 서로 환담하면서 친함

---

1) 우봉(牛峯) 이경보(李敬父) ; 누구인지 확인이 안 된다. 이곡(李穀)과 같은 때의 실재 인물인 것은 이 기문 말미에 그 형제들의 이름과 나이를 적어 붙인다고 했는데 기록에는 없다.

이 돈독하고, 맺은 고리가 굳건해서 이를 데가 없어 보인다.

그러나 이미 '세력과 이해로 얽혀진 사이'라고 했으니, 그 세력과 이해관계가 없어진다면, 서로 따르던 것이 없어질 것이 뻔할 것이므로 재물이나 음식 같은 자질구레한 일들이야 말할 나위나 있을 것이랴."[2)]

이것은 욕심을 부리다가 당하는 해로움이요, 재물의 이익을 따르다가 당하는 폐단이다.

인륜도덕의 떳떳한 강령에 다섯 가지가 있으니 임금과 신하의 강령이요, 부자간의 강령이요, 부부간 강령과 형제간의 강령이고, 벗과의 강령은 그 맨 끝에다 놓은 것은 앞의 네 가지 강령에 비하여 그 위세가 다소 뒤진 것 같지만, 그러나 그 실용성은 앞서는 것이니 대개 선함을 권장하고 어진 일을 북돋아주는 인륜의 아름다운 성정을 다스리자는 이치이니 이는 모두 붕우간의 힘이다.

그러나 그 본말이 애초부터 질서정연하여 바꾸지 못할 것이 있으니, 그것이 「시경」에서 아가위[常棣][3)]를 지어 노래하게 된 연유이다.

그 첫 장에서는

"아기위꽃(常棣之華)은 꽃송이 울긋불긋(鄂不韡韡), 모든 사람 중에 형제만한 사람 없지(凡今之人 莫如兄弟)"라 하고,

그 3장에 가서는

---

2) 옛 어른들은 세속의 벗은
① 도박 친구는 하루 못 가고(博亦之友不日)
② 음식으로 사귄 친구는 한 달 못 가고(飮食之友不月)
③ 명예와 이해로 어울려진 친구는 일 년도 못 가는데(名利之友不年)
④ 다만 신의로 맺어진 친구는 평생 벗(唯獨信義之友平生矣)이라고 했다.

3) 아가위[常棣] ; 상체(常棣)는 아가위 나무이나 또 「시경」 '소아편' 제4장의 표제이니 '형제의 우애'를 읊은 8장의 노래이다. 이 기문에서는 1장, 3장, 5장만 들어서 형제간의 우애에 대하여 쓰고 있다.

"할미새 들에서 호들갑 떨듯(脊令在原)
다급할 땐 형제가 돕는구나(兄弟急難)
좋은 벗은 있다 해도(每有良朋)
그냥 그저 탄식이나 해줄 뿐(況也永難)"이라 했고, 또 5장에 가서는
"장례 마치고 평안한 뒤에야(喪亂既平既安且寧)
형제가 있다 해도 벗만은 못한거지(雖有兄弟 不如友生)" 했으니 옛부터 형제와 벗과의 사이에는 그 이치가 이 같음에 불과하다.

이 「시경」의 시를 상세히 음미해 보면, 곧 성인의 뜻을 볼 수 있을 것이다. 그러니 그대는 삼가 조심스레 공부하되 그 인륜도덕에 있어서 중요하게 생각할 것과 가볍게 여길 것 또는 가깝게 할 것과 멀리할 일 등을 잘 분간하며 읽도록 강구해야 함으로 내가 지금 하는 말은 대개 근거가 있어서 하는 말이로다."

하니, 이군이 탄식하며 하는 말이

"그러하더라! 내게 친형제와 먼 형제 20여 명이 있었는데 더불어 사귀며 놀기를 매우 정중하고 간절히 생각하고, 서로 좋아 즐거워하였다. 이제 또 각기 돈 약간씩을 걷어 모아가지고 이름 지어 의재(義財)라 하고 해마다 두 사람씩 번갈아가며 맡아보면서 매달 그 이자를 챙겨가지고, 경사와 상례와 전별금과 영접하는 비용으로 쓰고는 다소라도 남으면 다른 사람이 어려움을 당할 때 도와주는 구휼금(救恤金) 밑천으로 삼아서 자손들에게 이런 법을 물려주어 어김없이 하려고 하니, 이는 곧 저 범문정공(范文正公)의 의전(義田)[4]을 본받음이니 세속 사람들이 길가는

4) 범문정공(范文正公)의 의전(義田) ; 중국 송(宋)나라 사람 범중엄(范仲淹)이 가난한 친척들을 구휼(救恤)하기 위하여 땅을 내어놓고(義田), 그 수익으로 가난을 돕던 일(容齋隨筆).

사람 붙잡고 형제로 한다든가, 형제 동기간에 원수같이 살아가는 그런 속인들과는 사이가 먼 일이므로 선생은 나를 위해 기문을 써 달라고 한 것입니다."

나는 그 말이 이치에 맞는지라 세상의 어진 풍속을 권장하고 나의 마음을 감동시키는 일이므로 곧 「의재기」를 지어서 그 형제들의 나이와 이름을 갖추어 적어서 아래에 붙여둔다.

義財記 (의재기)

牛峯李敬父問於余曰 朋友與兄弟孰親 曰 兄弟親 然則世之人皆急於朋友 而緩於兄弟 何也 曰 此從欲之害 而好利之弊也 請爲君言之 可乎 盖孩提愛親 及長敬兄 擴而充之 由內及外者 天性之眞 而人道之常也 且如粟米魚肉 麻縷絲絮 衣食之常也 苟或從欲好異 必求難繼之物 非常之味 以適於口腹 以便於身體 不惟不適不便 將不勝其害矣 人於兄弟曰 惟其常流於褻慢 而不務於愛敬 甚者猜嫌忿鬩 而無所不至 至於它人 或勢利以相啗 貨財以相通 酒食以相歡 親愛之篤 結託之固 而亦無所不至 雖然 旣曰勢利矣 勢利之竭 則其相啗者 適足以相害耳 貨財酒食之細 曷足道耶 此從欲之害 而好利之弊者也 人之倫有五 而聖人序之 其目曰君臣 曰父子 曰夫婦兄弟 而朋友居其終 朋友比四者 其勢若後而其用實先 蓋責善輔仁 而能致乎人倫之懿者 皆朋友之力也 然其本末固有秩 然而不可易者 此常棣之詩所由作也 其首章曰 常棣之華 鄂不韡韡 凡今之人 莫如兄弟 至於三章曰 脊令在原 兄弟急難 每有良朋 况也永歎 五章曰 喪亂旣平 旣安且寧 雖有兄弟 不如友生 自古兄弟朋友之間 其理不過如此 詳味此詩 則聖人之意 可見矣 君謹愼好學 其於人倫 輕重親踈之分 講之熟矣 今之言盖有爲而發之耳 李君嘆曰 然吾有親兄弟遠兄弟二十餘人

而與之游 切切焉怡怡焉 而又今各出錢若干 命之曰義財 歲更二人而迭主之 月取其息 以備慶弔迎餞之用 苟有羨餘 將以爲救恤賙贍之資 俾子孫守之此法而勿失焉 蓋慕范文正公義田之遺意也 其與世之援 路人爲兄弟 視同氣如仇讎者 則有間矣 子爲我記之 余樂其言之合理 而有激于世俗 而有動于余心者 乃作義財之記 而其兄弟年齒名氏 具錄于左.

1. 첩은 박명 하니라, 이백의 운을 쓰다[1] (5언고시)

첩은 본래 지체 낮고 가난한 집 딸
가시나무 비녀 꽂고 띠 집에서 살았네.
미모는 천생 타고 난 자질이라서
두 볼은 그 마치 붉은 옥과 같아라.

제 얼굴 고운 것만 믿고 기대어
세상 사람과는 소원하게 지냈다.
장안에는 풍류객[2] 젊은 사람 많아서
지나다 보고는 차를 모두 세우누나.

한 번 웃고는 가벼이 몸을 파니
천만금 치루어도 돌이킬 수 없구나.
이것이 제 불찰로 잘못된 탓이니
세월만 긴 강처럼 흘러가누나!

가을바람 어느덧 어젯밤 불어오고
베짱이는 이슬 숲서 울어 새는 밤
붉던 얼굴 가실세라 두려웠지만
시간은 가버리고 좋던 세월 다시 없어라!

나서부터 얼굴 아는 사람 이 없고

---

1) 이 첩의 박명은 곧 미인박명(美人薄命)으로 이백(李白)은 '원정시(怨情詩)' 에서 "美人捲珠簾 深恩顰娥眉"라 했다.
2) 장안 풍류객 ; 원문의 오릉(五陵)으로 중국 한(漢)나라 서울 장안(長安)에 있는 풍류로 남녀가 노는 곳이다.

오랜 세월 방 속에만 있다가 보니
한차례 성색을 잘못 쓴 탓으로
옥이 도리어 차돌로 바뀌었네.

사랑과 미움은 예부터 무상하여
아침에 사랑타가 저녁때는 싫어져
답답하고 슬픈 마음 가을 부채[3] 읊으니
임의 수레 오를 희망 끊겨버렸네.

금침대는 누굴 위해 털어야 하나
비단이불 걷어둔 지 이미 오래네.
규수방은 비어 있고 지는 달빛 차가운데
단지 반딧불만 반짝이며 지나가누나.

근심에 쌓였다가 잠들어 꿈을 꾸니
어슴프레 그 옛날 풀싸움 놀이였네.
세상 살며 사마상여(司馬相如) 같은 재주[4] 없으니
그 누가 옛날 사랑 돌이켜 주랴!

妾薄命 用太白韻 (첩박명 용태백운)

妾本寒門子 (첩본한문자)　荊釵居白屋 (형채거백옥)
美質天所生 (미질천소생)　兩臉如楨玉 (양검여정옥)

---

3) 가을 부채 ; 원문의 추선(秋扇)으로 한무제(漢武帝)의 궁인 반첩여(班婕妤)가 소박을 당했을 때 그의 시에 나오는 부채.
4) 사마상여(司馬相如)의 재주 ; 중국 한(漢)나라 때 문인으로 시와 부를 잘 지어 소문났다.

自倚傾國艷 (자의경국염)　乃與世人踈 (내여세인소)
五陵多年少 (오릉다년소)　過者皆停車 (과자개정차)

一笑肯輕賣 (일소긍경매)　千金且不收 (천금차불수)
以此自愆期 (이차자건기)　歲月長江流 (세월장강류)

西風昨夜至 (서풍작야지)　莎雞鳴露草 (사계명로초)
紅顔恐消歇 (홍안공소헐)　時過不再好 (시과부재호)

生不識人面 (생불식인면)　長年在深屋 (장년재심옥)
一爲色所誤 (일위색소오)　反遭珉欺玉 (반조민기옥)

憎愛古無常 (증애고무상)　朝恩暮乃踈 (조은모내소)
悒悒詠秋扇 (읍읍영추선)　望絶登君車 (망절등군차)

金牀爲誰拂 (금상위수불)　繡被久已收 (수피구이수)
閨空寒月落 (규공한월락)　但見螢火流 (단견형화류)

沉憂暫成夢 (침우잠성몽)　依稀鬪百草 (의희투백초)
世無相如才 (세무상여재)　誰今復舊好 (수금복구호)

2. 천력 기사년 6월 예성강에서 배로 한산으로 가려다가 강 입구에서 바람에 막혔다[5] (7언고시)

놀란 바람 땅을 흔들며 동남쪽이 새까맣더니

5) 천력(天曆) 기사(己巳)는 1389 A.D.로 이 해 6월에 예성강 일대에 폭풍우(태풍?)가 있었던 모양이다. 기해(己亥)년은 특별한 의미가 없어 보인다.

사방의 산들이 배꼬리에서 솟았다 내렸다 하는 속에
넓고 아득한 물결 속에서 배는 한 조각 뜬 잎사귀
생명은 오직 밧줄 힘에 의지했더라.

빗소리 바람 소리 물은 배 바닥을 적시고
사흘 두고 구름은 북쪽으로 흘러가고
다만 대자연 기운이 화평함을 상하지 않는다면
사람에게 역리와 순리의 득실을 줄건가.
언제쯤 비바람은 보름을 맞추어 불고
만국을 몰아 황극세상[6]으로 돌아가리.

天曆己巳六月 舟發禮成江 南往韓山 江口阻風
(천력기사육월 주발예성강 남왕한산 강구조풍)

驚風動地東南黑 (경풍동지동남흑)
四山低昻船尾側 (사산저앙선미측)
蒼茫一葉浪花中 (창망일엽낭화중)
性命只憑管蒯力 (성명지빙관괴력)

兩聲颼颼濕蓬底 (양성수수습봉저)
三日一雲猶向北 (삼일일운유향북)
但今元氣不傷和 (단금원기불상화)
逹順於人互得失 (달순어인호득실)

何時風雨占十五 (하시풍우점십오)

---

6) 황극세상(皇極世上) ; 이상적으로 잘 다스려진다는 홍범구주(洪範九疇)를 존중하는 치세의 세상[書經].

爲驅萬國歸皇極 (위구만국귀황극)

3. 부여에서 옛일을 생각하며 (7언고시)

청구 땅 정기가 모여 황하(黃河)[7]에 마주하고
온조왕은 고구려 동명왕(東明王) 집에서 태어나
부소산 밑에 옮겨 와서 나라 세우니
기이하고 이상스런 조짐 어찌 그리 많던가.

의관은 갖추었고 문물이 융성했네.
틈 보아 신라를 아우를 작정하나
그 뒤로 후예들이 덕망 잇지 못하고
호화담장 사치궁전 꾸미면서 너덜거렸네.

하루아침에 금성탕지(金城湯池) 무너진 뒤론
천 길 푸른 바위산은 낙화암이 되었구나.
궁성 옛터 농민은 밭 갈아 씨 뿌리며
넘어진 빗돌과 구리 낙타[銅駝][8]는 밭둑에 묻혔구나.

나 여기와 옛일 묻다 눈물 흘림은
옛날 부여 망하고 농어부 노랫속에 들었으니
천 년 좋던 세월 땅바닥에 흩어지고

---

7) 황하(黃河) ; 중국 황하물은 흙탕인데 1천 년에 한 번씩 맑은 물이 흐르면 성인이 난다고 한다.〈李康의 運命論에 "黃河淸而聖人生"이라 했다〉
8) 구리 낙타[銅駝] ; 구리로 만든 낙타를 말하지만, 여기서는 "구리 낙타는 가시밭 속에 묻혔음을 한탄한다.(嘆銅駝在荊棘)"라는 진(晋)나라 고사이다.

조롱대[9] 밑으로는 강물만 흘러가네!"

扶餘懷古 (부여회고)

青丘孕秀應黃河 (청구잉수응황하)
溫王生自東明家 (온왕생자동명가)
扶蘇山下徙立國 (부소산하사립국)
奇祥異蹟何其多 (기상이적하기다)

衣冠濟濟文物盛 (의관제제문물성)
潛圖伺隙并新羅 (잠도사극병신라)
在後孱孫不嗣德 (재후잔손불사덕)
雕墻峻宇紛奢華 (조장준우분사화)

一旦金城如解瓦 (일단금성여해와)
千尺翠岩名落花 (천척취암명낙화)
野人耕種公侯園 (야인경종공후원)
殘碑側畔埋銅駝 (잔비측반매동타)

我來訪古輒拭淚 (아래방고첩식루)
古事盡入漁樵歌 (고사진입어초가)
千年佳氣掃地盡 (천년가기소지진)
釣龍臺下江自波 (조룡대하강자파)

---

9) 조룡대(釣龍臺) ; 부여 백마강가에 있는 바위로 당나라의 소정방(蘇定方)이 백제를 무너뜨릴 때 백마를 미끼로 용을 낚았다는 설화가 있다.

4. 용두사 늙은 시승에게 (7언고시)

서원(西原)[10]에는 단 하나 용두사(龍頭寺)가 있고
용두사엔 시 쓰는 늙은이가 중과 선비 중간이네.
내 간 때가 그 바로 꽃핀 시절이라
진귀한 새들은 봄 산에서 지저귀었네.

도포 입은 옛 도인이 또한 옛일을 즐긴지라
우연찮게 세 얼굴이 만나서 속세 먼지 털었네.
옛 성인 담론에 잔뜩 취해 대낮은 길었고
어느 뉘가 서생(書生)이 가난키만 하더냐.
스님아! 이별인사 없다고 탓하지 마소
산꽃이 지기 전에 내 다시 찾아오리!

寄龍頭釋老 (기룡두석노)

西原只有龍頭寺 (서원지유용두사)
龍頭詩老釋儒間 (용두시노석유간)
我行正値花時節 (아행정치화시절)
珍禽磔磔鳴春山 (진금책책명춘산)

靑衫故人亦好事 (청삼고인역호사)
邂逅三笑開塵顔 (해후삼소개진안)
高談劇飮白日永 (고담극음백일영)
何人更道書生寒 (하인갱도서생한)

---

10) 서원(西原) ; 청주의 옛 이름. 용두사는 여러 곳에 있지만, 여기서는 청주지방에 유일하게 있었던 용두사이니 그 위치는 지금의 충주시 가금면 용전리 갈동에 있었다고 함.

師乎勿請不告別 (사호물청불고별)
山花未落吾當還 (산화미낙오당환)

5. 임오년 한식에 (7언율시)

벼슬길은 예부터 시비가 많은 건데
늙으신 어버이를 멀리 떠나 있자 하니
객지에서 어느덧 한식을 맞았구나.
서울의 먼지 묻어 흰옷은 물들었네.[11]

가랑비 문득 오니 철 바뀜에 놀래라
꽃 떨어져 쓸 정도니 봄 가는 것 애달프네.
가난 참고 살더라도 술 한잔 없을쏘냐
귀밑머리 다가서니 마음만 언짢구나.

壬午歲寒食 (임오세한식)

宦路從來足是非 (환로종래족시비)
更堪親老遠庭闈 (갱감친로원정위)
已從客路逢寒食 (이종객로봉한식)
也任京塵染素衣 (야임경진염소의)

細雨忽來驚節換 (세우홀래경절환)
落花如歸惜春歸 (낙화여귀석춘귀)

---

11) 흰옷 물들다 ; 원문의 경진염소의(京塵染素衣)의 뜻인데, 경진은 벼슬길에서 묻은 먼지가 깨끗한 선비의 옷을 검게 물들게 했다는 말로, 옛 중국 위(魏)의 조식(曹植)의 시에 "京洛多塵素衣化爲緇"란 시구가 있다.

忍貧要趂良辰醉 (인빈요진양진취)
鬢髮多情心事違 (빈발다정심사위)

6. 순암[12] 선사에게 운 달아 답한다 (7언율시)

반평생 번개같이 떠돌고 살다보니
나그네 밥 신세로 다른 원은 없지만은
창밖의 파초 잎에 밤비는 지적지적
소반에 올린 나물 거여목[13]은 봄채소네.

집은 가난해도 단사표음(簞食瓢飮) 즐겁고
생계 재주 무디지만 글재주야 부족하랴.
가끔은 봄철 꽃 안갯속 불탑 앞에 앉아서
좌망(坐忘)[14]으로 인생이 나그네임을 깨닫네!

次韻答順庵 (차운답순암)

半生光景屬離居 (반생광경속이거)
旅食從來不願餘 (여식종래불원여)
窓外芭蕉饒夜雨 (창외파초요야우)
盤中苜蓿富春蔬 (반중목숙부춘소)

家貧自有簞瓢樂 (가빈자유단표락)
計拙非因翰墨踈 (계졸비인한묵소)

12) 순암(順庵) ; 어느 선사인지 미상이다.
13) 거여목 ; 원문의 목숙(苜蓿)이니 콩과의 봄풀로 봄에 채소로 무쳐 먹는다.
14) 좌망(坐忘) ; 잡념을 버리고 무아의 경지에 드는 수양 좌선법.

時到煙花禪榻畔 (시도연화선탑반)
坐忘身世等蘧廬 (좌망신세등거려)

7. 가을비를 바라보며 (7언율시)

찬 구름이 짙어지니 갈가마귀 급히 가고
서창가에 홀로 앉아 풍경변화 절감하네.
가을은 깊어가고 강산은 흩떨어져
밤 깊으니 비바람은 또다시 몰아치네.

벼슬길은 뜻이 적어 부질없이 객지생활
꿈마저 야속케도 고향집을 못 보누나!
새벽에 비춘 거울 귀밑머리 희끗희끗
어느 때에 여윈 말로 모랫길로 돌아가리.[15]

秋雨夜坐 (추우야좌)

寒雲作色送昏鴉 (한운작색송혼아)
獨倚書窓感物華 (독의서창감물화)
秋晩江山正搖落 (추만강산정요락)
夜深風雨更橫斜 (야심풍우갱횡사)

利名少味徒爲客 (이명소미도위객)
魂夢無情不到家 (혼몽무정불도가)

15) 작자 이곡(李穀)은 문장가로서 원(元)나라와 고려조로 오가며 벼슬하다가 1344년 (46세) 때는 정당문학(政堂文學) 등의 벼슬을 지낸바 있다.

曉鏡定應添鬢髮 (효경정응첨빈발)
羸驂肯復傍塵沙 (영참긍복방진사)

8. 칠석에 한잔 마시며 (7언율시)

한평생 내 발취는 뜬구름 같은데
만 리 밖의 만남도 인연이던가.
하늘 위의 풍류는 견우직녀 만남이리
사람에겐 아름다운 제왕주가 살만한 곳.

정담은 끝이 없고 하늘 술통 바다 같아
주렴 장막 속에 비는 뿌려 가을로 가고
걸교(乞巧)와 포쇄(曝曬)[16]는 내 할 일 아니로세.
다만 시 한 귀 지으면서 시름을 잊으리라.

七夕小酌 (칠석소작)

平生足迹等雲浮 (평생족적등운부)
萬里相逢信有由 (만리상봉신유유)
天上風流牛女夕 (천상풍류우녀석)
人間佳麗帝王州 (인간가려제왕주)

笑談欵欵尊如海 (소담관관존여해)
簾幕深深雨送秋 (염막심심우송추)

16) 걸교와 포쇄 ; 칠석날에 여자들이 색실을 맺어 놓고 일곱 바늘로 꿰면서 바느질 솜씨를 빌던 풍속이 걸교(乞巧)요, 이 무렵에 옷이나 책을 햇볕 쏘여 말리던 일을 포쇄(曝曬)라 한다.

乞巧曝衣非我事 (걸교폭의비아사)
且憑詩句遣閑愁 (차빙시구견한수)

9. 설날에 눈은 오고 (7언율시)

제야(除夜)부터 내린 눈은 설날 아침 계속되어
돌아드는 봄바람에 녹지 않고 못 견디네.
궁궐의 의장대는 그림자 아직 희미한데
오문교(五門橋)[17] 위에서는 신발자욱 들려오네.

늘어선 하객 반열 조복이야 젖을망정
춤 길 소매 펄럭이는 밝은 모습 어울리리.
금년 새해에는 서설(瑞雪) 내려 반가운데
초백주(椒柏酒)[18] 가득 부어 민요 함께 바치리라.

正朝雪 (정조설)

雪從除夜到正朝 (설종제야도정조)
旋入春風不禁消 (선입춘풍불금소)
扇影未分雙闕仗 (선영미분쌍궐장)
靴聲早集五門橋 (화성조집오문교)

從教賀列朝衣濕 (종교하열조의습)
好傍昭客舞袖飄 (호방소객무수표)

---

17) 오문교(五門橋) ; 임금만이 다니는 궁성의 다리.
18) 초백주(椒柏酒) ; 초와 측백으로 담근 술인데 설날에 마시면 잡병을 물리친다 함.

便是新年多瑞氣 (편시신년다서기)
願隨椒酒進民謠 (원수초주진민요)

10. 추위에 떨다

삭풍이 휘몰아친 해 저문 추운 날씨
바람 불어 썰렁한 헌집에 글담요
추위는 뼛속에 드니 무슨 수로 녹여 보랴.
만사는 그 오직 제 몸 덮일 생각뿐일세!

이불은 차가워 무쇠 같고 밤 깊어 눈도 내려
땔감 장터 가깝지만 연기는 끊겼구나.
시인의 추위 견딤 예나 지금 똑같아서
헛일 삼아 시냇가로 매화나 찾아가리.

苦寒 (고한)

朔吹搖空歲暮天 (삭취요공세모천)
颼颼老屋讀書氈 (수수노옥독서전)
一寒到骨那能解 (일한도골나능해)
萬事關心只自煎 (만사관심지자전)

衾鐵夜深明積雪 (금철야심명적설)
樵山市近絕炊煙 (초산시근절취연)
詩人耐冷今猶古 (시인내냉금유고)
擬訪梅花澗水邊 (의방매화간수변)

■ **이색**(李穡 ; 1328~1396) 고려 말 문신, 학자.

3은의 한 사람. 자는 영숙(穎叔), 호는 목은(牧隱), 본관은 한산(韓山), 찬성사(贊成事) 이곡(李穀)의 아들이요, 이제현의 문인.

1341년에 진사가 되고, 1348년에 원(元)에 가서 국자감(國子監)의 생원(生員)이 되어 성리학을 연구, 1351년 부친 사망으로 귀국 후 전제(田制), 국방, 교육 등 개혁시정을 위해 상소하며, 1353년 향시와 정동행성(征東行省) 향시에 1등으로 합격 후 서장관이 되어 원(元)나라에 가서 그곳 회시에도 1등과 전시에서는 2등으로 합격하여 국사원편수관(國史院編修官)을 지냈고, 귀국해서는 예문응교(藝文應敎), 중서사인(中書舍人)을 거쳐 그 뒤 원(元)나라의 한림원(翰林院)과 귀국하여 이부시랑한림학사(吏部侍郎翰林學士) 및 우간의대부(右諫議大夫)가 되고, 그 뒤 여러 관직을 거쳐 벼슬은 정당문학(政堂文學)과 작위가 한산부원군에 봉해졌으나 이성계가 등극한 뒤로는 각지로 유배되다가 1395년 이배(移配) 도중 사망하였다.

성리학의 주류를 이루게 했고, 문하에 권근(權近), 김종직(金宗直), 변계량(卞季良) 등을 배출하고, 한산백(韓山伯)에 봉해지고, 시호는 문정(文靖)이다.

저서에 「목은시고(牧隱詩藁)」, 「목은문고(牧隱文藁)」가 있다. 장단의 '임강서원(臨江書院)' 등 4,5곳 서원에 모셔져 제향 했다.

「동문선」에는 사(辭) 6편 및 부(賦) 2편과 시(詩) 68편과 각종 문(文)이 260여 편이나 수록되어 전한다.

여기서는 사(辭) 2편과 시(詩) 16편만을 옮겨 들어 보인다.

산중에 살면서

"세상권세, 물욕을 내던지고 도 닦으며 편한 마음으로
산중에 살리라!"

산의 그윽함이여! 깊고도 깊구나.
숲이 울창함이여! 골짝 물은 깊고 넓구나.
고니새도 넘지 못할 높은 꼭대기여! 깎은 듯 뾰족 솟아 험준한 바위
굽어보면 아찔함이여! 산 응달은 깊고도 아득하네.
서리와 이슬에 뽀얗게 젖어 있고
얼룩 표범, 검은 잔나비는 번갈아 나와 울고
나는 새는 빙빙 돌아 나래 짓 너울너울
끝없이 깊은 동굴은 천둥처럼 우렁우렁
수풀을 뒤흔드는 바람신[風神]은 나래 치듯
돌부리는 뾰족 나와 옷을 갈퀴고
나뭇가지 가로 뻗어 앞길을 막네.
나 혼자 적막하게 혼자 섰자니
마치 기초(祁招)[1]같은 편한 마음 황홀해지네.
멀어서 못 찾아갈듯한 산속의 동서방향 길 몰라서 헤매다가
나는 듯 쏟아지는 벼랑에서 내리는 샘물
폐부를 맑게 하고 그 맛이 다네.
손에 움키니 차가운 얼음이요
야윈 얼굴 비춰보니 거울 보듯 맑구나.
폭포에서 쉬면서 그 소리 들으니
패옥이 쟁그랑 울리는 소리 같다.

---

1) 기초(祁招) ; 주(周)나라 충목왕 때 왕의 방자함을 간한 신하. 〈左傳〉

부싯돌로 불을 붙여 차를 다리니
차 맛이 육우(陸羽)[2]보단 조금 못하네.
부러울 손, 반곡(盤谷)이 살만하다고
한유(韓愈)가 서문 써서 보낸 그 글[3]은
나의 길잡이로 되어 있구나.
도통(道通)을 천 년 만에 이은 그 학문이
그 시내 이름 따서 주염계(朱濂溪)[4]로구나.
산중에 짝 없는데 맑은 염계 스승이네
한 말씀 듣고서 도를 깨달아
이욕(利欲)의 더러움 씻어 내고서
마음의 근원을 해맑게 열어
오직 태극(太極)의 경지에 몸을 담그리.
'잠깐 동안 금 그은 듯' 개연(介然)의 만남 곧 있으면[5]
천지와 더불어 셋이 될 수 있으리.[6]
어찌하여 당(唐), 우(虞) 때 유허(遺墟)에 엉킨 풀은 차디찬 연기 되고
우리 도(道)가 남송(南宋)으로 간다 했는가.
어찌하여 물이 고여 있기만 하고 비를 안 주며
북방의 눈과 영 넘어 온 오랑캐와 섞였는가.

---

2) 육우(陸羽) ; 당(唐)나라 다경(茶經)의 저자. 다풍(茶風)을 일으킨 인물.
3) 한유(韓愈)의 그 글 ; 산골짝의 이름이니 당나라 이원(李愿)이 골짜기로 은거하려 갈 때 한유는 「송이원귀반고서(送李愿歸盤告序)란 글을 써서 유명했다.」
4) 주염계(朱濂溪) ; 성리학의 비조요, 송(宋)나라 대학자인 주돈이(周敦頤)의 고향의 물 이름이 염계라서 주돈이를 말한다.
5) 산골짜기의 오솔길 ; 이 말은 사람의 마음이 잠깐 트이면 길이 될 수 있다는 맹자의 말인데 「맹자 진심편(孟子 盡心篇)」에 "산골 좁은 길도 으레히 다니면 길이 될 수 있고(山徑蹊間介然用之而路)", "잠시동안 다니지 않으면 다시 막혀 버리게 된다.(爲間不用則茅塞之矣)"는 맹자가 고자(高子)에게 한 말이다.
6) 천지와 더불어 셋이 된다 ; 도를 닦아 거룩한 사람은 하늘과 땅과 더불어 셋이 된다고 했다.

그러나 남은 전통으로 천하를 다스릴만하니
원나라 허형(許衡)은 아합마특(阿合馬特)의 전횡을 혼자 정벌했네.
그 물결 여파는 천하를 휩쓸고
삼상(參商)[7] 별의 어긋남을 어찌 한하리.
오직 후생이 두렵다[8] 했던가.
푸른빛은 쪽빛에서 나왔지만 더 푸른 법
다행히도 그 도가 해와 달 같이 걸렸으니
내가 그 광채에 의지하여 마음 편하네.
세상의 권세를 잊고 안으로만 도를 즐기고
날마다 휘파람 불며 남쪽 난간 기대어 살며
성가시게 연신 부르는 소리에 눈썹 들고 쳐다보지만
어허! 아닐세, 처음 마음 바뀌지 않으니
평생을 여기서 머물러 살겠네.

山中辭 (산중사)

山之幽兮深深 鬱蕭森兮潭潭 黃鵠尙不得過其顚兮 截然屹立乎斬巖 邃莫覿兮山之陰 曖霜露兮濡霑 文豹玄猿兮迭出以嘷 飛禽回翔兮毛羽之毶毶 殷其雷奔于無底之竇兮 振蕩林莽翼之以飛廉 石出角以鉤衣兮 橫枝截路以相欃 立寂漠以無隣兮 怳祁招之愔愔 漫不可討兮山之中 東西冥迷兮氣奄奄 淙飛泉以瀉于崖兮 淸肺腑而味甘 掬之手中兮冰寒 照衰顏以是監 受流憩以聽其聲兮 鏘玉佩之相參 將敲火而煎茶兮 鄙陸羽之口饞 羨盤谷之可沿兮 矧其

7) 삼상(參商) ; 별 이름. 삼은 서쪽에 위치해 있고, 상은 동쪽에 떠 있어서 두 별은 서로 만날 수가 없다. 따라서 서로 만날 수 없음을 비유한 말로 쓰임.
8) 후생이 두렵다 ; 후배가 선배보다 더 발전했다는 뜻, 곧 "얼음은 물로써 얻었지만 물보다 차고, 푸른 빛은 쪽빛에서 나왔지만 쪽빛보다 푸르다.(氷生於水塞于水, 靑出於藍 靑於藍)"이란 명제가 있다.

文爲我之指南 續道緒於千載兮 乃命其溪曰濂 惟山中之無偶兮 尙摳衣於文函 聞一言以悟道兮 洗利欲之貪婪 開心源之瑩淨兮 惟太極之泳涵 若有過於介然之項兮 諒天地其可三 胡唐虞之遺墟蔓草寒烟兮 吾道被于南 炎胡泓渟之而不霈兮 朔雪越嶺之交粘 信餘緒可以理天下兮 魯齋獨騁其征驂 然波及者靡不周兮 夫何恨於商參 惟後生之可畏兮 靑乃出乎其藍 幸其道之揭日月兮 吾依光兮心焉甘 將忘勢而內樂兮 日嘯倚於南欄 苦相招而不止兮 忽軒眉而載瞻 欸初心之弗竟兮 終歲月以聊淹.

물이 흐르는 이치

물은 오직 아래로만 흘러 백 번 꺾여도 그냥 내리네.
바다에 들지 않곤 어느 고비[科]엔들 멈추리.
〈웅덩이를〉 채우면 나아가니[9] 누가 그 멍에[駕]를 벗겨 쉬게 할꼬.[10]
길가 구덩이에 고인 물은 근원이 없어도
한 여름 비에 위력을 뽐내나니,
금방 말라질 듯하니 어리석은 자에 자랑할 만하네.
우물을 쳐 깨끗이 한 물[井渫]을 내 어이 먹지 않으랴.[11]

---

9) 웅덩이를 채우면 나아가니 ; 물은 흐르다가 비었던 웅덩이에 넘치면 앞으로 나아가는 원리. 「맹자」 이루(離婁)장에 "샘물이 솟아 흘러내리다가 웅덩이를 만나서 그곳을 채우면 다시 내달아 흘러서 사해 넓은 바다로 간다.(原泉混混不舍晝夜 盈科而後進放乎四海)" 〈孟子 離婁, 聲聞過情章〉

10) 멍에를 벗겨 쉬게 하다 ; 달리는 말의 멍에를 벗겨서 쉬게 한다는 말로 "모든 사물이 극에 달하면 결국 쇠해버린다. 그래서 나는 멍에를 벗길 바를 모르노라.(物極則衰 吾未知所稅駕也)" 〈史記 李斯 傳〉

11) 우물을 쳐 깨끗이 한 물을 먹지 않음[不食井渫] ; 〈주역;井卦〉 섭[渫]은 더럽고 흐린 것을 쳐 버려 깨끗이 함이다. "깨끗한 우물 물 먹지 않으니 마음 슬프다.(井渫不食爲我心惻)" 하였다.

하늘의 해와 별이 거꾸로 비쳤구나.

더러운 잡물(雜物)이 안 섞인 물을 왜 쳐내며 왜 쏟아버릴꼬.

막다른 항구에 항행(航行)치 마소, 막힐까 두려워하네.

약수(弱水)[12]를 밟지 마소, 빠질까 두렵네.

이에 종장(終章)으로 이르노니, 천성이 하나인데 선(善) · 악(惡)이 어찌나 상대(相待)되나.

재주는 하나인데 취(取)하고 버림에 걸리누나.

시냇물, 샘물은 졸졸졸, 강과 바다는 출렁출렁.

내 그 가운데서 노래하니, 귀밑 털 희끗희끗.

천 년 뒤에 오는 사람, 귀 있거든 들으소.

流水辭 (유수사)

水之趨兮惟下 日百折兮不舍 不入于海兮何科之停 盈必進兮誰柷其駕 彼行潦之靡不源兮 尙逞威於大兩之炎夏也 勢暫似兮旋踵 猶足夸於鄙者也 吾寧不食於井之渫兮 大虛日星之倒寫也 矧雜穢之不幷兮 夫何滌而何瀉也 毋航斷港兮恐其窒也 毋踵弱水兮恐其溺也 迺從而亂之曰 性一兮淑慝之胡形 才一兮取舍之是嬰 澗泉之幽幽 江海之冥冥 我歌其中兮 鬢毛之星星 千載有人兮 有耳其聆.

---

12) 약수(弱水) ; 옛날 중국에 있었다는 신선의 고장. 이 물은 부력이 아주 약해서 빠지면 나오지 못한다 함.

1. 진포[1]에 돛배는 돌아오네 (5언절귀)

가랑비에 복사꽃은 물결치고
맑은 서리 갈잎은 가을로 가네.
돌아오는 돛배는 어데서 닻 내릴고
아득해라 돌아드는 조각배 하나.

鎭浦歸帆 (진포귀범)

細雨桃花浪 (세우도화랑)
淸霜蘆葉秋 (청상로엽추)
歸帆何處落 (귀범하처낙)
渺渺一扁舟 (묘묘일편주)

2. 한포[2]에 달이 밝네 (5언절귀)

해가 지니 모래 빛 더욱 하얗고[3]
구름이 흘러가니 강물은 더 맑구나.
도 높은 고인(高人)은 밝은 달을 희롱하니
다만 여기에 피리 소리[4] 없음이 흠이로구나!

---

1) 여기 진포(鎭浦)는 옛 충남 한산(韓山)에 있던 포구일 것이니, 작자는 한산백(韓山伯)으로 봉해졌었다.
2) 여기 한포(韓浦)는 옛 전라북도 임피군(臨陂郡)의 진성창(鎭城倉)이라 했다.〈高麗史志 36〉
3) 이 시귀는 두보(杜甫)의 시에 "강물이 푸르니 새 빛이 더욱 희다.(江碧鳥逾白)"라는 시귀를 닮았으므로 시제에 농(弄)자를 썼다.
4) 피리 소리 ; 원문에 '자란생(紫鸞笙)'이라 했는데 신선이 부는 피리 소리를 뜻한다.

韓浦弄月 (한포농월)

日落沙逾白 (일락사유백)
雲移水更淸 (운이수갱청)
高人弄明月 (고인농명월)
只欠紫鸞笙 (지흠자란생)

3. 동정호의 저녁안개 (7언절귀)

군산(君山)[5]에는 한 줄기 저녁노을이 발갛게
오나라 초나라[6]를 집어 삼킬 듯 기세도 끝없어라.
긴 바람은 저녁에 뜬 달에 불어 오르고
은 촛불은 비단 초롱 속에서 가물거리네.

洞庭晩靄 (동정만애)

一點君山夕照紅 (일점군산석조홍)
闊呑吳楚勢無窮 (활탄오초세무궁)
長風吹上黃昏月 (장풍취상황혼월)
銀燭紗籠暗淡中 (은촉사룡암담중)

5) 군산(君山) ; 중국의 명소, 동정호(洞庭湖) 속에 있는 산 이름.
6) 오나라 초나라 ; 중국 역사상 오(吳)와 초(楚)처럼 장기간 피 말리는 싸움으로 원수진 때도 드물다.

4. 강림에 비는 내리고 (7언절귀)

저 멀리 하늘아래 숲은 뜬구름 같고
때마침 강 위에서 해는 노을 지는데
호랑이와 잔나비 울어서 근심 더한 밤에
쫓겨난 방랑시인[7] 임금 생각 괴로워라.

雨暗江林 (우암강림)

天低山達樹浮雲 (천저산달수부운)
政是江天日欲曛 (정시강천일욕훈)
虎嘯猿啼愁不盡 (호소원제수불진)
逐臣騷客苦思君 (축신소객고사군)

5. 농가[8]를 보고 (7언절귀)

밭갈이 한 농부 이슬비에 옷 젖는 저녁에
복숭아 살구꽃 핀 언덕 비탈길로
돌아오는 늙은 농부의 우장은 절반은 젖었는데
물둑에는 낙화 잎이 곳곳에 떠 있고나.

---

7) 여기 강림(江林)은 중국 하남에 있는 명소로, 당(唐)나라 장구령(張九齡)은 봄뜻(春意)이라는 시에서 "한번 강남 태수 되니, 강림에서 세네 번 봄을 맞네.(一作江南守江林三四春)"라고 읊었고, 이때 이색은 명(明)나라에 서장관으로 사신 갔다가 풍랑을 만나 구사일생으로 강림까지 흘러갔으니 '쫓겨난 방랑시인'(逐臣, 騷客)이란 말을 쓴 것으로 보인다.
8) 여기 농가는 중국 강남지방의 전가 풍경인 듯하다. 이 역시 사신 길에서 본 풍경이다.

田家 (전가)

一犂微雨暗田家 (일리미우암전가)
桃杏成林路自斜 (도행성림로자사)
歸跨老牛蓑半濕 (귀과노우사반습)
陂塘處處泛殘花 (피당처처범잔화)

6. 객창 야밤에 읊다 (5언율시)

내 나이 금년 벌써 50인데
몸은 떠돌아 정처 없구나.
가랑비는 객창 등불 앞에 부슬부슬
명산[9]은 밤중 베갯머리에 다가오네.

내가 세상을 근심하니 기국(杞國)사람[10] 심정을 알겠고
내게서 시작하라는 연대(燕臺)의 교훈[11]도 있구나!
모두 잊고 마음 비우라는 경지에 이르니
마음은 싸늘한 재같이 냉정해지네.

夜吟 (야음)

行年已知命 (행년이지명)
身世轉悠哉 (신세전유재)

---

9) 여기의 명산(名山)은 중국 사천성(四川省)에 있는 산명(고유명사)이다.
10) 기국(杞國)사람 ; 기국사람은 하늘이 무너질까 하고 괜한 걱정을 한다 해서 기우(杞憂)라는 말이 생겼다.
11) 연대의 교훈 ; 중국 연소왕(燕昭王)이 어진 신하를 구할 때 곽외(郭隗)가 한 일에서 비롯된 고사가 있다.

細雨燈前落 (세우등전락)
名山枕上來 (명산침상래)

憂時知杞國 (우시지기국)
請始有燕臺 (청시유연대)
恰到俱忘處 (흡도구망처)
心原冷欲灰 (심원냉욕회)

7. 문득 생각나서 읊노라 (5언율시)

상전(桑田)이 벽해(碧海)되듯 세상변화 조석사이니
하물며 뜬 인생이야 가히 있으랴!
그래서 도잠(陶潛)은 술을 즐겼고
강총(江摠)[12]은 떠돌다 집에 못 갔네!

가랑비에 산 빛은 푸르게 살아나고
산들바람에 버들가지 휘날리네.
멀리 떠나 유람하려던 뜻을 돌이켜
혼자 앉아 세월만 감상하누나.

偶吟 (우음)

桑海眞朝暮 (상해진조모)
浮生況有涯 (부생황유애)

---

12) 강총(江摠) ; 중국 양(梁)나라 때 문학가이던 강총은 난리 통에 피난 가서 돌아오지 못하고 고향 그리는 시를 써서 소문났다.

陶潛方愛酒 (도잠방애주)
江揔未還家 (강홀미환가)

小雨山光活 (소우산광활)
微風柳影斜 (미풍유영사)
勾回還游意 (구회환유의)
獨坐賞年華 (독좌상년화)

8. 뜬세상에 사노라니 (5언율시)

뜬세상에 사는 인생 누가 제법 믿어주랴
늙으며 병치레가 다투어 찾아드네.
해와 달은 귀밑머리에 흰 고리 되어 있고[13)]
하늘땅은 화살같이 한결같구나.

옷소매에 바람 개면 지팡이 짚고 서고
이슬에 옷 젖으면 거문고나 울리지.
만 가지 생각을 이것으로 잠재우니
아득한 하늘땅이 저절로 깊어가네.

浮生 (부생)

浮生安足恃 (부생안족시)
老病競侵尋 (노병경침심)
日月環雙鬢 (일월환쌍빈)

13) 나이 들어 귀밑의 흰머리가 여자들 귀고리(環)처럼 으레히 붙어 다닌다는 뜻.

乾坤矢一心 (건곤시일심)

袖風晴倚杖 (수풍청의장)
衣露夜鳴琴 (의로야명금)
萬慮自此靜 (만려자차정)
渺然天地深 (묘연천지심)

9. 즉흥시 (7언율시)

초야에 묻혀 사니 늙을수록 맑은 기분
그 마치 눈앞에서 멋진 새 시 솟아나듯
바람은 자더라도 남은 꽃은 저절로 떨어지고
구름은 흘러가도 가랑비는 개지 않네.[14]

담 위로 넘는 나비 가지에서 떠나가고
추녀 끝 비단 비둘기 숲 속 가서 울고 있네.
장자(莊子)의 제물 소요[15]가 내일이 아니로다.
거울에 비춘 얼굴이 분명한 내 모습이네.

卽事 (즉사)

幽居野興老彌淸 (유거야흥노미청)
恰得新詩眼底生 (흡득신시안저생)

---

14) 관조의 시각에서 ① 바람은 자도…의 귀절은 "정중동(靜中動)"이요, ② 구름은 흘러가도… 귀절은 "원중근(遠中近)"의 사념(思念)이다.
15) 장자(莊子)의 제물(齊物), 소요(逍遙)편 ; 장자의 저술로 ① 소요편은 그의 자유 이론. ② 제물편은 장자의 만물제동(萬物齊同), 만물의 무차별의 이론편이다.

風定餘花猶自落 (풍정여화유자락)
雲移少雨未全晴 (운이소우미전청)

墻頭粉蝶別枝去 (장두분접별지거)
屋角錦鳩深樹鳴 (옥각금구심수명)
齊物逍遙非我事 (제물소요비아사)
鏡中形色甚分明 (경중형색심분명)

10. 봄은 또 늦어 가는데 (7언율시)

봄이 늦어가니 남쪽 성터엔 푸른빛이 우거지고
조용한 집 뜰에선 새들만 지저귄다.
비 오려나 하늘은 잔득 찌푸려 산들이 어두컴컴
떨어진 꽃들은 바람이 와서 싹 쓸어 갔구나.

으시대는 기분으로 몇 년이나 붓을 휘둘러댔던가
어느 날에 몸을 빼서 강호로 돌아가리.
예부터 호걸들은 세상을 능히 얕보거늘
우습다! 나 같은 묵은 선비 무슨 말을 하리오.

春晩 (춘만)

春晩南城遍綠蕪 (춘만남성편록무)
寂寥庭宇鳥相乎 (적요정우조상호)
天陰欲雨連山暗 (천음욕우연산암)
花落猶風掃地無 (화락유풍소지무)

放膽幾年揮筆札 (방담기년휘필찰)
乞身何日向江湖 (걸신하일향강호)
古來豪傑能輕世 (고래호걸능경세)
自笑區區一腐儒 (자소구구일부유)

11. 밤비는 내리는데 (7언율시)

빈 뜰 위에 추적추적 밤비는 자꾸 내리고
앓고 난 뒤 마음 새가 되레 유연해지네.
신선은 떠났는데 누구의 청골(靑骨)[16]이냐
천지 무궁 하다는데 내 머리는 이미 백발

정녕 늘그막 세월은 여울물 내리듯 빠르던가.
가련타 그 옛날 동주(東周)[17]를 만들려던 꿈
지금에 그 마음을 그 누가 말해주리.
원룡(元龍)의 백 척 높은 누각에 누워 있노라.[18]

夜雨 (야우)

夜雨空階滴不休 (야우공계적불휴)
病餘情興轉悠悠 (병여정흥전유유)
神仙已遠誰靑骨 (신선이원수청골)

---

16) 청골(靑骨) ; 신선이 될 사람의 푸른 뼈.
17) 동주(東周) ; 논어 양화(陽貨)에 공자가 "주(周)의 도를 동방에 일으키고 싶다.(如有用我者 吾其爲東周乎)"고 말했다.
18) 원룡(元龍)의 누각에 눕다 ; 후한(後漢)의 진등(陳登, 자는 元龍)의 고사. 즉 구전문사(求田問舍)를 일삼는 자를 풍자한 고사.

天地無窮我勾頭 (천지무궁아구두)

頗信殘年如下瀨 (파신잔년여하뢰)
可憐當日欲東周 (가련당일욕동주)
祗今心跡誰能辨 (지금심적수능변)
高臥元龍百尺樓 (고와원룡백척루)

12. 가을은 또 오는데 (7언율시)

새벽에 누각 올라 혼자 서서 바라보니
흰 구름은 푸른 산에 층층이 쌓인 속에
한마당 비온 뒤에 이끼는 무성하고
만 리 아득 개인 하늘 해는 돋아 솟는구나!

담력은 우쭐대도 몸은 이미 늙어져서
얼굴 모습 마른 나무 귀밑머리 더부룩
내 생애 천지간에 가을바람 몇 번이냐
강동(江東)을 바라보며 장계응(張季鷹)[19]을 생각하네.

秋日 (추일)

曉上高樓獨自憑 (효상고루독자빙)
白雲青嶂共層層 (백운청장공층층)
一庭雨過苔逾長 (일정우과태유장)

---

19) 장계응(張季鷹) ; 중국 진(晋)나라 장한(張翰)의 '장한적의(張翰適意)' 의 고사. 장한은 고향음식과 풍물생각 간절해서 벼슬을 던지고 고향으로 돌아갔다.

萬里天晴日又昇 (만리천청일우승)

膽氣崢嶸身老大 (담기쟁영신로대)
顔容枯槁鬢鬅鬙 (안용고고빈붕승)
乾坤幾度秋風起 (건곤기도추풍기)
回首江東憶季鷹 (회수강동억계응)

13. 뜻이 깊기에 (5언고시)

천지가 홍몽(鴻濛)[20] 세상을 주재하셔서
녹여내고 식혀서 만물 조성 수고가 어떠했으리.
이(理)를 그 주장으로 삼소서
기(氣)를 그 무리로 삼았구나.[21]

적은 것은 혹여 기린 뿔 같거니와
많은 것은 그 어찌 쇠털 같을 뿐이랴
인의(仁義)는 이 바로 고량진미요
예법은 홀(笏)과 도포(道袍)[22] 위했네.
찬연하게 온 천하에 입혀줬으니
우리 인생 어디로 도망가리오.

---

20) 홍몽(鴻濛) ; 원문의 홍로(洪爐)이니 천지개벽 때 천지가 이글이글 끓던 혼돈세계.
21) 이(理)와 기(氣) ; 목은 이색은 성리학의 대가였다.
22) 홀(笏)과 도포(道袍) ; 옛 관료들의 정장차림으로 홀은 앞 손에다 맞잡는 장신구이자 때로는 식순을 적는(笏記) 패로도 쓰며, 도포는 관리의 예복이다.

有感 (유감)

天地帝洪爐 (천지제홍로)　鼓鑄一何勞 (고주일하노)
理以爲之主 (이이위지주)　氣以分其曹 (기이분기조)

少或似麟角 (소혹사린각)　多奚翅牛毛 (다해시우모)
仁義是膏粱 (인의시고양)　禮法爲笏袍 (예법위홀포)
粲然被天下 (찬연피천하)　吾生安所逃 (오생안소도)

14. 옛 뜻[23] (5언고시)

빨리 가드라도 너무 일찍은 가지 말 것이니
너무 일찍 가면 사람은 헤매게 하느니라.
밤중에 떠나는 차편으로 가다보니
어두워 앞길은 높았다 낮았다 하누나.

사람 사는 집들은 어디쯤에 있는가.
이따금 숲 저쪽에서 닭 우는 소리 들리네.
갈림길에 달려와선 벌써 헤매니
산의 동서를 분간 못하겠네.
날이 밝아 비로소 깨달아 뉘우치니
내가 어찌 서둘러 길 떠났나.

---

23) 이 옛 뜻(古意)의 주제는 과불급(過不及)이 없는 중용(中庸)사상을 쉬운 말로 푼 작품이다.

古意 (고의)

早行莫太早 (조행막태조)　太早今人迷 (태조금인미)
夜半便發軔 (야반편발인)　前途互高低 (전도호고저)

人家在何許 (인가재하허)　時聞林外雞 (시문림외계)
趍岐旣已迷 (추기기이미)　未辨山東西 (미변산동서)
天明始知悔 (천명시지회)　我行何遷遷 (아행하천천)

15. 자신을 경계해야[24] (5언고시)

번민이 없는 이가 바로 성인이요
이를 지워 없이 하는 사람이 현자이다.
근심 걱정으로 종생토록 살아간다면
이는 소인이 하는 일일 뿐이다.

나는 본래 비고 소탈함[25]을 배웠으니
내 행실은 괴이한 것이 많아라.
소리 나서 내 귀에 부딪쳐 오면
곧 반응되어 경거망동을 하게 되누나.

꾀꼬리 우는 소리 내 마음을 융화시키고
벌레의 우는 소리 내 뜻을 처량케 하누나.

---

24) 이 자감(自感)의 주제는 예기(禮記)나 시경(詩經)에서 말하는 군자필신기독(君子必愼其獨) 즉 "군자는 그 혼자 있을 때에 반드시 삼가야 한다."는 정신을 읊었다.
25) 비고 소탈함 ; 마음에 한점 사악함이 없는 허심탄회의 경지, 즉 초월의 경지를 말함.

나는 다만 내 자취를 밟아 가는데
세월은 빨리만 흘러가 버리네.
시경 억계(抑戒)[26]편은 밝기가 해와 같으니
오히려 자포자기 없기를 기약하노라.

自感 (자감)

無悶是聖人 (무민시성인) 遣之賢者事 (견지현자사)
戚戚以終身 (척척이종신) 斯爲小人耳 (사위소인이)

我學本空疎 (아학본공소) 我行多乖異 (아행다괴이)
有聲觸于耳 (유성촉우이) 妄動寧復止 (망동녕복지)

鶯語融吾神 (앵어융오신) 虫鳴悽我志 (충명처아지)
我則踐我迹 (아칙천아적) 歲月其逝矣 (세월기서의)
抑戒皎如日 (억계교여일) 尙期無自棄 (상기무자기)

16. 미친 듯이 읊어본다[27] (7언고시)

나는 본래 조용해서 소란 떠는 일은 없었는데
흔들려 멈추지 않으니 바람 속의 구름이던가.

---

26) 억계(抑戒) ; 시경 대아(大雅)편 '억(抑)'의 장에 "빈틈없이 몸가짐 가진 이는 덕이 모가 진듯 반듯하네. 사람들이 말하기를, 지금은 어진 이도 어리석은 듯 산다네.(抑抑威儀 維德之隅 人亦有言 靡哲不愚)"라는 계율(戒律)을 말함.

27) 이 광음(狂吟)이란 7언고시는 작자가 이성계가 개국한 뒤 정몽주에 이어 거세 당하기 직전 각지로 귀양살이 하였을 때 어처구니 없어 하며 미친 듯이 읊은 시이다. 예전에 중국 당(唐)나라 백거이(白居易)가 "취해 웃으며 미친 듯 노래한다.(醉笑狂吟)"는 시귀를 남겼다.

나는 본래 터놓고 사는 자라 네 편 내편 없었는데
앞이 꽉 막힘이 흐르지 못하는 우물물이어라!
물이여!
사물을 맞거든 곱고 밉고 차별 말고 비추어주라.[28]
구름이여!
속을 비우고 만나고 헤어짐을 있는 대로 흐르거라.
자연의 그 위에서 천심(天心)과 맺은 바라
나 또한 어찌하리오.
조용히 세월만 보내는 수밖에
돈 있으면 술이나 사 먹고 무엇을 탓하랴.[29]
술 마시면 꽃이나 찾자 어찌 늦으랴
꽃 보고 술 마시니 백발이 휘날리네.
좋을시고 동산에 뜬 달이나 희롱하세.

狂吟 (광음)

我本靜者無紛紜 (아본정자무분운)
動而不止風中雲 (동이불지풍중운)
我本通者無彼此 (아본통자무피차)
塞而不流井中水 (색이불류정중수)
水兮應物不迷於姸媸 (수혜응물불미어연치)
雲兮無心不局於合離 (운혜무심불국어합이)
自然上契天之心 (자연상계천지심)
我又何爲兮從容送光陰 (아우하위혜종용송광음)

---

28) 이 대목은 이성계 등극 후 정도전(鄭道傳) 등이 삼은(三隱)들을 죄 없이 거세하던 장면(유배지에서)이다.
29) 이 대목은 자포자기하던 모습을 읊었다.

有錢沽酒不復疑 (유전고주불복의)
有酒尋花何可遲 (유주심화하가지)
看花飮酒散白髮 (간화음주산백발)
好向東山弄風月 (호향동산농풍월)

■ 정몽주(鄭夢周;1337~1392)

고려 말의 문신이요, 학자로 특히 삼은(三隱)의 한 사람으로 후세에 추앙받는 절개 굳은 인물로 자는 달가(達可), 호가 포은(圃隱), 본관은 연일(延日), 추밀원지주사(樞密院知奏事;정3품), 습명(襲明)의 후손으로 경북 영천(永川)에서 나서 1357년 감시(監試), 1360년 문과에 장원급제한 뒤 예문검열(藝文檢閱) 수찬(修撰)을 시작으로 1363년에 낭장겸합문지후(郎將兼閤門祗侯)와 위위시승(衛尉寺丞)을 거쳐 동북면도지휘사(東北面都指揮使)인 한방신(韓邦信)의 종사관이 되어 여진족 토벌에 참가하고는 이어서 1364년에 전보도감판관(典宝都監判官)과 전농시승(典農寺丞)에 오르고 1371년에는 성균직강(成均直講), 성균사성(成均司成;정5품) 등을 거쳐 1372년에 정사(正使) 홍사범(洪師範)의 서장관(書狀官)으로 명(明)나라에 다녀오던 중 풍랑을 만나 조난 13일 만에 명나라 구조선에 구출되어 구사일생하였고, 이때 정사 홍사범은 죽었다.

1376년엔 성균관 대사성(大司成;정3품)에 오르고 배명친원파(排明親元派)인 이인임(李仁任) 등 주장을 반대하다가 언양(彦陽)에 유배되기도 했고, 1377년에 풀려나자 일본 규수(九州)로 사신 가서 왜구침탈을 막고 억류 고려인 수백 명을 귀국시켰다.

1379년에 전공판서(典工判書) 제학(提學)과 전법판서(典法判書), 판도판서(版圖判書)를 거쳐 1380년엔 조전원수(助戰元帥)로 이성계 휘하에서 왜구토벌에 참전하고, 1381년 성근익찬공신(誠勤翊贊功臣)에 봉해지고, 1382년에 명나라로 사신 가다가 입국 거부로 요동에서 돌아왔고, 1383년엔 조전원수로 동북면(東北面;함경도)으로 쳐들어온 왜구를 물리치고, 1384년에 정당문학(政堂文學;종2품)에 오르고, 명나라에 사신 가서 친명국교를 맺었다.

1386년에 동지공거(同知貢擧)가 되고, 1388년엔 문하찬성사(門下贊成事) 지서연사(知書筵事;정2품)에 오르고, 1390년엔 대제학(大提學) 익양군충의백(益陽郡忠義伯)이 되었다가 1392년 정도전(鄭道傳) 등이 이성계를 왕으로 추대하려는 기미를 알고 이를 제거하려다가 선죽교(善竹橋)에서 이방원(李芳遠;조선조 태종)이 매복시킨 조영규(趙英珪) 등에게 격살(擊殺)되었다.

포은공은 성리학에 뛰어나 주자가례(朱子家禮)를 따라 불교의 폐해를 막고, 5부학당과 지방향교를 세워 교육의 진흥을 도모하며 중국 대명률(大明律)을 참작하여 새 율법서를 간행하는 등 나라의 질서와 백성을 위한 정책을 구상했으나 이성계의 신흥세력에 밀려 좌절하고 말았다.

저자 포은은 시문에도 뛰어나고, 서화에도 명품을 남겨서 그의 시문집인 「포은선생문집」 8권 6책에는 그의 한시문과 서화가 수록되고 있다. 특히 그의 시조 '단심가(丹心歌)'는 이방원이 불렀다는 '하여가(何如歌)'와 함께 역사적 화제를 남긴다. 시호는 문충(文忠)이며, 3은의 한 사람으로 1401년(태종 1년)에 영의정에 추증되고 익양부원군으로 추봉되어 문묘에 배향되었다.

이 "사미인사"는 그 대상이 비록 중국 절동의 겹사안(郟士安)이란 인물이지만 작자 정몽주의 속 깊은 일편단심의 사상 감정을 엿보게 한다.

「동문선」에는 정몽주의 '사미인사(思美人辭)' 1편과 시 35편 및 문 3편이 수록되어 전한다.

여기서는 '사미인사' 1편과 시 8편만 옮겨 싣는다.

사미인사(思美人辭)

절동(浙東) 겹사안(郟士安)[1]에게

임을 그리며 생각하니 그 모습 옥과 같고, 창해 저쪽 밝은 달 같구나.
망망(茫茫)한 천하를 바라보니 늑대는 길을 막고, 용은 들판에서 싸우네.[2]
내 말은 해 뜨는 부상[3]에 매어놓고 어느 때에 더불어 잔치하며 놀 것인가?
예로써 나아가 받들고, 의로써 물러서서 존경하노니
이제 사대부의 띠(紳)와 홀(笏)에 꽃 비녀[4]를 꽂았으니
한 번 만나 내 뜻을 말하고 싶지만 그대는 어찌해 강남에 있느뇨?

思美人辭 (사미인사)

思美人兮如玉 隔蒼海兮共明月 顧茫茫兮九洲 豺狼當道兮龍野戰 紲余馬兮扶桑 悵何時兮與遊讌 進以禮兮退以義 搢紳笏兮戴華簪 願一見兮道余意 君何爲兮江之南.

---

1) 겹사안(郟士安) ; 중국 절강(浙江) 동쪽에 사는 벼슬 높은 사대부인 것 외에는 미상이고, 작자는 1372년에 서장관으로 명(明)에 갔다가 풍랑을 만나 사선을 넘은 일이 있었다.
2) 늑대는 길을 막고 용은 들판에서 싸운다 ; 고려말 이성계(李成桂)가 북벌 가다가 위화도(威化島)에서 최영 장군과 갈라진 위화도 회군 사건 등이 있었다.
3) 부상(扶桑) ; 해가 돋는 곳을 말하며 예부터 일본을 뜻했다. 한국은 근역(槿域)이며, 작자는 일본에 사신으로 가서 규수(九州)에 억류되고 있던 고려 백성 수백 명을 귀국시킨 일이 있었다.
4) 꽃 비녀 ; 원문의 화잠(華簪)이니 옛적 고관들은 갓끈이나 홀에다가 옥이나 산호로 된 장식품을 달았다.

사미인이란 용어와 개념은 정송강(鄭松江)의 「사미인곡」에 의해 널리 알려졌지만 고려 때는 김부식(金富軾)이 이미 써 왔고(詩, 臨津有感에서) 고려 말 정몽주가 "사미인"을 사(辭)로 읊으나 그 미인된 대상은 각각 다르니, 김부식과 정송강은 임금님을 생각했고, 정몽주는 겹사안(郟士安; 조난 때의 은인?)을 생각했다.

개성 선죽교

1. 봄 기분 (5언절귀)

봄비가 보슬보슬 속삭이듯 뿌리더니
밤중엔 제법 소리 내며 내리네.
눈 녹은 앞 시내는 개울물 넘치고
풀 싹은 한 잎 두 잎 피어나누나!

春興 (춘흥)

春雨細不滴 (춘우세불적)
夜中微有聲 (야중미유성)
雪盡南溪漲 (설진남계창)
草芽多少生 (초아다소생)

※ 주요한의 시 '빗소리' 도 이 시상과 유사하다.

2. 정주성 다락에 올라 (7언절귀)

돌아갈 마음은 저 하늘에 아득하니
만 리 땅 성곽 다락에 오르니 바람에 모자 날려
이미 이 몸은 정처 없는 나그네 신세
내년 가을엔 어느 곳서 기러기 소리 들으려나.

登定州城樓 (등정주성루)

歸心杳杳入長空 (귀심묘묘입장공)
萬里登樓滿帽風 (만리등루만모풍)

已信此身無定止 (이신차신무정지)
明年何處聽秋鴻 (명년하처청추홍)

※ 작자 정몽주는 1372년에 정사 홍사범(洪師範)의 서장관으로 명(明)나라에 간 일이 있다. 여기의 정주성(定州城)은 중국 감숙성(甘肅省)에 있는 성곽이다.

3. 밤에 배 타고 노는 재미 (7언절귀)

호수 한 번 맑디 맑아 거울마냥 반듯하니
배 안에서 묵는 손이 맑은 기운 못 참누나.
밤중에 선들바람 뱃전에 불어오니
십리 퍼진 줄 풀들이 빗소리를 내는구나!

舟中夜興 (주중야흥)

湖水澄澄鏡面平 (호수징징경면평)
舟中宿客不勝淸 (주중숙객불승청)
悄然半夜微風起 (초연반야미풍기)
十里菰蒲作雨聲 (십리고포작우성)

※ 이 시는 명(明)나라에 사신(서장관) 갔을 때 지은 것으로 보임.

4. 발해를 건너며 (7언율시)

지부산(之罘山) 밑에서 조각배에 돛을 펴니
어느 사이 망망대해로 들어갔구나.

구름은 봉래 신선궁에 아득히 이어지고
달은 밝게 떠서 나그네 옷깃에 차갑게 비추누나.

백 년 두고 이 몸은 뜬세상 좁쌀 같아
공명(功名)의 두 글자로 귀밑머리 하얗구나.
어느 날에 귀거래(歸去來) 부르면서 고향으로 돌아가리.
종일토록 나그네 띠 집에서 마음만 아프구나!

渡渤海 (도발해)

之罘山下片帆張 (지부산하편범장)
不覺須臾入渺茫 (불각수유입묘망)
雲棲蓬萊仙闕遠 (운서봉래선궐원)
月明遼海客衣凉 (월명요해객의량)

百年天地身如粟 (백년천지신여속)
兩字功名鬢欲霜 (양자공명빈욕상)
何日長歌賦歸去 (하일장가부귀거)
蓬窓終日寸心傷 (봉창종일촌심상)

※ 지부산(之罘山)은 본래는 한국 영토였으나 고려 때 중국 산동성(山東省)으로 편입되었다. 원래는 하나의 섬이었다.

이 시에서는 고구려의 유민인 대조영(大祚榮)이 남만주 일대에다 세운 나라인데 고려의 불찰로 중국에 빼앗긴 분통이 이 시에 담겨져 있다.

5. 홍무 정사년 일본에 사신 가서 짓다 (5언율시)

봄빛에 물나라는 어른거려 움직이듯
하늘 끝까지 나그네는 가지를 못하네.[1]
풀 섶은 무성하여 천리에 이어지고
달빛은 두 나라 기슭을 밝게 비추리.[2]
타이르느라[3] 황금은 바닥 났고
돌아갈 생각으로 머리가 희여지네.
남아 대장부 사방으로 떠도는 뜻은
혼자 공을 세우자는 일 아니로세!

洪武丁巳 奉使日本作 (홍무정사 봉사일본작)

水國春光動 (수국춘광동)
天涯客未行 (천애객미행)
草連千里綠 (초연천리록)
月共兩鄕明 (월공양향명)
遊說黃金盡 (유설황금진)
思歸白髮生 (사귀백발생)
男兒四方志 (남아사방지)
不獨爲功名 (불독위공명)

※ 이 시는 1377년 작자가 일본에 사신 갔을 때의 작품이다.

1) 하늘 끝까지 가지 못하네 ; 이는 작자가 일본 규슈(九州) 밖에 못 갔기 때문이다.
2) 두 나라 기슭을 비춘다 ; 예부터 한국과 일본 사이는 "한 옷에 물이 끼어 있듯(一衣帶水)"라고 하였다.
3) 타이르느라 ; 원문의 '유세(遊說)' 이니 이때 정몽주는 일본 규슈에 억류되고 있는 고려인 수백 명을 풀어 귀국시켰는데 그때 교섭하던 고충을 말한다.

6. 여인숙에서 (5언율시)

평생 두고 남쪽 북쪽으로 달려보지만
마음먹은 일들은 돼가는 것 없네.
내 나라는 바다 서쪽 바닷가요
외로운 배 한척 하늘 한 구석

매화 핀 창밖은 벌써 봄빛이요.
판자로 엮은 지붕[4] 빗소리 요란하네.
외로이 앉아서 긴긴 날을 보내자니
집 생각 간절해서 견디기 괴롭구나.

旅寓 (여우)

平生南與北 (평생남여북)
心事轉蹉施 (심사전차시)
故國海西岸 (고국해서안)
孤舟天一涯 (고주천일애)

梅牕春色早 (매창춘색조)
板屋雨聲多 (판옥우성다)
獨坐消長日 (독좌소장일)
那堪苦憶家 (나감고억가)

---

4) 일본 가옥 구조는 판자로 벽을 엮는다.

7. 강남의 버들가지야! (7언고시)

강남의 버들가지야! 강남의 버들가지야!
봄바람에 한들한들 황금실을 나부끼네.
강남의 버들 빛은 해마다 좋다만은
강남의 나그네는 어느 날에 돌아가리.

푸른 바다 넓고 멀어 파도만 높이 일고
고향 산천 저 멀리 하늘 가에 아득하다.
하늘 가 나그네가 밤낮으로 바라는 바
귀향 돛배 바라보나 덧없이 꽃만 지네.

고향생각 괴로움에 긴 한숨 짓지만은
인생길 험한 줄을 이제 와서 깨닫누나.
아서라! 사람들아! 먼 곳 길손 되지 마라
젊은 시절 귀밑머리 어느덧 하얘지네.

江南柳 (강남유)

江南柳江南柳 (강남유강남유)
春風裊裊黃金絲 (춘풍요뇨황금사)
江南柳色年年好 (강남유색연년호)
江南行客歸何時 (강남행객귀하시)

蒼海茫茫萬丈波 (창해망망만장파)
家山遠在天之涯 (가산원재천지애)
天涯之人日夜望 (천애지인일야망)

歸舟坐對落花空 (귀주좌대낙화공)

長嘆但識相思苦 (장탄단식상사고)
肯識此間行路難 (긍식차간행로난)
人生莫作遠遊客 (인생막작원유객)
少年兩鬢如雪白 (소년양빈여설백)

※ 여기의 강남(江南)은 중국 양자강(揚子江) 이남을 말하며, 작자는 1372년에 명(明)나라로 사신 간 일이 있다.

8. 대창에서 (5언고시)

유인(幽人)[5]이니 밤잠은 오지를 않고
가을 기운 썰렁하여 쓸쓸한 계절이라.
새벽에 뜰을 보니 나무마다 가지마다
나뭇잎이 어느새 반이나 누래졌다.

흰 구름이 동쪽에서 몰려서 오니
아득히 고향생각 간절하구나.
고향 땅은 만여 리 머나먼 곳에
마음뿐 돌아갈 길 가히 없구나.

손에다는 옛사람 책을 잡고선
근심 올 땐 불연듯 읽어보지만

5) 여기 대창(大倉)은 평안북도 삭주도호부요, 이때 작자는 명(明)나라에 서장관으로 사신길일 것인데 왜 유인(幽人)이라 했는지 이상하다.

괴로울 땐 마음만 더 얽혀 상하니
책을 놓고 긴 한숨 그지 없어라.

한 세상 살아야 백세도 안 되는데
광음은 틈새로 빠지듯[6] 지나가서
어찌 느긋한 생각인들 스스로 하리오.
차라리 먼 길손의 노래나 지으련다.

大倉 (대창)

幽人夜不寐 (유인야불매) 秋炁颯以凉 (추기삽이량)
曉來眄庭樹 (효래면정수) 枝葉半已黃 (지엽반이황)

白雲從東來 (백운종동래) 悠然思故鄕 (유연사고향)
故鄕萬餘里 (고향만여리) 思歸不可得 (사귀불가득)

手把古人書 (수파고인서) 憂來聊自讀 (우래료자독)
憂來縈中腸 (우래영중장) 廢書長嘆息 (폐서장탄식)

人生百歲內 (인생백세내) 光景如過隙 (광경여과극)
胡爲不自安 (호위불자안) 而作遠遊客 (이작원유객)

6) 틈새로 빠지듯 ; 세월이 빠른 것을 "망아지 틈새 빠지듯(隙駒)" 하다고 했다.

■ 이숭인(李崇仁 ; 1349~1392)

고려 말 문신, 학자, 삼은(三隱)의 한 사람. 자는 자안(子安), 호는 도은(陶隱), 본관은 성주(星州), 공민왕 때 문과급제, 숙옹부승(肅雍府丞)과 명나라 과거에 응시하여 수석으로 뽑혔으나 나가지 않고, 예문응교(藝文應敎), 문하사인(門下舍人)을 거쳐 성균관 학관(學官)을 지냈고, 1386년 정조사(正朝使)로 명나라에 사신으로 다녀왔으나 당시 배척받던 이인임(李仁任)의 인척이라 하여 유배되었다. 후에 풀려나서 지밀직사사(知密直司事) 등 벼슬을 받았으나 정몽주(鄭夢周)가 살해되자 그 일당이라 하여 유배되었다가 정도전(鄭道傳)이 보낸 자객에게 살해되었다. 시문에 뛰어나서 저술에 「도은선생시집(陶隱先生詩集)」을 남겼다.

「동문선」에는 사(辭) 1편과 시(詩) 35편 그리고 산문이 표전(表箋) 13편을 비롯하여 40여 편이 전한다.

여기서는 그의 사(辭) 1편과 시(詩) 7편을 옮겨 싣는다.

서러운 가을 저녁의 사연[1)]

서러운 가을 저녁의 참담함이여! 비바람 몰아쳐 그 캄캄함 속에,
깊은 시름을 품고 잠간 조을고[2)] 있노라니,
내 혼이 혼자 떠서 허공으로 붕붕 오르며,
빈 하늘의 황홀함을 가리켜 주는데,
휘돌아 구불구불 길이 있는 듯하여 오르니,
별안간 저 푸른 하늘에 오름이여!
엄숙한 옥황상제 궁전이었으니,
문은 사방으로 열려 맞아줌이여!
뒷걸음도 걷지 않고 내가 들어가 꿇어 앉아 말씀 아뢰니,
옥황님 낯빛이 부드러워져,
아뢰어 말하되 땅 세상 미천한 신하이온데
마음에 맺힌 믿음 펼 길이 없사옵니다.
제가 아직 어려서 강보(襁褓)[3)]에서 갓 벗어나면서부터,
반드시 옛사람을 스승으로 하여
몸을 죽여서라도 어진 사람이 되라는 중니(仲尼)의 가르침[4)] 과
뜻을 품은 지사는 구렁텅에 있더라도
그 뜻을 잊지 말라는 공자와 맹자의 말씀[5)]을

---

1) 앞에서 말한 대로 사(辭)란 매우 서러움을 표현한 사연의 글로서 그 마디는 짧고, 소리는 슬픈 글이라 했다. '그 운(韻)이 세 번 바뀐다.(凡三易韻)' 고도 했다. 「동문선」에서는 이인로(李仁老;1152~1220)의 사(辭)가 가장 먼저 수록되고 있다.
2) 조을고 ; 원문의 가매(假寐)로 앉아서 눈 감고 잠자는 상태를 말함.
3) 강보(襁褓) ; 갓난아기 포대기. 강보에 쌌던 때란 아직 세상을 모르던 때를 말함.
4) 중니(仲尼)의 가르침 ; 중니(仲尼)는 공자(孔子)의 자(字)이고, 말하기를 "지사(志士)와 인인(仁人)은 살려고 인(仁)을 해침이 없고(無求生而害仁), 몸은 죽어도 인은 이룬다.(殺身以成仁)"고 하였다.〈논어 위령공〉
5) 공자와 맹자의 말씀 ; 맹자(孟子)의 「만장장귀」 하편에 "지사(志士)는 구덩이에 던져져 죽기를 잊지 않았고(不忘在溝壑), 용감한 사람은 제 목숨 잃을 것을 잊지 않는다.(勇士不忘喪其元)"고 하였다.

비록 힘이 모자라 죽을망정 정성스럽게 지켜왔나이다.

哀秋夕辭 (애추석사)

哀秋夕之慘悽兮 風雨颯其晦冥 懷沉憂以假寐兮 魂耻耻其上征 指虛無以怳忽兮 若有路乎紆縈 忽焉升彼蒼兮 儼玉皇之高居 門四闢以招徠兮 孰云却步而趑趄 入余跪而陳辭兮 皇爲之色敷腴 曰下土之微臣兮 心菀結猶未得信 襄余僅免襁褓兮 動必師乎古之人 惟仲尼之垂訓兮 殺身以成仁 志士不忘在溝壑兮 子輿味夫斯言 寧力不足而或斃兮 羌佩服以拳拳 忠君與愛國兮 志專專其靡佗 何時俗之險巇兮 擧曲而心阿 視余猶机上臠兮 旣鼓吻又磨牙 彼讒諛之得志兮 自昔匈人國也 雖萬死余無悔兮 恐此志之不白也 時陟高以瞰遠兮 余舍此而安適 惟皇德之孔仁兮 拯余乎陸之沉 涕洟交以兩滂兮 謇心噎而欽欽 皇愍余之深衷兮 徠爾聽我辭 所貴學之道兮 能變通而推移 日中則昃兮 月盈而虧 天道亦不可久常兮 在人事其何疑 世旣惡夫方兮 爾何惜乎爲圓 世旣尙夫白兮 爾胡獨守此玄 我哀爾之遭罹兮 亦惟爾之故也 欲去危以就安兮 盍反爾之道也 余默退而靜思兮 皇恩之罔極也 竊不取改余之初服兮 固長終乎窮阨 前余生之千古兮 其在後者無窮 矢余志之不廻兮 仰前脩而飭躬 世貿貿莫我知兮 庶憑辭以自通.

1. 답답한 심정 (5언고시)

어제는 더워서 괴롭게 지냈는데
오늘 아침 시원한 기운이 성큼 다가오누나.
서리 이슬에 온갖 풀이 말라 시들고
세월은 빨라서 망아지 틈새 빠지듯
사람이 하늘밑 땅 사이 한번 태어나서
몸도 세상일도 덧없이 흘러가니
하물며 쇠붙이나 돌맹이 아닐진대
살아봐야 백 년을 못 채워서
그래서 옛날 어진 이들은
분초를 스스로 아껴썼구나.

왕자 진(晋)[1]은 구산(緱山) 위에서 신선되어 솟았다고
그때에 생황소리 요란하고 백학이 날았다 들었는데
나 이제 도리와 행적[2]을 접어둔지 이미 오래니
시원케 근심걱정 떨어버렸네!
밑을 굽어보니 어찌 그리 아득하고 흐리멍덩함이여!
눈에 노리 벌레[3]의 하루살이 생명 같구나.
나의 삶을 만약에 구속할진대
결연히 세상 하직 어려운 일 아니로세.
이 심정 뉘와 함께 말을 나누리?
거문고나 잡고서 한 곡조 뜯는다네.

---

1) 왕자 진(晋) ; 주(周)의 평왕(平王)의 태자 진(晋)은 구산(緱山, 일명 緱嶺)에 올라 신선이 되어 하늘로 올라갔다 한다(列仙傳). 구산은 하남성(河南省)에 있다.
2) 도리와 행적 ; 원문의 명전(冥筌)을 말함이니, 즉 도리(道理)와 행적(行迹)을 말함.
3) 눈에 노리 벌레 ; 원문의 멸몽(蠛蠓)으로 하루살이 비슷한 작은 날파리. 아침에 생겼다가 저녁 때에 죽는다 함.

쉬지 않고 도는 것이 천기의 운행이니
쓸쓸하고 매서움이 가을철의 슬픔이라.
소슬하게 서풍은 불어 닥쳐서
우수수 마른가지 잎 날려 떨어지고
유유히 멀리 떠난 저 손님은
한번 가곤 다시 올 기약 없지만
첩의 몸은 독수공방 홀로 앉아서
밤낮으로 임 오기만 기다리지만
아무리 기다려도 볼 수 없으니
애타고 슬픈 마음 어찌 하리오.

感興 (감흥)

昨日苦炎煥 (작일고염환) 今朝忽凄慄 (금조홀처율)
霜露衆卉腓 (상로중훼비) 歲月如駒隙 (세월여구극)
人生穹壤閒 (인생궁양한) 身世兩役役 (신세양역역)
況復非金石 (황복비금석) 行年不盈百 (행년불영백)
所以古時人 (소이고시인) 分陰當自惜 (분음당자석)

吾聞王子晉 (오문왕자진) 逍遙緱山巓 (소요구산전)
笙聲徹寥廓 (생성철요곽) 白鶴飛翩旋 (백학비편선)
冥筌久已排 (명전구이배) 冷然無憂患 (냉연무우환)
下視何茫茫 (하시하망망) 蠛蠓朝暮閒 (멸몽조모한)
我生若拘束 (아생약구속) 果哉諒非難 (과재량비난)
寸心竟誰語 (촌심경수어) 取琴而一彈 (취금이일탄)

亹亹天機運 (미미천기운) 肅肅秋氣悲 (숙숙추기비)
飄飄西風來 (표표서풍래) 摵摵號枯枝 (색색호고지)

悠悠遠行客 (유유원행객)　一去無還期 (일거무환기)
妾身在空閨 (첩신재공규)　日夜長相思 (일야장상사)
相思不可見 (상사불가견)　惻愴終何爲 (측창종하위)

2. 용강 배 위에서 북평 주참정을 생각하며 (5언고시)

〈이름은 탁(倬), 자는 운장(雲章)이다.〉

그 옛날 주운장(周雲章)[4]과 사귄 정분이
형제간 애정보다 더 정다웠으니
술잔 잡고 그윽한 산속 정기도 감상하고
글을 토론하느라 초 심지 빨갛도록 새웠네.

우리들 만남이 늦었다고 한탄하며
헤어져 돌아가는 기약은 어찌 그리 급했던고.[5]
한번 이별해 각각 서쪽 동쪽으로 갈린 뒤
삼 년을 신고하며 지내 왔구나.

내가 한번 임금님의 관직[6] 받고는
눈 비비고 놀랄 만큼 달라졌을 줄 알았었는데
사람 일은 어긋나기 좋아하고
벼슬길은 멀고 멀어 괴롭구나.

---

4) 주운장(周雲章) ; 고려 말기 때 중국 명나라 지절사를 지낸 인물이라 했는데 인명사전에는 안 보인다.
5) 급했던고 ; 원문에서는 태촉(太促)이라 했는데 대단히 급하게 죄어친다는 뜻.
6) 임금님 관직 ; 원문에서는 함명(銜命)이라 했는데 신하가 재갈 물리듯 군주의 명령으로 벼슬을 받는다는 뜻.

그대는 지절사(持節使)로 연산(燕山)땅에 가고
이곳 용강 나루에 배 대고 있노라.
생각 뿐 그대 보지 못하는 안타까움이여
날은 저물고 강물만 푸르게 흐르네!

龍江舟中 有懷北平周參政 (용강주중 유회북평주참정)

昔與周雲章 (석여주운장)　情親重骨肉 (정친중골육)
把酒賞幽芳 (파주상유방)　論文剪紅燭 (논문전홍촉)

相逢共恨晩 (상봉공한만)　歸期何太促 (귀기하태촉)
一別各西東 (일별각서동)　三載飽茶毒 (삼재포다독)

自我初銜命 (자아초함명)　謂言當刮目 (위언당괄목)
人事喜蹉跎 (인사희차타)　官途若遼邈 (관도약료막)

持節燕山陲 (지절연산수)　繫舟龍江曲 (계주용강곡)
懷哉不可見 (회재불가견)　日暮烟波綠 (일모연파연)

3. 계축 십일월 십사일 안개 낀 고약한 날씨[7] (5언배율)

오랫동안 겨울 날씨 춥지 않아 괴상터니
오늘 아침 안개 짙어 놀라 헤맨다.
머리 돌려 살펴봐도 앞길이 안 보이고
눈을 들고 살펴봐도 이웃집도 모르겠네.

---

7) 계축 11월은 1373년 11월 겨울인데, 작자의 25세 때로 이날 황사(黃砂)가 심해서 길을 못 떠난 사연이 담긴 시다. 작자는 이를 미리 예측 못한 통치자를 탓하고 있다.

비 같지만 생물들엔 안 좋은 먼지인가
안개처럼 끼어서 사람에게 해로워라.
오후(五侯)[8]를 봉한 것은 후한(後漢) 때 일
3리에 안개 끼게 배우(裵優)가 꾸민 재주

음양섭리 아는 책임 누구의 몫이드뇨.
찌는 듯 매캐한 냄새로 코가 아리네.
내 몸은 내가 알아 챙겨야 하겠기에
술 한 잔 마시며 마음 편히 살리라.

癸丑十一月十四日霧 (계축십일월십사일무)

久恠冬寒簿 (구괴동한부)　今驚曉霧新 (금경효무신)
轉頭迷去路 (전두미거로)　擧目失比降 (거목실비강)

似兩難生物 (사양난생물)　如塵只汚人 (여진지오인)
五侯封旣遠 (오후봉기원)　三里術何神 (삼리술하신)

燮理知誰責 (섭리지수책)　薰蒸入鼻辛 (훈증입비신)
吾身要自愛 (오신요자애)　且飮一杯醇 (차음일배순)

8) 오후(五侯) ; 전한(前漢) 때도 오후가 있었지만, 여기 후한(後漢) 때의 오후는 환제(桓帝) 때 신풍후(新豊侯), 무원후(武原侯), 상채후(上蔡侯), 동무양후(東武陽侯), 여양후(汝陽侯) 등을 두고 녹봉을 주면서 황제를 돕게 했다.

4. 가을은 돌아오는데…[9] (7언율시)

저 하늘 가에 가을은 오건만 돌아갈 기약 없으니
해는 져서 정막한 옛 성터에서 이 슬픔 어찌하리.
내 일찍 조관으로 참여[10]해 문신으로 일했더니
지금은 강가에 흘러나와 낚싯줄을 다루누나.

모함으로 귀양 온몸 뼈까지 야위었고
제멋대로 읊은 시가 다시 한 번 신기하네.
참 구슬과 율무씨[11]는 맞춰보면 다를 거니
다만 하나 염려됨은 장자아(長者兒)[12] 때문일세.

秋回 (추회)

天末秋回尙未歸 (천말추회상미귀)
孤城落照不勝悲 (고성락조불승비)
曾陪鴛鷺趨文陛 (증배원로추문폐)
今向江湖理釣絲 (금향강호이조사)

骨自催讒成大瘐 (골자최참성대유)
詩因放意有新奇 (시인방의유신기)
明珠薏苡終須辨 (명주의이종수변)
只恐難調長者兒 (지공난조장자아)

---

9) 이 시의 시상(詩想)은 근래의 가을날 황성의 옛터를 상기시킨다.
10) 조관으로 참여 ; 원문의 원로추(鴛鷺趨)이니, 곧 조관이 되어 뛴다(朝官班差)는 뜻.
11) 구슬과 율무씨 ; 원문의 명주(明珠)와 의이(薏苡, 일명 억이)로 율무씨가 구슬과 비슷하지만 본질적으로 다르다는 의미.
12) 장자아(長者兒) ; 부자의 아들을 의미하지만, 여기서는 고관대작의 영향력을 뜻하는 듯하다.

5. 9·9절에 흉내 내다[13] (7언율시)

등산한 곳곳마다 산천풍경 좋다만은
한스러워라 국화주 나눌 사람[14] 없음이여
남수(藍水) 천간(千澗)[15] 한 편은 지금도 유행하는 시
용산(龍山) 모임[16] 그날은 모두 신선놀음이었네.

하늘 멀리 흰 기러기 가을소리 어렴풋이
울 밑의 누런 국화 늦빛이 희미하다.
생각건대 옛 정원에 여러 선비 모여 앉아
그곳에 못 가 끼는 이 나를 비웃으리.

九月謾成 (구월만성)

登臨處處好山川 (등임처처호산천)
只恨無人送酒錢 (지한무인송주전)

---

13) 만성(謾成)은 보통 쓰지 않는 말이지만, 여기서는 흉내 즉 다른 사람 시를 흉내 내는 일 곧 차운(次韻)하는 시를 말하며, 9월 9일에 등고(登高)하는 시로 두보(杜甫)의 "남수(藍水) 천간(千澗)"이라는 구절이 들어가는 시 「구일남전최씨장(九日藍田崔氏莊)」이라는 시가 인구에 회자되고 있어서 우리나라에서도 여러 시인이 차운하고 있다. 연암(燕岩) 박지원(朴趾源)은 「구일등맹원차두운(九日登孟園次杜韻)」이란 시를 쓰고 있다.
그러면 "남수 천간"이 들어간 귀절이란,
"남수는 멀리 천간에서 떨어지고(藍水遠從千澗落), 옥산은 높이 쌍봉으로 솟아 차디차다(玉山高竝兩峰寒)"란 대목이다.

14) 국화주 나눌 사람 ; 9월 9일 등고(登高) 때는 반드시 채소와 국화주를 가지고 가서 나누어 마셨다. 그리고 거풍(去風)하는 습속도 있었다.

15) 남수(藍水) 천간(千澗) ; 남수는 중국 섬서성(陝西省)에서 흐르는 물 이름. 천간은 여러 갈래의 유수라는 뜻.(주13 두보 시 참조)

16) 용산(龍山) 모임 ; 용산은 여러 곳에 있으나, 여기서는 진(晋)나라 맹가전(孟嘉傳)에 나오는 용산모임(龍山之會)으로 맹가는 이때 그 높은 봉우리 꼭대기에서 모자를 떨어뜨렸다는 고사(孟嘉之落帽之事)로 이름난 높은 산봉우리.

藍澗一詩今膾炎 (남간일시금회염)
龍山當日即神仙 (용산당일즉신선)

天邊白鴈秋聲遠 (천변백안추성원)
籬下黃花晩色鮮 (리하황화만색선)
想得故園諸子弟 (상득고원제자제)
尊前笑我未歸田 (존전소아미귀전)

6. 병인 12월 6일에 중국 서울에 갔다[17] (7언율시)

애초부터 사방으로 떠돌기를 뜻 뒀더니
지금에 사신되어 관광행차 누리네.
강은 나뉘어 제비꼬린 양 천참(天塹)[18]을 이루었고
산은 층층이 용서림하여 궁궐 담을 두른 듯

궁전은 금벽(金碧)[19] 빛으로 구름 속 높이 솟았고
바람 한 번 간드러지며 너른 거리 열리고
신비로운 궁성제도 유례없이 뛰어나서
고향 가서 말하려면 제법 한창 길겠네.

---

17) 병인(丙寅)은 1386년이고 이때 이숭인은 문하평리 김주(金湊)와 함께 명(明)나라로 정조사(正朝使)로 간 일이 있었다.
18) 천참(天塹) ; 사람의 힘으로는 어찌할 수 없는 하늘이 파놓았다는 구덩이. 즉 자연적으로 생긴 요해지(要害地).
19) 금벽(金碧) ; 황금빛과 파란빛. 여기서는 중국 명(明)나라 궁궐이 노랗고, 파란빛으로 칠해져 있는 모양.

丙寅十二月六日赴京師 (병인십이월육일부경사)

弧矢當年志四方 (호시당년지사방)
如今奉使幸觀光 (여금봉사행관광)
江分燕尾成天塹 (강분연미성천참)
山似龍蟠遶苑墻 (산사용반요원장)

金碧雲開尊象魏 (금벽운개존상위)
綺羅風動照康莊 (기라풍동조강장)
神京制度超前古 (신경제도초전고)
說與鄉人語合長 (설여향인어합장)

7. 서강[20]에서 느낀대로 (7언절귀)

맑은 휘파람 길게 뽑는 노래는 흥겨워 부는 노래요
모래펄 갈매기 벗삼은 노래는 기심(機心)[21] 싹쓸은 노래로다.
오지독에 담근 막걸리는 집집에 흔한 술이니
이제부터는 강가 술집에서 갖옷을 전당 잡히리.

살구꽃은 만발해 흰 눈 같고 버들가지 실오리라
봄이 한창인 서강변은 하루해가 길구나.
모자 눌러쓰고 짧은 신발이라 사람들이 모르는 터
돌아오는 마상 시는 새로움이 있구나.

---

20) 여기 서강(西江)은 중국 귀주성(貴州省)에 있는 곳으로 지금은 관광의 명소로 알려졌다.
21) 기심(機心) ; 속임수. 책략심.

西江卽事 (서강즉사)

清嘯長歌卽勝游 (청소장가즉승유)
機心消盡狎沙鷗 (기심소진압사구)
瓦盆濁酒家家有 (와분탁주가가유)
從此江頭日典裘 (종차강두일전구)

杏花如雪柳如絲 (행화여설유여사)
春滿江城日正遲 (춘만강성일정지)
低帽短靴人不識 (저모단화인불식)
歸來馬上有新詩 (귀래마상유신시)

길재(吉再 ; 1353~1419)

고려 말 학자. 삼은(三隱)의 한 사람. 자는 재보(再父), 호는 야은(冶隱) 또는 금오산인(金烏山人), 본관은 해평(海平). 일찍이 도리사(桃李寺)에 들어 글을 읽었고, 이색(李穡), 정몽주(鄭夢周) 등에게서 성리학을 배우고, 1374년에 생원시(生員試), 1383년에 사마감시(司馬監試)에 합격하고, 1386년에는 문과에 급제하고, 청주목사록(淸州牧司錄)에 임명되었으나 부임하지 않고, 1387년 성균관학정(成均館學正), 1388년에는 성균관박사가 되고난 뒤로는 공직에서는 학생을 강의하고, 집에서는 양갓집 자제를 강학하면서 벼슬이 주어졌으나 노모를 봉양한다고 나가지 않고 두 왕조를 섬기지 않는다고 고향에서 숨어 살았다.

성리학에 조예가 깊어서 조선조 초기 성리학에 크게 영향을 주었고, 시호는 충절(忠節)이며 사후 성곡서원(星谷書院) 등 5,6개소 서원에서 제향지냈다. 저서에 야은집(冶隱集), 야은언행습유(冶隱言行拾遺), 야은속집이 있다. 동문선에는 야은의 시 7언절귀 3편만 전한다.

그 3편은 다음과 같다.

1. 아희들이 글을 묻기에 (5언절귀)

손 씻으니 맑은 샘은 차가웁고
몸 맡긴 곳 나무 자라 키 높았네.
어린아이 내게 와서 글자를 물으니
이만하면 어울려 살만하구나.[1]

卽事 (즉사)

盥手淸泉冷 (관수청천냉)
臨身茂樹高 (임신무수고)
冠童來問字 (관동내문자)
聊可與逍遙 (요가여소요)

2. 금오산 대혈사 광한루에서 (7언절귀)

대빛은 사철 없이 굳은 절의요
시냇물은 밤낮없이 탐욕을 씻어 내리네.
마음속은 맑고 고요해 먼지 하나 없고
이것으로 세상 맛 달콤함을 알겠네.

金鼇山大穴寺廣寒樓 (금오산대혈사광한루)

竹色春秋堅節義 (죽색춘추견절의)
溪流晝夜洗貪婪 (계류주야세탐람)

---

1) 티 없이 사심 없이 맑게 사는 삼은(三隱)의 한 사람. 야은(冶隱)의 생을 그린 작품이다.

心源瑩靜無塵態 (심원형정무진태)
從此方知世味甘 (종차방지세미감)

3. 이처럼 편할 수야 (7언절귀)

시냇가 띠 집에서 나 홀로 사노라니
달은 밝고 바람 맑아 재미가 넉넉하네.
밖에 손님 오지 않고 산새만 지저귀니
평상을 대밭 언덕[2]에 옮겨 누워 책만 본다네.

閑居 (한거)

臨溪茅屋獨閑居 (임계모옥독한거)
月白風淸興有餘 (월백풍청흥유여)
外客不來山鳥語 (외객불래산조어)
移床竹塢臥看書 (이상죽오와간서)

2) 대밭 언덕 ; 원문의 죽오(竹塢)이니 옛날 중국의 당(唐)나라 이덕유(李德裕)는 "逶迤過竹塢 浩淼走蘭塘"이라 했고, 후한(後漢)의 유창(劉滄)은 "登原過水訪相如 竹塢莎庭似故居"라고 읊은 일이 있다.

■ 대각국사(大覺國師 ; 일명 義天, 1055~1101)

의천은 고려 때 큰 승려로 천태종(天台宗)의 시조요, 이름은 후(煦), 자가 의천. 고려 문종의 넷째 아들, 중국에 건너가 화엄대의(華嚴大義) 등을 배우고 귀국하여 고려 불교를 크게 일으킨 대각국사가 되었다. 대사는 저작도 많아 「대각국사문집」 등 11여 권이 있고, 「동문선」에는 7언절귀 1수가 전한다.

염촉 사인 묘에서 (7언절귀)

천 리 길을 돌아와서 사인(舍人)※을 물으니
청산에 홀로 서서 몇 해를 겪었는가.
만약 말세 만나서 불법 행키 어려우면
나 또한 그대같이 몸 아끼지 않으리.

※ 여기 사인(舍人)은 신라 때 불법을 위해 몸을 바친 박염촉(朴厭觸)을 말함.

厭觸舍人廟 (염촉사인묘)

千里歸來問舍人 (천리귀래문사인)
青山獨立幾經春 (청산독립기경춘)
若逢末世難行法 (약봉말세난행법)
我亦知君不惜身 (아역지군불석신)

■ 승 천인(天因 ; 1205~1248)

천인은 고려 중기의 승려. 성은 박(朴), 어려서부터 글을 잘 써서 17세에 진사가 되었으나 만덕산(萬德山)에 들어가서 원묘국사(圓妙國師) 밑에서 승려가 되었고, 천태교(天台敎)를 공부하다가 한때 송광산(松廣山)으로 들어가 혜심화상(慧諶和尙)에게서 조계종(曹溪宗)을 배우기도 하였다.

만덕산으로 돌아가서 천태교관(天台敎觀)을 물려받고, 1247년 몽고의 침입을 받자, 상왕산(象王山) 법화사(法華寺)에 들어갔다가 선종하였다.

천인선사의 시는 읽으면 자연히 천진스러운 마음이 들며, 선사의 말대로 일겸사익(一謙四益 ; 한 번 겸손은 네 가지 이득)의 진리를 알 만하다.

「동문선」에는 천인선사의 시와 문이 24편이나 전한다.

※ 고려 때의 고승들은 대개가 문과에 급제한 문사(文士)요, 관직도 지낸 한림 출신이 많았다. 그 중 여기서는 대각국사(大覺國師), 천인선사(天因禪師), 원감국사(圓鑑國師), 나옹화상(懶翁和尙) 등 4인의 시만 다뤘다.

1. 냉천정에 올라서 (7언절귀)

구름 뿌리 뚫으고 작은 정자 얽었더니
푸른 벼랑 한 기슭이 차가와 써늘하네.
그 누가 청량계에 이르러 여기 앉아서
인간의 번뇌를 풀어 줄 이 있으랴.

冷泉亭 (냉천정)

鑿破雲根構小亭 (착파운근구소정)
蒼崖一綫洒冷冷 (창애일선쇄냉랭)
何人解到淸涼界 (하인해도청량계)
坐遣人間熱惱惺 (좌견인간열뇌성)

2. 설법대※에 올라서

남쪽대 네 면은 돌이 널려 가득한데
그 마치 상공대사※ 설법 때와 흡사하네.
그때에 돌들이 머리 끄덕인※ 사람 보이지 않고
일성※은 본래부터 흠 없음을 그 누가 알리오!

※ 여기 '설법대'는 신라의 명승 의상대사(義湘大師;625~702)가 설법하던 대.
※ 상공대사(湘公大師)는 의상대사.
※ 돌들이 머리 끄덕인(點頭) 일은 의상대사가 설법하니 널려있던 돌들이 옳은 말이라고 머리를 끄덕끄덕 하였다는 일.
※ 일성(一性) ; 불교의 만유의 본성(萬有之本性), 일반적으로는 순일의 본성.

說法臺 (설법대)

南臺四面石纍纍 (남대사면석유류)
恰時湘公說法時 (흡시상공설법시)
當日點頭人不見 (당일점두인불견)
誰知一性本無虧 (수지일성본무휴)

3. 사선암※에 노닐며 (5언고시)

화랑 사선※ 놀고 간지 이미 오래고
경사롭던 풍모는 바뀌어 적막하네.
개인 날 냇물은 푸르러 쪽빛이요
돌 이끼 두터워 방석처럼 따스하네.

이리저리 둘러보며 그윽이 지나가며
쳐다보고 굽어보니 참모습이 나오는데
머물러서 더 구경 하고 싶지만
날 저물어 저녁 되니 그게 두렵네!

※ 사선봉과 사선정은 강원도 통천과 고성에 있으나 사선암(四仙岩)은 미상.

※ 사선(四仙)은 신라 진성왕(887~897) 때 금강산을 유람한 화랑도 남석행(南石行), 술랑(述郎), 영랑(永郎), 안상(安詳)의 네 국선.

遊四仙岩有作 (유사선암유작)

仙遊邈已遠 (선유막이원)　　嘉境轉幽寂 (가경전유적)

晴川碧如藍 (청천벽여람)　　石蘚暖於席 (석선난어석)

逍遙能幾時 (소요능기시)　　俛仰忽陳迹 (면앙홀진적)
淹留非不佳 (엄유비불가)　　但恐日易夕 (단공일역석)

4. 완상인 산중시에 차운하며

그대는 산중에서 왔다고 하니
좋은 경관 얼마나 보았으리오.
스스로 겪은바 많다고 하며
세상 밖 모습은 극히 오묘하단다.
처음엔 월남동을 지나가면서
천여 산봉우리 가을비에 씻겼고
누대는 그 밑에 튀어나와서
금벽이 바위 집을 비추더라네.

갈수록 맑고 넓은 세상이 트이고
가슴은 활짝 열려졌었다네.
산꼭대기 바위 위에 올라서 보니
아래에는 여러 군중들이 오갔고
시를 지어 선옹에게 감사했더니
늦게 만남을 한탄하더라네.
청풍은 일만 골짜기에 메아리치는데
천 가지 게송은 아직도 못 마쳤다나.

次韻皖上人山中作 (차운환상인산중작)

君從山中來 (군종산중래)　勝境閱多少 (승경열다소)
自言所歷多 (자언소력다)　象外極高妙 (상외극고묘)
初經月南洞 (초경월남동)　千嶂洗秋雨 (천장세추우)
樓臺出其下 (누대출기하)　金碧照巖宇 (금벽조암우)

行行轉清曠 (행행전청광)　襟抱豁披露 (금포활피로)
巉岩上絕頂 (참암상절정)　下瞰衆衆步 (하감중중보)
留詩謝禪翁 (유시사선옹)　恨不相從早 (한불상종조)
清風響萬壑 (청풍향만학)　千偈猶未了 (천게유미료)

5. 장귀대서로 최학사에게 답한다 (7언율시)

봄에 장원급제하고 이미 문을 나서니
푸른 깃발 붉은 행차는 또 남쪽으로
한 겸손은 네 가지 이익[1]이 그 이치라지만
반년 만에 세 번 승차 또 몇 있던가.

도를 다한 그 문장이 국수라 하니
누가 알리 그 도가 천진에서 나온 줄을
가을 오면 만난다고 그 언약 지키려고
두류산에 반달 뜨기 기다리고 있었다.

---

1) 네 가지 이익 ; 「주역」에 "천도(天道), 지도(地道), 귀신(鬼神), 인도(人道) 네 가지가 모두 겸손하면 이익을 준다"고 하였다. 〈주역 겸괘(謙卦)〉

以長句代書答崔學士 (이장구대서답최학사)

玉筍春來已出門 (옥순춘래이출문)
碧幢紅旆又南巡 (벽당홍패우남순)
一謙四益雖常理 (일겸사익수상리)
半歲三遷復幾人 (반세삼천복기인)

盡道文章爲國手 (진도문장위국수)
誰知道德藍天眞 (수지도덕남천진)
秋初我欲尋前約 (추초아욕심전약)
且待頭流月半輪 (차대두류월반륜)

6. 다시 화답하노라

편지 돌아 천 리 길에 석문으로 이르니
강북에서 오래도록 우물쭈물 머문다 하네.
높이 부른 백설곡※은 온 나라를 기울이고
빠른 길 청운 뜻은 누가 있어 따르리.

세상에서 몸 맡겨 벼슬사랑 받는데도
수풀 밑서 청빈낙도 그 참맛 어떠하리.
돌아올 기약은 빠른 세월로 머뭇거리지 말고
오묘한 불법일랑 세 번 굴려 얻는 법.※

※ 백설곡 ; 중국 초(楚)나라 금곡(琴曲)의 이름. 어려운 곡조라 함.
※ 법륜 ; 불법을 강설하는 일을 법륜(法輪)을 굴린다 하는데, 법륜이란 본래 뜻은 수레바퀴가 암석을 부수듯 설법이

악을 부순다는 불교관.

再和 (재화)

千里書廻到石門 (천리서회도석문)
遙知江北久逡巡 (요지강북구준순)
唱高白雪應傾國 (창고백설응경국)
路捿靑雲更絕人 (노서청운갱절인)

任是世間專寵命 (임시세간전총명)
何如林下樂淸眞 (하여임하락청진)
歸期莫訝光陰促 (귀기막아광음촉)
三轉須終妙法輪 (삼전수종묘법륜)

이상 천인 선사의 시를 읽으면, 명경지수(明鏡止水)를 보는 듯하여 마음이 가라앉는다.

맺는 말; 발문을 곁들여

일본 제국주의 치하에 살았던 우리들은, 근세에 겪었던 일본침략자들의 만행과 그 질곡상을 너무도 잘 안다.

그것은 우리가 직접 눈으로 보았고, 몸소 겪었기 때문이다. 그래서 일제의 기반에서 벗어나 소위 해방을 맞게 되자 뜻있는 인사들은 일본침략자 강점기 때 애국시인들이 국내외에서 기 쓰고 읊었던 우국 애민의 시인과 그 시를 읊으며 찬양하며 통곡했다.

그러나 새내기 세대들은 공감이 가지 않을 것이니 국사 교과서에서나 짐작하리라. 국사 교육만 해도 한심하기 이를 데 없다.

어느 민족이고 국가가 청소년에게 '국어'와 '국사'는 기초요, 필수요, 의무이수과목으로 편성하여 교육한다.

그런데 우리의 교육은 저간에 이념이다 노벨상이다 하는 개인적 이해에 따라 국사교육이 왜곡되거나 존폐의 시비가 반복되면서 한때는 국사교육이 소멸되기까지 했으므로 젊은 세대가 일본제국주의 만행은 물론이요, 6 · 25동란이란 민족의 최대 비극도 모르고 지나가는 실정이다.

어느 시대이건 우매한 통치자 밑에서는 백성은 도탄에 빠지고 사회는 전진하지 못하고 뒷걸음쳤다. 고려 때 충렬왕이 그 대표적이요, 현대에서는 햇볕정책을 쓴다는 대통령이란 인사가 그 꼴이다. 고려 때의 충렬왕이나 노벨상 탐욕 대통령도 공통점은 다름 아닌 사리사욕이다. 충렬왕에 대해서는 뒤쪽에서 자세히 소개하겠으니 독자들은 알아서 짐작할 것이다.

홍익인간을 근본이념으로 군림한 단군성조 이후 우리 민족은 한결 같이 일편단심의 사랑을 미덕으로 삼고 살아왔다.

유구히 흘러 전하는 민요가 그렇고, 우리 작가들이 창작하는 시와 문이 그렇다. 항상 일편단심으로 해피엔딩 했고 그렇지 못하면 비극이라 했다.

* * * *

이 졸고를 엮는 뜻은 일제강점기보다 더 큰 비극과 질곡을 겪었던 고려의 고종(高宗;1192~1259) 때 시작하여 충렬왕(忠烈王;1236~1308)의 우매 암흑기에 우리 고려 때 선조들이 겪었던 도탄과 절망에 대하여 그 것을 극복하려고 고려의 한림문인들은 별곡체 가사와 한 시·문을 지어서 읊어댔으니 그 편모라도 엿보자는 의도가 졸고의 취지이지만 그에 앞서 어처구니 없이 왕권이 허물어졌던 정중부(鄭仲夫)의 난(1164년)에 이어 무신통치시기를 겪으면서 세상은 더욱 혼매해지고 고종 대를 지나면서 몽고의 침입으로 수도 서울을 강화도로 피난 가는 비극까지 벌어졌는데 더 기막힌 사태는 충렬왕의 우매한데다 호색까지 겹친 암담한 천하였다.

충렬왕(忠烈王)은 고려 25대 왕으로 원종(元宗;1219~1274,재위1259~1274)의 아들이며 비(妃)는 원(元)나라 세조 홀필렬(忽必烈)의 딸인 홀도로계미실공주, 구비는 시안공(始安公)의 딸과 숙창원 김씨, 1260년에 태자로 책봉되고 1269년 몽고에 가서 특진상주국 동안공에 봉해지고 1271년에 원나라에 가서 원의 세조에게서 제국공주와 결혼을 허락받고는 몽고 풍속의 변발(辮髮), 호복(胡服)차림으로 귀국하였고, 그 해에 다시 연경(燕京)으로 가서 제국공주와 결혼하였다. 그리고 상주국동안공(上柱國東安公)에 봉해졌다.

그 사이 혼매한 상태에서 임금노릇 한 것은 일일이 거론할 바 못되고, 다만 「고려사」 '악지 2' 의 「사룡(蛇龍)」항에서 서술된 충렬왕의 행태를 보면 그때 고려의 기막혔던 사회상을 짐작할 수 있을 것이다.

고려사 악지에서는 「삼장(三藏)」에 이어 「사룡(蛇龍)」에 대한 기사를 쓰되

"뱀이 있으니 사룡(舍龍) 꼬리가 태산 봉우리를 지나는 소문이 만 사람이 각각 한마디씩 하는지라 양심(兩心)으로 짐작하소서.(有蛇舍龍尾聞過太山岑萬人各一語斟酌在兩心)"

라고 기록하고는, 「삼장(三藏)」의 노래 한역가를 싣되

"삼장사에 불 켜러 가고 나니 그 절 사주가 내 손목을 잡는구나! 이 소문이 이 절 밖으로 나며 들면 상좌여! 네 말이라 하리라."

라고 고려 별곡체 가사인 「쌍화점」의 양식과 동일하게 절간 중의 행패를 노래하고는

"이 두 노래는 충렬왕조 때 지은 것이다. 왕은 늘 여러 무리의 계집을 꿰차고 음란했으며 술 마시는 잔치를 좋아해서 간신인 오기,

김원상 내료이던 석천보, 천경 등이 왕의 성색을 위해 날뛰고, 악대를 불러서 즐기고, 방대악과 그 장인이 부족하여 이를 채우려고 간신들을 지방 각도로 보내어 지방 관기 중 자색과 기량이 있는 자를 뽑아 올리게 하고, 또 성중의 관비와 여무당 중 노래 잘하는 여자를 골라 뽑아서 궁중에다 적을 두게 하고는 의상은 비단으로 단장시켜 마상재를 시키는 한 별대를 만들어 '남사당 교열' 이라 부르면서 이런 놀이무리가 떼지어 밤낮으로 노래하고 춤추니, 풍기문란과 더러운 놀이로 다시 없는 군신간의 예의 도덕은 어지러운 지경에 빠질 뿐만 아니라 이에 드는 인건비용이 헤아릴 수 없어서 모두 다 기록하지 못한다."

三藏 (삼장)

三藏寺 裏點燈去 有社主兮 執吾手 倘此言兮 山寺外 謂上座兮 是汝語

(蛇龍)

右二歌 忠烈王朝所作 王狎群小好宴樂 倖臣吳祈 金元祥 內僚石天補 天卿等 務以聲色 容悅以管絃 房太樂才人 爲不足 遣倖臣諸道選官妓有姿色伎藝者 又選城中官婢及 女巫善歌舞者 籍置宮中 衣羅綺戴馬鬃笠 別作一隊 稱爲男粧敎閱 此歌與群小 日夜歌舞 褻慢無復君臣之禮 供億賜與之費 不可勝記

라고 고려사가 기록했으니 그 참담하던 모습이 짐작이 가고도 남는다. 즉 임금이란 위인은 몽고풍 변발(머리상투 틀어 넘긴 꼴)에 몽고 옷차림으로 원나라에서 원나라 황제의 딸과 결혼하고 귀국했다. 그때 벌써 구배(旧妃)가 여럿 있었고 귀국할 때는 몽고의 제국대왕 공주와 또 혼인하고 돌아왔다.

그런 넋 나간 임금(충렬왕)의 세상이니 한군데도 제대로 된 곳이 없던 특히 고려 1274~1308대의 사회 풍정이라 호떡집에 호떡 사러 가도 몽고풍의 휘휘아비가, 절간에 불 켜러 가도 몽고풍 사주가, 술 팔 집에 술 사러 가도 몽고풍의 술집아비가 음란하게 내 손목을 잡는 판이니 위로 임금부터 고려시정에 깔려있는 온갖 몽고족이 와서 거의 1세기 동안이나 고려사회를 짓밟고 난장판으로 만들었던 옛 역사를 우리는 겪고 있지만 모르고 산다.

일부 학자들도 「쌍화점」이라는 고려 별곡체 가사를 "유녀(遊女)의 음란(婬亂)한 시가"라고 오해하지만 그것은 잘못이다. 「쌍화점」은 고려 때 몽고, 즉 나중의 원(元)에 점령당하고 그 오랑캐 문화에 짓밟혀서 풍속화 돼가며 절대 권력자인 임금 충렬왕이 또한 몽고식 상투를 틀고, 몽고 복장을 하고는 간신들과 함께 저 주지육림(酒池肉林)보다 더 난잡한 호색 주연으로 세월을 보냈으니 백성들이 어디 가서 의지할 곳이 없을 뿐 아니라 몽고풍 권력자들의 성폭행에 시달리던 사회를 풍자 호소한 노래가 「쌍화점」이란 별곡체 가사이니 그래서 고루했던 학자 이퇴계도 「상화점(霜花店)」이란 이름만이라도 거론한 것은 그 뜻이 있어서이거니와 이 졸저를 엮는 뜻도 고려의 비극과 그 사회를 극복하려는 고려 때의 한림들의 절규를 보자는 것이다.

색인(索引)

〈시제 · 작가 및 특수용어〉

【ㄱ】

【ㄴ】

【ㄷ】

【ㅁ】

【ㅂ】

【ㅅ】

【ㅇ】

【ㅈ】

【ㅊ】

〈일편단심의 詩文〉

고려高麗의 한림문학翰林文學

초판 인쇄 ‖ 2012년 10월 15일
초판 발행 ‖ 2012년 10월 20일

공 저 ‖ 김지용 · 김미란
디자인 ‖ 이명숙 · 양철민
발행자 ‖ 김동구
발행처 ‖ 명문당(1923. 10. 1 창립)
주 소 ‖ 서울시 종로구 윤보선길 61(안국동)
우체국 010579-01-000682
전 화 ‖ 02)733-3039, 734-4798(영), 733-4748(편)
팩 스 ‖ 02)734-9209
Homepage ‖ www.myungmundang.net
E-mail ‖ mmdbook1@hanmail.net
등 록 ‖ 1977.11. 19. 제1~148호

ISBN 978-89-7270-346-4 (03810)
정가 ‖ 25,000원